Rendez-vous en Irlande

LYNNE GRAHAM

Rendez-vous en Irlande

Traduction française de
ISABEL WOLFF-PERRY

HARLEQUIN

Titre original :
EMERALD MISTRESS

Ce roman a déjà été publié en 2020

HARPERCOLLINS FRANCE
83-85, boulevard Vincent-Auriol, 75646 PARIS CEDEX 13
Service Clients — www.harlequin.fr
ISBN 978-2-2805-0889-6

Édité par HarperCollins France.
Composition et mise en pages Nord Compo.
Imprimé en juillet 2024 par CPI Black Print (Barcelone)
en utilisant 100% d'électricité renouvelable.
Dépôt légal : août 2024.

FSC
www.fsc.org
MIXTE
Papier issu de sources responsables
FSC® C159065

Pour limiter l'empreinte environnementale de ses livres, HarperCollins France s'engage à n'utiliser que du papier fabriqué à partir de bois provenant de forêts gérées durablement et de manière responsable.

1

Lorsque Aleth Carmichael se réveilla dans sa chambre d'hôtel de Manchester ce matin-là, elle fut bien obligée de reconnaître que sa vie n'était pas tout à fait telle qu'elle se l'était imaginée autrefois.

Elle était loin de se douter néanmoins que la journée à venir dépasserait en abomination tout ce qu'elle avait envisagé dans ses pires cauchemars.

Aleth avait appris, dès sa petite enfance — et grâce à son beau-père —, à se contenter de ce qu'elle avait. Le jour de ses sept ans par exemple, sa mère, une fois encore, avait failli à sa promesse de venir l'embrasser. Ce genre de déception était si fréquent et si douloureux que la fillette était passée maîtresse dans l'art de toujours voir le bon côté des choses. C'était sa façon de se protéger : elle bannissait toute pensée négative en énumérant, en un genre de mantra, ses sources de contentement.

En ce moment, par exemple, il y avait son fiancé, Luke, un garçon fantastique qui était tombé amoureux d'elle malgré ses innombrables défauts. Il y avait aussi sa famille recomposée et néanmoins fabuleuse. Enfin, il y avait son travail, extrêmement intéressant et rémunérateur, au point que son salaire avait enfin décidé Luke à fixer la date de leur mariage.

Un sourire ébloui se dessina sur sa bouche charnue et c'est dans un état proche de la béatitude qu'elle s'empara de la télécommande pour regarder les informations.

« Suite à la chute récente des actions, la venue à Londres de Rafael Cavaliere alimente la rumeur d'un krach financier dans le secteur de l'électronique... »

Aleth se redressa sur son lit pour mieux voir le visage du célèbre industriel italien, entouré par une nuée de caméramans à l'aéroport d'Heathrow. Comme d'habitude, il était accompagné de son personnel et protégé par des gardes du corps. De haute taille et dégageant une autorité naturelle, il traversa calmement la mêlée de paparazzi, avec une sérénité apparemment inébranlable.

« Son Altesse Sérénissime débarque en Angleterre », songea Aleth, non sans un certain dégoût.

Bien qu'il n'eût sans doute pas beaucoup plus de trente-cinq ans, il se dégageait de lui l'assurance brutale d'un homme de pouvoir parfaitement à l'aise dans la jungle du monde des affaires. Son immense fortune et ses talents de financier étaient encore renforcés par un caractère des plus impitoyables. Derrière les lunettes noires qu'il ne quittait pratiquement jamais, son profil sombre et taillé au couteau était aussi indéchiffrable qu'un mur de briques.

Aleth sentit un étrange frisson lui parcourir l'échine. En un geste impatient, elle repoussa en arrière la mèche de cheveux roux qui tombait sur son front pâle. Son visage rond s'était crispé et en disait long sur sa désapprobation.

Dix ans auparavant, Rafael Cavaliere avait racheté la compagnie pharmaceutique où travaillait son beau-père. Privée de son capital, l'entreprise déjà déficitaire avait dû fermer ses portes et le chômage avait ravagé la petite ville où la jeune femme avait grandi. De nombreuses familles, jusqu'alors heureuses, avaient tout perdu. Aleth détestait tout ce que représentait Rafael Cavaliere : il ne bâtissait pas, il détruisait tout sur son passage. Au nom du progrès, de la productivité, du profit.

A cette époque, Aleth était encore une petite provinciale sans histoire. Jamais elle n'était plus heureuse que lorsqu'on la laissait donner un coup de main au manège, et sa seule ambition était de travailler avec les chevaux, quand elle serait plus grande.

C'est d'ailleurs la raison pour laquelle elle avait été si perturbée, deux mois plus tôt, par l'annonce d'un héritage inattendu. Une vague cousine qu'elle n'avait jamais rencontrée, lui avait légué une petite pension pour chevaux, sur la côte ouest de l'Irlande. Tout d'abord ravie — bien qu'étonnée — par la nouvelle, Aleth avait été outrée d'apprendre qu'une offre substantielle avait déjà été faite pour le rachat de la propriété. S'il n'avait tenu qu'à elle, elle aurait pris le premier avion pour Kerry. Malheureusement personne, dans son entourage, n'avait partagé son enthousiasme, de sorte que, si elle s'était déplacée pour voir son patrimoine irlandais, elle aurait été seule.

Sa mère, Eva, avait fui son Irlande natale pour l'Angleterre, bien des années auparavant. Elle était arrivée à Londres encore adolescente et enceinte de sept mois. De toute cette époque, elle semblait garder des souvenirs particulièrement amers. Pour preuve, elle s'était toujours refusée à livrer à Aleth le nom de son père.

La jeune femme aurait d'autant plus aimé visiter le village de Ballyflynn, dont Eva était originaire, que cela lui aurait peut-être permis de découvrir par elle-même l'identité de son père. Le destin semblait en avoir décidé autrement cependant, car, sommée de faire fi de tout sentimentalisme au profit de la logique, Aleth avait mis la propriété en vente sans même l'avoir vue. Après tout, en agissant autrement, elle aurait entièrement bouleversé son existence et celle des autres.

Son téléphone portable sonna, l'interrompant dans ses réminiscences. Bien qu'un peu attristée par ces considérations moroses, elle répondit avec son entrain habituel.

— Aleth ? Tu as rapporté mon costume Armani de chez le teinturier ? demanda Luke sans préambule.

— Euh... Laisse-moi réfléchir.

Aleth repensa à son week-end, une véritable course contre la montre, comme d'habitude. Luke lui avait bien demandé de passer chercher son costume si elle en avait le temps et elle se souvenait avoir accepté. Quant à savoir si elle l'avait fait... Depuis que son travail empiétait sur son week-end, elle avait de plus en plus de mal à s'acquitter des tâches les plus élémentaires.

— Aleth ! reprit Luke avec insistance. Je vais être en retard...

— Je suis quasiment certaine d'être allée le chercher...

— Et moi, je te dis qu'il n'est pas dans l'armoire !

Luke était aussi tranchant dans son impatience qu'un avocat peut l'être à tout moment. C'est sur le même ton qu'il lui avait fait remarquer que l'Irlande devait son surnom d'île d'Emeraude au fait qu'elle était particulièrement verte... et qu'elle était particulièrement verte parce qu'il y pleuvait sans cesse. Pas du tout le genre d'endroit où il avait envie de posséder une résidence secondaire ou de passer ses vacances.

— Alors ? Où est-il ? reprit-il d'un ton encore plus pressant.

Aleth se le représenta, ses cheveux blonds repoussés en arrière, son visage hâlé aux traits si expressifs et illuminé par d'immenses yeux verts. Elle était tellement éprise de lui qu'elle sentit la tête lui tourner de désir et dut se secouer pour revenir à la réalité du moment.

Elle se rappelait être remontée à l'appartement, les bras chargés de sacs à provisions, le costume replié sur le bras gauche.

— Minute ! J'essaie de réfléchir !

— Comment peux-tu être aussi désorganisée ? lança Luke, dans un moment de colère qui la laissa momentanément sans voix.

Elle ferma les paupières et, en un éclair, recouvra la mémoire.

— Je sais ! s'exclama-t-elle. Il est accroché derrière la porte de la cuisine.

— Derrière la porte de la... ? Tu fais vraiment n'importe quoi, ma pauvre fille, conclut Luke, en guise de remerciement.

— C'est bien la dernière fois que je te rends service un samedi après-midi pour te permettre d'aller au gymnase avec tes copains ! déclara Aleth, froissée. Je ne suis pas désorganisée, figure-toi. Je suis débordée, c'est tout !

Un silence lourd de sens s'ensuivit.

— Pardonne-moi, murmura Luke. Je n'aurais pas dû dire ça. Je te vois ce soir ?

— Non. J'aurai bien de la chance si j'arrive chez moi avant minuit.

Et, même à cette heure-là, il lui faudrait encore appeler l'agence pour mettre Saskia, sa supérieure, au courant de ce qu'elle avait fait pendant son déplacement avant de rédiger un rapport détaillé. La réunion mensuelle avec les cadres du siège de la Zenco, à Manchester, était la plus importante dans son agenda.

— Dommage... Tu me manques, affirma Luke, d'un ton charmeur. Enfin... J'ai du pain sur la planche, moi aussi. A ce propos, ne t'inquiète pas si tu n'arrives pas à me joindre. Je vais être obligé d'éteindre mon portable. En cas d'urgence, laisse-moi un message... Il faut que je te quitte à présent. Je t'appelle demain, mon lapin !

« Mon lapin » ?

Aleth raccrocha, les sourcils froncés. Ce n'était pas le genre de terme que Luke utilisait d'ordinaire. Beaucoup trop frivole et trop grossier pour lui...

Alice, sa demi-sœur, était plus à même de recourir à ce type d'expressions. Cela dit, Alice était une fille branchée, aux moyens quasiment illimités et douée pour être toujours à l'avant-garde de n'importe quelle tendance.

Aleth sourit avec attendrissement. Elle était extrêmement fière de sa petite sœur et songea, une fois de plus, qu'il était vraiment dommage que les deux personnes qu'elle chérissait le plus au monde, sa sœur et son fiancé, ne puissent pas se supporter.

Elle s'apprêtait à sortir pour se rendre à la réunion lorsque son téléphone sonna pour la deuxième fois.

— Tu as allumé la télévision ? lui demanda sa supérieure, manifestement proche de la panique.

— Tout à l'heure, oui. Pourquoi ?

— Fais-le. Tout de suite !

Sachant que Saskia avait le sens du mélodrame, Aleth reprit la télécommande sans trop se presser.

— La Zenco descend en flèche, souffla Saskia.

Aleth sentit son estomac se contracter et regarda avec horreur la foule d'employés qui arpentait le trottoir devant le bâtiment de la Zenco. Certains d'entre eux martelaient les portes d'entrée, sans que personne ne pénètre dans l'immeuble, toutefois. Les visages dans leur ensemble exprimaient la colère, la perplexité ou l'incrédulité totale. La caméra s'attarda longuement sur une femme en pleurs.

— Tu passes ton temps avec la direction de la Zenco. Comment le malaise ambiant a-t-il pu t'échapper ? poursuivit Saskia, d'un ton accusateur. Si tu nous avais prévenus à temps, nous aurions pu retirer nos billes !

Aleth n'était pas préparée à cette attaque en règle.

— Enfin, Saskia ! se récria-t-elle. Comment aurais-je pu...

— N'essaie pas de te défiler, Aleth. Je ne suis pas d'humeur à écouter tes excuses minables, persifla sa supérieure.

A l'entendre, elle n'était pas loin de l'hystérie la plus totale.

— Rends-toi sur place de ce pas et débrouille-toi pour apprendre ce qui se passe au juste. Et rentre directement à Londres. Si nous perdons le contrat de la Zenco, tes frais de déplacements seront diminués d'autant. Tu claques plus de fric que si tu avais gagné au loto, ma vieille !

Aleth porta ses deux mains à ses joues en feu. L'accusation était plus qu'outrancière. Et si Saskia avait la réputation d'avoir la dent dure, c'était la première fois que la jeune femme en faisait personnellement les frais. Jusqu'à présent, elle avait été une de ses chouchoutes, principalement grâce au contrat Zenco. Si l'entreprise venait à faire faillite, Aleth était dans un sacré pétrin.

Elle travaillait pour la DarDesign depuis deux bonnes années. A l'époque, la Zenco ne représentait qu'une part minuscule de leur marché. Par la suite, ses dirigeants avaient apprécié — à juste titre — les campagnes que leur proposait la DarDesign et Aleth avait su leur vendre le produit avec efficacité. Du coup, l'agence s'était agrandie, afin d'être en mesure de s'occuper de la publicité de la multinationale. Aussi était-il à craindre que la chute de la Zenco entraîne la DarDesign dans son sillage.

De retour à Londres, Aleth traversa le hall d'accueil de sa société, la peur au ventre. Un silence inhabituel régnait dans les bureaux. Quelques collègues passèrent leur tête hors de leur bureau, détournant le regard dès que la jeune femme les repérait. Personne ne semblait savoir que dire ou que faire.

Saskia avait rappelé Aleth au moins quatre fois dans la journée et on avait dû l'entendre hurler dans tout l'immeuble.

Aleth avait essayé de joindre Luke, en vain. D'après sa secrétaire, il serait en conférence jusqu'à 18 heures et, comme il le lui avait dit, son portable était éteint.

Une brunette aux traits émaciés, vêtue d'un tailleur en tweed rose, ouvrit grand la porte de son bureau.

— Alors ? demanda-t-elle d'un ton acerbe.

Aleth inspira longuement, pénétra dans le bureau et referma la porte derrière elle.

— Ça va mal. Si on en croit la rumeur, les comptes de la Zenco sont plutôt douteux et une enquête doit être ouverte. On soupçonne trois gros bonnets de la boîte. Dans l'intervalle…

Saskia laissa échapper un juron, avant de toiser son employée avec un ressentiment non dissimulé.

— Tu peux m'expliquer pourquoi je n'ai pas eu vent de l'affaire avant ?

— La corruption en haut lieu n'est pas exactement un sujet de conversation, parmi les gens à qui j'ai affaire, Saskia ! fit remarquer Aleth. Ils n'ont pas plus accès à ce type d'information que moi, que veux-tu que je te dise ?

Bien qu'il fût en froid avec son père depuis bien longtemps, Rafael avait décidé d'assister à ses funérailles.

A ses yeux, les différends familiaux devaient rester une affaire privée, de manière à ne pas alimenter les ragots. De plus, passer outre à la tradition aurait risqué de choquer les esprits. Certes, cela tombait plutôt mal, puisque le décès de son père l'avait obligé à quitter le Royaume-Uni au moment où la Zenco agonisait, mais ce n'était pas cela qui l'empêcherait d'empocher quelques millions supplémentaires. Les gens étaient si stupides et si cupides...

Son entrée dans la chapelle romaine fut accueillie par un silence respectueux, teinté de crainte. Rafael prenait le décès du vieil homme sans trace visible d'émotion. Une impassibilité qui aurait d'ailleurs fait l'admiration de Valente Cavaliere. En un peu plus de soixante-dix années passées principalement à assouvir ses vices, jamais il n'avait réussi à surpasser les capacités de détachement de son fils.

Contrarié par son incapacité à intimider Rafael, Valente avait passé une bonne moitié de son existence à le combattre, ne reculant devant aucune bassesse pour contrer le succès rencontré par son fils ou pour mettre son empire financier en difficulté.

Lorsque, de guerre lasse, il avait dû s'avouer vaincu, il s'était aperçu avec étonnement qu'il était extrêmement fier de ce membre de sa progéniture. Rafael était d'une intelligence redoutable, totalement maître de lui-même et dépourvu de toute émotion visible. Tant et si bien qu'au moment de mourir, Valente en était arrivé à la conclusion que l'épouse irlandaise qui l'avait tant déçu par ailleurs avait donné naissance à l'un des grands de ce monde.

Les pensées de Rafael au cimetière n'avaient rien de paisible ou de religieux, bien au contraire. Les souvenirs qui l'assaillaient étaient même plus amers les uns que les autres.

« Ta mère n'est qu'une traînée. Une droguée. Ne crois pas un seul instant ce qu'elle peut te raconter. C'est une véritable mythomane ! », lui avait déclaré Valente, alors qu'il n'avait encore que sept ans.

Et, afin de s'assurer qu'il était bien compris, il avait soigneusement expliqué à son fils le sens de chacun de ces termes. Traînée... Droguée...

« Alors quand tu vas la voir n'oublie pas que tu es un Cavaliere. Ta mère, elle, n'est qu'une vulgaire Irlandaise, et pas de la meilleure extraction qui soit ! »

Toutefois, Valente s'était encore surpassé le jour où Rafael était tombé amoureux pour la première et la dernière fois. Le jeune homme avait quinze ans lorsque son père avait payé une prostituée aux traits particulièrement juvéniles pour le séduire.

« Il fallait bien que je fasse de toi un homme... Si ça peut te consoler, elle a été très impressionnée par tes performances, mon garçon. Elle n'est pas mal non plus d'ailleurs, tu ne trouves pas ? Je le sais parce que je l'ai essayée avant toi, histoire d'être sûr de ne pas me tromper ! » Il était parti d'un petit rire narquois avant de poursuivre. « Malheureusement, votre histoire est impossible, mon garçon. C'est une putain et tu ne la reverras jamais. Toutes les femmes sont des putains d'ailleurs, surtout quand elles ont affaire à un homme riche et puissant. »

Valente lui avait annoncé cette nouvelle dévastatrice dans l'hilarité la plus totale, et — pire encore — devant ses plus proches collaborateurs, tout dévoués à sa cause.

« En affaires, on ne fait pas de sentiment, avait encore déclaré Valente, le jour où son meilleur ami s'était suicidé après avoir fait une mauvaise affaire sur ses conseils éclairés. Je m'occupe de moi. De toi aussi, tant que tu restes loyal. C'est tout. Pour le reste, à moins que j'aie à y gagner, je n'ai ni famille ni amis. »

Peu après, Rafael avait eu droit à une leçon de morale en règle sur les bienfaits de l'avortement, le déni et l'intimidation en cas de grossesse imprévue. C'était tellement ironique qu'à ce souvenir Rafael faillit sourire pour la première fois depuis le début de la semaine. Valente avait eu un autre enfant en Irlande, résultat d'une brève liaison avec la veuve qui s'était autrefois occupée de Flynn Court, la propriété de sa femme. De sorte que Rafael y avait une demi-sœur de quinze ans dont les manières impertinentes, le franc-parler et le regard défiant étaient tout à fait dignes d'une Cavaliere.

Rafael payait ses études dans un des pensionnats chics du pays. Non par affection car il n'agissait jamais par désintéressement complet. Toutefois, sa générosité avait mis son père en porte-à-faux, le rendant fou de rage. Quant à Rafael, il en avait retiré l'estime des habitants de Ballyflynn, plutôt méfiants à son égard, au départ.

Il laissa tomber une photo jaunie de sa mère dans le caveau et rentra chez lui. Avec un peu de chance, la pauvre femme accompagnerait son père jusqu'au purgatoire et lui vaudrait l'enfer.

Le défunt ne méritait guère mieux.

Cédant aux instances de sa supérieure, Aleth expédia les affaires courantes et rentra chez elle bien plus tôt que prévu. Elle avait pleinement conscience de ce que sa carrière risquait de prendre fin avec la faillite de la Zenco. A court terme, elle pouvait se permettre une brève période de chômage sans trop en souffrir sur le plan financier. C'était une consolation, surtout si elle ne voulait pas se laisser aller au découragement. Luke, en revanche, avec sa prudence habituelle, déciderait sans aucun doute de différer d'autant la date de leur mariage.

Elle s'efforça de ne pas songer à la perspective de passer deux longues années à dissimuler son penchant immodéré pour les magazines de robes de mariée, et à sourire avec un détachement tout à fait feint quand les gens lui demanderaient à quand était fixé le grand jour. Elle se serait fait couper en morceaux plutôt que d'avouer à son fiancé à quel point elle était attachée au mariage et à la maternité. En aucun cas, elle ne voulait lui forcer la main. Seulement, ils étaient ensemble depuis cinq ans, s'étaient officiellement fiancés deux années plus tôt et, à vingt-huit ans, elle se sentait plus que prête à passer à l'étape suivante.

Elle déposa ses clés sur la tablette et appuya sur la touche de son répondeur pour écouter les messages.

La voix mélodieuse d'Alice, rendue presque aristocratique par son éducation onéreuse, emplit la pièce.

— Salut, ma belle ! Je t'appelais pour te proposer d'aller déjeuner quelque part, mais apparemment tu es sortie. Le boulot, sans doute… Dur, dur, d'être une femme d'affaires ! Tant pis ! Ce sera pour un autre jour ! Je m'envole pour Nice dès ce soir… Je t'appelle dès mon retour !

Aleth réprima un soupir de déception. Elle aurait adoré déjeuner avec sa sœur cadette, ne serait-ce que pour écouter les dernières anecdotes de sa vie trépidante.

Elle fut interrompue dans sa réflexion par la sonnerie, à la porte de son appartement. C'était Juliette, le superbe mannequin blond qui vivait sur le même palier qu'elle.

— Aleth ? Je m'en vais... Je déménage. Dès ce soir.

— Ce soir ? C'est plutôt rapide, dis-moi. Tu ne...

— Je pars en Europe avec mon petit ami, et j'ai un service à te demander.

Juliette, qui ne frappait jamais à la porte d'Aleth sans une raison précise, la gratifia de son sourire de star.

— Tu accepterais d'adopter Samson ? Tu as tellement bon cœur et je t'ai vue à l'œuvre. Tu sais t'y prendre avec les animaux !

Aleth ne put dissimuler sa surprise. Samson était le chihuahua de sa voisine. Une petite bestiole adorable, qu'elle avait achetée sur un coup de tête, quand c'était la mode. Malheureusement, un locataire bien intentionné lui avait vite rappelé que les animaux domestiques n'étaient pas admis dans l'immeuble. Avec menace de la dénoncer, bien sûr...

— Samson ? Je croyais que tu t'en étais débarrassée !

— Pas vraiment. Je l'ai mis en pension dans un chenil de luxe et ça me coûte une fortune, se lamenta Juliette. Le hic, c'est que je n'ai pas le temps de le vendre.

— Désolée, commença Aleth, se fermant intérieurement à la pensée de ce pauvre Samson, si négligé ces derniers temps.

Pour un peu, elle aurait secoué son incapable maîtresse, à lui en faire avaler son sourire de star.

— Tu t'es renseignée auprès des propriétaires du chenil ? Ils arriveront peut-être à lui trouver un autre toit !

— Tu parles ! Ils ont tout intérêt à me faire lambiner pour me soutirer un peu plus d'argent ! gémit Juliette, une nuance d'accusation dans la voix. Non ! Il faut que tu me tires cette épine du pied. Danny vient me chercher dans moins d'une heure !

Aleth dut se faire violence pour ne pas céder à la pression. Sa voisine lui en imposait, avec son bagout et sa silhouette irréprochable. Seulement Luke n'aimait pas les chiens. Il avait violemment protesté, un jour où elle avait accepté de prendre Samson en pension pour le week-end.

— J'ai bien peur de ne pas avoir assez de place pour un animal domestique, moi non plus. C'est impossible, Juliette. Crois bien que je le regrette.

Une heure et demie plus tard, et après avoir revêtu une petite robe bleue que Luke affectionnait tout particulièrement, Aleth ressortit dans l'intention de faire une surprise à son fiancé.

Il devait être rentré de sa conférence à présent, et elle avait apporté tous les ingrédients nécessaires à la préparation d'un sauté au curry.

Luke adorait sa cuisine. Dès lors, il était peut-être légèrement manipulateur de sa part de lui servir son plat préféré avant de lui parler de l'énorme nuage noir qui menaçait sa carrière.

Aleth grimaça. Sa conscience la titillait. Doublement car elle était toujours hantée par l'image de Samson, si petit qu'il aurait tenu dans sa poche, face aux molosses qu'il ne manquerait pas de rencontrer dans son chenil. Enfin ! Ce n'était pas elle qui l'avait acheté et il n'était donc pas sous sa responsabilité. Sans compter que ça énervait terriblement Luke de la voir résoudre les problèmes des autres à leur place, le tout sans une seconde d'hésitation !

Elle fit tourner sa clé dans la serrure du loft ultramoderne que Luke occupait dans la City, et se rendit directement dans la cuisine.

Elle se figea sur place en entendant un éclat de rire provenant de la partie habitable de l'appartement. Au bout de quelques secondes, elle s'avança vers la porte.

— Aleth, on l'appelait Peggy la Cochonne, quand on était petites, minaudait une voix familière. Ma mère avait tellement honte d'elle qu'il lui est arrivé de la faire passer pour la fille de la gouvernante ! Elle était grosse et était affublée d'un accent paysan à couper au couteau. Elle aurait pu maigrir, depuis lors... Or, tu as vu sa tête et son cul ? Une véritable moissonneuse-batteuse !

Aleth en resta clouée sur place. Que faisait Alice dans le loft de Luke ? Et surtout, pourquoi sa demi-sœur racontait-elle des choses aussi horribles sur son compte ? Pour amuser Luke ? A une ou deux reprises, elle avait bien entendu sa sœur médire avec cruauté des autres, mais elle avait mis ça sur le compte d'un manque de maturité.

— Alice ! s'exclama Luke avec une indulgence parfaitement inacceptable.

— Je m'appelle Peggy la Cochonne et je suis triste comme un bonnet de nuit. Tout ce qui m'intéresse, ce sont les recettes de cuisine et j'ai tellement besoin qu'on m'aime que je me laisse faire par tout le monde. Un véritable paillasson, quoi !

Alice avait imité l'intonation d'Aleth avec un talent suffisant pour que sa victime, déjà secouée, grimace et pâlisse encore un peu plus.

Aleth se précipita vers le loft pour annoncer sa présence avant d'entendre d'autres horreurs.

— Qu'est-ce que tu préfères, mon lapin ? poursuivit Alice. Une autre tranche de mon délicieux gâteau au chocolat... ou une deuxième partie de jambes en l'air ?

— Quelle question ! Ouvre-moi ces jambes somptueuses.

Aleth crut que ses propres jambes allaient cesser de la porter. Au bord de l'écœurement, elle regarda droit devant elle, à l'autre bout du parquet ciré, avec incrédulité.

Nu comme un ver, Luke se rallongeait sur le lit, attirant à lui sa demi-sœur tout aussi nue.

Celle-ci laissa échapper un gloussement insouciant et s'assit sur lui, en une posture très intime et avec autant d'aisance que si ce geste avait été mille fois répété. Ses cheveux blonds tombaient en cascade sur ses épaules aussi fines que hâlées. De toute évidence, elle était en terrain connu.

— J'adore tes petits seins. Ils me rendent fou tant ils sont délicats ! grommela Luke, posant des mains avides sur la poitrine d'Alice, tandis que cette dernière s'étirait avec langueur.

— Ils sont bien différents des miens, en effet, s'entendit déclarer Aleth, d'une voix qui lui parut curieusement détachée.

Les deux amants interrompirent leurs ébats à une vitesse qui aurait été comique à voir en d'autres circonstances.

— Aleth ? s'écria Luke, se redressant sur son oreiller.

Les poings serrés, la jeune femme s'efforçait de ne pas détourner le regard de ce spectacle si intime.

— Ça dure depuis combien de temps, cette comédie ? demanda-t-elle sans essayer de dissimuler son dégoût.

Alice se détacha de Luke avec grâce et sans se presser, avant de se tourner vers sa demi-sœur d'un air de défi. Ses yeux noisette brillaient d'une lueur étrange, et son ton n'eut rien de contrit.

— Depuis des mois ! Et Luke ne s'en lasse pas, figure-toi. Que ce soit au lit ou ailleurs. Désolée que tu l'aies appris de cette manière, sœurette, mais c'est la vie ! C'est dur pour tout le monde, tu sais ! J'en ai assez, moi aussi, d'agir comme si je faisais quelque chose de honteux !

Luke, lui, s'efforçait de remettre son pantalon, sa belle assurance envolée, subitement. Il intima à Alice l'ordre de se taire et Aleth se crispa. A ses yeux, une intervention aussi pitoyable de la part de son fiancé ne faisait que couronner le tout.

Sauf que Luke n'était plus son fiancé, bien sûr… En couchant avec sa sœur, en écoutant ses propos grossiers, il avait fait de leur engagement une farce grotesque.

Elle pivota sur elle-même, le corps raidi par l'effort qu'elle devait fournir pour ne pas laisser transparaître la tempête qui faisait rage en elle, et sortit du loft d'un pas vif.

Il lui fallut quelques instants pour recouvrer son souffle. Elle avait l'impression d'avoir été enfermée dans un cabinet noir, de manquer d'oxygène, et dut se raisonner pour ne pas se mettre à hurler.

Elle repensa fébrilement à la scène à laquelle elle venait d'assister, à ce qu'elle avait entendu, à ce que sa sœur lui avait jeté à la figure…

Chaque parole, chaque image était comme un couteau dont la lame se serait enfoncée un peu plus profondément en elle.

Aleth aimait Luke depuis toujours, lui semblait-il. Leur union l'avait occupée une bonne moitié de sa vie d'adulte et elle n'imaginait pas ce que serait son existence sans lui.

Pire encore, il avait fait l'amour à sa sœur, avait écouté et ri à ses commentaires dégradants…

Au détriment de la loyauté et de la décence les plus élémentaires.

Qu'était-il advenu de cette animosité que Luke et Alice avaient été si soucieux de manifester jusqu'alors…, des remarques acerbes qu'ils échangeaient dès qu'ils étaient en présence l'un de l'autre ?

Luke se complaisait à dire d'Alice qu'elle n'était qu'une enfant gâtée. Alice, en retour, qualifiait Luke d'avocat pompeux. Etait-il possible que cette hostilité, elle aussi, n'ait été qu'un leurre, destiné à berner la fiancée de l'un et la demi-sœur de l'autre ?

Longtemps après leur rencontre à l'université, Luke et Aleth avaient été de simples amis, même si la jeune femme rêvait déjà d'autre chose. Elle s'était tenue en retrait, un sourire forcé aux lèvres lorsqu'elle le voyait fréquenter des filles plus jolies, plus minces et plus sophistiquées qu'elle. Néanmoins, son amitié indéfectible avait fini par lui valoir la confiance et l'affection du futur avocat. De là avait fleuri leur amour. Luke s'était mis à s'inquiéter d'elle lorsqu'elle n'était pas là, à lui faire part de ses ambitions, à partager avec elle ses échecs et ses réussites.

Pour lui plaire, la jeune femme s'était imposé un régime draconien. Six kilos de moins… et perpétuellement affamée.

Certes, le moment était mal choisi pour songer qu'elle s'était façonné une silhouette différente, s'était transformée en une autre femme, au seul motif de se rendre plus attrayante aux yeux de l'homme qu'elle avait décidé de conquérir. Mais on ne pouvait forcer le destin, et Luke et elle n'étaient peut-être pas voués à rester ensemble. De manière évidente, elle ne pouvait rivaliser avec Alice, qui mesurait dix bons centimètres de plus qu'elle, était naturellement fine, blonde et… magnifique.

Il n'y avait pas d'autre mot.

Alice était une véritable beauté qui n'avait aucun effort à faire pour se rendre présentable.

Et, comme Alice désirait Luke, elle avait tendu la main pour se servir, sans aucun remords.

C'était aussi bête que ça !

Elle tenait sûrement cette vision des choses de leur mère, Eva. Eva qui avait résolument tourné le dos à ses origines modestes et n'avait jamais laissé échapper une chance de revoir son horizon à la hausse. A présent, elle vivait à Paris, auprès de son troisième mari, un magnat de la flotte norvégienne, et avait atteint tous les buts qu'elle s'était fixés. Aleth, sa fille aînée, avait été élevée par son premier époux. De son successeur étaient nés Alice et Boyce, le demi-frère d'Aleth.

« On ne vit qu'une fois ! », avait-elle déclaré à son deuxième époux, le jour où elle l'avait quitté pour Gustav le Norvégien, plus jeune, plus riche et plus puissant. « Et parfois, il faut faire preuve d'égoïsme. L'essentiel, c'est d'être en accord avec soi-même. »

Aleth se sentait tout à fait étrangère à ce genre de credo qui l'avait obligée à faire passer les sentiments et les besoins d'autrui avant les siens. Seulement à présent que son monde s'écroulait sous ses pieds, elle commençait à comprendre comment ce fameux égoïsme pouvait payer et surtout comment il pouvait la tirer de ce mauvais pas.

Si elle vivait en ville, c'était uniquement pour faire plaisir à Luke. Son travail, bien que rémunérateur, ne lui apportait que très peu de satisfactions. Et, soudain, elle comprit qu'elle pouvait tirer parti de son chagrin, se réparer de la manière la plus positive qui soit.

Maintenant que Luke ne faisait plus partie de sa vie et que sa carrière était terminée, elle était libre d'agir à sa guise.

Alors elle allait trouver une source de contentement dans ce chagrin dévastateur. Après tout, si la trahison de Luke et de sa demi-sœur lui permettait de retourner à un mode de vie plus simple dans la campagne irlandaise, pourquoi ne pas sauter sur l'occasion ? C'était le moment ou jamais et elle n'aurait peut-être plus jamais l'opportunité de prendre un tel risque. Elle était jeune, célibataire, en bonne santé et pas trop fauchée.

Elle en était à ce point de sa réflexion lorsque, pour sa plus grande consternation, elle trouva Samson dans un panier, sur son paillasson. A côté de lui était posée une boîte remplie d'accessoires pour chien, parmi lesquels un collier en faux diamants et quelques manteaux de marque, avec leurs bottines assorties. Rien que des choses utiles... Aleth passa le tout en revue pour constater qu'il ne manquait que l'essentiel : un peu de nourriture, une laisse et une gamelle.

La pauvre petite bête tremblait de tous ses membres, au fond de son panier, ses yeux ronds et larges comme des soucoupes rivés sur elle en une supplique muette.

Aleth dut se faire violence pour réprimer un grognement exaspéré.

Comment Juliette avait-elle pu abandonner son chien de cette manière, alors qu'elle savait que sa voisine n'en voulait pas ? Elle l'avait laissé tomber, tout comme Luke l'avait laissée tomber elle-même : parce qu'ils avaient trouvé mieux et plus prometteur.

Le constat était amer, mais réaliste.

Aleth avait toujours voulu un chien, certes. Seulement elle pensait à un gros chien... un chien normal... pas à un toutou à peine plus gros qu'un jouet.

D'un autre côté, elle ne voulait plus se plier à la dictature de la mode et de la minceur. Surtout depuis qu'elle s'était entendu juger sur des critères impossibles de perfection féminine par la belle Alice !

Elle se recroquevilla, dans un mélange de culpabilité et d'agacement.

Ce n'était pas la faute de Samson, s'il était aussi ridiculement minuscule, après tout !

2

Aleth longea un muret couvert de lierre sur des kilomètres avant qu'un panneau rédigé en gaélique et en anglais l'informe qu'elle était arrivée dans la commune de Ballyflynn.

Aussitôt, son excitation monta d'un cran. Apercevant une vieille église de pierre à l'entrée du village, elle se demanda si sa mère y avait prié dans sa jeunesse. Elle traversa ensuite la petite bourgade au pas, afin de pouvoir regarder tout autour d'elle. La grand-rue était bordée d'arbres et de bâtiments aux façades pastel. L'ensemble était pittoresque et extrêmement paisible.

La jeune femme se gara devant le cabinet de Eugène McNally, le notaire chargé de la succession, et attrapa le sac à main que Luke lui avait offert pour son anniversaire.

Immédiatement, une photo d'Alice et de son fiancé, publiée dans les colonnes d'un journal *people* deux semaines auparavant, lui revint à la mémoire. Luke avait toujours été dévoré par l'ambition et il devait jubiler devant cette publicité tapageuse, songea-t-elle, la gorge serrée. Il attendait avec impatience une promotion au sein du cabinet d'avocats qui l'employait et avait souvent expliqué à Aleth que les apparences sont de la plus haute importance, quand il s'agit d'impressionner la direction. Nul doute qu'Alice améliorait encore son image de marque, avec son raffinement inné et ses entrées dans les cercles les plus fermés.

Aleth se força à inspirer lentement. Sept semaines avaient passé depuis la rupture et la douleur était toujours aussi vive.

Elle leva la tête vers le ciel et se promit de s'en remettre, et cela sans se transformer en un monstre d'amertume.

Maître McNally, un homme d'âge moyen et de forte corpulence, lui tendit à regret le trousseau de clés de la propriété de feu Kathleen Gallagher. Manifestement, il était froissé par le refus catégorique d'Aleth d'en entendre davantage sur la nouvelle offre faite sur son héritage. En revanche, et bien qu'elle eût déjà reçu tous les détails par courrier, la jeune femme dut écouter le notaire lui énumérer les nombreuses dettes et hypothèques contractées par sa cousine.

— Ce n'est pas avec cette propriété que vous ferez fortune ! prédit-il d'une voix sentencieuse. Vous risquez même d'en être de votre poche. Les chevaux ne rapportent plus, de nos jours !

— Je sais ! répliqua-t-elle.

De toute évidence il la prenait pour une citadine idéaliste, à la poursuite du rêve impossible d'un retour à la nature.

Certes, son revirement de dernière minute avait dû contrarier ses plans, ainsi que ceux de l'acheteur. Aleth en avait parfaitement conscience et elle n'avait pas manqué de s'excuser lorsqu'elle avait téléphoné pour expliquer qu'un événement personnel l'avait amenée à reconsidérer sa décision initiale.

L'acheteur en question était l'Entreprise Flynn, une industrie locale à ne pas en douter. Lorsqu'elle avait entendu ce nom, Aleth n'avait pu réprimer une grimace : en marchant ainsi sur les plates-bandes des autochtones, elle risquait de se faire des ennemis dans le village.

Malgré cela, et tout en reconnaissant que son départ pour l'Irlande était un pari risqué, la jeune femme ne s'était pas laissé dissuader par ses proches.

« C'est pour me punir que tu agis ainsi ? Tu veux me faire culpabiliser, c'est ça ? », lui avait demandé Luke, furieux, quand il avait appris la nouvelle.

« Tu réagis comme une gamine de quinze ans ! lui avait fait

remarquer son beau-père, manifestement inquiet. Ça ne te ressemble pas, mon petit... »

« Pourquoi pas une robe de bure et des vœux au couvent, pendant que tu y es ? avait commenté Eva, exaspérée. Ce serait à peu près aussi excitant que d'aller t'enterrer dans ce trou perdu ! Pour ma part, j'en suis partie dès que j'ai pu. Tu vas t'ennuyer, ma fille ! Terriblement ! Je ne te donne pas six mois pour revenir à Londres ! »

En dépit de ces sombres prédictions, Aleth avait choisi d'agir selon son envie et elle se sentait déjà différente. Pour une fois, elle avait tout contrôle sur son destin, ce qui lui donnait un merveilleux sentiment de liberté. De plus, elle avait hâte de relever le défi qui l'attendait : elle allait gérer sa propre affaire et ne doutait pas une seconde de réussir à force de travail.

Elle quitta Ballyflynn, toujours au ralenti. Le muret de pierres reprenait à la sortie du village, de plus en plus décati. Aleth contenait mal son impatience. La secrétaire de McNally, une jeune femme fort serviable, lui avait indiqué le chemin par le menu. Un kilomètre environ après le petit pont de pierre, il fallait tourner à gauche et descendre le chemin marqué par un immense marronnier.

Le chemin en question était aussi sinueux que défoncé, les haies qui le bordaient si hautes qu'elles obstruaient toute la vue. Les bas-côtés étaient luxuriants et les feuillages dansaient doucement sous la brise.

Néanmoins, Aleth s'interdit tout lyrisme exacerbé. Elle ne devait pas s'attendre à découvrir monts et merveilles. Mieux valait ne pas avoir d'attentes déraisonnables, quand on ne voulait pas être déçue !

La charmille aboutissait à une cour de béton entourée de vieilles remises et d'étables construites dans des matériaux dépareillés du plus mauvais effet. A première vue, il y aurait un bon nombre de réparations à faire. Qu'à cela ne tienne... Aleth avait un peu d'argent devant elle et n'était pas manchote, loin de là.

Elle contourna la cour et tomba immédiatement sous le charme du spectacle qui s'offrait à elle. Au milieu d'un bosquet d'arbres somptueux était niché un adorable cottage aux murs de chaux et au toit de chaume si abrupt qu'on aurait dit un chapeau de sorcière. Les fenêtres à petits carreaux étaient peintes en un rouge fané, et la porte de bois semblait battue par les vents. Aleth cligna des yeux, ébahie par tant d'excentricité sur un bâtiment aussi ancien. Dès qu'elle fut remise de sa surprise, elle tira sur le frein à main, détacha sa ceinture d'un geste fébrile et descendit de voiture.

La clé tourna sans aucune difficulté dans la serrure. C'était bon signe et, une fois encore, la jeune femme dut contenir son optimisme galopant.

Elle pénétra dans un intérieur sombre et fut assaillie par une odeur envoûtante d'encaustique et de fleurs séchées.

Quelques bûches brûlaient dans l'immense cheminée noircie par la fumée aux confins de laquelle étaient disposés des outils qui avaient autrefois servi d'ustensiles de cuisine. Les flammes dansaient, se réverbérant sur le bois sombre d'une table patinée, ornée d'un bouquet de lavande et de roses trémières.

Il y avait deux portes, de part et d'autre de la pièce. La première ouvrait sur une petite chambre presque entièrement occupée par un lit aux montants de cuivre et une énorme armoire victorienne. La deuxième menait à une aile beaucoup plus récente du cottage. On y trouvait une cuisine équipée d'une gazinière, ainsi qu'un coin bureau encombré de paperasse. Les murs au papier fleuri étaient recouverts de photos fanées de compétitions hippiques. Au bout d'un petit couloir, Aleth trouva une autre chambrette. Elle fit une prière muette pour que la porte adjacente soit une salle de bains avec une douche et posa la main sur la poignée.

— Minute, Oona ! Je suis dans mon bain ! protesta une voix masculine.

Presque au même moment, Aleth entendit une porte s'ouvrir, de l'autre côté de la cuisine, suivie d'une voix juvénile.

— Fergal ? Tu peux dire adieu à ton bain. Il y a une bagnole dans la cour. Si c'est cette Anglaise qu'on nous a annoncée, il vaut mieux qu'elle ne trouve pas un inconnu dans sa baignoire, vieux !

Elle était grande, fine comme une liane et vêtue d'une salopette maculée de boue. Ses cheveux d'un noir de jais coupés à la diable étaient striés de mèches rouges, dans la plus pure tradition gothique. Lorsque ses yeux noirs se posèrent sur Aleth, elle porta une main à sa bouche.

Un bruit d'eau leur parvint, derrière la porte close. Celui d'un corps sortant en toute hâte d'une baignoire pleine.

— Qui sait ? répondit le dénommé Fergal, d'un ton léger. Si ça se trouve, elle sera ravie au contraire ! J'ai la manière, avec les femmes.

— Je ne serai en mesure de vous le dire que lorsque je vous aurai vu ! murmura Aleth.

La porte s'entrouvrit sur une tête blonde ébouriffée.

Ledit Fergal avait des yeux bleu marine, un menton râpeux et, malgré sa contrariété passagère devant cette invasion de son royaume par de parfaits inconnus, Aleth ne s'étonna pas outre mesure du succès dont il se targuait. Il était extrêmement séduisant, et son sourire aurait fait fondre un iceberg.

— Bon D... sang ! Heu... Excusez-moi, marmonna-t-il avant de refermer la porte.

L'adolescente à la coupe de cheveux extravagante s'éclaircit la gorge.

— Hm... Je m'appelle Oona Donelly. Votre palefrenier... Un de vos palefreniers, je devrais dire. Et à mi-temps, précisa-t-elle, relevant le menton d'un air de défi.

— J'ignorais qu'on avait confié les clés de cette maison à des étrangers ! fit remarquer Aleth avec prudence.

Oona rougit violemment.

— Fergal n'est pas un étranger ! se récria-t-elle. Il était pour ainsi dire l'associé de Kathleen, même s'ils n'ont jamais rien signé. Il a toujours été chez lui, ici !

— Malheureusement, cria Fergal, derrière la porte close, nous avons mangé notre pain blanc, Oona. C'est terminé, tout ça... La pension a une nouvelle propriétaire, à présent !

— Je suppose que je dois vous remercier d'avoir fait la poussière et allumé ce feu ! fit Aleth avant de gagner la cuisine pour remplir la bouilloire.

Elle était épuisée et affamée. Elle était partie la veille à l'aube et avait conduit sa voiture surchargée jusqu'à un ferry en partance du pays de Galles. Elle avait passé la nuit sur le sol irlandais, dans un bed and breakfast, et la traversée du pays jusqu'à la côte ouest s'était révélée plus longue et plus éprouvante qu'elle ne l'aurait pensé.

— Vous rigolez ? Pourquoi est-ce que j'aurais fait une chose pareille ? demanda Oona.

Son ton indiquait clairement que toute tâche domestique lui était tout à fait étrangère.

— Le feu ne s'est pas allumé tout seul !

— Non, seulement on ne m'a pas dit quand vous arriveriez exactement et...

— Mon Dieu !

Aleth venait de regarder par la fenêtre et elle en oublia tout le reste.

La colline surplombant sa nouvelle demeure était dominée par un énorme manoir qui se détachait, dans le plus parfait exemple d'architecture géorgienne, sur le gris-bleu du ciel. Le spectacle était impressionnant.

— Qu'est-ce que c'est que ça ?

— Flynn Court.

Aleth se raidit.

— Ce nom ne m'est pas inconnu. Il n'y aurait pas de rapport avec les Entreprises Flynn, par hasard ?

— Si. Enorme, même ! répondit Oona avec emphase. Je peux même vous dire qu'avec Rafael Flynn sur le dos, vous n'avez pas à vous inquiéter de nous... Fergal et moi n'avons aucun intérêt à vous voir partir. Nous sommes de votre côté. Pour tout vous dire, nous trouvons même génial que vous ayez décidé de reprendre la pension.

— Vous m'en voyez ravie ! murmura Aleth.

Réprimant à grand-peine un bâillement, elle sortit délivrer

Samson de sa cage et tirer du coffre de sa voiture les provisions qu'elle avait faites en route.

Alors comme ça, ce Rafael Flynn voulait qu'elle s'en aille ? La jeune femme grimaça. De toute évidence, il avait déjà fait tout son possible pour racheter sa propriété. Et, de manière tout aussi claire, il ne pouvait l'obtenir sans son consentement. Dès lors, pourquoi la remarque d'une gamine qu'elle n'avait encore jamais vue lui semblait-elle si lourde de menaces ?

Samson se mit à sautiller dans tous les sens, jappa vaguement pour saluer Oona, et se précipita vers la gamelle et le bol d'eau que sa maîtresse venait de poser devant lui.

— C'est la première fois que je vois un chien aussi minus ! fit remarquer Oona. Vous êtes sûre que ce n'est pas un rat ? Faites gaffe, dans la cour ! Il risque de faire peur aux chevaux ! Ou l'inverse, d'ailleurs !

— Samson apprendra vite, ne t'en fais pas. Il a beau être petit, il a du courage pour dix, d'où son nom ! déclara Aleth, dans un effort louable pour bâtir une solide réputation à son nouveau compagnon.

Oona ne parut pas impressionnée outre mesure. Les sourcils froncés, elle continua à observer le chien de poche au cœur de lion.

— N'empêche, à votre place, je ne le laisserais pas se balader trop loin. Les chiens-loups de Flynn Court n'en feront qu'une bouchée !

Fergal émergea enfin de la salle de bains, vêtu d'un pantalon et de bottes de cavalier. Ce blond était si grand qu'il touchait presque le plafond et il tendit à Aleth une main qui lui parut énorme.

— Fergal Gibson, mademoiselle Carmichael. Je...

— Appelez-moi Aleth, répondit celle-ci machinalement.

Il déposa un trousseau de clés sur la table en un geste quelque peu emphatique.

— Je vous rends vos clés, Aleth. Je ne me serais jamais permis d'utiliser la salle de bains si j'avais été prévenu de votre arrivée, vous savez...

— Tu ne vas tout de même pas baisser les armes comme ça ! se récria Oona d'un ton farouche. Comme si cet endroit ne représentait rien à tes yeux... Comme si ça t'était égal de perdre une fortune... Kathleen n'avait pas l'intention de te mettre dans une situation pareille...

— Ne t'occupe pas de ça, Oona ! coupa Fergal, visiblement gêné. Aleth vient à peine d'arriver et nul doute qu'elle préfère visiter sa nouvelle demeure en l'absence de visiteurs qu'elle n'a même pas invités !

Il se tourna vers la maîtresse des lieux, d'un air contrit.

— Je vais rentrer les chevaux pour la nuit, si vous le permettez.

Aleth ne savait trop comment réagir, aussi suivit-elle le jeune homme dans la cour, Oona sur les talons.

La cousine de sa mère étant morte depuis plus de quatre mois, elle ne s'était pas attendue à trouver des chevaux en pension, d'autant qu'ils n'apparaissaient pas sur l'inventaire que lui avait remis le notaire. Par ailleurs, en quoi consistait, exactement, le rôle d'associé de Kathleen Gallagher, si aucun papier n'avait été signé ?

A cette pensée, Aleth dut réprimer un grognement d'irritation. L'adolescente irascible la dévisageait avec suspicion, et elle commençait à comprendre que les choses risquaient de ne pas être aussi simples qu'elle l'avait initialement pensé.

Une autre surprise attendait la jeune femme à l'arrière du cottage. Une grange toute neuve et une rangée d'écuries ultramodernes s'étalaient devant elle. Elle se tourna vers un paddock couvert de sable blanc avec des obstacles tournés vers l'entrée de ce qui lui parut être un manège couvert.

— Kathleen et Fergal ont partagé les frais des matériaux, s'empressa d'expliquer Oona avec toute la brusquerie liée à son angoisse du moment et à son jeune âge. Fergal a tout construit de ses propres mains. Ça lui a pris trois ans, pas moins... Il a travaillé comme un fou pour avoir sa part dans l'affaire... Il a acheté des poulains qu'il a dressés pour pouvoir les revendre quand ils auraient quatre ans... Donc, les chevaux lui appartiennent... Seulement c'est tout ce qu'il possède, parce que le reste a été construit sur votre terrain. Il n'a même pas droit à un dédommagement !

Aleth leva les yeux vers le ciel et compta jusqu'à dix pour ne pas manifester son agacement.

— Laisse-moi le temps d'arriver, jeune fille ! Pour ce qui est des chevaux, je verrai ça avec Fergal lui-même, si tu n'y vois pas d'inconvénient.

L'adolescente la dévisagea longuement, de ses grands yeux vifs.

— Tout ce que je veux, c'est que justice soit faite ! reprit-elle. Kathleen adorait Fergal... Elle lui a même confié la gérance de la pension, quand elle est tombée malade.

Vaguement déconcertée, Aleth hocha la tête avant de pénétrer dans l'écurie. Elle n'avait pas envie de discuter plus avant.

Fergal lui présenta les trois pensionnaires avec un enthousiasme qui eut tôt fait de dissiper son malaise.

Il y avait deux hongres bruns et un énorme étalon, à la robe presque noire. Dès qu'il la vit approcher, il se mit à hennir et à s'agiter dans son box.

— Méfiez-vous de Pluton. Il peut être traître, la prévint Fergal. Ne l'approchez pas seule, conseil d'ami !

— Il est splendide ! murmura Aleth, impressionnée par la majesté de l'animal.

— J'espère qu'il fera ma fortune. J'ai tout misé sur lui, lui confia le jeune homme.

Un sourire radieux illuminait son visage hâlé par le vent.

— Et ne faites pas attention à Oona... Elle veut bien faire, mais elle est encore trop jeune pour comprendre, ajouta-t-il à mi-voix. Vous êtes ici chez vous. Kathleen en avait décidé ainsi. Elle me l'a toujours dit.

— Dire que j'ignorais jusqu'à son existence il y a six mois encore ! Je regrette de ne pas l'avoir connue. Et je ne dis pas ça pour vous faire plaisir. Quand elle m'a couchée sur son testament, j'ai dû demander à ma mère de qui il s'agissait, et ça a piqué ma curiosité. J'aimerais vraiment en savoir plus sur son compte et sur cette branche de ma famille, que je n'ai jamais connue.

— Dans certains cas, ça n'est pas plus mal, croyez-moi ! déclara Fergal.

Aleth fut décontenancée par son ton lourd de sens, que démentaient son air candide et son large sourire.

Un peu plus tard dans la soirée, la jeune femme sortit pour faire le tour de sa propriété.

Samson trottait joyeusement à côté d'elle, et son exaltation était telle qu'elle en avait momentanément oublié sa fatigue.

C'est sur cette terre fertile qu'elle allait créer l'entreprise qui lui permettrait de subsister, tout en profitant davantage des joies de l'existence. Dès lors, quelle importance si la clôture avait besoin d'être remplacée ou si certains bâtiments tombaient en ruine ? Elle avait suffisamment d'économies pour remettre les lieux en état. La prairie vallonnée s'étendait à perte de vue, parsemée de bosquets colorés, et c'était le plus important.

Guidée par l'odeur de la mer, elle s'engagea dans un sentier sinueux qui la mena droit au rivage, sur une plage splendide et déserte, qui s'étirait jusqu'à l'infini. Le soleil se couchait en un festival de couleurs, offrant un spectacle d'une beauté époustouflante. Le bruit des vagues furieuses de l'Atlantique était encore amplifié par le silence environnant et Aleth sourit à part elle. Les problèmes variés et divers pouvaient attendre le lendemain… Ce soir, c'était la fête.

Aleth Carmichael célébrait non seulement son nouveau statut de propriétaire, mais aussi son nouveau départ dans l'existence et l'avènement d'une indépendance récemment conquise.

De retour au cottage, elle ne tira de ses bagages que le strict nécessaire, avant de se préparer un dîner rapide. Quel bonheur, que de ne plus avoir le sentiment de sortir de table sans être rassasiée ! Décidément, le célibat présentait bien des avantages, songea-t-elle résolument en se dirigeant vers la chambre. Pour preuve : elle se moquait éperdument d'avoir pris quelques kilos depuis sa rupture avec Luke.

Elle enfila un caraco à fleurs et le short assorti, avant de se glisser dans le lit douillet à souhait avec un soupir de satisfaction.

Elle était bien, là… Au chaud et le ventre plein.

Il faisait déjà jour lorsqu'elle se réveilla en sursaut.

Au-dehors, un fracas et des bruits de coups se faisaient entendre. La jeune femme se redressa en sursaut, tenaillée par l'angoisse. Elle bondit hors de son lit, traversa la cuisine en un éclair, jeta un coup d'œil en direction de la cour et sentit son souffle se coincer dans sa gorge.

La porte de la stalle de Pluton béait, à moitié sortie de ses gonds. Comment diable avait-il réussi à sortir de là ?

Aleth sortit et enfila précipitamment les bottes boueuses qu'elle avait laissées dehors après sa promenade nocturne. Elle arriva de l'autre côté du cottage juste à temps pour voir Pluton sauter comme un cheval ailé au-dessus de la clôture séparant son terrain de celui de Flynn Court.

Laissant échapper un juron, elle fonça vers la clôture qu'elle enjamba à son tour, dans l'espoir de rattraper le fuyard.

3

Peu après le lever du jour, Flynn Court fut enveloppée par une brume marine qui, si elle dissimulait partiellement l'élégance classique de l'immense demeure, présentait au moins l'avantage de masquer un tant soit peu les outrages qui lui avaient été infligés par des années d'abandon.

Au moment précis où le soleil perçait à travers les nuages, Rafael Flynn posa son hélicoptère sur la piste d'atterrissage située au nord du domaine.

L'Irlande lui parut fraîche et l'air particulièrement pur, par contraste avec la chaleur étouffante de Hawaii. Bianca, sa maîtresse du moment, sortit de l'appareil et, avec un frisson exagéré, déclara qu'elle était transie.

Rafael ignora la remarque. Il l'avait prévenue que si elle l'accompagnait dans les contrées sauvages du comté de Kerry, elle devrait accepter non seulement l'absence de confort, mais aussi une existence simple, c'est-à-dire sans boîtes de nuit, sans dîners mondains... bref, sans paillettes.

Rafael se sentait toujours plus détendu en terre irlandaise. La communauté environnante respectait sa vie privée, et il savait que les quelques paparazzi à avoir fait le lien entre ses deux identités ne trouveraient aucun appui auprès des gens du coin.

Le petit déjeuner leur fut servi dans la suite du premier étage, préparée par un domestique envoyé en éclaireur la semaine précédente.

Rafael, pieds nus et la chemise encore ouverte, s'avança vers une des fenêtres, son café à la main. Là, il se délecta du spectacle des espaces verts qui descendaient vers les rochers et les dunes bordant la baie où il avait si souvent joué, étant enfant.

Lorsqu'il était chez son père, en Italie, il était sous la garde constante des gouvernantes et des gardes du corps. Le personnel, qui vivait dans la crainte des violentes colères de Valente, ne lui laissait que très peu de liberté, de manière à lui éviter le moindre bobo. Il n'y avait qu'à Flynn Court que le petit Rafael pouvait salir ses vêtements, patauger dans les vagues, attraper des poissons de roche et construire des barrages. La plupart du temps, sa mère était trop hébétée pour le surveiller et il vivait tranquillement sa vie, dans cet environnement battu par les vents, sur la plage, au bas de la colline. Parfois, cependant, elle descendait avec lui sur la dune et lui indiquait le nom des fleurs sauvages et des coquillages qu'il lui rapportait.

— Quel spectacle *sublime* ! fit remarquer Bianca, utilisant avec emphase le qualificatif qui lui servait à s'extasier sur tout, d'un bon repas à une nuit d'amour échevelée, en passant par un parfum de luxe.

Rafael avait déjà oublié sa présence.

Elle avait si peu de conversation qu'il ne lui était pas difficile de se fermer à elle. Quelques minutes plus tôt, il s'était même extasié devant sa faculté à se confondre avec le papier peint. Un bon point pour elle… A présent, elle était étendue sur le lit, sa longue chevelure blonde savamment ramenée sur une épaule. Et, comme il convenait à un top-modèle de renommée internationale, elle paraissait inhumaine de perfection.

Sa pose était manifestement destinée à l'impressionner, son corps parfait moulé dans un body café au lait, ses seins débordant de leurs bonnets de dentelle. Elle étendit ses longues jambes en un geste confiant et le regarda droit dans les yeux. Malheureusement pour elle, Rafael n'était pas photographe, et il aimait faire l'amour de manière un peu moins sophistiquée. Il ne ressentit donc rien et comprit qu'une fois de plus il s'était lassé.

Les immenses yeux surlignés de khôl de la jeune femme restèrent rivés sur lui, avec une intensité censée susciter son désir.

Rafael observa avec dédain cette manifestation narcissique sans égale. Changeant de posture, Bianca passa une main légère sur la courbe *sublime* d'une de ses cuisses. De toute évidence, la vision de sa propre image dans la psyché qui lui faisait face la mettait dans un état proche de l'extase.

L'attention de Rafael fut attirée par un vacarme soudain, provenant de l'extérieur.

Un cheval emballé traversait au grand galop le champ situé sous sa fenêtre. Aussitôt, Rafael fut aux aguets. Il adorait les chevaux et possédait lui-même un élevage réputé, à Kildare, sur la côte est de l'île verte. Il se pencha pour voir ce qui se passait, avant de s'emparer des jumelles posées sur la table, pour mieux observer la forme colorée qui se débattait à l'orée de son champ.

Une femme plutôt jeune essayait de se faufiler sous la clôture. Elle portait un accoutrement étrange : un genre de caraco sur un short imprimé d'énormes fleurs roses. Un pyjama, peut-être ? Encore qu'on pouvait en douter, attendu qu'elle le portait sur une paire d'énormes bottes en caoutchouc jaunes.

Rafael souleva un sourcil aristocratique. Les cheveux roux de l'inconnue luisaient sous les pâles rayons du soleil comme le cuivre devant le feu. Une chevelure magnifique, d'ailleurs... surtout sur cette peau de lait.

Il ne pouvait tout de même pas s'agir de cette carriériste londonienne qui avait refusé de lui vendre la propriété de Kathleen Gallagher ! A moins, bien sûr, qu'elle veuille donner l'impression d'avoir définitivement opté pour la simplicité rurale...

Rafael ne put réprimer un sourire méprisant. Encore une rêveuse, qui ne manquerait pas de manger la poussière et finirait par regagner Londres, la tête basse, la queue entre les jambes.

— Si la montagne ne vient pas à toi, va vers la montagne ! susurra Bianca, glissant une main lascive sous la chemise de Rafael avant de la faire descendre vers sa ceinture.

La mâchoire serrée, Rafael se dégagea. Il n'était pas d'humeur. Une semaine sur ce yacht, à voir la jeune femme distraire l'ensemble de l'équipage par sa nudité, lui avait fait perdre tout goût pour la bagatelle. Il l'avait prise une dernière fois dans l'avion du retour, histoire de passer le temps ou peut-être pour se débarrasser d'un vague sentiment de culpabilité. A présent, il ne la désirait plus. Quant à savoir pourquoi il se lassait aussi vite de ses partenaires, pourquoi il préférait la chasse à la prise en elle-même, c'était une autre affaire. Cela dit, il devait bien reconnaître qu'il n'avait pas été mis au défi depuis bien longtemps. Il ne se souvenait plus à quand remontait la dernière fois où il avait dû faire preuve de charme ou de persuasion.

Son regard perçant se rétrécit à la vue de la jeune femme qui traversait le champ à toute vitesse. Ses seins ronds et fermes rebondissaient sans entraves.

L'étalon bondit tel un cheval ailé au-dessus de la clôture, avant de poursuivre sa course effrénée sur la pelouse vallonnée.

La rouquine se jeta sur la clôture, se prit les jambes dans l'une des planches et retomba lourdement de l'autre côté. Elle avait un postérieur généreux, en forme de cœur. En fait, songea Rafael, soudain subjugué, le corps que laissait deviner ce jersey si grossier était tout aussi rond et voluptueux qu'un Rubens. La sensualité qui s'en dégageait était purement féminine et décidément séduisante.

L'excitation vint sans prévenir. Cette Vénus en pyjama était parvenue à faire monter en lui le désir que n'avait pu susciter la belle Bianca, et sa libido dormante s'éveilla avec une vigueur qui le surprit lui-même.

— Qu'est-ce que... Tu as vu ce boudin, dans ton jardin ? s'exclama Bianca, incrédule.

Cette splendeur, un boudin ?

Rafael serait parti d'un grand rire s'il n'avait, à ce moment précis, vu les yeux de l'étalon se révulser. L'animal, manifestement paniqué, constituait un véritable danger, désormais. Autant pour lui-même que pour cette idiote qui s'était mis en tête de le rattraper.

N'hésitant pas une seconde, il se précipita vers la cage d'escalier.

— Pluton ? Viens, mon beau ! Là... Tout doux ! murmura Aleth, à bout de souffle.

Les yeux fous, l'étalon se mit à tourner sur lui-même à toute allure, comme une mécanique emballée. La seconde d'après, il fonçait droit sur la jeune femme qui se figea sur place.

Du coin de l'œil, elle entrevit une ombre bouger et fut presque aussitôt plaquée sur l'herbe humide de rosée. Un corps masculin la maintint au sol avec une telle puissance qu'elle crut qu'il allait lui écraser la cage thoracique. Lorsqu'elle entendit les sabots de Pluton passer à deux centimètres de son crâne, Aleth comprit qu'elle avait manqué de se faire piétiner.

— Ne bougez pas, lui intima une voix virile.

Le poids se souleva de son dos et l'homme lui prit la longe des mains.

Aleth le regarda approcher l'animal en sueur avec un calme et une assurance incroyables.

L'inconnu lui paraissait immense. Ses cheveux noirs étaient coupés court et il était pieds nus. Il se mouvait avec grâce ; la brise matinale soulevait les pans de sa chemise bleue, laissant voir un torse velu et musclé au-dessus d'un jean qui mettait en valeur des hanches étroites et de longues cuisses.

Tout comme elle, l'homme se mit à parler à Pluton. Sauf qu'il savait s'y prendre et ne paraissait pas intimidé le moins du monde par l'étalon qui tremblait de tous ses membres. L'inconnu leva lentement une main sans cesser de parler d'une voix lénifiante, puis, en un geste habile, fit passer la longe au-dessus de la tête de l'animal qui finit par se calmer.

Jusque-là, Aleth n'avait aperçu que le profil hâlé de son sauveteur. Lorsqu'elle le vit de face, ses yeux bleus s'écarquillèrent et elle sentit son cœur s'emballer encore davantage. Ses traits étaient d'une finesse incroyable, et l'espace d'une seconde elle eut l'impression de l'avoir déjà vu quelque part.

Elle fronça les sourcils. C'était peu probable, ce qui ne l'empêcha pas de continuer à le dévisager avec un intérêt encore inédit. Ses pommettes hautes étaient mises en valeur par des yeux oscillant entre le vert et l'or, son nez fort surmontait une mâchoire agressive.

— Merci, souffla-t-elle d'une voix saccadée. Permettez-moi de me présenter… Aleth Carmichael.

— Rafael Flynn. Alors comme ça, c'est vous qui avez entrepris un retour à la nature ? Je parie que vous avez l'intention de planter des carottes bio sur le pas de ma porte !

Ce n'est que lorsqu'elle croisa le regard moqueur de son interlocuteur que la jeune femme prit conscience du ridicule de sa tenue. Elle devait avoir l'air malin, dans son pyjama dont l'imprimé peu flatteur la grossissait encore davantage. Pour son plus grand agacement, elle sentit ses joues s'empourprer.

— Je suis désolée de cet incident. Je ne comprends pas comment Pluton a réussi à sortir de…

— Peu importe. Le problème, c'est que s'il avait filé vers la route votre cheval serait mort, à l'heure qu'il est ! fit calmement remarquer Rafael Flynn.

Aleth se hérissa. Cela lui semblait l'évidence même, et elle résista à l'envie de riposter qu'en outre Pluton ne lui appartenait pas. Toutefois, l'étalon était sous sa garde, et elle n'avait pas pour habitude de se dérober devant ses responsabilités.

Et quand bien même Pluton serait parti sur la route… Elle était déserte le plus souvent, et il lui aurait fallu échapper à sa vigilance pendant un bon moment avant de se faire renverser par une voiture !

Un homme d'âge mûr, aux traits burinés et au costume sombre, contourna la demeure et se précipita vers eux.

— Tolly va vous faire ramener Pluton dans un fourgon à chevaux, déclara Rafael Flynn.

Aleth se mordit la lèvre inférieure. Elle se faisait l'impression d'une collégienne sermonnée pour son imprudence. Elle aurait de loin préféré prendre l'étalon par le licol pour le ramener à l'écurie de gré ou de force. Malheureusement, les obstacles étaient nombreux et elle avait suffisamment de bon sens pour ne pas envisager de prendre un tel risque avec un cheval manifestement trop puissant pour elle.

— Encore une fois, désolée de vous avoir causé tout ce tracas !

— Ce n'est rien, pensez-vous ! Pour rien au monde, je n'aurais voulu manquer le spectacle d'un pyjama aussi attrayant ! répliqua Rafael Flynn d'un ton suave.

Ses yeux mordorés s'attardèrent sans aucune retenue sur la courbe de sa généreuse poitrine, avant de remonter, avec une lueur appréciative, vers la promesse sensuelle qu'offraient ses lèvres pleines.

Si Bianca n'avait pas été là, il aurait volontiers invité son appétissante voisine à venir prendre le petit déjeuner dans sa chambre.

Presque aussitôt cependant, il songea que c'était peut-être aussi bien comme cela. Face à Aleth Carmichael, il devait se montrer intraitable. Les affaires avant tout. C'était sa devise et il ne s'en laissait jamais distraire. Sous aucun prétexte. D'ailleurs, si cette femme continuait à lui tenir tête, elle allait vite comprendre sa douleur.

En attendant, et de toute évidence, elle ne s'était attendue ni à son commentaire ni à la manière dont il l'avait examinée. Elle en prit ombrage et le fusilla du regard.

— Très drôle, monsieur Flynn ! Bien ! Je ne voudrais pas vous retarder davantage ! répondit-elle du tac au tac.

Décontenancé par cette réaction qui lui semblait en décalage total avec sa remarque plutôt flatteuse, Rafael ouvrait la bouche pour se défendre quand Bianca émergea du manoir, envahissant du même coup son espace.

— Ce pays est vraiment *sublime*, déclara-t-elle en un soupir affecté.

La blonde sculpturale était d'une telle beauté qu'Aleth en resta bouche bée. Presque aussitôt cependant, elle détourna les yeux avec gêne. L'apparition était pratiquement nue, sous le peignoir de soie qu'elle avait malencontreusement oublié de fermer, et la main possessive qu'elle posa sur le bras de Rafael Flynn ne fit qu'augmenter son malaise. Peut-être avait-elle commis un crime de lèse-majesté en s'extasiant devant le mari d'une autre !

— Mademoiselle Carmichael ?

Aleth se tourna vers l'homme aux cheveux argentés qui avait confié Pluton à un jeune garçon en tenue de travail.

— Permettez-moi de me présenter. Je suis Joseph Tolly. Il y a quarante ans, nos deux familles étaient voisines. Et je vous trouve aussi belle que votre mère.

Aussi surprise que ravie du compliment, Aleth en oublia momentanément sa déconvenue.

— Vraiment ? Oh, mais oui ! Vous avez dû la connaître... J'aimerais que vous me racontiez vos souvenirs de cette époque, monsieur Tolly !

— Et moi, je serais ravi de vous recevoir, ce soir même, répliqua le vieil homme avec chaleur.

— Avec plaisir ! Où vivez-vous ?

Rafael, qui n'avait pas l'habitude d'être ainsi ignoré, observa cet échange de politesses, un rictus moqueur aux lèvres. Cela ne l'empêcha pas d'admirer à part lui la capacité des Irlandais à discuter simplement, quelles que soient les circonstances. A la réflexion, c'en était même cocasse. Son ancien majordome et sa voisine se voyaient pour la première fois, et déjà ils versaient dans le sentimentalisme.

Bianca piaffait à côté de lui, sans doute parce que personne ne lui portait le moindre intérêt, elle qui était généralement le point de mire de n'importe quelle assemblée.

Rafael se tourna de nouveau vers sa séduisante voisine. En refusant son offre plus que généreuse de racheter sa propriété, elle s'était exposée à une contre-attaque bien moins civilisée.

En des cas semblables, Rafael Flynn savait jouer sur le long terme.

Et il ne s'arrêtait que lorsqu'il avait gagné la partie.

Aleth croisa son regard hautain et en eut la chair de poule. Une fraction de seconde plus tard, elle se reprochait amèrement sa propre attitude. Elle se trouvait toujours sur la pelouse du splendide manoir géorgien, en pyjama, pour ne rien arranger.

Pas étonnant que le propriétaire des lieux la toise comme si elle s'était échappée d'un zoo !

— Pardonnez-moi, marmonna-t-elle, avant de tourner les talons pour redescendre la colline, douloureusement consciente des énormes roses qui ornaient son accoutrement ridicule.

Cet abruti s'était fichu d'elle, ni plus ni moins.

Pire encore, la manière dont elle l'avait examiné de la tête aux pieds, avec des yeux larges comme des soucoupes, n'avait pu lui échapper. Ce genre d'homme à la beauté plastique d'un dieu de l'Antiquité ne pouvait qu'être conscient de l'effet qu'il faisait aux femmes.

Qu'est-ce qui lui avait pris de lui tenir ainsi tête, bon sang ? Rien que d'y repenser, elle avait envie de rentrer sous terre.

Comme si la situation n'était pas suffisamment humiliante comme ça, la petite plaisanterie de Rafael Flynn sur les carottes biologiques l'avait piquée au vif. Elle ne voyait aucune raison de ne pas s'essayer au jardinage, et elle eut soudain la certitude que McNally avait rapporté à son voisin tous ses propos, dans leurs moindres détails. Cela dit, là encore, pourquoi pas ? Elle ne lui avait pas confié son ambition de créer un jardin potager sous le sceau du secret !

Aleth leva les yeux au ciel avec exaspération. Elle ne se savait pas aussi susceptible !

Elle prit une douche rapide et, après avoir déjeuné à la hâte, se mit au travail. L'idée était d'organiser par le menu la réouverture de la pension pour chevaux. Pour commencer, elle devait trouver un nom à son entreprise et faire mettre un panneau indicateur sur la route.

Le stylo en main, elle caressait machinalement les oreilles soyeuses de Samson qui soupira de contentement.

Il lui faudrait prospecter pour voir quel genre de services pouvait rencontrer une demande dans la région ; se renseigner sur une éventuelle concurrence, et établir un plan de réparations. Enfin, elle devrait voir avec Fergal en quoi avait consisté son partenariat officieux avec Kathleen.

Fergal... Aleth fronça les sourcils. Cette pension allait requérir une présence de chaque instant, sept jours sur sept, vingt-quatre heures sur vingt-quatre. Dès lors, ils ne seraient pas trop de deux pour en assurer le fonctionnement.

Fergal Gibson arriva au moment précis où Pluton sortait de la bétaillère envoyée par Flynn Court.

— Qu'est-ce qui s'est passé ? demanda-t-il. Comment Pluton a-t-il réussi à sortir de son box ?

— La porte est cassée, lui expliqua la jeune femme. A mon avis, il a cogné dedans jusqu'à ce qu'elle s'ouvre. Quant à savoir pourquoi, c'est une autre affaire.

— Il a dû être effrayé par l'arrivée de l'hélicoptère du voisin !

Fergal s'avança vers l'animal, le palpa méticuleusement pour voir s'il n'était pas blessé puis, avec un soulagement manifeste, le guida jusqu'à un box vacant.

— Je suis navré, Aleth. Je vais changer le cadenas, dès cet après-midi. Vous avez dû avoir un mal de chien à rattraper Pluton !

— Oui. D'ailleurs, je n'y suis pas parvenue. C'est Rafael Flynn qui a fini par le coincer.

Fergal ne put réprimer un petit rire devant sa mine contrite.

— Les femmes et les chevaux... Non. Plaisanterie mise à part, ce type a vraiment un don. A en croire la rumeur, il fait d'eux absolument ce qu'il veut.

Aleth se mordit la lèvre. C'était sans doute l'une des raisons pour lesquelles Rafael Flynn avait une si haute opinion de lui-même.

— Il est marié ?

— Flynn ? Vous voulez rire ? Non. Ce n'est pas le genre. Il paraît qu'il sort avec un top-modèle, en ce moment.

Aleth repensa à la créature de rêve qu'elle avait rencontrée le matin même. Un top-modèle... Tout s'expliquait, à présent !

Elle invita Fergal à venir prendre le thé avec elle, quand il en aurait terminé avec son travail, et se remit à la tâche. Le temps filait à vive allure et elle avait hâte de coucher son plan d'attaque sur papier.

En fin d'après-midi, Fergal frappa à la porte de la cuisine et se dirigea directement vers l'évier pour se laver les mains. Comme l'avait souligné Oona, le jeune homme était ici comme chez lui.

— Ah ! Un autre détail, annonça-t-il, le dos tourné. Kathleen avait des animaux. Ils sont en pension chez un fermier du coin. Il va vous falloir décider de ce que vous voulez en faire.

— Des animaux ?

— Oui. Kathleen ne savait pas résister à un animal abandonné ou en danger. C'est comme ça qu'elle a sauvé une vieille jument de l'usine à colle. Blanche-Neige… On peut toujours la monter, à condition de la ménager, bien sûr. Il y a aussi un cochon, un coq de basse-cour et quelques poulets… Entendons-nous bien, Aleth. Nous parlons d'animaux de compagnie, quelque peu caractériels… Surtout le coq et le cochon… Je les ai emmenés d'ici avant que McNally vienne faire son inventaire, parce qu'il les aurait fait abattre. De sorte que c'est à vous que revient la cruelle décision.

Aleth se réjouissait déjà à la perspective d'héberger tout ce petit monde. D'autant qu'elle y voyait une opportunité de remercier sa cousine de son héritage.

— Si Kathleen leur avait donné un toit, il n'y a aucune raison pour que je ne fasse pas de même !

Le visage du jeune homme se fendit en un large sourire.

— Bien ! reprit Aleth. Pour commencer, nous allons nous tutoyer, si tu le veux bien.

— Ce sera plus simple, en effet.

— Ensuite…

Elle prit son courage à deux mains, avala une gorgée de thé brûlant et se jeta à l'eau.

— Si j'ai bien compris, tu utilises l'écurie…

— Oui, reconnut Fergal. Et j'espérais que nous pourrions trouver un arrangement.

— Je ne demanderais pas mieux, moi non plus. Seulement je dois gagner ma vie, et je ne sais pas encore si je vais pouvoir me permettre de te prêter autant d'espace pour tes chevaux.

— Sauf si je m'attaque à la remise en état des vieilles écuries pour les y installer... C'était ce que nous avions prévu, Kathleen et moi, dans un deuxième temps. Si nous avons commencé par en construire de nouvelles, c'est parce que cela nous semblait indispensable. Les clients vont de préférence vers les équipements nouveaux. Surtout lorsqu'il s'agit de mettre leur monture préférée en pension !

Fergal était décidément d'un abord facile. Il était franc, direct et ne vit aucun inconvénient à évoquer les projets originaux de sa cousine.

Cette dernière avait perdu le marché de l'école d'équitation à cause du coût exorbitant des assurances et de l'aspect saisonnier du tourisme sur l'île. Du coup, elle avait décidé de monter une pension haut de gamme, dans l'espoir d'attirer de nouveaux clients et d'augmenter ses revenus.

— Elle devait avoir de l'argent de côté, car elle n'a pas déboursé un centime pour l'occasion, expliqua Fergal. Elle a acheté la camionnette toute neuve, et le fourgon nous a été livré moins d'une semaine avant sa première attaque.

A ce souvenir, le jeune homme fronça les sourcils.

— Elle n'avait que soixante-six ans, vous savez... Et un moral d'acier, avec ça ! Elle était en attente d'un pontage lorsqu'elle est morte.

Aleth le vit déglutir péniblement et comprit qu'il avait éprouvé une réelle affection pour Kathleen Gallagher. A le voir ainsi, il lui évoquait un gros nounours affable, aussi doux qu'un agneau et doté d'une compassion sans limites.

— Tu devrais m'accompagner aux courses de steeple-chase, demain. C'est la dernière de la saison. J'y emmène Vent-Arrière, précisa-t-il avec enthousiasme. Et puis, ça me permettra de te présenter du monde. Il faut que les gens sachent que la pension a été reprise !

— Ça me paraît être une bonne idée en effet.

Un peu tardivement, elle se rendit compte que Fergal l'examinait d'un air enthousiaste, et elle détourna vivement les yeux. Certes, elle était flattée de sentir qu'elle lui plaisait, mais elle soupçonnait Fergal Gibson d'être un séducteur-né. En répondant à ses avances, elle mettrait à mal toute possibilité d'entretenir de bonnes relations de travail avec lui. De plus, et à moins qu'elle ne fasse complètement fausse route, Fergal ne devait pas être du style à entretenir une relation suivie avec une femme. Or, de son côté, Aleth ne s'était jamais faite à l'idée de ce genre de rapports.

... Encore qu'à bien y réfléchir une petite aventure sans lendemain était peut-être exactement ce qu'il lui fallait en ce moment. Après tout, son bon sens et sa prudence légendaire ne l'avaient pas menée bien loin...

— On peut savoir pourquoi vous vous intéressez tant à Aleth Carmichael ? demanda Rafael à son majordome.

Au téléphone, Bianca expliquait à une amie à quel point elle se plaisait en Irlande, une terre *sublime*, si l'on faisait abstraction, bien sûr, du temps pluvieux et de l'absence de toute boutique ou de tout restaurant dignes de ce nom. Sans compter que Rafael passait son temps dans ses écuries, la laissant seule dans une demeure aussi glaciale qu'inconfortable.

— Vous êtes bien curieux ! répondit Tolly à son maître, un sourire finaud aux lèvres.

Rafael s'esclaffa. Seul Tolly pouvait se permettre de le rembarrer ainsi.

— Sérieusement, Tolly. Que savez-vous d'elle ?

— Qu'elle ne restera pas célibataire bien longtemps, prédit le vieil homme avec assurance.

Ses yeux bleus brillaient d'une lueur vive et Rafael souleva un sourcil moqueur.

— Et peut-on savoir sur quoi vous vous fondez pour affirmer une chose pareille ?

— Sur son physique plutôt girond, si vous voulez bien me passer l'expression. Et puis, elle a tout pour elle : un sourire à se damner, un patrimoine et, bientôt, une petite entreprise. Un beau parti, vous ne trouvez pas ? Les gars du coin ne sont pas plus idiots que les autres, vous savez. C'est pourquoi je suis prêt à parier que l'un d'entre eux nous la ravira avant l'hiver !

— Qui vous dit qu'elle se contentera de si peu ? Elle est peut-être en quête d'aventures ! murmura Rafael d'un ton rêveur.

Les traits burinés de Tolly se figèrent.

— Ce n'est pas le genre, monsieur !

Monsieur ?

Rafael se demanda pourquoi son domestique était si chatouilleux, subitement. Tout comme lui, il n'avait rencontré leur voisine que le matin même. Alors ? Sa réaction était-elle liée au fait qu'il avait connu sa famille et la considérait comme faisant partie de la communauté ? Ou bien voulait-il simplement montrer sa désapprobation devant l'attitude désinvolte avec laquelle son maître traitait les femmes en général ?

Quoi qu'il en soit, Rafael prit le parti de s'amuser de cette susceptibilité aussi inattendue qu'inédite.

A l'autre bout de la pièce, Bianca s'était mise à danser d'un pas léger, ses hanches fines se mouvant gracieusement au rythme de la musique qu'elle avait elle-même choisie. Au bout de quelques minutes, elle se débarrassa de sa veste en un geste lent, avant de tirer sur la ceinture de sa minijupe.

C'était une invite, et elle s'assura de son charme en jetant un coup d'œil à peine dérobé dans l'immense miroir accroché devant elle.

C'en fut trop pour Rafael qui décida d'emblée que sa prochaine maîtresse serait moins vaniteuse et plus intelligente. Cette résolution prise, il alla s'asseoir sur le canapé et alluma la télévision.

C'était l'heure des informations.

4

Joseph Tolly vivait dans un petit pavillon de gardien dont la tenue impeccable jurait avec la décrépitude de Flynn Court, et Aleth songea soudain, avec une satisfaction quelque peu mesquine, qu'en dépit de son arrogance et sa belle assurance Rafael Flynn n'avait pas les moyens d'entretenir son patrimoine.

Cette réflexion l'amena à s'interroger sur ce qui avait pu le pousser à faire une offre aussi généreuse sur la propriété de Kathleen Gallagher.

Elle n'eut pas le temps de réfléchir davantage à la question cependant, car Tolly apparut sur le seuil de sa porte avant même qu'elle l'ait atteinte.

— Entrez, entrez, lui lança-t-il avec un sourire cordial.

Aleth fut touchée par les préparatifs que le vieil homme avait faits en vue de sa visite. Un napperon en dentelle ornait le plateau sur lequel étaient posés une théière et des tasses en porcelaine de Chine, ainsi qu'un gâteau au chocolat des plus appétissants. La pièce, meublée avec simplicité, était soigneusement rangée et les surfaces de bois brillaient sous l'encaustique.

— Alors c'est vrai ? Vous voulez bien me parler de mes ancêtres maternels ? demanda la jeune femme avec avidité.

Elle s'interrompit avant de reprendre, les joues légèrement colorées.

— Vous vous demandez sans doute pourquoi je m'adresse à un inconnu alors que maman est toujours de ce monde... Le problème, vous comprenez, c'est qu'elle n'a aucune nostalgie du passé, semble-t-il. Au point qu'elle refuse catégoriquement d'en parler.

— Peut-être a-t-elle de bonnes raisons pour cela, répliqua Tolly avec indulgence. Les temps étaient durs, mon petit, et notre petite communauté devait lutter pour sa survie. Il n'y avait pratiquement pas de travail dans la région. Aujourd'hui encore, nous avons du mal à persuader les touristes de s'aventurer sur la route tortueuse qui nous relie à Dingle, la ville la plus proche, pour venir visiter Ballyflynn. Vous êtes allée voir l'endroit où votre famille a vécu ?

— Non. Je ne sais même pas où il se trouve.

— Les parents de votre mère habitaient dans une fermette adjacente à la mienne, à environ trois kilomètres du hameau de Slieveross. Bien sûr, il ne reste pas grand-chose de la maison en elle-même, mais je vous ferai un plan pour que vous puissiez aller y jeter un coup d'œil.

— C'est gentil, merci.

— Vous voulez que je vous dise ce qui m'a le plus frappé, chez votre mère ?

Aleth hocha la tête avec le plus grand sérieux avant de proposer au vieil homme de leur servir le thé.

Il la regarda s'emparer de la théière avec un sourire bienveillant, et s'enfonça un peu plus confortablement dans son vieux fauteuil, près de la cheminée.

— Agnès devait avoir quatorze, quinze ans, lorsqu'elle a décrété qu'elle ne répondrait plus à ce prénom et s'est fait appeler Eva.

Aleth écarquilla les yeux. Elle ignorait que sa mère avait changé de nom, qui plus est, de son propre chef. Cela dit, elle ne savait que le strict minimum : Eva avait été la fille d'un petit fermier et sa mère était morte lorsqu'elle était encore toute petite. Elle n'avait eu qu'un frère, mort lui aussi, broyé par un tracteur.

— Je peux vous dire qu'elle a fait scandale ! poursuivit Tolly, le regard pétillant de malice. Les bonnes sœurs qui enseignaient à l'école du couvent n'étaient pas du style à accepter ce genre de coquetterie... Pourtant, elle leur a tenu tête à tous. Même au vieux prêtre plutôt irascible qui tenait notre paroisse, à l'époque.

Ses yeux rieurs brillaient d'amusement et Aleth ne put réprimer un sourire. Sa bonne humeur était communicative.

— Malheureusement, ça lui a coûté cher. Enfin, d'après ce que je crois savoir... Parce que votre grand-père l'a retirée de l'école très tôt alors qu'elle était plutôt brillante.

— Quel genre d'homme était-ce ? s'enquit Aleth.

— Dermot Gallagher avait son caractère, lui confia Tolly, à contrecœur. Il n'avait pas eu de chance dans la vie, et ses désillusions l'avaient rendu amer. C'était un père dur, terriblement strict avec votre mère. Il l'empêchait de sortir... Et quand elle ne travaillait pas à la ferme il louait ses services à d'autres, avant d'empocher ses gages... De sorte que personne n'a été très surpris lorsqu'elle s'est enfuie.

Aleth commençait à comprendre pourquoi sa mère avait choisi d'enterrer le passé.

— Dommage qu'elle ne m'ait jamais expliqué à quel point son enfance avait été pénible ! Je n'aurais jamais pensé...

— Un jour, votre cousine Kathleen a confié à ma défunte épouse que lorsque Eva se rebellait Dermot menaçait de la faire enfermer au couvent. Cela vous paraît peut-être invraisemblable, mais il y a encore vingt ans certains couvents offraient un service de blanchisserie, en exploitant de jeunes femmes qui leur avaient été confiées sous prétexte qu'elles représentaient un danger pour l'ordre moral. Je ne peux vous dire le nombre de filles désobéissantes qui ont terminé dans ce genre d'endroit. Certaines n'en sont même jamais ressorties.

Aleth comprit soudain à quoi son hôte faisait référence.

— Vous parlez des Lavandières de Dublin ?

— Entre autres, oui. Il n'y avait pas qu'à Dublin, hélas. En ce temps-là, les mentalités étaient différentes. Personne n'aurait songé un seul instant à s'interposer entre un père et sa fille !

— Elle a dû se sentir terriblement seule ! murmura Aleth.

Cela expliquait qu'une fois parvenue à échapper aux griffes de son père Eva ait eu bien plus envie de faire la fête que de materner un bébé !

— Certes. Cependant, elle a pris sa revanche, à ce que j'ai

entendu dire ! fit remarquer Tolly, manifestement décidé à changer de sujet. J'ai vu sa photo dans un magazine, l'an dernier. On aurait dit une reine, dans la robe de bal qu'elle portait à une soirée de bienfaisance. Elle a fait son chemin, pour quelqu'un qui a commencé à travailler à l'épicerie de Ballyflynn !

— Vous ne vous souvenez pas du nom de ses camarades de classe, par hasard ?

— Non, malheureusement. Je connaissais la situation familiale d'Eva, c'était à peu près tout. Nous sommes de générations différentes, vous comprenez !

Pour une raison ou pour une autre, le regard du vieil homme s'était voilé. Au bout de quelques secondes, il se leva pour servir le gâteau auquel Aleth fit honneur dans un silence quasiment religieux.

Lorsqu'elle eut terminé, elle s'essuya les lèvres avant de reprendre.

— Son départ a dû déclencher un véritable tumulte ! Si je vous pose toutes ces questions, c'est que... j'aimerais savoir qui était mon père, déclara-t-elle, soucieuse d'égaler la franchise de son hôte.

Joseph Tolly la dévisagea un instant, les yeux ronds. De toute évidence, il s'attendait à tout, sauf à ça.

— Votre mère ne vous l'a jamais dit ?

— Non. Elle s'y est toujours refusée avec acharnement.

— Enfin, mon petit... Vous ne pouvez pas poser ce genre de question à des gens que vous n'avez jamais vus ! lui fit-il remarquer. Vous allez les froisser, sans compter que vous risquez d'attirer les soupçons sur un innocent ! Non ! Je ne saurais trop vous conseiller de reposer la question à Eva !

Aleth réprima un soupir. Elle n'était pas proche de sa mère et c'était au prix d'efforts surhumains qu'elle parvenait à entretenir avec elle un semblant de relation. Pire, la dernière fois qu'elle avait abordé le sujet de l'identité paternelle, Eva était entrée dans une colère effroyable.

Joseph Tolly l'examinait avec anxiété.

— Peut-être devriez-vous vous interroger sur ce que vous

espérez tirer de cette information, reprit-il. Si ça se trouve, votre père a tout simplement laissé tomber Eva au moment où elle avait le plus besoin de lui. En clair, vous devez vous préparer à l'idée qu'il n'ait jamais souhaité vous connaître !

— Je l'ai déjà acceptée.

Aleth étudia Tolly avec un intérêt accru. Le sérieux avec lequel il semblait prendre le problème lui laissait supposer qu'il en savait peut-être plus sur ses origines qu'il ne voulait bien le dire.

— Pourquoi ? Il y a eu des rumeurs ? osa-t-elle demander, soudain enhardie. Je veux dire… Les langues ont dû aller bon train, non ?

— On ne peut pas empêcher les gens de jaser, mon petit. Et qui plus est il est rare qu'ils soient bienveillants ou que leurs commérages soient fondés, lui répondit-il fermement. Je serais mesquin en vous les répétant. Si votre mère avait un petit ami, on n'a jamais su avec certitude de qui il s'agissait.

Aleth décida d'abandonner le sujet. Sa conscience la titillait, et elle en avait déjà beaucoup trop dit, face à un homme qu'elle connaissait aussi peu. Aussi, elle écouta Tolly parler de choses et d'autres, beaucoup plus innocentes.

Il était presque 9 heures lorsqu'elle regagna le cottage, d'humeur songeuse. Après tout, Tolly avait raison. Qu'attendait-elle vraiment de sa quête ? Certes, elle éprouvait le besoin de savoir d'où elle venait exactement. Mais n'y avait-il pas autre chose, derrière ça ?

Aleth n'avait jamais eu le sentiment d'avoir des racines. De la même manière, elle n'avait jamais eu la sensation d'avoir un parent rien qu'à elle… ou du moins, pas longtemps. Enfant, elle avait beaucoup souffert de l'absence d'une mère qu'elle adorait. Par la suite, elle avait dû se faire à une autre vérité, plus cruelle encore. Eva, qui l'avait plus ou moins abandonnée, parvenait miraculeusement à s'occuper à plein-temps de ses deux cadets. Le plus douloureux, cependant, avait été de découvrir que l'homme qu'elle avait toujours pris pour son père n'était pas son géniteur biologique.

Eva était enceinte de six mois lorsqu'elle avait épousé Will

Carmichael, un chercheur de dix ans son aîné. A ce qu'il semblait, elle avait sauté sur l'opportunité de donner un nom à son enfant à naître. Will était d'un naturel calme et studieux. Et, bien qu'il ait été éperdument épris de sa jeune épouse irlandaise, leur union avait été désastreuse. Un jour, tandis qu'elle déambulait dans une rue de Londres, Eva était tombée sur un dénicheur de talents qui avait fait d'elle un mannequin. Elle avait alors embauché une nourrice pour s'occuper de son bébé et s'était jetée à corps perdu dans l'aventure. De voyage en voyage, de soirée chic en événement mondain, le couple, déjà si mal assorti, s'était désintégré en douceur.

Même après le divorce, Will avait dû assurer l'éducation d'Aleth pour permettre à son ex-épouse de se consacrer pleinement à sa carrière. La fillette n'avait que cinq ans lorsque sa mère s'était remariée, abandonnant la gloire pour une vie plus bourgeoise. Le riche homme d'affaires anglais avec lequel elle avait eu ses deux cadets, Alice et Boyce, n'avait pas vraiment encouragé Aleth à leur rendre visite dans leur gentilhommière du Surrey. De toute évidence, la petite fille ne lui rappelait que trop le fait que sa magnifique épouse avait eu une vie sentimentale avant lui et, afin de préserver la paix du ménage, Eva avait littéralement effacé Aleth de son existence.

Mais le pire était encore à venir : à l'âge de treize ans, Aleth avait surpris une conversation dévastatrice entre Will et Eva.

— Je voulais dire la vérité à la petite dès le départ ! C'est toi qui n'étais pas d'accord, disait Will d'un ton tranchant qui ne lui ressemblait guère. Elle me considère comme son père, figure-toi, et lorsqu'elle va apprendre que ce n'est pas le cas elle va avoir un choc terrible ! Les adolescents sont fragiles, Eva. Alors pardonne-moi si je me fiche de ce que pense ton psychothérapeute. Pardonne-moi s'il m'importe peu que l'aveu te soit bénéfique, à toi. Je me soucie davantage de ce que cette enfant peut éprouver !

Aleth avait été anéantie par la nouvelle. L'homme qui l'avait élevée avec un tel dévouement ne lui devait rien. Et même s'il lui répétait à l'envi qu'il l'aimait comme sa propre fille, Aleth se sentit comme un coucou abandonné dans son nid. Jusqu'alors, elle avait utilisé l'amour paternel pour compenser la pauvreté des liens qu'elle entretenait avec sa mère. A présent, la réalité était tout autre. Will Carmichael avait endossé une responsabilité qui ne lui incombait pas et il avait fait de son mieux… parce qu'il n'avait pas le choix.

Et le refus obstiné d'Eva de révéler à Aleth l'identité de son père n'avait pas arrangé les choses.

Le lendemain matin, Aleth se leva avec un petit frisson d'exaltation.

Le ciel était dégagé, une légère brise agitait les branchages, bref c'était une journée idéale pour se rendre à une manifestation hippique. Pour avoir assisté à un bon nombre de compétitions du genre, elle savait que l'expérience pouvait être rude. Aussi prit-elle soin de se vêtir chaudement, allant jusqu'à enfiler une paire de chaussettes en Thermolactyl, sous ses bottes en caoutchouc.

Dès qu'elle pénétra dans la cuisine, Samson sortit de son panier et se mit à lui tourner entre les jambes. C'était l'heure de son petit déjeuner, à lui aussi.

— Tu es un véritable tyran ! dit-elle d'une voix taquine.

Dans la cour, l'activité battait déjà son plein. Fergal nettoyait une vieille remorque tandis qu'Oona s'affairait dans le box de Vent-Arrière. Aleth sortit, non sans avoir résolu de se lever plus tôt à l'avenir.

Elle s'approcha de la porte et trouva Oona occupée à tresser la crinière de l'animal en petites nattes fines.

— Tu es douée, dis donc ! fit-elle remarquer. Moi, je n'ai jamais su faire des tresses.

L'adolescente leva les yeux vers elle, un sourire étonnamment épanoui aux lèvres, comme si elle n'était pas habituée aux compliments.

— Ça demande une certaine pratique, confirma-t-elle. Je pourrai vous apprendre, si vous voulez !

— Volontiers ! Tu es venue avec Fergal ?

— Non ! J'ai mon vélo !

Elle fit une petite grimace et reprit, sur le ton de la confidence.

— Fergal passe devant notre porte tous les matins, seulement il refuse de m'emmener. Il a peur des ragots. Comme si ça avait la moindre importance !

Aleth lui répondit par un sourire évasif.

— Vous devriez l'autoriser à utiliser le fourgon à chevaux, ajouta Oona. Ça aurait meilleure allure... Pensez à votre image de marque, dans les milieux équestres !

Aleth rougit jusqu'aux oreilles et se précipita vers Fergal.

— Je... Je suis navrée. Je n'ai pas pensé... Bon sang, prends donc le fourgon de Kathleen !

— A une condition. Que tu me fasses l'honneur de présenter Vent-Arrière avant la course ! répliqua Fergal avec bonne humeur.

— J'en serais ravie !

— Eh ! C'est mon boulot ! protesta Oona. Pas celui d'Aleth !

Celle-ci ouvrait déjà la bouche pour faire marche arrière lorsqu'elle s'aperçut que Fergal la regardait avec insistance. Il hocha légèrement le menton, l'air de la supplier de ne pas intervenir.

— Désolé, Oona. Aleth doit se faire connaître et cela me semble encore la meilleure manière.

Oona apparut au-dessus de la porte de la stalle.

— Alors comme ça, tu la fais passer avant moi ?

Pour toute réponse, Fergal se dirigea vers le fourgon, à l'autre extrémité de la cour.

Aleth resta clouée sur place. La jeune fille la fusillait littéralement du regard.

— Vous sortez avec lui ? lui demanda-t-elle d'un ton mauvais.

Fort heureusement, la jeune femme était en position de nier avec vigueur.

— N'empêche qu'il vous préfère à moi, s'acharna Oona, au bord des larmes. Ça ne m'étonne pas ! Vous êtes bien plus âgée que moi... Une vraie femme, quoi !

Aleth retint une grimace à l'idée qu'on puisse la considérer comme une vamp sur le déclin, prête à détourner de très jeunes hommes du droit chemin. Toutefois, se souvenant du sentiment de rejet dont elle avait elle-même souffert à l'âge d'Oona, elle répondit d'un ton léger.

— Ne dis pas de sottises, Oona. C'est une question de publicité. Comme Fergal l'a fait remarquer, je dois me faire connaître, c'est tout ! Sur ce... tu es prête ou tu veux boire un thé avant de partir ?

— Je crois que je vais rester ici finalement, marmonna Oona, faisant mine de tourner les talons.

— Vraiment ? C'est dommage. J'aurais apprécié ta compagnie, répondit Aleth. Tu te rends compte que je te connais à peine ? Ce serait l'occasion rêvée pour me parler un peu de toi, non ?

— Tout le monde, à Ballyflynn, vous dira que je suis le faux pas d'Eilish Donelly. L'enfant de trop... Celle qui s'attire tous les ennuis de la planète et à qui on ne peut pas faire confiance une seule seconde, rétorqua Oona d'un ton geignard. Et quand mon enquiquineur de frère va apprendre que je me suis encore fait renvoyer d'une pension il va me tuer !

Un silence embarrassé s'ensuivit.

— Je vais mettre l'eau à bouillir, finit par déclarer Aleth, comme si de rien n'était.

— J'imagine que si je vous demandais si vous avez un faible pour Fergal vous me répondriez que ce ne sont pas mes oignons ! insista la jeune fille.

— Gagné !

Contre toute attente, cette dernière repartie provoqua l'hilarité de l'adolescente, décidément imprévisible.

— Vous au moins, vous êtes franche et vous ne vous adressez pas à moi comme à une gamine de cinq ans. Ça me change de certains, dont je préfère taire le nom !

— Merci ! murmura Fergal avec gratitude, lorsqu'il fut seul dans la cuisine avec Aleth. Tu m'as sauvé la mise... Je suis vraiment content que tu sois là, Aleth. Oona peut être sacrément difficile, tu sais. Je ne sais pas ce qui lui a pris !

Aleth le crut sur parole. Il était encore bouleversé d'avoir vu Oona donner aussi librement cours à ses émotions. Oona était une forte personnalité et elle avait manifestement des vues sur le jeune homme. Dès lors, il devait faire très attention à ne pas l'encourager.

Et soudain la jeune femme repensa à sa propre réserve envers Luke qu'elle avait observé et idolâtré si longtemps, ne lui révélant ses sentiments que lorsqu'elle avait été sûre de son succès. Alice, elle, se serait montrée beaucoup plus extravertie et donc plus attrayante… Encore une bonne raison pour Luke de lui avoir préféré sa sœur, en fin de compte.

— Ne te méprends pas sur mes propos ! s'empressa d'ajouter Fergal. Oona est une fille bien… Je ne m'en fais pas pour elle… Elle n'aura aucune difficulté à trouver un garçon de son âge !

Aleth en doutait. Oona lui paraissait trop passionnée pour oublier son premier amour de sitôt. Toutefois, elle s'abstint d'en faire la remarque…

… Et se fit violence pour se fermer à l'idée de Luke et Alice dans le même lit. Cette page de sa vie appartenait à un passé qu'elle devait accepter.

Pendant le trajet, Oona discuta exclusivement avec Aleth, tout en jetant des regards mauvais à un Fergal fort heureusement concentré sur la route.

On accédait au champ où se tenaient les courses en empruntant un chemin de terre mal entretenu. Deux tentes avaient été dressées, l'une destinée aux jockeys, l'autre abritant un bar. La compétition avait attiré beaucoup de gens vêtus, pour la plupart, aussi chaudement qu'Aleth.

Celle-ci attendit que Vent-Arrière sorte du fourgon en écoutant d'une oreille distraite un groupe d'hommes engagés dans une conversation animée. Tout comme Fergal, ils avaient un fort accent du Kerry, et il lui fallut quelques secondes pour s'adapter à la musique de leur parler.

— Tu imagines la scène ? disait l'un d'entre eux sur le ton de la confidence. La jument de Flynn met bas avec l'aide de Martin, le véto, et quand il relève le nez, qu'est-ce qu'il voit ? Le top-modèle. Elle s'était déployée contre le mur de l'écurie comme si elle tournait un clip… Dans une tenue… plus que minimale, si j'en crois Martin.

Les autres s'esclaffèrent en se donnant des coups de coude entendus.

— Et vous savez ce qu'a fait Flynn ? Il lui a tout simplement ordonné d'aller se mettre quelque chose sur le dos si elle ne voulait pas faire peur au poulain nouveau-né. Ça, c'est un homme ! conclut-il, une pointe d'admiration dans la voix.

Aleth sentit le sang lui monter au visage et s'éloigna vivement du petit groupe.

Au même moment, à l'autre extrémité du champ, la petite amie de Rafael Flynn émergea d'un énorme 4x4, élégamment vêtue d'une petite veste en tweed et d'une culotte de cheval moulante, d'un blanc immaculé. Elle jeta un coup d'œil autour d'elle et, déployant ses longues jambes, se mit à marcher d'un pas aussi majestueux que si elle participait à un défilé de mode. Ce spectacle fascinant eut l'effet escompté, car chacun se retourna sur son passage pour la contempler.

Mais l'attention d'Aleth fut bien vite attirée par la silhouette altière qui, derrière le mannequin, se dirigeait d'un pas vif vers le paddock.

Le beau Rafael Flynn en personne…

Il se démarquait de la foule, avec sa haute taille et son port hautain. La brise lui avait ébouriffé les cheveux qui se dressaient en épis d'un noir de jais. Son teint mat était rehaussé par le pull-over blanc qu'il portait sous une veste sans aucun doute taillée sur mesure.

Mais, soudain, Aleth fut tirée de ses réflexions par l'image fugitive d'une masse qui fonçait sur elle. Elle tenta de l'éviter et, dans son mouvement brusque, se tordit la cheville dans une ornière et tomba à la renverse dans la boue.

L'homme se pencha aussitôt vers elle pour l'aider à se relever.

— Oh, pardon ! s'exclama-t-il, confus. Je ne vous avais pas vue. Vous n'êtes pas blessée, au moins ?

Aleth baissa la tête vers ses vêtements couverts de boue, avant de partir d'un grand rire.

— Non, ne vous en faites pas ! Fort heureusement, je suis lavable !

Rafael avait observé cet échange étonnamment courtois avec un petit sourire. La plupart des femmes de sa connaissance auraient crié au scandale. Pas Aleth Carmichael. Au contraire, son sourire spontané semblait destiné à rassurer le maladroit qui l'avait fait tomber dans la gadoue. Pour un peu, elle aurait réussi à lui faire croire qu'elle avait adoré l'expérience.

Bianca arriva sur ces entrefaites, pour se plaindre de la poussière qui maculait déjà ses bottes de cuir. Le collier de diamants qu'il lui avait offert comme cadeau d'adieu brillait autour de son cou gracile. Dans quelques heures, elle reprendrait l'avion pour sa Belgique natale, et c'était tant mieux.

Elle tira de sa poche un miroir miniature, remit un peu d'ordre dans sa coiffure avant de succomber à la tentation de s'examiner sous tous les angles. Exaspéré, Rafael s'éloigna, la plantant là sans même qu'elle s'en rende compte.

— Je serais curieux de savoir ce que Rafael Flynn fait ici, murmura Fergal en guidant Aleth vers le paddock. On n'a pas souvent l'occasion de le voir aux manifestations locales !

Les parieurs s'étaient rassemblés le long de la clôture pour mieux examiner les partants de la course suivante. Aleth s'empara de la longe de Vent-Arrière et entama sa ronde. Elle n'avait pas terminé le premier tour du manège qu'elle se sentit observée. Elle leva les yeux pour se trouver sous un regard scrutateur. Son cœur fit un bond dans sa poitrine. Rafael Flynn, encore une fois... Elle détourna vivement la tête, les joues en feu. Ses cheveux roux voletaient devant ses yeux et elle les repoussa en arrière, en un geste qui manquait singulièrement de naturel.

Une fois que le jockey eut pris Vent-Arrière en charge pour l'échauffement, Fergal fit en sorte que sa patronne rencontre le plus de gens possible. Il était fort populaire dans la contrée et connaissait tout le monde. Un bon nombre de villageois évoquèrent la mémoire de Kathleen avec chaleur, avant de demander à sa remplaçante quel genre de services elle comptait leur offrir, lorsque la pension serait rouverte. Tout au long de ces entretiens, la jeune femme dut se faire violence pour ne pas chercher Rafael Flynn du regard. Elle parvint néanmoins à se refréner. Elle n'était plus une collégienne et n'avait aucune intention de se conduire comme telle.

Vent-Arrière partit comme une fusée. Malheureusement, il fut disqualifié dès la deuxième haie, et ce fut un Fergal plutôt abattu qui ramena l'animal jusqu'au fourgon.

— Tu n'as pas vu Oona ? lui demanda-t-il au passage. Je la cherche depuis un bon moment...

Aleth remarqua l'adolescente agenouillée derrière la buvette, et fendit la foule pour aller la rejoindre.

— Qu'est-ce que tu fais là ? Fergal te cherche partout...

Oona fronça les sourcils avec nervosité.

— J'arrive tout de suite. Mon frère est dans l'enclos des gagnants et je... Je ne veux pas qu'il me voie.

— Il est si terrible que ça ?

— Pire encore, murmura Oona d'une toute petite voix.

En cet instant, elle paraissait infiniment jeune et vulnérable. Comme la gamine de quinze ans qu'elle était, en quelque sorte...

— Je ne serai jamais à la hauteur, avec mon frère. Il voudrait que je sois aussi intelligente que lui, ce qui n'est pas le cas.

— Ne dis pas de sottises, Oona. Tu es loin d'être bête et je ne comprends pas que tu te rabaisses ainsi. Pourquoi n'abordes-tu pas le sujet avec ta mère ?

La jeune fille haussa ses frêles épaules.

— Ma mère n'est pas bien, la plupart du temps. Alors j'évite de l'embêter avec mes petites histoires. J'ai bien une sœur, seulement elle est mariée et mère de famille. Vous ne vous êtes jamais demandé pourquoi je passe autant de temps chez vous ?

Aleth dut résister à l'envie de la serrer dans ses bras.

— Tu y seras toujours la bienvenue, Oona ! promit-elle.

Elle retournait vers le fourgon lorsqu'une femme d'âge moyen l'intercepta pour l'interroger sur la nouvelle pension et sur l'équipement dont elle disposait. Un de ses chevaux se faisait vieux et elle envisageait de le mettre à la retraite. Elles conversèrent quelques instants avant de convenir d'un rendez-vous en vue d'une visite de l'écurie.

Sa première cliente potentielle… Le sourire aux lèvres, Aleth tourna les talons, pour s'apercevoir que Rafael Flynn s'avançait vers elle d'un pas décidé. Aussitôt, elle sentit son estomac se serrer.

— Il paraît que vous avez l'intention de rouvrir la pension ? demanda-t-il sans préambule.

— Tout à fait. Je ne suis pas assez douée en jardinage pour espérer vivre de mes cultures bio, lui répondit-elle du tac au tac.

Ils se dévisagèrent un instant et elle constata qu'au soleil ses yeux verts reprenaient la couleur or qu'elle leur avait initialement vue.

Rafael Flynn prit appui contre la bétaillère sans cesser un seul instant de la détailler. Il avait un charisme indéniable. Pire, il était si grand qu'elle fut forcée de lever la tête et son attention fut momentanément distraite par ses cils, incroyablement longs, sombres et qui adoucissaient son visage émacié, si masculin.

Aleth avait de plus en plus de mal à respirer.

— Je ne fais pas d'une entreprise une affaire personnelle, mademoiselle Carmichael. Prenez garde ! Il se pourrait que votre projet soit plus risqué que vous ne semblez le penser.

— Ne me dites pas que je marche sur vos plates-bandes et que nous allons être en concurrence, vous et moi ! s'écria la jeune femme, avec une consternation non dissimulée.

L'espace d'un instant, Rafael Flynn sembla perdu. La seconde suivante cependant, il rejeta la tête en arrière et se mit à rire, exhibant par là même des dents parfaites.

— Non… Je ne fais pas dans la pension pour chevaux, Aleth.

Aleth…

Son sourire était si éblouissant que la jeune femme se sentit fondre, subjuguée par la pointe de sensualité avec laquelle il avait prononcé ce prénom vieillot qu'elle avait toujours détesté.

… Du moins jusqu'à présent.

— Vous avez un accent différent de celui des gens du Kerry ! fit-elle remarquer.

Il ne se départit pas de son sourire. Aleth tenta de regarder ailleurs, en vain.

— En partie. J'ai des origines mixtes, voyez-vous !

— Tout comme moi, répondit-elle.

Pourquoi ne trouvait-elle rien d'intéressant à dire, soudainement ? De nouveau, elle le dévisagea et sentit un frisson d'excitation lui parcourir le dos.

Rafael décida soudain de remettre ses plans à plus tard. Il rachèterait la propriété d'Aleth Carmichael, ça ne faisait aucun doute. Dans l'immédiat, rien ne pressait... au contraire.

— Vous dînez avec moi, ce soir ? demanda-t-il avec désinvolture.

Aleth cligna des yeux. Elle avait presque oublié la déesse blonde que son voisin hébergeait en ce moment.

— Et votre petite amie ? Elle...

— Bianca est de l'histoire ancienne, rétorqua-t-il en haussant les épaules.

Aleth se hérissa devant tant d'indifférence, d'autant qu'à une vingtaine de mètres de là la fameuse Bianca les observait sans vergogne.

— Elle est là ! Juste derrière vous !

— C'est possible, et ça m'est égal. Elle sait que tout est fini entre nous. Elle repart en fin d'après-midi. Alors, ce dîner ?

Son ton s'était fait plus sec et Aleth recula d'un pas. Rafael Flynn incarnait tout ce qu'elle détestait le plus chez un homme : il était arrogant, semblait dépourvu de tout sentiment, bref un véritable prédateur. Pas son genre du tout... Sans compter qu'elle ne pouvait ni ignorer ni excuser son attitude envers la malheureuse Bianca.

— Désolée, c'est non. Je ne me sens pas l'âme romantique, en ce moment. Merci quand même !

Rafael en resta bouche bée. Il ne pouvait croire un seul instant qu'elle ait refusé son offre. Elle s'imaginait sans doute encourager ses ardeurs en feignant le désintérêt le plus total.

— L'âme romantique ? Vous plaisantez ? La dernière fois que

je me suis laissé allé à ce genre de foutaises, j'avais quatorze ans, mademoiselle Carmichael !

— Ça vous regarde. Pour ma part, je me relève à peine de la rupture de mes fiançailles, poursuivit-elle.

— Je pourrais vous y aider, murmura Rafael d'une voix de gorge.

— De plus, je suis très occupée, s'obstina Aleth.

Elle recula encore un peu, de plus en plus intimidée par la personnalité de son interlocuteur.

Celui-ci la regarda battre en retraite avec incrédulité. Il ne comprenait pas à quoi elle jouait. Parce qu'il s'agissait d'un jeu, bien sûr. L'expérience lui avait appris que toutes les femmes jouent un jeu. Celle qu'il avait en face de lui jouait selon d'autres règles qu'il ne comprenait pas, rien de plus.

— Sur ce, si vous voulez bien m'excuser, marmonna-t-elle avant de pivoter sur elle-même.

Rafael Flynn ne la vit pas grimacer. Pourtant, elle s'en voulait à mort de sa propre gaucherie.

Ce type était l'incarnation de ses rêves les plus fous. Pourtant, jamais elle ne se risquerait à céder à son charme. Un homme qui venait de quitter une beauté comme Bianca... et qui n'attendait même pas qu'elle soit partie pour préparer le terrain avec la suivante ! Qu'est-ce qui lui prenait ? Il voyait en Aleth un futur passe-temps ? Quelque chose à grignoter en attendant le festin, ou quoi ? Car il était inutile de se leurrer. Question silhouette et raffinement, elle n'arrivait pas à la cheville du top-modèle !

Elle fronça les sourcils. Elle ne pouvait se faire à l'idée que Rafael Flynn l'ait invitée à dîner. Elle... Aleth Carmichael, dans son jean maculé de boue, ses bottes en caoutchouc, pas maquillée, et surtout pesant quelques kilos de plus que lorsqu'elle était avec Luke.

Luke...

Luke qui l'avait humiliée... Cette pensée la calma quelque peu. Peut-être prenait-elle les choses trop au sérieux, après tout... Peut-être gagnerait-elle à être plus naturelle dans ses relations avec le sexe opposé. Mis à part les deux garçons avec lesquels elle avait flirté dans son adolescence, elle n'avait connu personne d'autre que Luke. A présent, elle était célibataire et, bien qu'elle approchât la trentaine, elle se sentait toujours aussi inexpérimentée que lorsqu'elle avait vingt ans.

Dès lors, n'avait-elle pas fait une erreur ridicule en songeant à Rafael Flynn comme à un partenaire pour la vie ? Si c'était le cas, elle perdait vraiment la tête. Flynn était tout à fait du genre à être une passade. Une passade racée, certes, mais une passade tout de même. Il était dénué de scrupules et, ma foi... excitant. Pour être tout à fait honnête, bien plus excitant que Luke...

Elle aurait dû avoir le courage d'accepter à la fois son invitation et son numéro de charme. Cela l'aurait valorisée, l'aurait aidée à rire de sa mésaventure avec Alice et Luke.

— Aleth ?

Oona s'approchait d'elle, le visage déformé par l'angoisse.

— Hm... A votre place, j'éviterais de fréquenter Rafael Flynn.

— Et pourquoi ça ? demanda Aleth, un peu plus sèchement qu'elle ne l'aurait voulu.

— Vous êtes trop bien pour lui. Vous... Vous êtes gentille et vous faites facilement confiance aux gens. Ce ne sont pas des qualités à ses yeux. Il ne fera qu'une bouchée de vous. Il vous brisera le cœur, Aleth. Croyez-moi !

— Un autre s'en est chargé avant lui, figure-toi, lui confia Aleth avec regret. Il n'y a pas que notre cher M. Flynn, sur la planète... Enfin... Merci tout de même du conseil !

— C'est que... Je ne veux pas qu'il vous fasse de mal, vous comprenez.

— Il est si terrible que ça ? s'enquit Aleth, incapable de réprimer sa curiosité.

Oona rougit violemment.

— Ce n'est pas ça, s'empressa-t-elle de répondre. Il vit sur une autre planète, c'est tout. Encore une fois, il ne ferait qu'une bouchée d'une femme comme vous !

— Ça m'étonnerait ! contra Aleth d'un ton ferme.

Oona ne paraissait pas convaincue.

— Si même un mannequin de renommée internationale n'est pas parvenu à le garder, je ne vois pas qui y arrivera.

Aleth, elle, voyait très bien. Une femme suffisamment forte pour le retenir pieds et poings liés, s'il le fallait. Une femme qui, par la même occasion, lui inculquerait quelques notions élémentaires de la morale la plus basique.

Le soir même, deux autres clients potentiels vinrent visiter les écuries. Avant même d'arriver à Ballyflynn, Aleth avait élaboré son projet et griffonné une première ébauche de contrat. Il ne lui restait plus qu'à mettre tout cela au propre.

Elle veilla longtemps, calculant sans relâche le nombre de pensionnaires dont elle avait besoin pour rentrer dans ses frais. Comme aucun magasin à vingt kilomètres à la ronde ne vendait d'articles de sellerie, elle décida d'ouvrir un magasin où l'on trouverait également de la nourriture pour chevaux. Son but n'était pas de faire fortune, mais de vivre décemment. Elle avait accepté de réduire son train de vie pour réaliser son rêve et profiter des joies de l'existence.

Ce qui, songea-t-elle avec bon sens, excluait toute relation approfondie avec le genre d'homme à avoir des liaisons avec des top-modèles.

Le lundi matin, Eugène McNally lui passa un coup de fil. Il souhaitait la voir au plus vite à propos d'une question urgente.

Lorsqu'elle pénétra dans son cabinet, elle comprit immédiatement qu'il était contrarié, pour une raison ou pour une autre.

— J'ai bien peur d'avoir une mauvaise nouvelle pour vous, commença le notaire, après s'être éclairci la voix. Je viens de recevoir une demande d'indemnités sur le patrimoine de feu Kathleen Gallagher.

Aleth dévisagea son interlocuteur avec une surprise non dissimulée.

— Il n'est pas un peu tard pour ce genre de réclamation ?

— En théorie, si. Malheureusement, je n'ai pas eu accès à l'information plus tôt. Il semblerait que Mme Gallagher ait contracté un prêt, il y a trois ans. Un prêt exigeant un règlement cette année, d'une manière… ou d'une autre, acheva-t-il après une courte hésitation.

Aleth s'efforça de conserver son calme et de réfléchir à la situation. Elle avait quelques économies, et il n'y avait aucune raison pour qu'elle ne puisse faire un emprunt immobilier à son tour. Encore qu'un emprunt de ce genre représenterait un handicap certain.

— Je peux savoir qui est le prêteur ?

— Les Entreprises Flynn.

Un silence lourd de sens suivit sa réponse. Au bout de quelques secondes, Aleth releva les yeux vers McNally.

— Combien ?

— Cent cinquante mille euros. Soit un peu plus de cent mille livres sterling, répondit le notaire d'un ton accablé. Et croyez bien que, jusqu'à ce matin, j'ignorais totalement ce… ce détail.

Une fois le choc encaissé, Aleth sentit la colère monter en elle.

— Ah vraiment ! susurra-t-elle d'un ton qui en disait long sur ce qu'elle pensait des manières d'agir de son interlocuteur. Si ma mémoire est bonne, vous étiez le conseiller légal de ma cousine, maître McNally… Et qui plus est, son exécuteur testamentaire !

— Mme Gallagher ne m'a pas consulté avant de signer cet accord. Je n'ai reçu aucun document relatif à cette transaction, concéda le notaire à contrecœur. De toute évidence, votre cousine a jugé préférable de se passer de mes conseils. Si elle l'avait fait, j'aurais essayé de l'en dissuader. Il n'est jamais bon d'emprunter à cet âge-là.

— De la part de Rafael Flynn, en revanche, c'est plutôt futé ! Bon sang ! Cent mille livres ? Je peux connaître les conditions du prêt ?

— Pas de remboursement dans l'immédiat. Votre cousine a obtenu un délai de trois ans, à l'issue desquels les Entreprises Flynn pouvaient récupérer leur mise sur simple demande et…

— Sur simple demande ? l'interrompit Aleth, atterrée.

— Sur simple demande, faute de quoi les Entreprises Flynn étaient en droit de recouvrer la moitié du terrain, ainsi qu'une part de cinquante pour cent dans les bénéfices de la pension dont elles seraient devenues les partenaires légaux. Par ailleurs, les Entreprises Flynn avaient droit de regard sur une éventuelle revente de l'affaire. L'avocat qui a établi ce contrat a fait du bon travail, croyez-moi. Je n'y vois pas une seule faille !

Aleth le dévisagea un instant, bouche bée.

— Attendez... Dois-je comprendre que je risque de me retrouver avec Rafael Flynn comme associé dans une affaire qui n'est encore que virtuelle ?

— Mademoiselle Carmichael...

Eugène McNally prit une longue inspiration avant de lui tendre un épais dossier.

— Hélas, oui. J'irais même jusqu'à dire que s'il prenait l'envie à M. Flynn d'élire domicile dans votre salon vous ne seriez pas en mesure de vous y opposer.

— Dans ce cas, je n'ai pas le choix. Je n'ai plus qu'à hypothéquer la propriété pour rembourser M. Flynn.

— Ça risque d'être difficile, attendu que l'autre partie est intéressée pour moitié dans votre affaire. En clair, vous êtes dans l'impossibilité de déclarer que votre héritage vous appartient en propre. Dans ces circonstances, je ne vois pas comment vous pourriez persuader un organisme financier d'hypothéquer la propriété. En fait, ce contrat vous laisse peu d'options.

Aleth se sentait pâlir à vue d'œil.

— Pouvez-vous m'expliquer pourquoi ma cousine a été amenée à emprunter une telle somme ?

— La pension marchait de moins en moins bien, et Mme Gallagher avait des dettes. J'en déduis donc que la banque a refusé de financer les travaux qu'elle voulait entreprendre. Par ailleurs, elle a cru bon de travailler avec Fergal Gibson, alors que je sais de source sûre que tous deux avaient subi une perte sèche sur un achat commun. Kathleen Gallagher était une idéaliste, que voulez-vous ? soupira McNally. A mon avis, elle a tout simplement pensé qu'elle avait largement le temps de voir venir et que les choses finiraient par s'arranger.

— Vous n'allez pas me dire qu'elle ne s'est pas rendu compte des risques qu'elle prenait en s'associant à Rafael Flynn !

— Si ça se trouve, elle n'a même pas lu tous les termes de l'accord, vous savez. Kathleen était une cavalière émérite, elle adorait les chevaux et savait s'y prendre avec eux, mais ce n'était pas une femme d'affaires. A l'époque, Flynn Court n'appartenait même pas à M. Flynn. Quant à lui, il a une influence considérable dans le monde des affaires... et l'expérience qui va avec. Alors il est tout à fait possible que Kathleen, bien naïvement, ait pensé qu'un tel associé n'essaierait pas de la berner !

Cent mille livres...

Aleth commençait à comprendre l'énormité de la chose. Même en utilisant l'argent gagné sur la revente de son appartement londonien, elle ne pouvait espérer atteindre une telle somme, surtout si elle voulait, dans le même temps, procéder à des rénovations. Pire encore, si elle ne pouvait s'acquitter de sa dette, Rafael Flynn pourrait prétendre à la moitié de ses recettes !

Et il avait osé l'inviter à dîner ? Ah, elle comprenait pourquoi il l'avait prévenue de la difficulté que présentait son projet, à présent !

— J'aimerais que vous m'expliquiez pourquoi je n'ai pas eu vent de cet accord plus tôt, reprit-elle d'un ton sec. Je trouve ça parfaitement inadmissible.

— Il me semble que M. Flynn ait été prêt à en oublier l'existence, quand il vous a fait une offre sur votre propriété.

— A ce propos, son offre était extraordinairement généreuse, quand on considère qu'il n'a même pas les moyens de réparer sa propre demeure !

— Comme je vous l'ai dit tout à l'heure, M. Flynn n'a hérité de cet endroit que très récemment... A la mort de son père, Valente Cavaliere, pour être précis. Je crois savoir que d'importants travaux de réfection sont en projet, d'ailleurs...

Aleth ne l'écoutait plus.

— Vous avez bien dit *Cavaliere* ? Rafael Flynn est... Vous voulez dire que Rafael Flynn et Rafael Cavaliere ne font qu'un ?

Elle dut se forcer pour prononcer ces derniers mots, tant le choc était grand.

— La première fois que je l'ai rencontré, j'ai bien eu la sensation de l'avoir déjà vu quelque part, mais je n'aurais jamais fait le rapprochement !

— Si je puis me permettre un conseil, et tout à fait entre nous bien sûr, vous devriez lui vendre la propriété de votre cousine, quitte à racheter un endroit semblable ailleurs dans notre beau pays, suggéra McNally, manifestement gêné. M. Flynn est un homme dur quand on se met en travers de sa route. En revanche, il s'est montré extrêmement généreux avec notre petite commune et il a beaucoup d'appuis à Ballyflynn. Il vous fait une offre plus qu'honnête, comme vous l'avez dit vous-même. Vous n'avez pas les moyens de lutter contre...

— C'est ce qu'on verra, monsieur McNally ! répliqua la jeune femme, malgré l'angoisse qui continuait de monter en elle. C'est ce qu'on verra !

Le simple fait qu'il lui ait suggéré de baisser les bras sans broncher lui avait donné la motivation suffisante pour se battre.

Elle regagna sa voiture dans un état de fureur extrême. Rafael Cavaliere... Mais quelle audace ! Et d'abord, que faisait un magnat italien dans un hameau irlandais ? Autant mettre un piranha dans un aquarium ! C'était tout bonnement invraisemblable... Une fois de plus, Rafael Cavaliere était à l'origine de ses difficultés.

Elle tremblait tellement d'énervement qu'elle dut s'arrêter sur le parking de l'église pour se calmer. Sans grand succès d'ailleurs car ce fut néanmoins sa colère qui, un peu plus tard, la poussa à bifurquer sur sa gauche pour emprunter l'allée délabrée menant à l'entrée principale de Flynn Court.

Le chemin était long et creusé d'ornières. Il était bordé de part et d'autre de magnifiques cyprès dont l'espacement laissait parfois entrevoir la baie et, plus loin, le bleu sombre de l'océan.

Aleth gara sa voiture devant l'immense porte qui lui fut ouverte par Tolly.

— Mademoiselle Carmichael ! déclara-t-il avec toute la solennité qui convenait à son rôle de majordome.

Si elle avait été d'humeur plus légère, elle aurait été gênée par les manières de Joseph Tolly. Ce jour-là, cependant, elle les remarqua à peine.

— Je voudrais voir votre maître, répondit-elle sèchement.

5

— Je vais voir si Monsieur peut vous recevoir. Veuillez vous asseoir, mademoiselle Carmichael.

Aleth préféra rester debout. Le hall d'entrée était une immense pièce semi-circulaire, avec des murs ciselés de la manière la plus fantasque qui soit. Même s'il avait besoin d'une bonne couche de peinture, l'endroit ne manquait pas de cachet.

— Mademoiselle Carmichael, susurra une voix traînante derrière elle. Les nouvelles vont vite, on dirait ! Surtout quand elles sont mauvaises...

Aleth pivota sur elle-même, le visage crispé. Son bourreau se tenait là, dans un costume rayé à la coupe irréprochable. Avec sa taille impressionnante et son physique de play-boy, il était terriblement intimidant, et la jeune femme sentit son estomac se nouer d'angoisse.

— Si je puis me permettre, vos façons d'agir en affaires s'apparentent à celles d'un gangster ! déclara-t-elle tout de go.

Le visage hâlé de Rafael Flynn ne trahit aucune émotion.

— Parfait ! Feu mon père serait fier de moi !

— Vraiment ? Moi, je crois qu'il serait déçu au contraire... Parce que je refuse de vous vendre mon bien, figurez-vous. Vous pouvez faire ce que vous voudrez, vous ne l'aurez pas. J'ai horreur qu'on me force la main, monsieur Flynn. Et par-dessus tout je déteste vos méthodes, sans parler de votre dédain pour autrui...

Elle s'interrompit et, voyant qu'il ne réagissait pas, reprit de plus belle.

— Et puis, pourquoi vous faites-vous appeler Flynn ? Pour duper les gens du coin, sans doute ! Des gens simples, qui ne se doutent pas une seule seconde qu'un milliardaire italien puisse choisir de vivre à la dure dans leur village perdu !

— Si vous m'en laissez le temps, je vais vous répondre point par point, murmura Rafael d'un ton égal. Je suis né sur cette île, sous le nom de Rafael Cavaliere Flynn, comme en témoigne mon certificat de naissance. C'est ma mère qui m'a donné ce patronyme, et je me soucie comme d'une guigne de la manière dont les médias ont choisi de m'appeler. Quant à vivre à la dure, comme vous dites, dans la demeure où des générations de Flynn ont vécu avant moi… Là encore, vous faites fausse route. Je suis fier de mes origines, mademoiselle Carmichael. Tenez-le-vous pour dit !

Sa superbe ne fit qu'augmenter la fureur d'Aleth. Se faire ainsi remettre à sa place pour sa discourtoisie fut la goutte d'eau qui fit déborder le vase. Elle était d'autant plus contrariée que jamais encore elle n'avait osé tenir tête à quiconque de manière aussi hardie.

— Est-ce que vous vous rendez compte que vous me pourrissez l'existence depuis que j'ai eu quinze ans ? lui lança-t-elle d'une voix plus aiguë.

Rafael souleva un sourcil interrogateur.

— Je sais ce que je dis, monsieur Flynn. Dans les années 1990, vous avez repris les laboratoires pharmaceutiques Benson. Mon beau-père y travaillait comme chercheur et il a perdu son emploi. Il n'a pas été le seul d'ailleurs. Avec lui, quatre mille personnes se sont retrouvées au chômage. Vous avez fermé l'entreprise et vous avez tout vendu. La ville entière est morte et…

— Une entreprise doit faire du bénéfice pour subsister ! coupa-t-il. C'est l'évidence même !

— Mon beau-père a fait une dépression nerveuse. Il n'a jamais retrouvé de travail et a été obligé de vendre notre maison ainsi que l'ensemble de nos biens. A la fin de l'année, nous n'avions plus rien. Des types comme vous…

Elle s'interrompit, à bout de souffle et d'indignation.

— Les gens comme vous ne savent faire qu'une chose : détruire. Ruiner des existences entières, conclut-elle lamentablement.

— Les laboratoires Benson ont perdu le contrat énorme qu'ils avaient signé avec une entreprise asiatique. A la suite de quoi, ils se sont effondrés. Je ne suis en rien responsable de leur chute.

Le front de la jeune femme se creusa d'étonnement.

Rafael se tenait juste au-dessous de la verrière et la lumière du soleil mettait en valeur sa silhouette majestueuse et faisait briller le noir intense de ses cheveux.

Aleth se secoua. Une fois de plus, elle le dévisageait. Elle détourna la tête, les joues en feu.

— C'est possible, mais ça ne change pas le fond du problème, répliqua-t-elle. Vous ne bâtissez pas, monsieur Flynn. Vous vous contentez de détruire, dans un seul but : vous faire le plus d'argent possible.

— Là encore, vous faites erreur. Dans le cas de la Benson, par exemple, j'ai refusé une offre de rachat particulièrement intéressante, certes, mais au terme de laquelle les laboratoires auraient été transformés en centre commercial. Or, je savais que la ville avait de meilleures chances de renaître de ses cendres si ces locaux restaient industriels. De manière à pouvoir héberger une autre entreprise.

La déconvenue d'Aleth n'avait plus de limites.

— J'ignorais ce fait et si je vous ai mal jugé...

— C'est le cas, coupa-t-il.

— Dans ce cas, je vous prie de m'excuser, marmonna-t-elle, la mâchoire serrée. Cela ne m'empêche pas de penser que vous faites toujours passer l'argent en premier.

— L'argent assure le pouvoir. Je n'ai pas l'intention de m'excuser de ce que je suis ou de ce que je représente.

Aleth redressa la tête. Elle avait une deuxième carte en main.

— Il y a quelques mois, vous avez orchestré la chute de la Zenco, un client important de l'agence publicitaire pour laquelle je travaillais. Tellement important que la chute de la Zenco a entraîné la nôtre. Une fois de plus, vous avez eu un impact négatif sur mon existence. Alors pardonnez-moi si je ne suis pas inscrite à votre fan-club ! conclut sèchement Aleth.

Rafael était captivé. Il dévisagea la jeune femme en songeant qu'il n'avait encore jamais vu une peau aussi parfaite que la sienne. Avait-elle cette couleur laiteuse jusque dans les secrets de son corps voluptueux ? Comme il se sentait déraper, il s'efforça de se concentrer sur la discussion.

— Vraiment ? reprit-il. Quelle coïncidence extraordinaire ! Je ne suis pas superstitieux, néanmoins je ne saurais trop vous conseiller de prendre les mesures qui s'imposent, si vous ne voulez pas vous confronter à moi une troisième fois !

— C'est tout ce que vous trouvez à dire ? s'insurgea Aleth.

Rafael ouvrit une porte, sur sa gauche.

— J'aimerais vous montrer quelque chose, si vous le voulez bien.

Aleth ne bougea pas d'un pouce. Elle alla même jusqu'à croiser les bras pour faire bonne mesure.

Sans s'émouvoir pour autant, Rafael s'enfonça dans la pièce. Les secondes passèrent, interminables, jusqu'à ce que la jeune femme, s'apercevant qu'elle réagissait comme une gamine, se décide à le suivre.

— C'est le salon, expliqua Rafael. Venez jeter un coup d'œil par la fenêtre.

Les bras toujours croisés, Aleth s'avança d'un pas raide. L'aisance de Rafael Flynn lui apparaissait comme une injure à sa propre gaucherie. Dès qu'elle eut atteint la vitre cependant, elle écarquilla les yeux.

Au pied de la colline, une affreuse rangée de bâtiments délabrés gâchait ce qui avait dû être une vue magnifique. Ces bâtisses en ruine étaient celles qu'elle envisageait de rénover pour agrandir la capacité de ses écuries.

Rafael leva une main en un geste éloquent et Aleth ne put s'empêcher d'admirer sa capacité toute méditerranéenne à se faire comprendre sans prononcer un mot. C'était à la fois infiniment séduisant et en total décalage avec le détachement calculé qu'il exhibait en public. Lorsqu'il se mit à parler, elle dut faire un effort pour se concentrer sur ce qu'il disait.

— Le cottage que vous habitez a été construit au XVIIIe siècle, commença-t-il.

— Il est si vieux que ça ? interrompit Aleth, incapable de dissimuler son étonnement.

— A l'époque, c'était une folie, pas une habitation. Mon arrière-arrière-arrière-grand-père, Randall Flynn, a fait planter l'arboretum qui l'entoure. En clair, vous vivez dans ce qui fit autrefois partie du domaine de Flynn Court.

— Je l'ignorais totalement !

— La folie et le terrain environnant ont été mis en vente par nécessité financière, il y a plus d'un demi-siècle. Ce sont les parents de votre cousine qui les ont rachetés. Seulement cette folie est classée et, en tant que telle, elle doit être conservée et réintégrer sa propriété d'origine.

— Vous ne l'aurez pas, déclara Aleth, d'un ton sans équivoque.

Les yeux mordorés de son adversaire se mirent à miroiter d'une lueur étrange. Visiblement, le défi lui plaisait.

— Sachez que je ne perds jamais.

— Vous ne pouvez pas tout avoir, monsieur Flynn. Vous pouvez bien manigancer ce que vous voudrez, me rendre la vie impossible, mais vous ne m'obligerez pas à vendre, contra Aleth, non sans une certaine agressivité. Par ailleurs, quand aviez-vous l'intention de me parler de ce prêt ignominieux, au juste ? Pendant le dîner auquel vous m'avez conviée ?

— Je ne suis pas aussi grossier que vous semblez le penser, rétorqua Rafael, son ton posé contrastant avec celui de la jeune femme. Cependant, rien ne nous empêche de discuter de tout cela devant un bon repas, afin de parvenir à un accord mutuel !

Les yeux bleus d'Aleth prirent une lueur dangereuse.

— Tant que vous n'avez rien d'autre à me proposer que le rachat pur et simple de ma propriété, je n'ai rien à vous dire. Alors à votre place je commencerais à envisager un compromis.

— Un compromis n'est pas envisageable.

— Comme vous l'entendez !

Aleth prit une longue inspiration avant de se soustraire à son regard magnétique. Une fois encore, elle s'était laissé distraire de son propos.

— Ma cousine a signé un accord avec votre entreprise, reprit-elle. Je pourrais le rendre public, ce qui vous causerait un tort considérable. Et avant de me répondre que vous vous fichez comme d'une guigne de l'opinion publique pensez aux gens du coin.

Rafael la toisa avec indifférence.

— Dois-je comprendre que vous me menacez ?

— Je vous explique simplement que je me battrai bec et ongles, répliqua Aleth, de plus en plus furieuse. Vous voulez qu'il soit dit que vous vous êtes servi de votre pouvoir, de votre fric et de vos avocats pour convaincre une retraitée sans défense de signer un accord totalement déloyal ? Vous voulez que tout le monde sache que vous vous appuyez sur ce document pour me priver de mon héritage ?

— Encore une fois, ce serait déformer les faits. C'est Mme Gallagher qui s'est tournée vers nous la première. Elle a même réussi à s'appuyer sur mon désir d'acquérir sa propriété pour obtenir un traitement de faveur. Dernière précision, les Entreprises Flynn ont engagé un avocat à leurs frais pour la conseiller.

Aleth se sentit rougir, une fois de plus. Elle était péniblement consciente de ce que ses méthodes s'apparentaient au chantage. Tant pis... Un excès de scrupules ne pouvait que la desservir, face à un adversaire aussi redoutable que Rafael Cavaliere Flynn.

— Vous pouvez le prouver ? demanda-t-elle, abandonnant définitivement tout fair-play. Parce que je ne vous apprendrai rien en vous disant que les journaux ont la mauvaise habitude de se concentrer sur les aspects les plus scandaleux d'un problème. Même en cas de démenti, une fois un article imprimé, le mal est fait !

— Et vous m'accusez d'avoir des manières de truand ? murmura Rafael qui oscillait entre le courroux et l'admiration.

Jamais il n'aurait imaginé que cette confrontation puisse

prendre un tour aussi dur. Sa jolie voisine ne pleurait pas, elle ne suppliait pas, elle n'en appelait pas à sa bonté, bien au contraire. Elle se tenait là, toutes griffes dehors, et le défiait du haut de son mètre soixante, dans sa petite veste de laine et sa jupe trop longue...

Rafael eut un rictus amusé.

Cette tenue vieillotte était particulièrement déstabilisante pour un homme qui venait de passer plusieurs semaines en compagnie d'une écervelée dont la principale ambition était d'exhiber son corps.

Bref, Aleth Carmichael avait réussi à le surprendre, ce qui n'était pas fréquent.

Les paupières mi-closes, il continua à observer sa voisine, avec une curiosité teintée d'amusement. Il avait peine à croire qu'elle avait le culot de le menacer. Certes elle bluffait, et il ne tarderait pas à lui renvoyer cette triste vérité au visage. Elle pensait le plus grand mal de lui et ne s'en cachait pas. Comme il se faisait lui-même peu d'illusions sur son propre compte et qu'il n'avait que faire de la manière dont les gens le voyaient, il n'aurait dû en avoir cure. Et pourtant, de manière inexplicable, il était contrarié au plus haut point par l'opiniâtreté de cette petite bonne femme. Elle ne s'imaginait tout de même pas pouvoir le faire céder !

— Il est hors de question que je vous vende mon cottage, poursuivit-elle d'un air de défi. Pour la bonne et simple raison que je l'adore. J'ai complètement changé de mode de vie en venant m'installer en Irlande, figurez-vous... Je ne bougerai pas de là.

La plaisanterie avait assez duré. Rafael décida de ramener la petite dame à la réalité.

— Dans ce cas, vous vous proposez de me rembourser intégralement, je suppose.

La jeune femme blêmit.

— Je peux bénéficier d'un délai, afin de m'organiser ?

— Quatre semaines au maximum. Et je suis gentil... Soyez réaliste, mademoiselle Carmichael. Avec la somme que je vous propose, vous auriez largement de quoi trouver un autre terrain, louer les services d'un architecte et faire construire une réplique de cette folie dans un autre comté.

— Malheureusement, le lieu m'importe, lui aussi. C'est ici que ma famille a vécu et je doute de jamais trouver un environnement aussi magnifique que celui-ci. Sur ce, je vous souhaite une bonne journée, monsieur Cavaliere Flynn. Je vous appellerai avant peu !

Là-dessus, et non sans une certaine raideur, Aleth tourna les talons.

— Appelez-moi Rafael.

— N'en rajoutez pas. Cette fausse bonhomie ne fait que m'irriter davantage.

La mâchoire de Rafael Flynn se crispa en un rictus impitoyable. Passant devant sa visiteuse, il lui ouvrit la porte.

— C'est étrange ! Moi, ce sont les gens mal élevés qui me font cet effet-là !

Aleth ne put réprimer une grimace. Son adversaire excellait indéniablement dans le domaine de la courtoisie. Des restes de sa jeunesse dorée, sans doute... Elle releva la tête et se trouva sous le joug d'un regard dont l'intensité la mit en émoi.

— Comme vous hésitez entre me mettre sur la paille et me jeter hors de chez moi, toute forme de civilité me paraît hypocrite.

— Vous n'avez pas l'impression d'être un tantinet mélodramatique ? demanda Rafael, lui emboîtant le pas dans l'immense hall d'entrée.

— Je doute fort que mon cottage représente autant à vos yeux qu'aux miens.

— Cette folie, Aleth. Je vous répète que c'est une folie. Ma défunte mère y a joué, quand elle était enfant. De surcroît, sur son lit de mort, son père lui avait fait jurer de se la réapproprier...

Une ombre presque imperceptible passa sur le visage de Rafael Flynn.

— Et la vision de ces baraquements en ruine constituait pour elle un rappel constant de son échec, conclut-il sombrement.

Aleth fut fascinée par l'émoi passager de son hôte. Cet homme était doté d'un tempérament obscur, voire dangereux. Un passionné, qui se contrôlait avec rigueur et ne se laissait sans doute jamais aller à la confidence. Par contraste, cet aperçu fugace des sentiments qui l'animaient donna à la jeune femme une meilleure idée de la véritable nature de son adversaire.

— Vous me dévisagez, releva-t-il, ses propres yeux rivés sur les lèvres pulpeuses d'Aleth.

Un silence saisi s'ensuivit. Plus rien n'existait dans la pièce que Rafael Cavaliere Flynn et elle.

— Vous aussi !

— J'aime votre bouche, murmura-t-il, une nuance de sensualité dans la voix. Elle est très… appétissante.

— Monsieur Flynn ? Pouvez-vous me consacrer quelques minutes ? lança une voix aiguë, quelques mètres derrière eux.

Aleth redescendit doucement sur terre et secoua la tête pour s'éclaircir les idées.

Une femme d'âge moyen, en tailleur strict, descendait l'escalier à pas vifs. Elle était suivie par un petit homme qui pianotait furieusement sur son agenda électronique.

— Il me semble que ce bleu étrusque s'impose pour le hall d'entrée, déclara la femme.

— Bleu ? Le hall est exposé au nord ! marmonna Aleth, machinalement. J'aurais plutôt vu un jaune or, qui mettrait en valeur le ton de ces piliers de marbre !

Rafael, manifestement pris de court, la considéra avec un mélange de respect et d'admiration. Le moindre intérêt pour le décor de sa maison familiale l'interpellait au plus profond.

— Vous avez parfaitement raison… Jaune. Trouvez-moi un jaune convenable, mademoiselle O'Toole. Aleth ? Je vous présente ma décoratrice d'intérieur.

Aleth salua vaguement Mlle O'Toole. Elle n'avait qu'une hâte, sortir de là au plus vite.

J'aime votre bouche… La phrase lui tournait dans la tête comme une ritournelle. Un frisson sans équivoque la parcourut et elle se sentit humiliée par sa propre réaction.

C'en était trop, ajouté aux épreuves de la matinée.

— Je vous donne mon numéro personnel, murmura Rafael,

lui tendant une carte. Pour le cas où vous auriez besoin de me joindre.

Elle la prit en se jurant intérieurement de ne l'utiliser sous aucun prétexte. Et soudain, tel un chevalier en armure, Tolly surgit de nulle part, lui ouvrit la porte d'entrée et la raccompagna sur le perron.

De retour au cottage, Aleth fut accueillie par Samson qui lui fit la fête avec son enthousiasme habituel, ce qui lui permit d'oublier, du moins momentanément, l'étendue de sa frustration. Moins d'une semaine s'était écoulée depuis le jour de son arrivée à Ballyflynn, la tête pleine d'étoiles et de rêves d'un genre nouveau.

Et voilà que tout s'écroulait autour d'elle.

Une fois de plus...

Elle poussa un gros soupir et dut se faire violence pour ne pas s'apitoyer sur son propre sort.

« Courage, ma grande, s'intima-t-elle. Ne te laisse pas aller, ça ne te ressemble pas ! »

Aleth faisait des calculs savants, en fin d'après-midi, lorsqu'on frappa à sa porte. C'était Tolly, un panier de légumes divers et colorés sous le bras.

— Cueillis à l'instant même dans mon potager ! annonça-t-il fièrement. Nous en avons plus que nous ne pouvons en manger.

Aleth fut d'autant moins dupe que le regard du vieil homme trahissait une inquiétude certaine.

— Votre maître et moi avons eu un léger différend, Tolly. Ne comptez pas sur moi pour vous en dire davantage.

— Officiellement, je ne suis plus au service de M. Flynn, corrigea le vieil homme, se baissant pour ramasser Samson qui trépignait à ses pieds.

— Je ne vous suis pas très bien, murmura Aleth.

— Je suis à la retraite depuis des années. Je jouis d'une pension confortable et d'une maison tout aussi agréable, seulement je m'ennuie, à ne rien faire toute la journée, confessa-t-il. Alors, j'essaie de me rendre utile, c'est tout. Et croyez bien que ce que vous me confierez restera strictement entre nous.

— Il n'y a rien à dire, Tolly. Je dois être à cran parce qu'il faut que je retourne à Londres afin de régler quelques détails et de faire venir ici le reste de mes affaires, répondit Aleth, soucieuse de changer de sujet. Vous connaissez un bon chenil, dans les environs ? Je vais être obligée d'abandonner Samson pendant quelques jours.

— Je peux l'héberger, si vous voulez. Il me tiendra compagnie et inversement !

— Vous êtes sûr qu'il ne vous dérangera pas ?

— Pensez-vous ! J'ai l'habitude ! Feu Mme Flynn avait un faible pour les petits chiens de ce genre.

Aleth s'avança vers la fenêtre pour jeter un coup d'œil à la bétaillère qui venait de se garer à grand bruit dans la cour.

— Je me demande qui ça peut être, murmura-t-elle.

— Un client, peut-être ?

— Non. Mes premiers pensionnaires n'arrivent qu'en milieu de semaine prochaine. Il me fallait le temps de m'organiser !

Un homme de haute taille et d'une trentaine d'années s'extirpa péniblement de l'engin. Ses cheveux noirs quelque peu ébouriffés encadraient un visage mince et plutôt séduisant, illuminé par un regard bleu, quelque peu timide.

Il se présenta comme étant Patrick Flanagan, le fermier qui s'était occupé des animaux domestiques de Kathleen. D'abord ravie de son arrivée providentielle, la jeune femme se prit à espérer que Fergal et Oona pourraient s'occuper de ses nouveaux compagnons pendant son absence.

Les poules paraissaient paniquées. Toutefois, avec l'aide de Tolly, elles furent bien vite rassemblées dans la basse-cour. Albert, un coq blanc plutôt suffisant malgré sa maigreur, prit immédiatement position sur le toit du poulailler où il poussa un cocorico triomphal et étonnamment sonore, si on tenait compte de sa petite taille.

— Fergal vous amènera la jument tout à l'heure, lui confia

Patrick. Il ne reste plus que Peanuts. Elle se terre au fond de la remorque.

— Qui ça ?

Pour toute réponse Patrick s'enfonça dans la remorque pour en tirer une jeune truie d'allure solide.

— Une véritable plaie, j'en ai peur. Kathleen l'a élevée comme un animal domestique et elle a complètement oublié qu'elle n'était qu'un cochon. J'ai dû la faire dormir dans l'étable, pour sa propre sécurité.

Aleth regarda bouche bée Peanuts foncer tête baissée vers l'intérieur du cottage.

— Un animal domestique ?

— Eh oui, fit Patrick, sans dissimuler sa consternation. Une truie d'intérieur, en quelque sorte... Votre cousine répétait à qui voulait l'entendre qu'elle était bien plus futée et bien plus câline qu'un chien ou un chat.

Peanuts pénétra le plus naturellement du monde dans la cuisine, Aleth sur les talons. L'animal, manifestement ravi de retrouver enfin son confort d'antan, se posa sur un vieux paillasson au pied du poêle, dans l'intention évidente de faire sa sieste. Aussitôt, Samson émergea du dessous d'un fauteuil en jappant avec fureur. Peanuts roula joyeusement sur le dos. Le chihuahua, complètement déboussolé, se mit à décrire des cercles autour de l'intruse, avançant et reculant pour se familiariser avec elle. Pour finir, les deux animaux firent mine de s'endormir, chacun à une extrémité du tapis.

Patrick ne semblait pas pressé de repartir, et il accepta sans se faire prier la tasse de thé qu'Aleth lui proposa. En retour, il lui prodigua une multitude de conseils utiles sur l'élevage des animaux en général. Il promit également d'apporter à sa nouvelle voisine un ouvrage sur le comportement des poulets.

Tolly ne prit congé qu'une fois le fermier reparti.

— Vous avez fait une touche ! fit-il remarquer, une lueur narquoise dans les yeux. C'est la première fois que j'entends notre Patrick parler autant ! Il vient d'une bonne famille, vous savez. Et sa ferme est extrêmement bien tenue.

Aleth se sentir rougir.

— Je ne suis pas à la recherche d'un parti, aussi beau soit-il, Tolly.

— C'est possible. Toutefois l'inverse est tout à fait envisageable, et si l'amour frappe à votre porte je ne crois pas que vous soyez du genre à le laisser sur le perron !

Sur ce commentaire sibyllin, le vieil homme s'éloigna, un sourire irrépressible aux lèvres.

L'amour...

Aleth laissa échapper un rire qui sonna creux, dans la petite cuisine.

Elle avait consacré cinq années de sa vie à un homme qui l'avait remplacée sans une once de regret. C'était d'ailleurs ce qui lui faisait le plus mal : qu'il ait pu manquer à ce point de considération pour elle, pour ses sentiments. Luke s'était détaché d'elle avant de passer à autre chose, un peu comme on jette un appareil usé avant de le remplacer par un autre. Pour Aleth, c'était un peu comme si elle avait aimé un fantôme. Jamais l'homme qu'elle avait aimé n'aurait pu afficher une telle indifférence devant sa souffrance. Pire encore, à aucun moment Luke n'avait exprimé le moindre remords. Il avait succombé aux charmes de la sœur de sa fiancée, point à la ligne. Apparemment, il ne devait d'explications à personne.

Aleth commençait même à se demander si Luke l'avait vraiment aimée. A force de la côtoyer, il avait fini par ne plus la voir, peut-être même par s'ennuyer ou par se sentir piégé par leurs fiançailles... Elle n'avait pas oublié la réticence avec laquelle il avait accepté de fixer la date de leur mariage. A présent, cette réticence prenait une tout autre dimension, beaucoup plus humiliante. Car il était possible que Luke ait su, depuis bien longtemps, qu'il ne finirait pas ses jours auprès d'Aleth.

Fergal arriva bientôt avec Blanche-Neige, une jument placide qui s'avança sans rechigner jusqu'à une stalle libre. Peu après,

Aleth la sella pour l'emmener en promenade. L'animal s'engagea sur le sentier avec une bonne volonté sans faille qui convenait tout à fait à sa cavalière, un peu rouillée, elle devait bien l'avouer.

Tandis qu'Aleth faisait connaissance avec sa jument, Tolly servait un apéritif à son ancien patron, tout en renouvelant sa prédiction : Aleth Carmichael se marierait avant la fin de l'année.

Rafael le dévisagea un instant, l'air vaguement étonné, avant de prendre le parti d'en rire.

— Parce que vous lisez l'avenir dans les boules de cristal, à présent, Tolly ?

— Pas besoin de lire dans une boule de cristal pour vous l'affirmer, monsieur Rafael. Patrick Flanagan est passé chez elle tout à l'heure. Il la dévorait des yeux, et n'oubliez pas que ce sont toujours ceux qui font le moins de bruit qui agissent le plus rapidement. Surtout quand ils repèrent la femme de leurs rêves. Croyez-moi, cette petite n'aura que l'embarras du choix, le moment venu ! conclut Tolly avec un hochement de tête convaincu.

— Ah vraiment ? Ainsi, les vautours sont de sortie ?

— Fergal Gibson entrerait volontiers en lice, s'il n'était pas affligé d'une mère aussi possessive.

— Cela constitue un certain handicap, je vous l'accorde. Cela dit, je sais de source sûre que Mlle Carmichael n'est pas d'humeur à se laisser courtiser, en ce moment.

— C'est généralement ce que disent les femmes aux prétendants qu'elles ont écartés, répliqua Tolly, avec un sourire finaud. Jusqu'au jour où elles rencontrent enfin l'homme idéal...

La conviction du vieil homme acheva de contrarier Rafael Flynn qui fit mine de se replonger dans la lecture de son journal.

6

A l'issue de sa semaine londonienne et à la veille de son retour à Ballyflynn, Aleth s'assit pour faire le point sur la situation.

Avant de quitter l'Irlande, elle avait passé deux journées entières à chercher des fonds, en vain. La constance avec laquelle elle essuyait les refus était même surprenante. De guerre lasse, elle avait pris conseil auprès d'un avocat de Dublin qui ne lui avait rien annoncé de bien réconfortant.

Le seul point positif était que sa mère l'avait appelée. Elle serait à Londres en même temps qu'elle et espérait bien déjeuner avec elle. Aleth ne l'avait pas vue depuis plusieurs mois et c'est quelque peu remontée par la nouvelle qu'elle avait trouvé l'énergie de s'occuper du transport de son mobilier à Ballyflynn.

Il ne lui restait qu'une dernière chose à faire : accepter la réalité. Elle ne réussirait pas à rassembler la somme dont elle avait besoin pour se débarrasser de l'encombrant Rafael Flynn. C'est pourquoi, cet après-midi-là, elle se résigna à composer le numéro qu'il lui avait communiqué.

— Monsieur Flynn ? Aleth Carmichael à l'appareil, annonça-t-elle avec prudence.

Malgré la distance, elle crut deviner que le visage de son interlocuteur se fendait d'un sourire de prédateur.

Devant lui, un ciel d'un bleu pur s'étirait sur les toits ocre rouge de Rome. Son regard d'épervier se fit songeur : le ton de sa jolie voisine semblait indiquer une certaine urgence.

— Aleth ? Quelle bonne surprise ! En quoi puis-je vous aider ?

susurra-t-il, ignorant le conseil d'administration qui s'était interrompu à l'instant où il avait pris l'appel.

— J'ai une question à vous poser. Accepteriez-vous un remboursement du prêt pour moitié, en échange d'une part amoindrie des bénéfices de la pension ?

— Ma proposition n'est pas négociable, répondit-il sans l'ombre d'une hésitation.

— C'est votre dernier mot ?

— Oui.

Aleth ne fut pas surprise par l'intransigeance de son voisin. Il avait tous les atouts en main, du moins en ce qui concernait le prêt. En revanche, si elle optait pour l'autre solution, la donne devenait plus égale. Mieux encore, elle avait le sentiment que son adversaire n'avait pas envisagé une seule seconde qu'elle puisse relever le défi. Elle prit une longue inspiration, releva le menton et lança :

— Dans ce cas, je suis ravie de vous avoir comme associé !

Rafael trouva cette pirouette particulièrement amusante.

— Je ne fais pas dans le partenariat, j'en ai peur, confessa-t-il d'un ton rauque.

— Oh, que si ! Relisez bien les termes de l'accord que vous avez signé avec ma cousine, lui conseilla Aleth, bien décidée à profiter de son avantage. De plus, en votre qualité de directeur général des Entreprises Flynn, j'entends traiter avec vous, et avec vous seulement. Pas d'intermédiaires qui vous seraient assujettis, je vous prie. Par ailleurs, après mûre réflexion, je crois qu'avec quelques concessions...

— Je ne suis pas du genre à faire des concessions non plus, coupa Rafael Flynn.

— Avec quelques concessions, poursuivit Aleth comme s'il n'avait rien dit, je crois qu'on pourrait faire quelque chose pour améliorer la vue hideuse que vous avez de la fenêtre de votre salon.

— Tiens donc !

— Bien sûr ! On ne vous a jamais dit que vous êtes défaitiste ?

Les yeux de l'homme d'affaires se mirent à briller d'une lueur appréciative.

— Non. Vous êtes la première.

— Nous pouvons collaborer, j'en suis convaincue. Et si ce n'est pas ce que vous souhaitiez consolez-vous, moi non plus. Je…

— En tant qu'associée, vous allez être obligée de dîner avec moi, commenta Rafael, soudain mû par un seul objectif qui n'avait rien à voir avec les affaires.

— Je doute fort d'en avoir le temps. Comme je ne peux pas me payer les services d'un palefrenier pour l'instant, je vais avoir du travail par-dessus la tête, entre l'entretien des chevaux et la quête de nouveaux clients. Appelez-moi pour que nous puissions fixer un rendez-vous d'affaires et discuter de ces fameuses bâtisses, vous voulez bien ?

Elle conclut l'entretien non sans une certaine satisfaction. Dîner avec Rafael Cavaliere Flynn ? Il plaisantait ! Elle allait le harceler, exiger son aval pour la moindre décision. On verrait bien alors s'il tenait tant que ça à rester son associé ou s'il préférait le compromis, en fin de compte !

A malin, malin et demi, non ?

Le lendemain matin, Aleth alla rendre visite à sa mère dans son hôtel de prédilection. Eva était vêtue d'un petit tailleur au chic tout parisien. Elle embrassa sa fille du bout des lèvres, avant de retourner se lover sur le canapé.

Son corps était d'une finesse extrême, sa silhouette incroyablement gracile, et Aleth se faisait toujours l'effet d'un pachyderme, à côté d'elle. Comment Joseph Tolly avait-il pu voir la moindre ressemblance entre sa mère et elle ? Mystère… Les deux femmes avaient la même couleur de cheveux, certes. Pour le reste, les traits d'Eva étaient d'une telle perfection qu'à près de cinquante ans elle faisait toujours tourner les têtes sur son passage.

— J'ai une merveilleuse surprise pour toi, ma chérie ! annonça-t-elle d'emblée. Comme tu le sais, Gustav a de nombreuses relations dans le monde des affaires. Or, il se trouve qu'un de ses amis ouvre une agence de publicité, en plein centre de Paris.

Tout ce que tu as à faire, c'est appeler ce numéro et demander une entrevue.

Aleth regarda la carte de visite que sa mère lui tendait avec effarement.

— Mais maman… Je ne cherche pas de travail ! J'en ai, et par-dessus la tête, crois-moi. Je… Je suis infiniment touchée que ton mari ait pris la peine de faire cette démarche, seulement…

— Gustav n'a été que trop heureux de pouvoir t'aider, tu sais. Je n'ai pas l'impression que tu te rendes compte du souci que nous nous faisons pour toi, tous autant que nous sommes !

« Tous autant que nous sommes » ?

Aleth jugea préférable de ne pas demander qui englobait ce terme, exactement.

— Tu m'en vois désolée. Quant à cet emploi à Paris… Il est sûr que cela aurait rafraîchi ma maîtrise du français, plutôt poussiéreuse, depuis l'école !

Le front d'Eva se serait creusé s'il n'avait pas été lisse comme un caillou, grâce aux injections dont elle vantait les vertus à qui voulait l'entendre.

— Les employés seront tous bilingues, Aleth. Et pour ma part je serai fort déçue si tu ne réfléchis pas sérieusement à la proposition. C'est une chance inespérée. Tu ne peux pas continuer à vivre ainsi !

Aleth se sentait de plus en plus mal à l'aise. Cela ne ressemblait pas à Eva, que d'intervenir ainsi dans les affaires personnelles de sa fille. Quelle mouche l'avait piquée, tout à coup ? Elle croisa les mains et leva vers sa mère un regard inquiet mais résolu.

— A vivre comment ? Je me sens parfaitement bien dans ma peau, maman. Je te remercie de ce que tu as fait pour moi, mais si j'avais voulu retravailler dans la publicité je n'aurais eu aucune difficulté à retrouver un poste à Londres. Pour tout t'avouer, je préfère de loin m'entourer de chevaux et…

— Tu fiches ta vie en l'air, ni plus ni moins ! condamna Eva, sèchement. Ballyflynn est au bout du monde. Tu n'y feras jamais fortune et…

— Ce n'est pas mon but. Et puis, je ne comprends pas ce qui te chiffonne tant, dans le fait que je me sois installée là-bas !

Aleth ferma les paupières. Elle avait enfin posé le problème et de manière claire. Car de toute évidence, et même si cela n'avait jamais été dit, le fait qu'elle eût choisi d'émigrer en Irlande avait profondément contrarié Eva.

— Ça ne me chiffonne pas le moins du monde ! se récria cette dernière, sans parvenir à dissimuler la lueur de ressentiment qui brillait dans ses yeux. Néanmoins, j'aimerais que tu m'expliques ce que Ballyflynn a à offrir à une jeune femme comme toi.

— L'occasion d'habiter à la campagne, de travailler avec les chevaux… et le sentiment d'avoir renoué avec mes origines.

— Qu'est-ce que tu racontes ? Tu ne connais même pas ton père et, crois-moi, c'est aussi bien comme ça !

Un silence de mort s'ensuivit. Aleth avait blêmi en entendant sa mère parler d'un homme dont elle préférait généralement nier l'existence.

— Je ne parlais pas de mon père, répondit-elle, le cœur battant. Je parlais de Kathleen Gallagher, ta cousine germaine, et du fait que tu as grandi non loin de ce village, toi aussi. Et puis pourquoi dis-tu qu'il est aussi bien que je ne connaisse pas mon père ?

Eva détourna la tête, une moue irritée aux lèvres.

— Je n'ai pas dit ça.

— C'est pourtant ce que j'ai entendu !

Repensant soudain à une éventualité qu'elle avait plusieurs fois envisagée, elle reprit à mi-voix.

— Tu as été agressée, c'est ça ? Je suis le produit d'une agression ? D'un viol ? Si c'est le cas, pourquoi ne me le dis-tu pas ? Pourquoi ne me dis-tu pas qui est mon père ? Je préférerais le savoir, je t'assure !

Eva leva un sourcil dédaigneux, avant de froncer le nez de dégoût.

— Ne sois donc pas aussi mélodramatique ! Je n'ai jamais été agressée ! Et encore moins violée !

Aleth en fut infiniment soulagée. Plus d'une fois, elle s'était demandé si, par son silence obstiné, Eva n'essayait pas de la protéger d'une vérité déplaisante. En même temps, elle avait toujours su que sa mère avait tendance à fermer les yeux sur tout ce qui la dérangeait. C'est d'ailleurs pour cette raison que les deux femmes n'avaient jamais abordé le sujet de la liaison de Luke avec Alice.

— Dans ce cas, dis-moi qui est mon père. Je t'en prie, maman !

Eva la fusilla du regard.

— Pourquoi insistes-tu, alors que tu sais pertinemment que je me refuse à en parler ? C'est mon droit le plus strict et je le revendique. Je protège ma vie privée. Et je te répète que l'identité de ton père n'a strictement aucune importance. Crois-moi sur parole !

— Désolée d'être aussi insistante, comme tu le dis si bien. Je ne fais pas ça pour t'embêter, figure-toi. L'identité de mon père m'importe, à moi. Tout ce que je veux, c'est un nom ! Si ce n'était pas si important, je ne te poserais pas la question, puisque je sais à quel point ça te contrarie. Je te serais encore plus reconnaissante si tu te résignais à me donner une idée de ce qui s'est passé, à l'époque... J'aimerais tant en savoir davantage sur ma propre histoire !

Eva leva les yeux au ciel, avec une exaspération non déguisée.

— Tu gâches toujours tout, Aleth ! Je t'ai invitée pour que nous puissions discuter un peu, toutes les deux, et aussi parce que j'espérais te raisonner. Tu nous dois une fière chandelle, à mon mari et à moi-même... Grâce à Gustav, tu as la chance de décrocher un emploi extraordinaire et de recommencer à zéro. A Paris, qui plus est !

Aleth laissa échapper un soupir. Elle était profondément blessée qu'Eva l'eût accusée d'avoir gâché leur rencontre.

— Je ne veux pas vivre à Paris, murmura-t-elle, penaude.

— J'aurais pourtant pensé que ça t'aiderait à te remettre de cette stupide histoire avec Luke !

— *Stupide ?* Comment ça, stupide ?

La jeune femme était choquée au plus haut point. En utilisant ce mot, Eva banalisait une trahison qui avait failli la détruire. Ni plus ni moins.

— Ecoute, fit cette dernière. Je ne sais pas trop comment te l'annoncer, et crois-moi, je me serais bien passée de cette nouvelle responsabilité. Cependant, comme personne ne veut s'en charger à ma place, voilà. Alice et Luke se sont fiancés et la date officielle de leur mariage est fixée.

Le peu de couleur qui restait à Aleth se retira lentement de ses joues. Elle sentit son estomac se soulever et dut faire un effort pour ne rien laisser transparaître du tumulte qui l'avait envahie. Effort tout à fait inutile d'ailleurs, car Eva prit bien garde de ne pas regarder dans la direction de sa fille accablée.

— Et c'est pour quand ? Le… Le mariage, je veux dire, s'entendit demander Aleth, malgré elle.

— Pour le mois d'août. Ta sœur aimerait que tu sois sa demoiselle d'honneur.

Cette dernière suggestion frappa Aleth de plein fouet. C'était le coup final, après celui qui avait failli l'anéantir, deux secondes auparavant.

— Vous avez toujours été proches, toutes les deux, mes chéries… Tu lui manques beaucoup. Et puis, bien naturellement, elle ne souhaite pas que la famille et les amis pensent que vous vous en voulez toujours, tous les trois. Tu dois surmonter cette épreuve, Aleth.

— C'est fait. Toutefois, je ne suis pas prête pour autant à porter la traîne d'Alice jusqu'à l'autel. Cela me semble un peu exagéré, tu ne crois pas ?

Aleth parlait comme dans un songe. Elle n'osait pas se laisser aller à réagir à ce qu'elle venait d'apprendre. Elle ne voulait de la pitié de personne. De même, elle ne voulait pas montrer sa peine. Mais, par-dessus tout, elle craignait que sa mère ne révèle l'intensité de son chagrin à Alice et à Luke. Ça aurait été d'autant plus mortifiant que, de toute évidence, sa mère était du côté du nouveau couple.

Une heure plus tard, sans avoir rien avalé du déjeuner merveilleusement présenté que sa mère avait commandé, Aleth put enfin prendre congé.

L'indifférence apparente d'Eva l'avait énormément peinée.

D'un autre côté, Alice avait toujours été la fille préférée. Normal... Elle était belle, sûre d'elle et de l'affection des autres, charmante en diable. Jamais elle n'avait été séparée d'Eva et, du coup, elle était plus proche d'elle que sa sœur aînée.

Quant au reste... Aleth ne pouvait supporter l'idée de Luke et Alice ensemble, ou même la simple évocation de mariages ou d'alliances.

Enfin... Mieux valait ne pas s'attarder sur ces sombres pensées. Il lui restait un peu de temps avant son départ, et elle avait promis de le passer dans la famille de son beau-père, Will Carmichael.

La maison des Carmichael débordait d'animation. A première vue, on avait l'impression de pénétrer dans une garderie.

Six ans auparavant, Will Carmichael, après s'être recyclé, s'était mis à enseigner les sciences dans un lycée voisin. Il y avait rencontré Nicole, une jeune professeure de dessin d'art de vingt ans sa cadette et, en un temps record, s'était retrouvé marié et père de jumeaux. Josh et Jack, à présent âgés de quatre ans, avaient été suivis par Emily, une adorable fillette aux boucles blondes.

Aleth avait été soulagée de voir celui qu'elle considérait comme son père retrouver le bonheur dans cette nouvelle existence. Les infidélités d'Eva avaient mis à mal l'opinion qu'il avait de lui-même et il s'était senti bien seul lorsque sa belle-fille avait définitivement quitté la maison.

Le jour de la naissance des jumeaux, Nicole avait eu un mot malheureux : elle avait parlé des garçons comme des seuls « vrais » enfants de Will. Bien sûr Aleth en avait été peinée, mais elle avait vite compris que Nicole ne pensait pas à mal. Pour preuve, elle était toujours accueillie sous son toit à bras ouverts.

— Je n'ai jamais beaucoup apprécié Luke, tu sais, lui confia Nicole, en lui servant une tasse de café.

Dans la foulée, avec son énergie naturelle, elle réprimanda Emily qui tirait la queue du chat, tout en avertissant une dernière fois les garçons que, s'ils continuaient à se battre, elle les enverrait dans leur chambre, sans manger.

— Ah bon ? fit Aleth, peu désireuse de s'étendre sur le sujet.

Elle essaya de changer de conversation, mais Nicole semblait considérer que, comme trois mois s'étaient écoulés depuis la rupture, elle pouvait enfin s'exprimer librement.

— Non. A mes yeux, il est vraiment trop imbu de sa petite personne. Je n'ai jamais rencontré ta demi-sœur, mais si je dois en croire Will elle est assez centrée sur elle-même, elle aussi. Ce genre de couple ne dure pas ! conclut Nicole, sans doute dans l'intention de consoler son interlocutrice. Trop d'ego, des deux côtés.

Aleth dut résister à la tentation de lui faire part du prochain mariage des deux tourtereaux. L'effort fut rude et la laissa pantelante.

— Tu es bien silencieuse ! lui fit remarquer Will un peu plus tard, lorsqu'il la reconduisit à l'aéroport. Ce sont mes chameaux de gosses qui t'ont épuisée ou tu as un sérieux problème ?

Aleth envisagea un instant de lui parler des complications financières liées à son héritage. Toutefois cela aurait été, sinon une diversion, au moins un mensonge diplomatique. Car, en cet instant, ce n'était pas ce qui la préoccupait le plus. Tout son être était ébranlé par la nouvelle que lui avait apprise sa mère le matin même.

— Luke et Alice se marient en août, déclara-t-elle sans ambages.

Will lui jeta un coup d'œil horrifié avant de se concentrer de nouveau sur sa conduite. Au bout de quelques secondes d'un silence gêné, il lui prit la main et la serra dans la sienne. Il ne prononça mot, il n'en avait pas besoin. Aleth savait qu'il comprenait son désarroi et qu'il compatissait.

Elle sentit ses yeux la piquer et, au prix d'un nouvel effort surhumain, parvint à contenir ses larmes. En s'effondrant, elle n'aurait fait que le bouleverser davantage, et il ne méritait pas cela. Will Carmichael l'avait toujours soutenue. Mieux encore, il avait été omniprésent, lorsque son univers s'était écroulé autour d'elle.

Non. Il était décidément temps qu'elle passe à autre chose.

Sa seule conviction, pour le moment, était qu'elle ne servirait pas de demoiselle d'honneur à sa demi-sœur.

Elle en serait tout bonnement incapable.

Aleth passa chercher Samson sur le chemin qui la ramenait de l'aéroport de Kerry. Le petit chien lui fit la fête et Tolly ne laissa partir son visiteur canin qu'à regret.

Il était plus de 20 heures lorsqu'elle arriva au cottage. Peanuts ronflait paisiblement au pied de la cuisinière. Le bruit de la porte dut la réveiller car elle se leva d'un bond et trottina vers sa nouvelle maîtresse, exactement comme Samson, un peu plus tôt. Malgré sa détresse, Aleth ne put s'empêcher d'éclater de rire.

Elle s'empara d'une bouteille de vin de pêche et s'en versa une dose généreuse. Fergal l'avait prévenue que le vin de Kathleen était mortel, et elle espérait parvenir à dormir après un verre ou deux.

Et, surtout, après avoir brûlé tout ce qui pouvait lui rappeler Luke, de près ou de loin.

Elle trouva sur la table un mot laissé par Oona. Il était presque illisible, tant l'écriture et l'orthographe en étaient déplorables, et la jeune femme dut le lire à mi-voix pour comprendre que les chevaux avaient mangé et étaient rentrés pour la nuit. Comment une adolescente aussi vive qu'Oona pouvait-elle avoir autant de difficultés à s'exprimer par écrit ? Peut-être était-elle dyslexique, tout simplement, du moins si Aleth pouvait se fonder sur les affres d'une de ses camarades de classe, quelques années auparavant.

Son téléphone portable sonna, l'interrompant dans sa réflexion.

— Salut, frangine. C'est Boyce ! lui annonça ce dernier, avec sa brusquerie habituelle. Ça gaze, ma belle ?

— *Ma belle ?* répéta Aleth, les yeux pétillant de malice. C'est comme ça qu'on s'adresse à sa sœur aînée ? Et puis il faut que je te dispute ! Tu sais depuis combien de temps tu ne m'as pas donné de nouvelles ? Je te vois à peine, depuis que tu es célèbre ! Tu as pris la grosse tête ou quoi ?

— Arrête, sœurette. Tu me rappelles mon ex-petite amie ! Toujours sur mon dos...

— Ton groupe est toujours en tournée ?

— Ouais. Mais je rentre bientôt à Londres et je pensais venir te faire une petite visite en Irlande.

— Tu m'en verras ravie ! répondit Aleth, avec enthousiasme. Seulement je dois te prévenir... Mon cottage est plutôt rudimentaire. Tu dois être habitué à des endroits plus luxueux.

— Ce que je veux, c'est un endroit tranquille où me reposer. Je suis sur les rotules, lui confia Boyce.

Trois ans auparavant, avec trois copains de fac, Boyce avait formé le groupe 4Some, qui s'était vite fait une renommée dans le monde du spectacle, et dont Boyce était le chanteur. Les quatre jeunes stars étaient poursuivies par des hordes de fans hystériques où qu'elles aillent. Leur tournée mondiale faisait salle comble et leur rapportait de coquettes sommes. Le seul hic était le rythme auquel les quatre garçons étaient forcés de vivre.

— Tu me promets de ne pas ébruiter ma venue en Irlande ? lui demanda-t-il non sans une certaine anxiété. On ne peut faire confiance à personne, tu sais, quand il s'agit de se protéger des médias, et j'ai vraiment besoin de repos !

— Du repos, tu en trouveras ici !

— Tu ne m'as toujours pas dit comment tu allais ! reprit Boyce, sur un ton qui laissait supposer qu'il s'inquiétait pour elle. Si ça peut te réconforter, je n'ai jamais aimé Luke. Pour tout t'avouer, je ne comprends pas qu'Alice ait craqué pour un type pareil, à son tour !

Sans réfléchir, Aleth posa la question qui la tenaillait depuis deux jours.

— Tu crois qu'elle l'aime vraiment ?

— C'est ce qu'elle dit... Maintenant... c'est à voir. Ecoute... Je n'essaie pas de lui trouver des excuses, mais ma position est délicate. Aussi ne me demande pas de prendre parti dans cette affaire, s'il te plaît, sœurette !

— Je n'en ai pas l'intention. Parlons d'autre chose.

Lorsqu'il raccrocha, Aleth avait le cœur serré de frustration.

Elle avait passé son temps à ravaler des larmes d'humiliation et à donner le change.

Elle se rendit dans sa chambre pour y prendre le carton qu'elle avait glissé sous son lit le jour de son arrivée. Il débordait de souvenirs trop précieux, à l'époque, pour qu'elle les abandonne, même temporairement dans son petit appartement londonien. A présent, elle s'en voulait. Elle aurait dû s'en débarrasser aussitôt après avoir trouvé Luke au lit avec Alice, plutôt que de les trimballer avec elle jusque dans son havre de paix irlandais !

Quant à la question de savoir si Alice aimait vraiment Luke... Quelle importance, après tout ?

Aleth s'empara de son lecteur de CD portable et de la bouteille de vin de pêche qu'elle emporta, avec le carton, au milieu du champ. Elle renversa le contenu du carton sur l'herbe humide et retourna dans la cour chercher du petit bois pour allumer un feu.

Elle s'agenouilla pour allumer son feu d'une main mal assurée. Les paroles sirupeuses de la chanson sur laquelle elle avait dansé avec Luke pour la première fois lui retentirent aux oreilles. Luke ne l'avait jamais aimée comme il aimait Alice. Pour preuve, il avait tellement hâte d'épouser celle-ci que la date de leur union était déjà fixée...

A cette pensée, Aleth eut l'impression que son cœur se brisait en deux et des larmes brûlantes se mirent à couler le long de ses joues. La chanson prenant fin, elle la remit au début, avant d'avaler une nouvelle gorgée de vin. Luke allait devenir son beau-frère. Elle devait se faire à cette idée... ce qui lui paraissait impossible. Comment pourrait-elle surmonter un tel chagrin ?

— Drôle d'endroit pour allumer un bûcher ! fit remarquer une voix à l'accent familier, derrière elle.

Aleth en oublia momentanément tous ses tracas.

— J'ai vu des flammes, de ma fenêtre, et j'ai cru bon de venir voir si les écuries ne risquaient rien.

— Je ne suis pas complètement idiote, figurez-vous ! grommela Aleth, se tournant vers lui, malgré elle.

Rafael Flynn se tenait à quelques pas de là. Son immense

silhouette se détachait sur le ciel étoilé, et il paraissait incroyablement grand et dégageait encore plus d'autorité que d'ordinaire.

— C'est gentil de vous être déplacé, seulement je ne suis pas d'humeur à vous faire la causette, ajouta-t-elle entre ses dents.

— J'ose espérer que ces larmes ne sont pas destinées à me faire culpabiliser sur la façon dont je traite notre affaire ! commenta sèchement Rafael.

Cette présomption était si vaniteuse qu'Aleth laissa libre cours à sa colère.

— Bon sang ! Vous êtes vraiment impossibles, vous, les hommes ! Il n'y en a vraiment que pour vous ! D'abord, mon ex-fiancé m'accuse d'avoir quitté le pays pour le faire culpabiliser et, à présent, vous vous croyez au centre de mes tourments ? Vous vous imaginez peut-être que je me suis mise dans cet état par plaisir et pour vos beaux yeux, qui plus est ? Redescendez sur terre ! Vous faites complètement fausse route ! En ce moment, je me fiche de notre association bancale, figurez-vous ! J'ai d'autres soucis en tête. Autrement plus importants, croyez-moi !

Habitué qu'il était à ce que les femmes lui fassent part de leur mécontentement de manière bien plus insidieuse, Rafael avait dressé l'oreille. Aleth Carmichael semblait dotée d'une merveilleuse franchise, du moins lorsqu'il s'agissait d'exprimer ses sentiments.

— Comme quoi, par exemple ?

— L'homme que j'aime épouse ma sœur au mois d'août, lança Aleth, incapable de dissimuler son amertume.

De rage, elle s'empara d'une des photos sur la pile, à côté d'elle, et la jeta au feu.

— Alors je brûle tous nos souvenirs. Ils ne veulent plus rien dire.

Rafael s'accroupit pour s'emparer d'un des clichés.

— Hé ! protesta Aleth. Qu'est-ce que vous faites ?

Elle se releva d'un bond et tenta de lui arracher la photo.

— Rien. Je voulais simplement vous aider dans vos élans pyromanes...

Il leva la main, de manière qu'elle puisse examiner le cliché sans pouvoir l'atteindre pour autant.

— C'est lui, l'homme de votre vie ?

La lutte manquant de dignité, Aleth croisa les bras et hocha brièvement la tête.

— Encore un qui sera obèse à quarante ans... Et, si je puis me permettre, il commence à perdre ses cheveux et il n'est pas bien grand, observa Rafael. Vous devriez remercier votre sœur de vous l'avoir piqué. Elle va se retrouver avec un petit gros, chauve de surcroît. Ronchon sûrement. Vous connaissez le genre !

— La plupart des femmes lui trouvent pourtant un certain panache ! rétorqua Aleth, rendue encore plus furieuse par son irrévérence.

Elle se sentait suffisamment humiliée de lui avoir avoué son échec sentimental. Se faire surprendre en larmes devant des photos, des jouets en peluche et une collection de CD, plus geignards les uns que les autres, était carrément gênant.

— Vraiment ! insista Rafael, une nuance de sarcasme dans la voix. Regardez-le bien... D'un œil critique, je veux dire ! C'est Monsieur Tout-le-monde, pas le prince charmant que vous en faites !

Monsieur Tout-le-monde ? Aleth fronça les sourcils.

Bizarrement, elle n'avait encore jamais remarqué que les tempes de Luke commençaient à reculer, et sa mâchoire à s'empâter. Ah ça, il l'avait appréciée, sa cuisine ! Aucun doute là-dessus...

Presque aussitôt néanmoins, elle sentit sa gorge se nouer au souvenir des soirées tranquilles où elle leur préparait un bon repas tandis qu'il lui racontait sa journée.

— Allez-vous-en, murmura-t-elle d'une voix saccadée.

— Je ne voulais que vous aider dans votre processus de guérison, l'informa Rafael.

— Le hic, c'est que vous me dérangez. Je ne vous ai rien demandé, monsieur Flynn. Je m'accorde un petit moment de deuil, un moment où je peux m'apitoyer sur mon triste sort, figurez-vous. Un truc de fille... Et qui se fait seule ou entre copines, en général.

La tête commençait à lui tourner, sans doute la combinaison de l'air frais et du vin de pêche.

— Je vous promets d'être aussi objectif que possible.

— Non. Vous n'avez rien à faire ici ! Encore une fois, c'est une affaire de fille... Ecouter de la musique, pleurer un bon coup et brûler les photos en buvant un verre de vin !

Rafael s'accroupit à côté de l'impressionnante pile de souvenirs et l'observa avec une curiosité polie.

— Combien de temps êtes-vous restée avec le petit bonhomme ? Une vie entière ?

Aleth rougit violemment et s'agenouilla à son tour.

— Il n'a rien d'un « petit bonhomme », comme vous dites. Quant à... Oh, et puis zut ! Je le connais depuis huit ans. Au début, nous étions de simples amis, mais nous sommes vraiment ensemble depuis cinq ans.

— Tant que ça !

Rafael secoua la tête avec arrogance. De toute évidence, il s'étonnait sincèrement de la longévité de son attachement.

— C'est malsain... Pour moi, ça s'apparente à l'obsession ! fit-il remarquer.

— Mais... je l'aimais !

— Vous parlez déjà au passé ! lui fit-il remarquer, non sans une certaine satisfaction.

— Que voulez-vous ? Je sais bien qu'il faudra que je m'en remette un jour ou l'autre. Malheureusement, ce n'est pas si facile que ça en a l'air. Luke était mon univers, et on n'oublie pas cinq années de vie presque commune aussi facilement ! Bon sang, ça ne vous est jamais arrivé, à vous ?

Les pupilles de Rafael Flynn se dilatèrent à la lumière du feu.

— Si. Une fois... Quand j'étais adolescent. Depuis... Non, jamais.

— Et vous vous permettez de me donner des conseils ? Vous, un individu tellement blessé qu'il se refuse à aimer quiconque ? lui lança Aleth.

Pris de court, Rafael partit d'un rire amer et quelque peu forcé.

— Je ne suis pas blessé ! J'ai pu constater moi-même les affres dans lesquelles nos sentiments idiots peuvent nous mettre. Du coup, j'ai décidé de ne jamais refaire la même erreur... Vous permettez ?

Aleth hocha la tête et, le voyant goûter le vin à même la bouteille, dut lutter contre l'envie ridicule de courir jusqu'au cottage pour lui chercher un verre.

— Un peu trop sucré à mon goût… Cela dit, il est fort. Du genre à vous donner une sacrée gueule de bois, si vous n'y prenez garde !

Aussitôt, et par défi, Aleth attrapa la bouteille et avala une nouvelle longue gorgée du liquide ambré. Elle ne buvait que très rarement, mais refusait de s'inquiéter du lendemain matin.

A la vérité, elle en avait plus qu'assez de toujours se montrer si raisonnable. Alice ne l'avait jamais été et c'était d'elle que Luke s'était épris, pour finir. C'était Alice qui remonterait bientôt l'allée centrale de l'église sur la *Marche nuptiale* de Mendelssohn et…

Aleth changea de CD et baissa un peu le volume, par égard pour les oreilles de son visiteur.

— Comment avez-vous fait pour ne jamais retomber amoureux ? demanda-t-elle.

La réponse ne l'intéressait que très moyennement car l'idée même de risquer une deuxième fois le chagrin d'amour lui apparaissait comme une aberration. D'un autre côté, la pensée de vivre seule, avec pour seuls compagnons Samson et Peanuts, n'était pas aussi séduisante qu'elle l'aurait dû en ce moment de désarroi.

— C'est très facile, déclara Rafael avec une confiance inébranlable. Question de maîtrise de soi, c'est tout !

Aleth fut d'autant plus impressionnée par cette déclaration qu'elle s'était souvent reproché son propre manque de volonté. Dorénavant, elle devrait être plus ferme, avec elle-même comme avec les autres.

Elle était entrée à la faculté pour étudier un sujet qui ne la passionnait que moyennement, cela pour satisfaire les ambitions de son beau-père. Pire encore, immédiatement après, elle avait pris un emploi qui ne l'intéressait qu'à moitié, dans le seul but de contenter Luke.

En fait, elle ne comptait plus le nombre de fois où elle s'était laissé guider par les desiderata de son entourage. Pourquoi ce besoin de faire plaisir aux autres à ses propres dépens ? Cependant, les autres en question avaient été ses proches, les gens qu'elle aimait le plus au monde…

Elle essaya de s'imaginer ce que serait son existence, si elle parvenait à entretenir avec un homme une relation harmonieuse, sans pour autant glisser sur la pente savonneuse de l'amour. Si elle réfléchissait bien, c'était la seule solution viable, hélas.

Aleth s'attarda sur un cliché où elle apparaissait avec Luke au bal de fin d'année de l'université, avant de le livrer aux flammes. Elle avait été si heureuse, ce soir-là… Dans sa naïveté, elle aurait suivi Luke au bout du monde…

A présent, elle ne voulait plus rien qui lui rappelle de près ou de loin le fiancé d'Alice. Elle devait échapper à la tentation de s'attacher à des vestiges d'un passé qu'il valait mieux oublier. Après tout, Luke l'avait laissée tomber, et de la manière la plus inélégante qui soit.

Dès lors, il ne méritait ni ses regrets ni ses réminiscences larmoyantes.

Forte de ces réflexions, la jeune femme s'autorisa à regarder franchement Rafael Flynn, pour la première fois depuis qu'il avait aussi peu cérémonieusement fait intrusion dans son autodafé de laissée-pour-compte.

Aussitôt, elle fut captivée par le spectacle de son corps puissant, nonchalamment étendu sur l'herbe humide. Inutile de nier l'évidence : Rafael Cavaliere Flynn était d'une beauté saisissante. Au point qu'on pouvait facilement prendre la mauvaise habitude de le contempler, d'admirer ses traits fins et le charisme qui émanait de lui.

Mieux encore, c'eût été une habitude bien inoffensive. Tant qu'elle était amoureuse de Luke, elle ne risquait pas de commettre l'erreur monumentale de s'éprendre d'un homme tellement hors de sa portée qu'il aurait pu habiter sur une autre planète. D'un homme qu'aucune femme en pleine possession de ses moyens n'envisagerait une seule seconde de garder.

Rafael Flynn était un indépendant. Un solitaire, un célibataire-né. Ainsi rassurée par le fait qu'il ne répondait à aucun critère du parfait compagnon, Aleth se remit à contempler les profondeurs mordorées de son regard.

— Une question de maîtrise de soi, vous dites ?

— Tout à fait ! Quand est-ce que Luke a commencé à sortir avec votre sœur ? demanda Rafael, conscient de ce qu'il avait enfin toute son attention.

Au passage, il songea, non sans un certain agacement, qu'en temps normal il n'avait aucun effort à faire pour captiver son audience. Encore moins lorsqu'il s'agissait d'une jeune et jolie femme.

Aleth répondit à sa question par le menu.

Elle lui relata l'épisode de l'appartement ainsi que les sentiments d'angoisse et d'humiliation qui avaient suivi. Au bout d'un moment, encouragée par ses questions, elle se surprit à lui raconter toute l'histoire de sa relation avec Luke. Du début à la fin, comme dans un confessionnal, même si toute tentative de digression était aussitôt interrompue par son interlocuteur.

Rafael Flynn écouta son récit avec flegme, ne montrant ni surprise ni empathie, jusqu'à ce qu'Aleth lui parle du rôle qu'on voulait lui faire jouer à l'église.

— C'est une plaisanterie, j'espère ! murmura-t-il, le regard soudain dur.

— Pas du tout. Je crois que, pour ma mère et pour Alice, c'est une manière de nier que Luke et moi avons jamais formé un couple.

De nouveau submergée par la tristesse, Aleth jeta d'un seul coup toute une pile de photos, ainsi qu'un pingouin en peluche orné d'un cœur rose sur lequel était inscrit « Saint-Valentin 2005 — Je t'aime. » Elle regarda les flammes s'en régaler, avant de murmurer, d'une toute petite voix :

— Je ne veux pas qu'elle épouse Luke. Je sais que c'est mesquin de ma part, égoïste en diable, seulement…

Rafael réprima un sourire, écarta subrepticement la bouteille de vin et dissimula le lecteur de CD derrière son dos.

— Si vous voulez mon avis, vous avez encore beaucoup à apprendre, question mesquinerie.

— Qu'est-ce que vous en savez ?

— Plus que vous, sans aucun doute. Je suis expert en la matière, Aleth.

Il songeait à toutes les femmes qu'il avait connues. Aleth Carmichael était honnête et manifestement en proie à des crises de conscience quotidiennes. Lorsqu'il croisa ses yeux bleus comme des campanules, devant tant d'innocence, il décida de ne pas choquer la jeune femme en lui parlant de la duplicité et de la vénalité de certaines de ses maîtresses. Et soudain il se surprit à tendre une main vers elle, pour repousser la mèche de cheveux cuivrés qui lui barrait la joue.

Les pupilles d'Aleth se dilatèrent, son souffle se fit court.

— Je suis venue ici pour brûler tout ça… et voilà que je vous raconte ma vie…

Rafael s'empara de deux ou trois objets qu'il jeta dans le feu à son tour.

— Parce que vous faites toujours ce que vous êtes censée faire ?

Le timbre rauque de sa voix de gorge avait pris une note caressante qui la pénétra au plus profond. Elle frissonna puis, lentement, comme si elle craignait de rompre le charme, hocha la tête.

— Oui.

— Vous êtes trop prévisible !

— Vous voulez dire ennuyeuse… Barbante, quoi !

— C'est votre interprétation, pas la mienne. A mon avis, vous vous en faites trop. Vous ne pouvez pas prendre toutes vos décisions sur des principes rigides et établis d'avance, Aleth ! dit-il d'un ton de vague reproche. Vous devez réapprendre à vous amuser.

Ses pupilles brillaient d'une lueur étrange, à la lumière du feu et, de nouveau, la jeune femme se troubla.

— Vous pouvez m'expliquer ce que vous fichez ici, un vendredi soir ? Pourquoi ne faites-vous pas comme tous les millionnaires de votre âge ?

— C'est-à-dire ? demanda-t-il, toujours aussi flegmatique.

Aleth haussa légèrement les épaules. A vrai dire, elle n'avait qu'une vague idée de ce que la jet-set faisait de ses week-ends.

— Je ne sais pas, moi... Une balade en mer sur un yacht... Une soirée à l'autre bout du monde en jet privé, ou moins loin, en hélicoptère ? Vous pourriez parier votre fortune à Las Vegas, à l'heure qu'il est... Ou avoir atterri aux Bahamas, pour faire du ski nautique ! Et si vous teniez à rester ici vous auriez pu organiser une soirée gigantesque, avec des dizaines de femmes plus belles les unes que les autres, habillées par les plus grands couturiers du monde... N'importe quoi plutôt que de regarder un autodafé dans un champ irlandais...

— C'est vous que je regarde, Aleth...

Il la dévisageait avec une intensité telle que la jeune femme sentit sa bouche se dessécher.

L'instant d'après, avec le plus grand naturel, il pencha son visage altier vers elle et l'embrassa. Ses lèvres avaient un goût de fumée, de vin... et de plaisir charnel.

Aleth frissonna violemment, dans un mélange d'excitation et de terreur devant la force de sa propre réaction. Même si la tête lui tournait légèrement après tout ce vin, elle savait qu'elle était entre les mains d'un homme terriblement sensuel, et, qui plus est, doué pour les caresses.

Lorsqu'il la relâcha, elle leva des yeux égarés vers lui et balbutia, sans réfléchir :

— Vous êtes l'amant idéal...

Rafael Flynn se figea.

— Qu'entendez-vous par là, exactement ?

— Mon Dieu ! s'exclama la jeune femme, confuse. J'ai dit ça tout haut ?

— Oui. Aussi, j'aimerais que vous m'expliquiez.

Manifestement, elle avait touché un point sensible.

Elle laissa échapper un petit rire saccadé et se jeta à l'eau en essayant de ne pas bégayer.

— Il n'y a rien à expliquer ! Vous avez une réputation de séducteur, toujours à l'affût d'une nouvelle aventure et...

— Et vous, vous êtes du style à rechercher l'âme sœur et à l'aimer jusqu'à ce que la mort vous sépare ?

— C'était le cas avec Luke, oui…

Les lèvres de Rafael Flynn s'étirèrent en un sourire amer.

— En clair, vous l'aviez élu pour la vie et vous ne voyez en moi qu'une… *passade* possible !

Son intonation s'était faite glaciale, et Aleth craignit soudain de l'avoir vexé. En même temps, elle ne voyait pas comment. Non seulement il avait une solide réputation de coureur de jupons, mais il venait de clamer haut et fort que c'était par choix. Rafael Flynn refusait d'aimer, par frilosité, de peur d'être blessé.

D'une certaine manière, elle enviait son détachement et l'aurait volontiers imité, si elle avait pensé un seul instant que cela lui permettrait d'oublier la trahison de Luke et d'Alice. Après tout, il n'y avait aucune raison pour que les aventures sans lendemain soient l'apanage des hommes !

— Ne le prenez pas mal, murmura-t-elle.

Elle se sentait d'autant plus désolée qu'elle commençait à apprécier sa présence. Auprès de lui, elle se sentait plus sûre d'elle-même.

Rafael haussa les épaules en un geste à la fois dédaigneux et superbement méditerranéen.

— Comment pourrais-je prendre ombrage d'une telle franchise?

— En tout cas, vous embrassez merveilleusement bien, ajouta-t-elle avant de porter une main catastrophée à sa bouche. Pardonnez-moi… Je n'aurais pas dû dire ça non plus… Fermez vos oreilles. Ne m'écoutez plus ! Je suis en plein délire, semble-t-il.

Rafael se tourna vers les photos qui restaient à brûler et les jeta en vrac sur les cendres, les poussant du bout du pied pour accélérer le processus.

Sa jolie voisine regrettait un type digne de vendre des nains de jardin…

Elle n'avait pas dû boire plus de l'équivalent de deux ou trois verres de vin, mais de toute évidence elle ne tenait pas l'alcool.

Lui, l'homme idéal pour une passade ? C'est ainsi qu'elle le voyait ? Comme une sorte de don Juan ! Bon pour une nuit sans lendemain… pour des ébats gratuits…

Rafael était tellement outré qu'il décida immédiatement de lui faire oublier la piètre opinion qu'elle avait de lui.

— Oh là là ! gémit la jeune femme en dodelinant de la tête. Ça tourne un peu…

Il se dressa devant elle, de toute sa hauteur, et lui tendit la main pour l'aider à se relever.

— Je vous raccompagne jusque chez vous.

— Je dois reconnaître que vous avez d'excellentes manières. Un vrai gentleman… Un bon point pour vous ! marmonna-t-elle.

Comme elle titubait légèrement, il glissa un bras autour de sa taille pour la stabiliser.

— Je suis ravi que vous l'ayez remarqué !

Aleth se dégagea fermement de son emprise. Elle était décidée à montrer son nouveau visage de femme courageuse et indépendante, et elle parvint à remonter le chemin sans aide et sans trop chanceler. Rafael dut néanmoins l'aider à enjamber la haie, avant de la suivre de l'autre côté.

— Je vous inviterais volontiers à entrer, mais j'ai sommeil, tout à coup ! déclara Aleth. Quand nous voyons-nous, pour parler affaires ?

— Je pars pour New York très prochainement.

— Oh ! marmonna Aleth, déçue malgré elle.

— Nous pouvons nous voir demain après-midi à 14 heures, cependant, poursuivit-il. Chez vous ou chez moi ?

— Ici. C'est préférable.

— Dans l'intervalle, je n'ai jamais répondu à votre aimable salutation de l'autre jour au téléphone…

Il s'interrompit pour ménager son effet. Ses yeux sombres s'attardèrent un moment sur le visage perplexe de la jeune femme, et il referma ses mains autour de sa taille, avant de l'attirer contre son corps musclé.

— Chère associée…

Sur ces mots, il l'embrassa à lui en couper le souffle. Surprise, Aleth n'eut pas le temps de se défendre contre les effets d'un tel baiser. Elle se laissa aller à la passion qui la brûlait de l'intérieur. Elle haletait, tremblante, soudain péniblement consciente de la moindre parcelle de sa peau, et, pour la deuxième fois de la soirée, fut choquée par l'intensité de son propre plaisir.

C'était bien simple, elle ne voulait pas qu'il s'arrête. Jamais... Elle voulait rester là où elle était, entre les bras de cet homme extraordinaire, et éprouver ce sentiment de liesse pour l'éternité.

Hélas, les plus belles choses ont une fin. Rafael Flynn ouvrit la porte de bois, derrière elle, et, après l'avoir fait pénétrer dans la cuisine sombre, lui souhaita une agréable nuit.

Et Aleth resta là plusieurs minutes, hébétée, à se demander ce qui lui était arrivé.

7

Le lendemain matin, Aleth s'éveilla avec un mal de tête terrible, doublé d'une furieuse envie de rester blottie sous sa couette. Comme ce n'était pas possible cependant, elle se résigna à souffrir, avec la conviction quelque peu masochiste qu'elle le méritait bien. Après tout, n'avait-elle pas délibérément abusé d'un vin contre lequel on l'avait mise en garde ?

Par ailleurs, il y avait ce baiser échangé avec Rafael Flynn. Un baiser dont elle ne comprenait pas très bien le sens... Le calme routinier du comté de Kerry avait dû amener l'homme d'affaires à réviser ses exigences à la baisse : d'après le peu qu'elle en avait vu, Ballyflynn ne regorgeait pas de jolies jeunes femmes. Cela dit, Flynn ne s'était pas contenté de l'embrasser une fois, si sa mémoire était bonne. Il avait recommencé, non sans une certaine ferveur. Bien sûr, il y avait une explication toute logique à cela. Elle habitait la maison voisine de sa propriété, elle était célibataire et il ne pouvait se passer de femmes. Logique, oui... On était en droit de supposer qu'un séducteur de sa renommée était très porté sur la chose.

On frappa discrètement à la porte de sa chambre et Aleth s'autorisa un gémissement plaintif. La seconde d'après, une tête brune méchée de rouge apparaissait dans l'entrebâillement.

— Aleth ? chuchota Oona. Vous êtes prête pour votre première leçon ?

— Ma première leçon ? balbutia la jeune femme.

— Je vous ai promis de vous apprendre à faire des tresses aux chevaux. Vous ne vous souvenez pas ?

Pour le coup, Aleth, ignorant son mal de tête, se redressa dans son lit.

— Bien sûr que si ! C'est une excellente idée ! Ça m'aidera à me réveiller !

— Ça fait une heure que je suis là, précisa Oona. Je vous ai laissée faire la grasse matinée…

Aleth consulta subrepticement le réveil et fut soulagée de constater qu'il n'était, malgré tout, que 7 heures.

— Donne-moi dix minutes et je descends ! promit-elle, un sourire vaillant aux lèvres.

— Ça a été mortel, ici, pendant votre absence. J'ai à peine entrevu Fergal, se lamenta Oona tout en faisant une agile démonstration de sa méthode de tressage. Je vais finir par croire qu'il m'évite !

Aleth s'essayait, sans grand succès, à suivre l'exemple de sa cadette. Malgré ses efforts, ses doigts gourds refusaient de lui obéir.

— Je pense plutôt qu'il a beaucoup à faire. Cela dit, il faut absolument que je le voie. J'ai un ou deux points à discuter avec lui. Tu ne sais pas où j'ai des chances de le trouver en milieu de matinée, par hasard ?

— Quelle question ! Au Dooley's. Le pub du village !

Aleth fronça les sourcils. Le pub, à 10 heures du matin ? Elle s'abstint cependant de tout commentaire.

— Dans ce cas, il va falloir que j'aille à Ballyflynn… Je te ramène chez toi ?

— Si vous voulez !

La matinée était splendide et Aleth profita de ce qu'Oona chargeait son vélo à l'arrière de la camionnette pour admirer la vue sur la mer. Les champs descendaient jusqu'à la plage déserte dont le sable blanc contrastait avec le bleu vif de l'océan. Le spectacle lui parut si enchanteur qu'elle en eut les larmes aux yeux.

— On raconte que vous donnez du fil à retordre à Rafael Flynn, au bourg, déclara Oona avec une admiration non dissimulée.

Je n'aurais jamais cru ça de vous ! On ne dirait pas, à vous voir, comme ça !

Aleth se sentit rougir au souvenir de leur étreinte de la veille.

— Dis donc... Ce n'est pas toi qui m'as conseillé de l'éviter ?

— Pas si vous avez le courage de lui tenir la dragée haute ! Qui sait ? Vous êtes peut-être même la femme qu'il lui faut !

— Ça m'étonnerait ! répliqua Aleth, un peu gênée.

Oona lui demanda de la déposer au centre de Ballyflynn. C'était jour de marché, et la petite bourgade grouillait d'animation. Aleth déambula un moment dans la rue principale, haute en couleur, et profita de l'occasion pour acheter des légumes frais. Au passage, elle songea avec un vague sentiment de culpabilité qu'elle n'avait même pas encore choisi l'endroit où elle planterait son potager.

Le Dooley's partageait un long bâtiment avec la poste municipale. Aleth poussa une porte basse peinte en vert et se retrouva dans une salle bondée et accueillante. Les dalles du sol étaient patinées par le temps, et l'odeur du feu de tourbe qui brûlait dans la cheminée évoquait les étendues désolées de lande balayée par les vents. Le bar était pris d'assaut par les fermiers de la contrée qui se retournèrent comme un seul homme, à son arrivée. Certains d'entre eux la saluèrent d'un ton jovial, et la jeune femme ne put réprimer un sourire. Bien qu'elle n'eût été présentée à aucun d'entre eux, ils savaient exactement qui elle était.

— Aleth ! Quelle bonne surprise ! Comment vas-tu ? lui lança soudain une voix familière.

La jeune femme se retourna et se fustigea intérieurement. Elle avait un peu hâtivement jugé Fergal Gibson, semblait-il, car il n'était pas accoudé au comptoir, une pinte de bière à la main, bien au contraire. Il se trouvait de l'autre côté, et servait les boissons.

— Il y a du nouveau, poursuivit-il à mi-voix. Je te raconterai tout ça plus tard !

Une petite femme au visage pâle, à la permanente rigide et au regard perçant émergea du comptoir de la poste.

— Vas-y, Fergal ! Prends ta pause. Je te remplace. Tu ne me présentes pas ton amie ?

Pour une raison obscure, Fergal rougit jusqu'aux oreilles. Au même moment, le brouhaha environnant s'interrompit comme par enchantement.

— Maman...

Aleth était perplexe. Pourquoi l'accueil, plutôt cordial, de sa mère avait-il réduit Fergal à l'état de collégien maladroit ? Et, surtout, pourquoi la rencontre suscitait-elle un tel intérêt de la part des gens du coin ?

— Madame Gibson ? risqua Aleth pour rompre le silence embarrassé. Je suis Aleth Carmichael. Ravie de vous rencontrer !

— Moi de même, mademoiselle Carmichael. Fergal ! Ne fais pas attendre la dame, mon garçon. Où voulez-vous vous asseoir ?

— Merci, m'man. Nous allons prendre un café en face ! objecta Fergal, ouvrant vivement la porte.

— Je suis désolée, Fergal. Je ne savais pas que tu travaillais, sans quoi je ne serais pas venue ! murmura la jeune femme. Le pub est une entreprise familiale ?

— Oui. Il appartient à mon oncle. Après la mort de mon père, nous nous sommes installés avec lui. Je donnerais n'importe quoi pour pouvoir dresser des chevaux à plein-temps, mais c'est en tenant le pub que je gagne vraiment ma vie.

Aleth déboutonna sa veste en polaire.

— Il faut que je t'explique ce qui se passe.

Elle lui fit un bref résumé de la situation, avant de conclure :

— Ce qui fait de Rafael Flynn mon associé... De son plein droit.

— Ça ne va pas être facile, pour lui. Il a l'habitude d'être le patron partout où il passe. Cela dit, il a un sens inné des chevaux. Quand il choisit un gagnant, tu peux être sûre que le cheval remportera la course, fit remarquer Fergal, manifestement admiratif. Tu crois qu'il risque de t'obliger à te débarrasser de moi ?

— Je n'en sais encore rien.

L'attention d'Aleth fut attirée par un bruit de freins crissant dans la rue. Elle jeta un coup d'œil à la devanture du café.

Une énorme Range Rover noire venait de se garer. Rafael

Flynn en sortit comme un diable de sa boîte, de toute évidence pour arrêter dans sa course une silhouette qui fuyait dans la direction opposée.

C'est avec une expression implacable qu'il lui barra la route.

— Mais… c'est Oona ! s'exclama Aleth, sidérée. Qu'est-ce qu'il lui prend, à notre voisin ?

Oona éclata en sanglots, et Fergal parut encore plus mal à l'aise qu'auparavant.

— Qu'est-ce que tu veux que je te dise ? C'est son demi-frère… Il fallait bien qu'il apprenne, à un moment ou à un autre, qu'elle s'était encore fait renvoyer du pensionnat… Or, c'est lui qui paye ses études, tu comprends ?

Il laissa échapper un gros soupir.

— Elle essaie de lui échapper depuis des semaines. Je me sens coupable moi-même. J'aurais dû prévenir Flynn, mais je n'ai pas eu le cœur de la mettre en difficulté… De toute évidence, d'autres s'en sont chargés à ma place.

Aleth, qui s'était levée pour intervenir en faveur de l'adolescente, s'immobilisa dans son geste.

— Attends… Son demi-frère ? Son… Oona est la demi-sœur de Rafael Flynn ?

— Pardonne-moi, Aleth. J'aurais dû savoir que tu n'étais pas au courant. Ici, c'est un secret de polichinelle. Le scandale de sa naissance a été tellement énorme… Vois-tu, son père… enfin, le père de Rafael a refusé de reconnaître l'enfant. Quand Rafael a appris son existence, bien des années plus tard, il s'en est chargé à sa place. Et soyons honnêtes, il fait tout son possible pour Oona… qui lui résiste de toutes ses forces.

— Elle m'a affirmé que son frère était une véritable terreur, grommela Aleth, sans quitter des yeux la gamine éplorée que Rafael venait de faire monter dans son 4x4.

La pauvre… On aurait dit qu'on la menait à l'échafaud.

— Elle aurait dû me le dire !

— Oh, tu sais, Rafael ne fait rien de bien méchant ! Il essaie simplement de veiller à ce qu'elle étudie et ne se mette pas en difficulté.

— Et pendant les vacances ? Elle vit avec sa mère ?

— Non. Avec sa sœur, Philomène, qui est mariée, mère de famille… et bien trop cool ou trop occupée pour vraiment surveiller Oona.

Aleth s'arrêta chez le marchand de journaux pour acheter son magazine hippique hebdomadaire. Le vendeur lui fit la causette avec l'amabilité et la curiosité caractéristiques des gens du coin.

Malgré son inquiétude, la jeune femme s'efforçait d'oublier la scène à laquelle elle venait d'assister. Fergal lui ayant expliqué que Rafael agissait dans l'intérêt de sa sœur, il ne lui appartenait pas d'intervenir. Seul un détail la chiffonnait. Deux personnalités aussi fortes que celles de Rafael et d'Oona ne pouvaient que se heurter : ils étaient aussi têtus, orgueilleux et dominateurs l'un que l'autre.

Au moment de regagner sa camionnette, elle remarqua la vitrine d'une boutique d'artisanat qui faisait également galerie de peinture. Son regard fut attiré par une paire de boucles d'oreilles en perles de couleur vive et elle songea aussitôt à Nicole, qui célébrerait ses trente-trois ans d'ici une semaine ou deux.

Malheureusement, la boutique était bondée et elle n'avait pas le temps de faire la queue. Au moment où elle regagnait sa voiture, la mère de Fergal l'interpella pour l'inviter à dîner le dimanche suivant. Bien qu'un peu surprise, Aleth la remercia gracieusement et repartit en hâte. Elle avait rendez-vous avec Rafael Flynn dans moins de deux heures, et elle entendait que les lieux soient impeccables lorsqu'il arriverait.

A 13 h 55, Aleth, étendue sur le plancher de sa chambre à coucher, se battait avec la fermeture Eclair de son jean préféré. A l'instant précis où elle se croyait enfin tirée d'affaire, elle entendit le moteur d'un véhicule puissant rugir dans la cour. Prise de court, elle relâcha sa respiration et la fermeture redescendit aussitôt. La jeune femme essayait de redresser la situation lorsqu'on frappa à la porte de la cuisine. En gémissant, Aleth retira à la hâte le pantalon récalcitrant et se précipita à quatre pattes vers sa commode dont elle tira une culotte de cheval en élastomère. Elle l'enfila frénétiquement, se redressa et, après avoir vérifié, par la fenêtre, qu'il s'agissait bien de son visiteur, se précipita pour lui ouvrir la porte.

— Pardonnez-moi. Je suis un peu trop ponctuel, peut-être ? demanda Rafael, passant en revue d'un regard malicieux son apparence plus qu'échevelée.

Pour sa part, il était majestueux, comme d'habitude, avec sa veste en coton huilé, sa culotte de cheval et ses bottes impeccables, et Aleth dut résister à l'envie de remettre un peu d'ordre dans ses boucles folles.

— Pas du tout ! J'ai nettoyé la sellerie et je n'ai pas vu le temps passer, lui répondit-elle avec d'autant plus de détachement que c'était presque la vérité.

Elle lui décocha un sourire vaillant avant de reprendre :

— Par où voulez-vous commencer la visite ?

— Oh, je connais les lieux ! A moins que vous n'ayez procédé à de gros travaux de rénovation, bien sûr.

Comme elle ne répondait pas, il souleva les sourcils d'un air moqueur.

— Non ? C'est bien ce que je pensais.

Quelque peu déstabilisée par cette entrée en matière probablement destinée à lui faire réviser ses prétentions à la baisse, Aleth décida de changer de tactique et d'aller droit au but.

— Comme vous voulez ! Allons-y, je vous écoute, dit-elle en refermant la porte derrière elle pour éviter que Peanuts et Samson ne déboulent à l'improviste, mettant ainsi à mal sa crédibilité de femme d'affaires.

— Avant toute chose, la folie, déclara Rafael. Je veux qu'elle soit restaurée.

— Je comprends bien, néanmoins...

— A mes frais naturellement.

La jeune femme fronça les sourcils, incapable de dissimuler sa surprise.

— Vous semblez oublier que c'est l'endroit où je vis et...

— Et vous, vous oubliez que je possède également la moitié de votre habitat, à présent ! lui fit-il remarquer. Je me contenterai de faire refaire l'extérieur. Je vais appeler un architecte du patrimoine pour une évaluation, mais à mon avis la première étape sera le toit de chaume.

A regret, Aleth dut reconnaître que, le cottage étant classé monument historique, la suggestion de son « associé » était raisonnable. Sans compter qu'il avait proposé de payer la facture, lui ôtant tout argument d'ordre financier. Toutefois, en commençant par cette requête qui la concernait de si près, il avait frappé fort. Par ailleurs, elle se serait volontiers passée de ce rappel de ses droits sur tout ce qui lui appartenait.

— Je n'ai pas d'objection sur le principe, à condition que vous ne m'imposiez aucune modification avec laquelle je serais en désaccord. Encore une fois, c'est ma demeure et à ce titre j'entends que mes desiderata soient respectés. D'autre part, je dois vous avertir que j'ai l'intention de louer les services d'un avocat. Je ne voudrais pas que vous me réclamiez une plus grande partie de ma propriété, sous prétexte que vous avez couvert le coût de la restauration de ce cottage, ou de cette folie, comme vous voulez !

Les yeux mordorés de Rafael Flynn se mirent à lancer des éclairs.

— Il faudrait savoir ce que vous voulez, Aleth ! Soit vous êtes mon associée, soit vous ne l'êtes pas. Si vous n'avez pas un minimum de confiance en moi, nous ne pourrons parvenir à aucun accord.

Aleth se raidit de tout son être. Elle avait le sentiment d'être à sa merci. Ce n'était pas qu'une impression d'ailleurs, car si elle ne se soumettait pas à ses exigences il n'aurait aucune difficulté à l'empêcher de faire tourner sa pension.

— Vous m'en demandez beaucoup, monsieur Flynn ! La confiance, ça se gagne, figurez-vous !

— Il faut que vous sachiez une chose, répliqua Rafael d'un ton léger. J'ai bien des défauts, mais je ne mens pas et je ne triche pas. Quand je veux quelque chose, je le dis. Il en va de même lorsque quelque chose me déplaît.

La remarque était tout à fait superflue. Le beau Rafael Cavaliere Flynn n'était assurément pas du genre à souffrir en silence. Tout en lui, de sa manière de se mouvoir à son discours, dégageait l'autorité sans équivoque d'un homme habitué à parvenir à ses fins.

Aleth devait reprendre la situation en main.

Et vite.

— En ce qui concerne les vieilles remises qui vous gâchent le paysage...

Il leva une de ses mains fines en un geste élégant.

— Elles doivent être démolies. C'est sans appel.

— Dites donc ! s'exclama Aleth, exaspérée. J'ai peut-être mon mot à dire, vous ne trouvez pas ?

— La dernière chose que j'ai envie de faire avec vous est de parler affaires, répliqua-t-il d'une voix rauque. En fait, j'avais un programme bien plus intéressant en tête. Malheureusement, un imprévu a mis ma belle idée à mal.

Aleth, qui le dévisageait bouche bée, s'arracha à sa contemplation avec autant de difficulté qu'une femme au régime devant une boîte de chocolats.

— Vous vous égarez, répondit-elle fermement. Ceci est une réunion d'affaires, entre associés. Pas autre chose !

— Le concept même d'une associée m'est totalement étranger. Ceci est tout nouveau pour moi, vous savez, riposta-t-il, contrebalançant le sérieux de la jeune femme par un regard amusé.

A la fois agacée et sous le coup du charisme de son adversaire, Aleth inspira par petites bouffées et tourna la tête vers les remises.

— Je veux bien que vous les démolissiez à condition que vous me fassiez construire une écurie dans l'arrière-cour.

Rafael laissa échapper un long soupir et secoua lentement la tête de droite à gauche.

— Aleth, Aleth... Vous me demandez l'impossible !

— Dans ce cas, tant pis pour vous. Mes remises continueront à vous gâcher la vue, répliqua-t-elle tout de go. Je ne peux pas faire tourner ma pension si je n'ai pas les écuries adéquates. C'est mon gagne-pain, ne l'oubliez pas !

— J'oppose mon veto à tout développement supplémentaire sur cette propriété.

— En d'autres termes, vous avez un conflit d'intérêts !

— Fait dont vous aviez pleinement conscience, lorsque vous avez opté pour cette solution plutôt que de me rembourser ! lui rappela-t-il d'un ton égal.

Aleth sentait la tête lui tourner de colère. Elle baissa les yeux vers le sol, le temps de recouvrer son calme. Elle n'avait pas l'habitude de réagir ainsi. D'ordinaire, elle était d'un naturel plutôt tolérant et savait traiter les gens ou les situations difficiles avec patience et bon sens. Rafael Flynn, lui, avait le don de la mettre en fureur rien qu'en soulevant ses sourcils sombres, comme il le faisait à présent.

— Il y a bien une autre solution, murmura-t-il.

— Ah bon ? J'aurais pourtant dit que nous étions dans l'impasse la plus totale ! répliqua-t-elle avec hargne.

— Je vous en aurais parlé tout de suite, si vous n'aviez pas choisi de m'exposer vos conditions en guise de préliminaires !

Aleth se sentit rougir encore davantage et fixa du regard un point imaginaire, devant elle. Sa fureur était telle qu'elle l'enivrait.

— Venez. Montez en voiture, que je vous montre de quoi il s'agit, poursuivit Rafael, sans se départir de son flegme.

La jeune femme s'exécuta à contrecœur. Elle le soupçonnait de vouloir la berner en douceur, ce qui devait être sa spécialité. D'un autre côté, cela lui permettrait d'aborder un de ses sujets de préoccupation.

— Je vous ai vu avec Oona, ce matin, au bourg.

— Oui. Et dès cet après-midi je la ramène *manu militari* au pensionnat. Elle en a été exclue, ce que j'ignorais totalement, murmura Rafael d'un ton sombre, en se tournant vers sa passagère pour examiner ses réactions. Ses proches ont cru bon de me le cacher, semble-t-il. Si la principale ne m'avait pas envoyé un courrier de rappel, je serais toujours dans l'ignorance.

— Et sa mère dans tout cela ? Elle n'a pas voix au chapitre, elle non plus ?

— Sa mère est alcoolique au dernier degré. Elle a fait plusieurs cures de désintoxication, en vain. Je suis le tuteur légal d'Oona. Si je l'ai mise en pension, c'est parce qu'elle vivait dans des conditions inacceptables. Pendant les vacances, elle va chez sa sœur.

— J'ignorais tout de ses difficultés familiales… Elle vient souvent chez moi, fit Aleth, secouée. Elle adore les chevaux et elle est vraiment douée avec eux. Pourquoi s'est-elle fait renvoyer, au juste ?

— Impertinence, crises colériques, refus de rendre le travail demandé. En trois ans, elle a été inscrite dans quatre établissements différents. Pas moins.

— Peut-être a-t-elle pris un tel retard qu'elle voit les études comme un obstacle insurmontable ?

— J'en doute fort.

— Quand bien même… Il serait peut-être bon de lui faire passer quelques tests, insista Aleth, qui pensait à l'orthographe et à l'écriture de la jeune fille.

Rafael partit d'un grand rire et fit démarrer la Range Rover.

— Pourquoi ? Parce qu'elle traverse une crise d'adolescence particulièrement sévère ?

Aleth se fustigea. Elle aurait dû se douter que Rafael était conscient des difficultés que sa sœur rencontrait dès qu'il s'agissait de prendre un stylo. Dès lors, il n'y avait rien de surprenant à ce qu'il préfère garder ce détail pour lui. Elle fouilla dans ses poches à la recherche d'un morceau de papier sur lequel elle griffonna son numéro de téléphone.

— Dites-lui qu'elle manquera aux chevaux, et que si elle en a le temps je serais ravie d'avoir de ses nouvelles, déclara-t-elle en posant le papier sur le tableau de bord.

Rafael ne fit aucun commentaire. Quelques minutes plus tard, il s'engageait dans l'allée de Flynn Court par le portail près duquel se tenait le pavillon de Tolly.

Ainsi, Aleth appréciait Oona ! Voilà qui ne manquait pas de le surprendre. Quant à savoir si sa sœur était vraiment douée avec les chevaux… Il n'en avait aucune idée. Il ne parvenait que très difficilement à dialoguer avec elle. Lorsqu'il lui demandait des explications sur la cause de son dernier renvoi, elle se mettait à bouder ou à pleurer et refusait de lui répondre. Du coup, il la sermonnait comme il pouvait. Il avait renoncé depuis longtemps à lui parler des valeurs de l'éducation et de ce qu'on pouvait en tirer, en termes de privilège et de respect. Dorénavant, il utilisait sa force morale et menaçait à tout va. Bien malgré lui, d'ailleurs, car il avait espéré que leur relation prendrait un tour bien différent.

— Où est-ce que vous m'emmenez, comme ça ? lui demanda soudain Aleth.

— Encore un peu de patience, Aleth. Vous allez voir.

L'allée, interminable, serpentait entre deux magnifiques plantations de cèdres avant de descendre en douceur jusqu'à une immense construction, invisible du cottage.

— Je ne connaissais pas cet endroit, reconnut Aleth lorsqu'il passa sous une ancienne voûte de pierre.

— On ne le voit que de la mer.

La voiture s'arrêta sur les pavés, et Aleth fit des yeux ronds.

— Mon Dieu ! s'exclama-t-elle, fascinée.

Elle ouvrit précipitamment la portière, impatiente de sortir du véhicule pour voir ça de plus près.

Il s'agissait d'un ensemble d'écuries de toute beauté, sur lesquelles le temps ne semblait avoir eu aucune prise, à en juger par l'état impeccable de la maçonnerie et des portes des stalles. La cour elle-même était dénuée de mauvaises herbes et le moindre de ses pavés était dans l'alignement. Les box avaient été modernisés et équipés d'arrivées d'eau, de fossés de drainage et de détecteurs de fumée. Entre deux imposants piliers de pierre apparaissait une pièce spacieuse, idéale pour y vendre du matériel équestre. Du moins c'est ce que pensa fugitivement Aleth en jetant un coup d'œil à travers les carreaux.

— Alors ? Qu'en pensez-vous ?

Tirée de sa rêverie, la jeune femme pivota sur elle-même.

Rafael était nonchalamment appuyé sur le coffre de son 4x4, un demi-sourire éclairant son visage de dieu latin.

— Ce que j'en pense ?

Aleth était tellement excitée par les possibilités qu'offrait un tel endroit qu'elle en aurait trépigné si cela ne lui avait pas paru indigne d'une femme d'affaires.

— Comment se fait-il que cet endroit soit aussi bien entretenu ?

— Contrairement à Flynn Court, vous voulez dire ? acheva-t-il, comme s'il avait deviné sa pensée. C'est tout simple... Cet endroit m'appartient depuis longtemps. Il y a une quinzaine d'années, j'ai entrepris de racheter les anciennes parcelles du domaine, dès qu'elles arrivaient sur le marché. Le manoir, en revanche, a appartenu à mon père jusqu'à sa mort, il y a quelques mois.

— Pourquoi l'a-t-il laissé se dégrader ainsi ? demanda Aleth, perplexe.

— Tout simplement parce qu'il s'agissait de la demeure familiale de ma mère. Et comme elle l'adorait il la détestait. Valente a toujours réagi par impulsion. Et je ne lui en ai connu aucune de vraiment charitable.

La jeune femme fut décontenancée par la désinvolture avec laquelle Rafael sous-entendait qu'on ne pouvait attendre autre chose d'un père qu'une méchanceté gratuite.

— Dois-je en conclure que vos parents ne s'entendaient guère ?

— Ils étaient divorcés.

Tout de même ! Seul un esprit malin avait pu condamner l'adorable manoir du haut de la colline à un sort aussi triste !

A présent, Aleth voyait ces superbes écuries sous un autre angle. Rafael ne trahissait que peu d'émotions, cependant la puissance de son attachement à la demeure maternelle, et peut-être, par là même, à la mémoire de sa mère, était manifeste.

— Pourquoi m'avez-vous amenée jusqu'ici ?

— Vous n'avez pas encore deviné ? Je récupère la vue de ma fenêtre, en échange de quoi vous avez des écuries toutes prêtes, grâce auxquelles vous pourrez ouvrir votre pension dès la semaine prochaine si ça vous chante. Par ailleurs, vous y gagnez les services d'un palefrenier à plein-temps. Davis. Je n'ai que deux chevaux, ici, et ça ne suffit pas à l'occuper toute la journée.

Aleth étudia Rafael Flynn d'un air éberlué.

— Vous n'êtes pas sérieux ? Vous me proposez l'usufruit de cet espace magnifique en échange de la destruction de quelques baraques en ruine ? Qu'y gagneriez-vous ?

Le visage toujours aussi impassible, Rafael la dévisagea sans se démonter.

— Il n'y a pas d'entourloupe, Aleth.

La jeune femme restait perturbée par son calme indolent. Son instinct lui disait que Rafael Flynn était mû par des sentiments bien plus profonds qu'il ne voulait le lui faire croire en adoptant cette attitude résolument décontractée.

— Il y a forcément quelque chose ! Je veux dire... Pour commencer, ce ne serait vraiment pas pratique pour moi de travailler ici ! Comment voulez-vous que je m'occupe sérieusement de chevaux parqués à plus de trois kilomètres de chez moi !

— Ce n'est pas un problème. Je ferai rouvrir le passage qui reliait ces écuries à la folie autrefois, de manière que vous et votre clientèle puissiez vous en servir comme raccourci. Cela réduira d'autant la circulation devant Flynn Court, ce qui n'est pas négligeable. Par ailleurs, Davis vit dans un appartement situé au-dessus des écuries. De sorte qu'il sera sur place, en cas d'urgence.

Aleth s'était attendue à ce que Rafael Flynn lui mette des bâtons dans les roues. Au lieu de quoi, il lui faisait une proposition exceptionnelle.

— J'aimerais aussi que nous parlions d'un éventuel échange. Je parle du champ qui fait face au cottage. Si vous me le cédez, je vous donnerai celui qui côtoie le passage. Cela me permettra de replanter certains arbres qui ont été abattus.

— Je vais réfléchir à la question, murmura Aleth, de plus en plus déconcertée.

— Parfait.

Rafael alla vers l'arrière de la voiture et en tira une bouteille de champagne millésimé, ainsi que deux coupes.

— Qu'est-ce qu'on fête ?

Décidément, l'après-midi était riche en rebondissements et, une fois de plus, Aleth fut complètement décontenancée. Elle commençait à apprécier le côté imprévisible de son associé. C'était sûrement ce qui avait fait de lui un adversaire de poids, dans le monde des affaires. A aucun moment il n'avait réagi comme elle s'y attendait. Et si cela constituait un atout, c'était un atout des plus déstabilisants.

Il ouvrit la bouteille et versa lentement le liquide doré dans les coupes de cristal.

— Disons que nous buvons au mariage des affaires et du plaisir.

— Je ne mélange pas…

— Moi non plus, en temps normal, coupa-t-il en se rapprochant d'elle. Toutefois, j'adore sortir des sentiers battus.

Aleth but une gorgée et de minuscules bulles éclatèrent sur sa lèvre supérieure. Elle avait l'estomac noué et sentit une chaleur diffuse s'installer en elle.

Sans prévenir, Rafael lui prit la coupe des mains. Ses yeux luisaient d'une énergie sans égale.

— Vous êtes joueuse ? lui demanda-t-il en l'attirant contre son corps musclé.

Le cœur battant la chamade, Aleth songea qu'elle devait se dégager au plus vite. Malheureusement, ses sens en éveil refusèrent de lui obéir.

— Hier, j'étais ivre…

— Ne soyez donc pas si sérieuse, réprimanda Rafael, avec un amusement manifeste.

— C'est juste que… entre notre association et Luke…

Rafael haussa négligemment les épaules.

— Comme vous voulez. Vous avez deux longues semaines devant vous pour le regretter.

— Deux semaines ? s'écria Aleth malgré elle. Vous ne reviendrez pas avant ?

Le visage de Rafael s'illumina.

— Rendez-vous ici vendredi matin en huit, à 6 heures. Nous irons faire une promenade à cheval sur la plage. J'ai une jument très docile. Elle tient compagnie à mon hongre. Profitez donc de mon absence pour l'essayer !

Là-dessus, il consulta sa montre. Il était temps de rentrer.

La jeune femme était déchirée par l'indécision et elle se sentait d'autant plus stupide qu'elle ne le lui avait pas caché.

Se laisser emporter ou ne pas se laisser emporter ? se demanda-t-elle, avant de grimacer devant ce mauvais jeu de mots.

— Au fait, conclut doucement Rafael juste avant qu'elle ne descende de voiture. Je ne suis pas l'amant idéal au sens où vous l'entendez. Ne vous fiez pas aux apparences : je n'ai que faire des *passades*. Surtout avec vous.

— Moi non plus, les passades ne m'intéressent pas ! répliqua-t-elle, les joues en feu et pressée d'en finir.

— Ah bon ? J'aurais pourtant juré du contraire...

8

Le dimanche suivant fut riche en surprises diverses. Dans l'après-midi, Patrick Flanagan passa au cottage pour convier Aleth à aller boire un verre au Dooley's. Elle déclina l'invitation en douceur : le soir même, elle était attendue chez la mère de Fergal.

Au traitement d'honneur que cette dernière lui avait réservé, la jeune femme finit par comprendre que Mme Gibson voyait en elle une bru potentielle. A force de tact et de bonne humeur toutefois, elle réussit à se tirer de cette situation tout aussi embarrassante que la précédente sans offenser quiconque.

Elle eut tant à faire dans les jours qui suivirent qu'elle dut attendre la semaine suivante pour retourner dans la boutique d'artisanat acheter les boucles d'oreilles qu'elle avait repérées pour Nicole, l'épouse de son beau-père.

Aleth attendait que la vendeuse les sorte de la vitrine lorsqu'elle eut le sentiment d'être observée. Elle tourna la tête et croisa le regard glacial d'une femme aux cheveux sombres, plutôt élégante et qui réassortissait un rayon à l'autre extrémité de la boutique. Tout d'abord troublée par l'animosité qu'elle lut dans son expression, Aleth s'admonesta. Les gens avaient été si avenants avec elle jusqu'à présent qu'elle commençait à trouver tout naturel d'être accueillie avec un sourire de bienvenue, partout où elle allait.

Un homme d'âge mur et obèse émergea de l'arrière-boutique, un énorme carton dans les bras. La femme, qui devait être la patronne, l'interpella d'un ton sec.

— Eh bien, Robert ? Vous n'étiez pas censé préparer la nouvelle exposition dans la galerie, ce matin ? Vous avez intérêt à vous dépêcher, si vous voulez que ce soit terminé en temps et en heure !

Aleth se pencha pour examiner les boucles d'oreilles d'un peu plus près. Une fois qu'elle eut confirmé à la vendeuse son intention de les acheter, la patronne de la boutique s'avança vers la caisse pour prendre la relève.

— Alors, c'est vous l'Anglaise ? La fille d'Agnès Gallagher ? lança-t-elle d'une voix acerbe, en lui rendant la monnaie. Vous avez l'intention de rester dans la région encore longtemps ?

— Oui. Pour de bon, à vrai dire ! répondit Aleth sans se départir de son sourire. Vous avez connu ma mère ?

La femme lui décocha un regard venimeux.

— Pas bibliquement, contrairement à certains de mes concitoyens mâles, si vous voyez ce que je veux dire !

Aleth, qui n'était nullement préparée à une réponse aussi déplaisante, se raidit en un mélange de surprise et de colère.

— Je crois que je préfère ne pas comprendre, murmura-t-elle.

— A votre guise !

Les joues en feu, Aleth rangea le minuscule paquet dans son sac et sortit en se jurant de ne jamais remettre les pieds dans cette boutique.

Quel péché avait bien pu commettre Eva pour s'attirer une telle inimitié ? En admettant qu'elle soit coupable de quoi que ce soit, bien sûr... La femme qui l'avait aussi brutalement apostrophée avait à peu près l'âge de sa mère. Or Eva avait toujours préféré la compagnie des hommes à celle des femmes et, si elle ne s'en était jamais cachée, elle s'était souvent plainte du ressentiment que sa popularité lui avait valu. Si l'on ajoutait à cela le niveau de vie et la relative célébrité qu'elle avait atteints depuis son départ de Ballyflynn, il y avait certainement de quoi susciter quelques jalousies supplémentaires.

— Mademoiselle Carmichael ? s'écria une voix masculine un peu bourrue, derrière elle.

Un petit homme trapu, au visage rond perdu dans une énorme barbe, s'efforçait de la rattraper.

— Oui !

— Permettez-moi de me présenter. Frank Kearney. Je suis le prêtre de cette paroisse.

Aleth sourit à part elle. La précision était superflue, attendu qu'il portait un col d'ecclésiastique sous sa vieille veste noire.

— Je ne voulais pas être indiscret, seulement j'ai surpris cet échange déplaisant, à l'instant. J'étais juste derrière vous, à la caisse, voyez-vous... Je... Mme Tolly doit être à cran aujourd'hui, expliqua le prêtre, dans un vaillant effort pour arrondir les angles. Elle ne pensait pas un mot de ce qu'elle vous a dit, j'en suis certain et...

— Tolly ? répéta Aleth en fronçant les sourcils. Vous parlez bien de la gérante de la boutique d'artisanat ?

— Tout à fait. Je...

— Elle a un lien de parenté avec Joseph Tolly ?

— Bien sûr ! Sheila est la femme de Robert, le fils de Joseph.

— C'est curieux ! Tolly ne m'a jamais dit qu'il avait un fils.

Le père Kearney eut un petit sourire crispé et répondit simplement :

— Aurai-je le plaisir de vous voir à la messe ?

— Je regrette, mon père. Je ne suis pas de confession catholique.

— Personne n'est parfait, mon enfant ! répondit-il avec malice. Je plaisante, bien sûr... Plus sérieusement, la chapelle de Ballyflynn est toujours ouverte. Vous y serez la bienvenue.

Au retour, Aleth s'arrêta quelques secondes à l'entrée de son allée pour admirer l'élégant panneau de bois cloué au grand marronnier, et qui indiquait le chemin de la Pension de Flynn Court.

L'ancien passage, à l'arrière du cottage, avait été rouvert et entièrement repavé. Des hêtres de belle taille bordaient, de part et d'autre, la pente sinueuse qui contournait le pied de la colline avant de déboucher sur les magnifiques écuries de Rafael Flynn.

Aleth se gara devant la voûte de pierre et ouvrit une porte menant à son nouveau bureau, dûment équipé d'un ordinateur et d'un téléphone. A cause de ses murs de pierre, l'endroit était frais, et la jeune femme avait vite compris qu'il était préférable de maintenir en permanence un petit feu dans le foyer en fer forgé.

Peanuts et Samson saluèrent son arrivée en abandonnant leurs tapis respectifs pour se précipiter vers elle.

Presque au même moment, le téléphone sonna. C'était Oona qui appelait presque chaque jour depuis son retour forcé au pensionnat. Comme d'habitude, l'adolescente lui posa mille et une questions sur l'évolution de la pension.

— Alors, ce nouveau panneau ? demanda-t-elle. De quoi il a l'air ?

— Il est magnifique, Oona. Une véritable merveille. Tu avais raison, ton ami est un artiste accompli, répondit Aleth avec un enthousiasme non feint.

Sous prétexte d'avoir égaré son dictionnaire, Oona lui demanda ensuite l'orthographe de plusieurs mots quelque peu complexes. Aleth la renseigna bien volontiers.

— Vous avez des nouvelles de Rafael ? s'enquit enfin l'adolescente avec une curiosité à peine masquée.

— Eh non ! répliqua Aleth, un sourire vaillant aux lèvres, même si elle doutait que ce simulacre d'indifférence dupe qui que ce soit.

— Surtout, ne l'appelez pas la première ! l'avertit Oona avec le plus grand sérieux.

— Alors là, tu n'as vraiment aucun souci à te faire. Même si j'étais au bord de la noyade, je n'appellerais pas ton frère à la rescousse !

Presque aussitôt cependant, elle regretta ce commentaire peu charitable, et se prit à espérer qu'il était passé inaperçu.

— Je serais vous, je me trouverais un autre petit ami avec qui je paraderais dans tout Ballyflynn. A condition que ce ne soit pas Fergal, bien sûr !

— Oona, ma grande ! Je ne sais pas d'où tu tiens l'idée que j'attends un appel de ton demi-frère comme si ma vie en dépendait… C'est mon associé, c'est tout, et crois-moi, s'il reste dans l'ombre et me laisse gérer ma pension à ma guise, j'en serai d'autant plus ravie !

— D'accord… Faites comme s'il n'y avait rien d'autre, si ça peut vous faire plaisir, geignit Oona, chagrine d'avoir essuyé cette légère rebuffade. Rafael joue le même jeu que vous, figurez-vous !

Quel jeu ? se demanda Aleth à regret, une fois qu'elle eut raccroché. Il n'y avait rien de tel entre Rafael Flynn et elle-même… Rien d'autre qu'une association forcée.

Se rendant à l'insistance de Peanuts, elle fit rouler la balle sur les pavés pour que la truie aille la rechercher… et retourna aussitôt à sa rêverie.

Le silence de Rafael ne faisait que souligner une triste évidence : il n'était pas spécialement intéressé, ni par la pension pour chevaux ni par sa gérante.

Il avait à peine quitté l'Irlande qu'une nuée d'experts en matière de folies du XVIIIe siècle, de jardins paysagés et de toitures en chaume s'étaient succédé au cottage, pour procéder à des estimations détaillées ou se chamailler sur des broutilles.

L'amour-propre d'Aleth en avait pris un sacré coup… Le message était clair : un simple toit de chaume était plus intéressant qu'elle ! Parce qu'il n'y avait aucun doute sur la question : Rafael avait forcément été en contact avec chacun des experts qu'il lui avait envoyés !

La jeune femme fut tirée de ses sombres pensées par un grondement rageur. L'un des vieux chiens-loups de Flynn Court venait de piquer la balle de Peanuts. Le chien gambadait joyeusement autour de la cour et Samson se mit à folâtrer avec lui avec enthousiasme. Au bout d'un moment, le chien-loup lâcha la balle et, au grand étonnement d'Aleth, s'allongea sur les pavés pour jouer avec le chihuahua. Les yeux brillant d'une intelligence porcine supérieure, Peanuts en profita pour aller récupérer son joujou préféré.

Quelques minutes plus tard, une nouvelle cliente se présenta, tirant dans une remorque le poney de sa fille.

Les affaires marchaient à merveille et Aleth se reprocha son abattement du moment.

Rafael sortit de la cabine de douche et s'empara d'une serviette de toilette.

Le jour n'était pas encore levé et il se demandait si sa jolie voisine serait au rendez-vous ou non. Pour la première fois de sa vie d'homme, il n'était pas certain de son pouvoir de séduction et, dans une certaine mesure, ce sentiment le fascinait. Il n'aurait même pas su dire pourquoi il l'avait invitée à partager avec lui un plaisir qu'il s'octroyait, d'ordinaire, en solo. Peut-être son attirance pour la jeune femme était-elle tout simplement à la hauteur du manque d'intérêt qu'elle affichait ? Il n'avait jamais été confronté à une situation semblable. Essayer de mettre dans son lit une femme amoureuse d'un autre homme et qui ne s'en cachait pas... Un sacré défi !

Rafael termina de s'habiller en fronçant les sourcils d'un air maussade.

Il continuait de s'interroger. Le détail du fiancé indigne mis à part, les choses n'étaient pas si simples qu'elles le paraissaient.

Il s'était attendu par exemple à ce qu'Aleth l'appelle régulièrement, sous couvert de le tenir au courant des recettes de la pension. Comme il était indéniablement plus expérimenté qu'elle en matière d'affaires, il en avait hâtivement conclu qu'elle lui demanderait conseil. Bref, il avait été convaincu qu'elle se servirait de leur association pour se rappeler à son bon souvenir pendant son absence.

Or elle n'en avait rien fait, rien de tout cela, et cela l'intriguait au plus haut point.

Aleth gisait sur son lit, tendue comme un arc et, bien sûr, parfaitement réveillée. Elle avait beau se répéter qu'elle allait se rendormir sous peu, rien n'y faisait.

Elle avait décidé de ne pas se rendre à ce rendez-vous. D'abord parce que Rafael Flynn n'y serait sûrement pas, lui non plus. Il l'avait invitée à le rejoindre en passant, pour lui faire la conversation...

Et, quand bien même il serait là, le rejoindre aurait été pure folie. Ils étaient associés et, contrairement à lui, semblait-il, elle restait persuadée que, dans le domaine professionnel, il convenait de respecter certaines règles...

De toute façon, elle avait trop tardé et elle n'avait plus le temps de se préparer...

Une seconde plus tard, sur une impulsion plus forte que la raison ou sous le coup d'une décharge d'adrénaline, la jeune femme bondissait hors de son lit. Ses boucles folles ayant besoin d'un bon shampooing, elle s'infligea une douche froide avant de retourner en toute hâte dans sa chambre pour enfiler des vêtements propres sur sa peau encore humide.

Si jamais Rafael lui avait posé un lapin, elle s'en voudrait toute sa vie d'avoir couru à ce rendez-vous !

Elle se peigna rapidement les cheveux et les lissa en arrière avec une grimace de douleur. Après avoir enfilé ses bottes d'équitation, elle se précipita au-dehors pour seller Blanche-Neige, non sans remercier une fois de plus la bonne étoile qui lui avait donné une jument aussi docile.

Elle s'engagea dans l'allée, à l'affût de la moindre trace d'activité humaine, et entendit bientôt le raclement d'une longe, ainsi qu'un bruit de sabots qui grattaient impatiemment le sol. Le cœur battant la chamade, elle fit prendre le dernier tournant à Blanche-Neige au petit trot.

Rafael l'attendait, un sourire nonchalant aux lèvres. Il montait son hongre noir avec l'aisance d'un cavalier confirmé.

Aleth sentit ses lèvres s'étirer à leur tour et se trouva dans l'incapacité de se contrôler, tant sa joie de le voir là était intense.

— Désolée... Je crois que je suis un peu en retard !

— Je m'apprêtais à venir vous tirer de votre lit, reconnut Rafael. Voyez-vous, j'étais fermement décidé à profiter de votre compagnie, ce matin. Vous voulez visiter le reste du domaine avant de descendre à la plage ?

— Oui, s'il vous plaît.

— A ce que je vois, vous n'avez pas essayé la jument que je vous ai proposée. Elle ne vous convient pas ?

Pour son grand agacement, Aleth se sentit rougir jusqu'aux

oreilles. Missy, la jument alezane qui vivait dans sa pension, était une merveille, probablement agréable à monter. Cependant, la jeune femme ne pouvait se résigner à accepter faveur sur faveur.

— Au contraire ! Elle est splendide ! Malheureusement, je n'ai pas eu le temps...

— Je serais ravi que vous lui fassiez prendre un peu d'exercice. En fait, ce serait me rendre service autant qu'à elle !

— Dans ce cas, j'y songerai !

Ils chevauchèrent en silence pendant quelques minutes avant de passer devant le petit potager qui faisait la fierté de Tolly. Aleth sauta sur l'occasion pour aborder un des sujets qui l'avaient tracassée toute la semaine.

— Tolly m'a fait admirer ses légumes, l'autre jour, déclara-t-elle sur le ton de la confidence. A propos de Tolly, j'ignorais qu'il avait un fils au village. C'est le père Kearney qui m'en a parlé. Ça m'a étonnée et je n'ai pas osé demander à Joseph pourquoi il ne m'avait rien dit.

— C'est très simple. Tolly ne voit son fils qu'une ou deux fois par an et encore, les bonnes années, répondit Rafael sombrement. Sa femme est morte quand Robert était encore enfant et sa sœur a insisté pour élever l'enfant. Malheureusement, elle en a profité pour tenir Tolly à distance. Pire encore, Robert a été élevé dans le mépris de son père sous prétexte qu'il n'était qu'un simple domestique.

Aleth ne put réprimer une grimace.

— Pauvre Tolly !

— Comme vous dites. D'autant qu'il s'est toujours montré reconnaissant envers le couple qui s'occupait si bien de son fils. Il pensait probablement que les choses s'arrangeraient quand Robert serait devenu adulte.

— Ce qui n'a pas été le cas, apparemment ?

— Non, hélas. Comme je vous l'ai dit, sauf à le croiser au bourg par inadvertance, il ne le voit jamais.

— Quelle tristesse ! Je commence à vraiment apprécier votre majordome.

— Vous pouvez ! Il a toujours été là pour ma mère, fidèle au poste et prêt à la soutenir ! Bien longtemps après que ses amis et sa famille ont cessé de l'appeler.

Il avait parlé avec une chaleur tellement inhabituelle qu'Aleth étudia un moment son profil majestueux.

— Pourquoi votre mère a-t-elle été ainsi abandonnée de tous ? s'enhardit-elle à demander.

— Elle était devenue dépendante de ses médicaments. Des antidépresseurs pour la plupart, qui la rendaient incohérente, les trois quarts du temps.

Rafael observa Aleth à la dérobée et, devant son expression horrifiée, crut bon d'ajouter, d'un ton ferme :

— Tolly a continué à s'occuper de l'intendance tout en faisant en sorte que ma mère voie son médecin régulièrement. Je ne pourrai jamais le remercier suffisamment de tout ce qu'il a fait pour elle.

— Pardonnez mon indiscrétion, seulement… comment en est-elle arrivée là ?

— Valente, encore une fois… Mon père qui l'a systématiquement détruite, répondit froidement Rafael, le visage fermé. Il l'avait rencontrée à Dublin. A l'époque, elle se remettait à peine de la mort de son premier époux. Il a fait tout ce qu'il pouvait pour l'avoir, malgré sa résistance. Ils se sont mariés dans l'année.

— Et ensuite ? Ça a mal tourné ?

— On peut dire ça comme ça… Valente a vite compris qu'il n'arriverait jamais à supplanter son prédécesseur dans le cœur de ma mère. Après ma naissance, il l'a carrément accusée de l'avoir épousé dans le simple but de sauver Flynn Court de la dégradation totale.

— Et ensuite ? répéta Aleth, fascinée.

— Oh… Mon père s'est mis à amener ses maîtresses à la maison, pour mieux humilier maman. Elle s'est révoltée, il est devenu violent et elle a fini par faire une dépression nerveuse, d'où les médicaments… Valente a divorcé et a obtenu ma garde en révélant au juge que, lorsqu'elle était au plus bas, elle avait eu une courte liaison. Maman ne s'est jamais remise de cette ultime humiliation. Voir sa vie privée et une erreur de parcours exposées ainsi en public a été trop pour elle. Pour ma part, je n'ai eu le droit de venir la voir que six semaines par an, en été. Elle est morte l'année de mes quatorze ans... Bien trop tôt pour que je sois en mesure de lui être d'une aide quelconque...

Aleth fut touchée au plus profond par la lueur d'amertume qui s'était mise à briller dans les yeux de Rafael Flynn. Elle comprenait parfaitement que son incapacité à aider sa mère l'ait marqué à vie. Il avait assisté à sa déchéance et il était toujours rongé à la fois par le regret et par la culpabilité. Et pourtant qu'aurait-il pu faire ? Dans ces cas-là, les enfants sont généralement impuissants... Sans hésiter, elle se pencha pour lui effleurer le bras, en un geste de compassion.

— Ce devait être un véritable bonheur pour elle que de vous avoir auprès d'elle, en été, Rafael... De sorte que vous avez fait quelque chose pour elle. Rien que par votre présence...

Rafael fut sidéré par son geste. L'espace d'une seconde, son orgueil farouche faillit l'emporter sur la raison, et il fut à deux doigts de se mettre en colère.

L'instant d'après cependant, il se radoucit. Les yeux bleus de sa compagne exprimaient une telle mansuétude qu'il ne pouvait décemment prendre ombrage de son élan de sympathie.

De son côté, Aleth était proprement mortifiée par l'idée fausse qu'elle s'était faite de son voisin et associé. Elle avait vraiment eu des œillères, dans son jugement.

Comme Flynn était riche à millions, elle en avait naïvement déduit qu'il avait eu une enfance dorée, au cours de laquelle on l'avait habitué à obtenir tout ce qu'il voulait. On faisait difficilement plus superficiel, et d'ordinaire elle ne se laissait pas guider ainsi par des préjugés. A présent, il lui apparaissait que c'était précisément ce passé malheureux qui avait fait de Rafael Flynn l'homme d'affaires impitoyable qu'il était.

Soucieuse de se racheter, elle décida de se confier à lui à son tour.

— Les choses ne sont jamais aussi négatives qu'on le pense *a priori*, murmura-t-elle. D'après ce que j'ai compris, vous n'aimiez pas beaucoup votre père, mais vous, au moins, vous connaissez son identité. Ma mère s'est enfuie de Ballyflynn quand elle est tombée enceinte de moi, et à ce jour elle continue de se refuser à me dévoiler l'identité de mon père. Tout ce que je sais, c'est qu'il ne valait pas grand-chose.

Rafael sentit sa tension s'évaporer. Décidément, Aleth Carmichael était un personnage ! Une telle déclaration, sur un ton aussi résigné... Pas une once d'apitoiement sur un sujet aussi sensible que celui de ses origines... C'en était rafraîchissant !

— Vous devez vous poser un certain nombre de questions, non ? A votre place, je serais fou de curiosité !

— Oh, ne vous y trompez pas. C'est le cas. Toutefois, je commence à me faire à l'idée que ma curiosité ne sera jamais assouvie... Il y a des sujets de préoccupation plus importants, dans la vie, vous ne trouvez pas ?

Le muguet qui tapissait les bas-côtés parfumait l'air d'une fragrance enivrante.

Rafael et Aleth déambulaient à présent sur une piste cavalière sinueuse, au milieu d'une chênaie à l'abri des vents. Apaisée par le silence, la jeune femme admira les troncs noueux couverts de houx et les rochers habillés d'un tapis de mousse et de lichen. D'immenses fougères se partageaient l'espace avec des plants d'oseille sauvage, tandis que des lychnis rouges croissaient à l'ombre des chênes. L'endroit était d'autant plus beau qu'il était resté sauvage. A croire qu'aucun homme n'y avait jamais mis les pieds.

— Quelle promenade magnifique ! soupira rêveusement Aleth. Si vous m'annonciez que cette forêt abonde de fées, je vous croirais sur parole !

Quelques minutes plus tard, ils atteignirent une clairière couverte d'herbes folles. Rafael immobilisa sa monture et descendit de cheval. Il tendit la main vers la jeune femme pour l'aider à descendre à son tour et murmura d'un ton rauque :

— Si l'on en croit une légende locale, nous nous trouvons au cœur même de la forêt. Et pour que la magie opère il faut trouver l'endroit où un chêne, un frêne et une aubépine croissent en même temps.

Aleth leva les yeux vers lui, et son cœur se mit à battre si fort qu'elle sentit la tête lui tourner.

— Je n'aurais jamais pensé que vous soyez versé en matière de légendes !

Elle avait à peine fini de prononcer ces mots qu'elle sentit la bouche de son compagnon se poser sur ses lèvres... Il avait raison : cet endroit était magique. Elle frissonna de tout son être, enivrée par le goût de sa langue, sidérée par les réactions qu'il provoquait en elle. Elle n'avait encore jamais rien éprouvé de semblable et elle fut parcourue par une onde d'exaltation toute nouvelle. Rafael releva la tête, les cheveux tout ébouriffés par ses doigts fiévreux. Les traits fins de son visage bistre étaient illuminés par un sourire paresseux.

— Vous m'enchantez, *a mhilis.*

Aleth s'efforça de ne pas trahir sa déception lorsqu'il la relâcha avec autant de naturel qu'il l'avait attirée à lui quelques instants auparavant.

— Vous parlez le gaélique ? demanda-t-elle, à mi-voix.

Décidément, elle allait de surprise en surprise !

— Aussi bien que les Irlandais eux-mêmes... Ça agaçait prodigieusement Valente, d'ailleurs ! ironisa-t-il, avec un amusement manifeste.

Sur cette déclaration, il s'empara d'un des étriers de Blanche-Neige et aida la jeune femme à remonter.

La forêt débouchait sur un champ surplombant les dunes. L'air était chargé du sel de l'océan. Le hongre de Rafael se mit à trotter avec enthousiasme. Blanche-Neige, pour sa part, descendit vers la plage d'un pas beaucoup plus hésitant.

— La prochaine fois, vous monterez ma jument, déclara Rafael d'un ton sans réplique.

— Je n'aime pas beaucoup les traitements de faveur.

— Pas de problème... Je trouverai bien un service à vous demander en retour !

Son commentaire suave fit de nouveau rosir les joues de la jeune femme.

Le bleu de l'Atlantique se serait confondu avec celui du ciel s'il n'avait été en mouvement permanent. D'énormes vagues heurtaient les rochers, soulevant une brume irisée qui retombait sur le sable en un doux bruissement.

Aleth talonna sa jument qui partit au trot à son tour, se délectant, tout comme elle, de la brise. Néanmoins, Blanche-Neige ne pouvait courir au même rythme que le hongre et Aleth regarda Rafael parcourir la plage au galop. Il faisait indubitablement un cavalier hors pair.

La jeune femme descendit de cheval pour aller observer une petite mare coincée entre les rochers et Rafael revint vers elle.

— Je suis une véritable gamine, quand je vois ça, lança Aleth d'un ton joyeux. L'eau est si claire qu'on y voit toute la faune maritime, en miniature.

Lorsqu'elle se redressa, Rafael l'attira de nouveau à lui pour couvrir ses lèvres entrouvertes de baisers passionnés. La puissance de son étreinte la prit par surprise et mit tous ses sens en éveil. Ses reins la brûlaient et les réactions qui s'ensuivirent la firent frissonner de la tête aux pieds.

De ses mains, Rafael lui encadra le visage et la contempla avec du désir plein les yeux.

— J'ai tellement envie de toi que j'en ai mal ! murmura-t-il.

Aleth se sentait à la fois excitée et tendue. Elle avait été choquée par l'intensité de sa propre réaction, et voilà qu'à présent elle ne supportait que difficilement d'être séparée de Rafael, ne serait-ce que de quelques centimètres. Faisant fi de toute autre considération, elle se rapprocha de lui et chercha aveuglément le contact qu'elle appelait de tout son être. Rafael laissa échapper un grognement rauque avant de la renverser sur les rochers, derrière elle. Là, il la souleva jusqu'à lui, et se remit à l'embrasser farouchement tandis qu'elle s'accrochait à son cou.

Les doigts agiles de Rafael s'enfoncèrent dans les boucles de sa chevelure cuivrée. Il fit ensuite descendre ses mains assurées tout le long de son corps tremblant, s'aventura sous sa veste et sous son T-shirt pour jouer avec ses seins délicats. Elle gémit de plaisir, chercha à reprendre sa respiration sous les lèvres voraces de Rafael. Son désir était tel qu'elle se contenait à peine.

Le ciel et la terre se confondaient, elle avait perdu tout contrôle d'elle-même…

La sonnerie de son téléphone portable la fit sursauter.

— Ne réponds pas ! lui souffla Rafael à l'oreille, relevant la tête vers elle pour passer un pouce sur ses lèvres gonflées.

Les nerfs à fleur de peau, Aleth resta un instant figée, incapable de bouger, comme envoûtée par son regard mordoré.

— Retournons à Flynn Court, prendre le petit déjeuner au lit, poursuivit-il.

Mais Aleth était trop habituée à prendre les appels qui lui parvenaient pour passer outre à celui-ci. C'était Davis, qui lui annonçait qu'on avait besoin d'elle à l'écurie.

Elle raccrocha rapidement.

— Je… Je ne me suis pas rendu compte de l'heure… Il faut que je me dépêche. Je suis attendue… Une cliente…

Rafael la toisa un instant, avec une telle incrédulité qu'il n'eut pas besoin de prononcer un mot pour se faire comprendre.

— C'est une nouvelle cliente, expliqua Aleth, d'une voix saccadée.

Elle était d'autant plus confuse qu'elle aurait donné n'importe quoi pour rester entre les bras de Rafael Flynn, elle aussi.

— Elle est en avance et…

— Ce n'est pas ton problème ! lui fit remarquer Rafael.

— C'est possible, seulement si jamais elle décide de mettre ses chevaux en pension chez un de mes concurrents, ça le deviendra.

— Davis n'a qu'à s'occuper d'elle !

Elle leva vers lui des yeux suppliants. Elle devait parvenir à lui faire comprendre son dilemme. Coûte que coûte.

— Je vends un service, et cette dame est en droit d'exiger d'avoir affaire à moi, du moins pour sa première visite.

— Enfin, Aleth ! C'est insensé !

— Peut-être, mais c'est ainsi ! On ne se fait pas une clientèle comme ça, du jour au lendemain. Ça demande un certain nombre d'efforts… et de sacrifices. On ne peut rien y changer.

— J'avais cru comprendre que tu étais venue en Irlande pour mener une vie moins agitée !

— Qui s'est singulièrement compliquée le jour où j'ai été forcée de prendre un associé. Cela m'oblige à augmenter ma marge ! lui fit remarquer Aleth, avant d'aller rechercher Blanche-Neige.

— Si c'est la seule raison de ton départ, tu n'as qu'à mettre la perte sur mon compte ! lui lança Rafael avec décontraction.

Aleth fut froissée par la nature de cette offre inconsidérée.

— Je préférerais que tu ne me fasses pas ce genre de proposition. Je...

Il lui prit la main et la serra fermement.

— Tu meurs d'envie de rester avec moi. Ne dis pas le contraire, Aleth. Tu crois que ça m'a échappé ?

La jeune femme se détacha vivement.

— Pas au point de te laisser payer le temps que je passerais avec toi ! Il y a des limites au pouvoir de l'argent, monsieur Flynn !

Là-dessus, elle remonta sur sa jument et partit au trot, la tête haute.

Son portable sonna de nouveau juste avant son arrivée à l'écurie. Elle s'en empara avec fébrilité.

Rafael...

— Pardonne-moi, Aleth... Je crains de t'avoir froissée... J'ai été trop gâté, que veux-tu. D'ordinaire, j'obtiens toujours ce que je veux, quand je le veux, susurra-t-il, sans l'once d'un remords. On dîne ensemble, ce soir ?

Dès qu'elle avait lu son nom, sur l'écran de son téléphone, toute sa tristesse s'était évaporée. Elle sourit pour elle-même, avant de répondre.

— Avec plaisir !

Toute la journée, et à son grand agacement, Aleth se fit l'effet d'une collégienne dans l'attente de son premier rendez-vous galant. Elle se débrouilla pour terminer de bonne heure et fonça au cottage pour explorer sa garde-robe et se vernir les ongles.

A 20 heures tapantes, Rafael klaxonna dans la cour pour l'avertir de son arrivée. La jeune femme, qui le guettait par la fenêtre, courut se réfugier dans la cuisine. Il lui restait suffisamment d'amour-propre pour ne pas répondre à un simple coup de Klaxon.

Deux minutes s'écoulèrent, longues comme un jour sans fin. Aleth commençait à regretter de ne pas être allée jusqu'à la porte, tout en se disant que non, décidément, ce n'était pas digne d'elle. Histoire de s'occuper et de passer ses nerfs mis à rude épreuve par les événements de la journée, elle s'empara de la balle de Peanuts et la lança devant elle.

La porte de derrière s'ouvrit soudain, inopinément. Rafael apparut, Samson se mit à japper à tout va, avant de remuer la queue d'un air patelin.

Rafael, grand et follement élégant, dans le costume à rayures qu'il portait sur une chemise de soie sans col, étudia Aleth avec intensité, sans que son visage trahisse la moindre émotion.

— Je t'ai vue filer jusqu'ici ! fit-il remarquer.

La jeune femme rougit comme une écolière prise en flagrant délit de tricherie.

Rafael pencha la tête sur le côté, avec arrogance, et continua de l'observer avec flegme.

— Tu n'essaierais pas de me mettre au pas, par hasard ?

Cette fois-ci, Aleth dut lutter pour conserver son sérieux. En vain. Désarçonnée par tant de perspicacité, elle laissa échapper un petit rire de gorge.

Peanuts s'avança de sa démarche pataude vers Rafael, en faisant rouler sa balle du bout du groin.

— Tu peux m'expliquer ce que fait ce cochon dans ta cuisine ? demanda-t-il, avec un calme remarquable.

— Chut ! Peanuts ignore tout de sa condition de truie, fit Aleth, facétieuse. Elle se prend pour un chien.

Comme si elle avait compris qu'on parlait d'elle, la truie poussa sa balle sur les mocassins de Rafael qui la repoussa sans mot dire. Peut-être fatiguée devant une telle intransigeance, mais néanmoins résolue à avoir le dernier mot, Peanuts récupéra l'objet qu'elle lui posa de nouveau sur les pieds.

— J'ai compris. Elle essaie de me mettre au pas, elle aussi, murmura Rafael avec un rictus amusé, avant de faire rebondir la balle sur le carrelage.

Il ouvrit ensuite la porte et, avec une galanterie exagérée, fit monter Aleth dans la fabuleuse Lamborghini.

Puis il la conduisit jusqu'à un petit restaurant perché sur une falaise, au-dessus d'un bras de mer d'un bleu si vif qu'on aurait dit un lagon tropical. Ils étaient les seuls clients, et le service était si discret qu'Aleth ne parvint jamais à voir la personne qui lui remplissait son verre.

Ou plutôt, la présence de son compagnon la captivait à un tel point qu'elle ne voyait rien de ce qui se passait au-delà de leur table.

Elle se délecta de la superbe terrine de saumon, savoura les fines tranches d'agneau accompagnées de légumes miniatures plus fondants les uns que les autres, et dégusta sans honte les deux desserts que Rafael l'avait si vivement encouragée à commander.

Il la dévisageait, une lueur appréciative dans ses yeux mordorés.

— C'est tellement nouveau pour moi, d'être en compagnie d'une femme qui mange !

— Luke préférait de loin me voir mourir de faim... En fait, je crois que ça lui plaisait, d'exhiber un squelette ambulant ! lui confia Aleth, en buvant à petites gorgées le succulent café qui leur avait été servi avec des liqueurs.

Rafael lui caressa doucement le dos de la main, d'un air de reproche.

— Tu as la chance d'avoir des formes divines... Ne les perds pas ! Ce serait vraiment dommage !

Elle leva les yeux vers lui, le souffle aussi court que si elle venait de courir un cent mètres haies.

— Je peux t'assurer, sans crainte de me tromper, que les « formes » dont tu parles ne sont pas près de disparaître ! Surtout après un repas pareil !

— Avec moi, Aleth, tu peux être toi-même. Ne l'oublie jamais !

La jeune femme absorba une petite gorgée de liqueur, la garda quelques secondes en bouche et fut prise d'une envie irrésistible de sentir les lèvres de son compagnon sur les siennes. Comme s'il avait deviné ses pensées, Rafael se leva de table et la ramena à la voiture.

Un mélange de panique, de perplexité et d'excitation coupable s'empara d'Aleth.

Elle avait cessé de penser à Luke à longueur de journée. En fait, le souvenir pénible de son ex-fiancé et de sa trahison commençait à se faire vague dans son esprit. Et, même si c'était déraisonnable au plus haut point, elle se consumait pour le beau Rafael Cavaliere Flynn, comme une adolescente en émoi.

Cela dit, n'était-ce pas exactement ce qu'elle avait voulu ? Une passade sans lendemain, sans engagement et sans conséquence ?

Pourtant, en son for intérieur, Aleth se demandait si, une fois qu'elle aurait passé une nuit entre les bras de Rafael Flynn, elle parviendrait vraiment à s'en désintéresser. Peut-être leur étreinte serait-elle trop bouleversante pour qu'elle cesse de le désirer, et cela risquait de durer plus longtemps qu'elle ne le souhaitait. Cette idée était d'autant plus perturbante qu'elle savait d'ores et déjà que Rafael n'était pas du genre à s'engager. Il avait été parfaitement clair sur ce point et elle ne pourrait pas se plaindre ou lui reprocher quoi que ce soit. Dire que le même homme était capable de créer une ambiance aussi romantique… Enfin ! Ce n'était qu'un artifice et elle aurait été bien bête de l'oublier. En fait, elle était encore bouleversée par les événements des mois précédents, ce qui expliquait sans doute sa vulnérabilité du moment.

La peur sans doute… la terreur même d'être blessée une deuxième fois.

Rafael s'arrêta devant le cottage, prit doucement la clé d'entre ses doigts tremblants et s'élança souplement pour lui ouvrir la porte.

Prise de court par sa dextérité et par la vitesse à laquelle allaient les choses, Aleth lui emboîta le pas, avec une certaine pesanteur.

— J'ai beaucoup apprécié la soirée, murmura Rafael, avant de baisser la tête vers elle pour l'embrasser chastement sur une joue.

Elle considéra un instant ses yeux ambrés avant de répondre timidement :

— Moi aussi.

Il regagna sa Lamborghini d'un pas alerte et Aleth se sentit rougir, mortifiée par son départ inattendu.

Juste avant de refermer la portière de la voiture, il se tourna vers elle.

— Le week-end prochain, je serai à Kildare, avec mes étalons. Il y a des courses à Leopardstown, vendredi. Je t'y emmène. Je t'appellerai pour régler les détails du déplacement.

Sidérée, Aleth hocha machinalement la tête et rentra lentement à l'intérieur. Rafael attendit que la porte soit close avant de démarrer.

La tension avait été si forte que la jeune femme avait envie de crier. En même temps, elle se sentait soulagée au point d'en avoir les jambes coupées, comme quelqu'un qui vient d'échapper à un danger terrible et se rend soudain compte de sa chance de ne pas être blessé.

Un genre d'état de choc, en quelque sorte...

Rafael avait le pouvoir de la faire exulter ou de la mettre au désespoir, comme il l'entendait. Elle ne savait jamais où elle en était, avec lui. D'un autre côté, cela ne faisait-il pas partie du jeu des aventures sans lendemain ? Amener les situations à leur paroxysme pour mieux les laisser retomber, faire durer le plaisir pour mieux goûter le moment de la fusion...

Mais, dans ce cas, pourquoi n'avait-il même pas tenté de l'embrasser, avant de la quitter ?

Rafael avait été le premier surpris par sa propre retenue. Il avait perçu les doutes d'Aleth à travers ses silences, et en était venu à la conclusion qu'elle pensait toujours à son ex-fiancé.

Le pire pour lui était la contrariété qu'il en avait conçue. Jusqu'à preuve du contraire, il n'était pas possessif. Pour preuve, jamais encore il ne s'était demandé si sa maîtresse du moment lui était totalement acquise.

Quoi qu'il en soit, et de manière peut-être un peu retorse, il avait décidé d'amener Aleth Carmichael à un point de désir tel qu'elle ne serait plus à même de lui offrir la moindre résistance et encore moins de gâcher son énergie à regretter le passé.

Et il n'aurait de cesse d'y être parvenu.

Déterminée à ne donner à Rafael Flynn aucune raison de regretter son invitation, Aleth fit un énorme effort de toilette pour se rendre aux courses. Elle descendit jusqu'à Cork où elle fit l'emplette d'une robe chic, couleur tabac et bois de rose, qu'elle assortit d'un adorable chapeau.

Toute la semaine, elle travailla à l'ouverture de la sellerie. Elle n'avait prévu de vendre que des articles de base et elle fut légèrement déconcertée par le temps que lui prirent les commandes diverses, l'attente des livraisons et l'assortiment des rayons.

Oona ne l'appela qu'une seule fois et se montra si taciturne qu'Aleth s'en inquiéta. De toute évidence, l'adolescente avait des soucis et Aleth dut insister pour apprendre d'elle qu'elle passait une série d'examens la semaine suivante. Aleth fit de son mieux pour la réconforter et lui rappela que les vacances d'été n'étaient plus très loin.

Le champ de courses de Leopardstown se trouvait à une dizaine de kilomètres de Dublin, sur la côte est de l'île. Rafael avait envoyé son hélicoptère à Flynn Court, et Aleth monta à bord de l'appareil avec Samson, invité par Rafael lui aussi.

Elle se faisait l'effet d'être une reine et, tout en admirant les splendides vues aériennes de la campagne irlandaise, elle se demanda avec un brin de nervosité si elle était vraiment prête à fréquenter un homme qui voyageait par voie aérienne comme d'autres prennent l'autobus. Lorsqu'elle descendit de la cabine, la petite tête de Samson émergeant à peine de son sac au point qu'on ne voyait que ses yeux ronds et ses oreilles pointues, Rafael l'attendait, devant une somptueuse limousine noire.

Aussitôt, Aleth se sentit exulter d'une joie profonde et tous ses doutes s'envolèrent.

Dans la limousine, elle dut se faire violence pour s'arracher à la contemplation des traits fins et du visage mat de son hôte. Histoire de s'occuper l'esprit, elle l'interrogea sur les courses auxquelles ils allaient assister, tandis que Samson dansait joyeusement sur la banquette en cuir. Visiblement, le petit chien avait retrouvé toute sa confiance en lui. Rafael expliqua que le champ de courses de Leopardstown avait été conçu sur le modèle de celui de Sandown, dans le sud de l'Angleterre, en 1880.

— J'aime beaucoup ta tenue, déclara soudain Rafael.

Bien qu'assez classique, sa robe épousait ses formes rondes, tout en faisant preuve d'un bon goût du meilleur effet. Quant au chapeau en organdi, il était si féminin que Rafael tomba illico sous le charme. Les couleurs que portait la jeune femme étaient en parfaite harmonie avec la riche cascade de ses boucles cuivrées et mettaient en valeur sa peau laiteuse.

— Je vais être fier de te présenter à mes autres invités.

Des invités ?... Le sourire d'Aleth se figea. Elle n'avait pas compris qu'elle passerait la journée en compagnie d'autres personnes.

— Des invités d'affaires ? hasarda-t-elle.

— Entre autres, oui. Il y aura également quelques connaissances. J'ai organisé cette sortie il y a des semaines, afin de remercier des amis de leur accueil, lors de mes voyages à l'étranger.

Samson réintégra son sac et Rafael escorta Aleth jusqu'au pavillon, une immense construction de verre qui disposait de plusieurs salles de réception, ainsi que de suites réservées à l'élite des turfistes.

Dès la seconde où elle émergea de la limousine au bras de Rafael, la jeune femme eut conscience qu'elle faisait sensation. Tous les regards étaient tournés vers elle, avec plus ou moins de franchise et de bienveillance.

— Est-ce qu'il t'arrive d'être photographié par la presse, dans ce genre d'occasion ? demanda-t-elle à brûle-pourpoint.

— Seulement lorsqu'un de mes chevaux remporte la course.

Pourquoi ? Ça te plairait ? s'enquit Rafael non sans un certain cynisme.

Il n'avait encore jamais rencontré de femme qui ne se réjouisse pas à l'idée de voir son visage dans les journaux.

— Pas du tout, non. D'ailleurs, si ça ne te dérange pas, je préfère rester dans l'ombre !

Aleth craignait d'attirer l'attention des paparazzi. Elle savait qu'ils n'auraient de cesse d'avoir découvert l'identité de la mystérieuse rouquine au petit chien qui accompagnait Rafael Cavaliere Flynn. Or les conséquences de ce genre de plaisanterie pouvaient se révéler extrêmement gênantes. Les journalistes étaient bien capables de mettre au jour la rupture de ses fiançailles et le rôle que sa sœur y avait joué, histoire de donner un peu de piquant à l'histoire, plutôt banale, par ailleurs. Alice était très photogénique, elle jouissait d'une relative célébrité, et ce genre de publicité scandaleuse ne pouvait qu'offenser et mettre dans l'embarras tout leur entourage.

— Tu as honte de moi ? demanda Rafael en soulevant un de ses sourcils sombres.

— Ne dis pas de bêtises ! s'exclama Aleth, qui s'apprêta à lui faire part de ses inquiétudes.

Malheureusement, ce qui lui avait paru si simple *a priori* se compliqua singulièrement lorsqu'il s'agit de l'expliquer à un Rafael au regard à la fois impassible et scrutateur.

— J'ai compris le message, Aleth. C'est très clair… et consternant en diable.

— Pardon ? demanda Aleth, sidérée.

— Tu ne souhaites pas être photographiée en ma compagnie parce que tu ne veux pas que Luke apprenne que tu es avec moi, à présent ! commenta Rafael d'un ton glacial.

— Tu racontes n'importe quoi ! s'insurgea-t-elle.

— Je ne pense pas, non. J'irais même jusqu'à affirmer que tu espères toujours que ton ex te reviendra un jour ou l'autre !

— Pas du tout ! Je…

— Je ne te crois pas, *a mhilis*, murmura Rafael d'un ton sec.

Enfin… Oublions cela. Je n'ai aucune raison de me mêler de tes petits soucis personnels.

Anéantie par cette rebuffade hautaine, Aleth prit une longue inspiration. Il ne lui avait même pas laissé une chance de réfuter ses soupçons ! D'un autre côté, si elle se défendait trop vivement, elle aurait l'air bien trop soucieuse de lui plaire.

Elle se débattait toujours avec ces pensées déstabilisantes lorsqu'ils pénétrèrent dans la suite privée que Rafael avait louée pour ses invités. En moins de vingt secondes, une petite foule de courtisans jouaient des coudes pour attirer l'attention du grand homme d'affaires, avec force salutations bruyantes ou interpellations arrogantes. Aleth se retrouva à l'écart, contre un mur, sans savoir comment elle était arrivée là.

Elle s'était déjà résignée à jouer les potiches, et à disparaître dans la mêlée lorsque, pour sa plus grande surprise — et celle de l'assemblée —, Rafael pivota sur lui-même, la chercha du regard, et attendit patiemment qu'elle revienne à ses côtés.

Les gens s'écartèrent lentement pour lui laisser le passage, et elle s'exécuta, les joues brûlantes. Par ce geste, Rafael avait définitivement fait d'elle le centre de toutes les attentions. En même temps, elle se sentait rassurée. Malgré leur stupide escarmouche de tout à l'heure, Rafael s'était bien vite aperçu de son absence auprès de lui. Mieux encore, il avait veillé à y remédier.

Presque aussitôt, il lui décocha un regard détaché, de manière, sans doute, à s'assurer que l'attention qu'il lui portait ne lui monterait pas à la tête.

Au bout d'une heure, l'esprit de la jeune femme n'était plus qu'un tourbillon de sensations plus extravagantes les unes que les autres. Des bribes de conversation lui parvenaient, en cinq ou six langues différentes.

Rafael la présenta par son prénom, mais uniquement lorsqu'on lui posa la question, et rares furent ceux qui essayèrent d'en apprendre davantage. Aleth, pour sa part, ne fut que trop heureuse de parler d'art équestre à la moindre occasion. Elle eut vite fait de distinguer des simples mondains ceux pour qui l'élevage et le dressage des chevaux constituaient une authentique passion. Elle s'entendit à merveille avec cette deuxième partie de l'assemblée et Samson eut droit, lui aussi, à son lot d'admirateurs.

Pour la première fois depuis qu'elle connaissait Rafael, elle prenait vraiment la mesure de sa richesse et de son statut social. Dans son milieu, les gens parlaient d'une voix feutrée, sur un ton respectueux. On n'approchait Rafael Cavaliere Flynn qu'avec une extrême circonspection, une humilité exagérée ou, dans le cas des hommes, une jovialité forcée et qui mettait la jeune femme mal à l'aise. Rafael, lui, restait impassible et, en dépit de ses manières irréprochables, réussissait à intimider ses hôtes par son extrême réserve. La plupart du temps, il gardait le silence et ne faisait aucun effort de conversation. En fait, à bien y regarder, il laissait à ses interlocuteurs le soin de le divertir.

De même, Aleth fut interloquée par l'attitude de certaines femmes qui, l'ignorant délibérément, lançaient à Rafael des œillades langoureuses, le bombardaient de sous-entendus et de flatteries diverses. Il n'y répondait pas, cependant. A l'observer, on aurait dit qu'il ne remarquait rien, un peu comme s'il avait été tellement habitué à ces minauderies qu'il n'y faisait plus attention. A un moment, Aleth surprit néanmoins une lueur de mépris dans son regard sombre. L'épouse d'un des turfistes contemplait ses traits de dieu latin avec une telle extase qu'Aleth en eut honte pour son propre sexe.

A la fin d'un déjeuner servi par un personnel en livrée, les invités quittèrent les tables pour discuter autour d'un café. Aleth s'emparait d'une tasse lorsqu'elle surprit une conversation, quelque part derrière elle.

— J'ai enfin compris pourquoi Rafael n'a jamais essayé de flirter avec moi ! susurra une voix mielleuse. De toute évidence, il a un faible pour les femmes plus... disons, girondes !

La remarque, articulée avec précision, était manifestement destinée à être entendue et Aleth en conçut un mélange d'incrédulité et de désarroi.

Rafael se tenait à deux pas de là, dissimulé par la porte entrouverte du balcon. Il fit pivoter son profil altier vers l'endroit d'où provenait la remarque, les yeux rivés, tels ceux d'un aigle, sur sa cible.

— Le moins qu'on puisse dire est qu'elle n'est pas fine ! renchérit une autre femme.

Aleth prit une inspiration si profonde qu'elle faillit se mettre à tousser.

— Et elle n'a pas peur de mettre ses attributs en valeur ! Cette petite robe de soie épouse à merveille ses courbes… comment dit-on, dans ces cas-là ? Ses courbes voluptueuses, je crois, non ?

— Les implants de fessiers font rage en Amérique du Nord, répliqua son interlocutrice avec le plus grand sérieux. Peut-être aurais-je intérêt à me faire remodeler les hanches, qu'en penses-tu, ma chérie ?

Rafael revint aux côtés d'Aleth, une lueur amusée dans les yeux, un sourire aux lèvres. De toute évidence, l'échange avait eu l'heur de le dérider. Aleth se sentit rougir encore davantage. Il l'attira à lui et baissa la tête pour lui murmurer à l'oreille :

— Le moment me paraît des mieux choisis pour te dire que, pour ma part, je trouve tes rondeurs extrêmement désirables.

— Malgré des remarques de cette nature ? s'enquit Aleth à mi-voix.

Elle tremblait légèrement, mais était déterminée à ne pas se laisser atteindre par le dialogue venimeux qu'elle venait de surprendre. Simple histoire de dignité.

— Aleth…, lui confia Rafael en l'attirant à lui. Rien en toi n'est artificiel, et cela te donne un charme irrésistible…

Sur ces mots, il laissa courir sa bouche le long de sa nuque et elle ne put réprimer un frisson. Tous ses sens étaient en éveil, subitement. C'était si bon… Rêvait-elle ?

Elle cligna des yeux, vit que personne n'avait rien remarqué et relâcha son souffle, les jambes flageolantes.

— Viens ! Suis-moi jusqu'au champ de course, lui proposa-t-il. Quand un de mes chevaux est sur la piste, je ne me contente pas de le regarder du balcon. Je préfère de loin être sur place.

Il la libéra de son emprise avec la même légèreté qu'il l'avait attirée à lui, et la guida vers la sortie.

9

Téméraire, l'étalon de Rafael, était un splendide animal marron doté d'une étoile blanche sur le front. Le jockey engagé pour le monter était, bien entendu, un champion réputé dans le monde des turfistes.

Aleth profita de ce que Rafael discutait avec l'entraîneur pour observer les chevaux devant le portail de départ et bientôt, en dépit d'elle-même, elle se prit au jeu. Au point que lorsque Téméraire se détacha du groupe, elle se laissa aller à une franche excitation avant d'encourager l'animal avec enthousiasme.

— Superbe ! Magnifique ! Quelle bête ! A un moment, j'ai eu l'impression de le voir voler, s'exclama-t-elle, émerveillée, quand l'étalon franchit la ligne d'arrivée avec plusieurs longueurs d'avance.

Rafael tira presque autant de plaisir de sa spontanéité que de ce nouveau triomphe de ses écuries.

— On peut dire que tu sais apprécier un gagnant ! Il faut que je t'offre un cadeau pour célébrer ça !

Aleth lui décocha un regard anxieux.

— Non merci, Rafael. C'est inutile. Je n'ai besoin de rien.

— C'est bien possible, cependant j'en ai envie, répliqua-t-il sans se démonter.

— Ecoute, je...

— Et si tu ne souhaites toujours pas être photographiée en ma compagnie je ne saurais trop te conseiller de t'éloigner d'ici ! ajouta-t-il, coupant ainsi court à ses protestations, avant de regagner l'enceinte des gagnants.

Aleth l'observa à distance respectable et regretta bien vite de s'être exclue de son cercle. Une magnifique blonde, dont le tailleur blanc était si court et si moulant qu'elle avait dû l'enfiler avec un chausse-pied, se jeta au cou de Rafael avec ravissement. Pire encore, ce dernier ne repoussa pas sa belle assaillante. Au contraire, il lui passa un bras autour de la taille sous le regard des photographes qui se mirent à les mitrailler à qui mieux mieux. Les dents serrées, Aleth se demanda qui était l'intruse, avant de se promettre de ne pas s'abaisser à poser la question.

La victoire fut suivie d'une seconde réception dans la suite privée. Le champagne coulait à flots, la victoire de Téméraire fut projetée en boucle sur un écran plasma, et sa merveilleuse performance fut commentée dans ses moindres détails.

La soirée battait son plein lorsque Rafael prit Aleth à part pour lui proposer de regagner sa propriété de Kildare. La jeune femme ne s'en étonna pas outre mesure. Elle avait remarqué que plus ses invités, désinhibés par l'alcool, s'échauffaient l'esprit, plus il semblait s'ennuyer.

— Tu n'aimes pas les soirées mondaines ? lui demanda-t-elle sur le chemin du retour.

— Quand j'étais enfant, Valente en donnait chaque soir. J'en ai conçu une nette préférence pour la sobriété et les conversations rationnelles, lui confia-t-il simplement.

Aleth se sentit rougir jusqu'aux oreilles.

— Je n'ose imaginer ce que tu as pensé de moi quand tu m'as trouvée devant ce feu, l'autre soir, à boire du vin à la régalade et à raconter tout un tas de sottises !

Rafael l'étudia un instant, les yeux pétillant de malice.

— Que tu étais unique en ton genre, tout simplement.

Il ramena lui-même l'hélicoptère jusqu'à Kildare. Il pilotait avec la même aisance qu'il conduisait son 4x4 ou sa Lamborghini. Une fois arrivé à destination, il posa l'appareil à quelques centaines de mètres d'un manoir à la symétrie parfaite, érigé au beau milieu de jardins à la française.

— Tu m'avais caché que tu possédais une autre demeure en Irlande ! s'exclama Aleth, incapable de dissimuler son étonnement devant une telle omission.

— C'est la première propriété que j'ai achetée dans le pays de ma mère. Le manoir en lui-même m'importait bien moins que sa situation. Il n'a rien de bien extraordinaire, tu verras. Il est tout petit.

Tout petit ? Question de point de vue... A première vue, il y avait une bonne dizaine de chambres à coucher, sans parler des salons et autres salles de réception. Aleth s'occupa de Samson qui s'était déjà attiré les faveurs de la gouvernante. Le petit animal, repu de toute l'attention qu'il avait reçue ce jour-là ainsi que des nombreuses friandises qu'on lui avait prodiguées, chipota devant sa gamelle puis s'allongea dans un coin pour faire une bonne sieste.

Rafael proposa à son invitée de faire le tour de la propriété. Elle était immense, avec ses rangées de bâtiments fraîchement repeints, ses pistes couvertes et ses étendues de terrain vertes, parsemées de haies et d'obstacles. Malgré elle, la jeune femme était très impressionnée. Rafael devait employer un grand nombre de serviteurs en tous genres, car les étables étaient impeccables et les chevaux pomponnés. Il fallait vraiment être à la tête d'une fortune pour entretenir ce genre d'élevage, surtout à un standard aussi élevé. Elle comprenait mieux, à présent, que Rafael éprouve quelques difficultés à considérer sa modeste pension comme une entreprise sérieuse.

— Tu restes auprès de moi, ce soir ?

La question, pour le moins directe et posée dans la quiétude de l'écurie, prit la jeune femme au dépourvu. Elle sentit son visage s'empourprer et, relevant la tête, croisa le regard mordoré de Rafael.

Il brillait de mille feux.

Rafael referma ses mains fines autour des siennes et l'attira à lui avec une assurance toute relative.

— Quand Téméraire a franchi la ligne d'arrivée, tout à l'heure, j'ai eu envie de fêter cela seul avec toi. Jamais encore mon rôle d'hôte ne m'avait autant pesé !

La gorge serrée et le souffle court, Aleth le dévisagea un instant sans rien dire. Elle désirait tellement sa bouche sur la sienne qu'elle vibrait de tout son être. Elle s'avança vers lui, comme guidée par une impulsion plus forte que la raison, et il la dévisagea avec une intensité envoûtante. L'instant d'après, il l'attirait vers lui en un geste irrésistible pour goûter ses lèvres déjà entrouvertes avec une ferveur des plus explicites.

Aleth en eut le souffle coupé, mais jubila bientôt sous cette passion farouchement masculine. Elle enfonça ses doigts dans les profondeurs épaisses des cheveux noirs de son compagnon, l'incitant par ce simple geste à la plaquer contre le mur. Puis il la caressa avec une telle langueur qu'elle se sentit fondre comme neige au soleil.

Soudain, il releva la tête, et, les yeux brillants, partit d'un rire étonné. Il était confondu par le désir violent que cette femme éveillait en lui.

— Nous nous conduisons comme de véritables collégiens, fit-il remarquer quand il eut repris son sérieux.

Les mains d'Aleth glissèrent sur les pans de la veste de son costume et l'attirèrent de nouveau contre elle.

Cette supplique muette eut le don de mettre Rafael en émoi. Sa bouche prit un rictus de prédateur. Il voulait qu'elle soit sienne, ici et maintenant, sans plus attendre.

Toutefois, son sens inné de la discipline reprit vite le dessus. Il n'était pas encore prêt à accepter la force de son désir, et cette envie d'agir sur l'impulsion du moment ne lui ressemblait guère. Aussi prit-il l'une de ses mains dans la sienne pour l'aider à se redresser.

— Les palefreniers attendent notre départ. Ils entendent célébrer le retour de Téméraire et son succès d'aujourd'hui, eux aussi.

Aleth redescendit sur terre, légèrement confuse. Elle ne se reconnaissait pas en la femme audacieuse qui avait, sans aucune honte, tenté de retenir l'homme convoité. Cela dit, Rafael Cavaliere

Flynn était une révélation à bien des égards. Il n'y avait donc rien de bien étonnant à ce qu'elle se surprenne elle-même dans ses réactions. Pour preuve, elle tremblait toujours de la force de leur baiser. Jamais aucun homme ne l'avait mise dans un tel état rien qu'en l'embrassant. C'était bien simple, elle se ressentait de cette étreinte jusque dans la moindre parcelle de sa peau.

Ils traversèrent la cour pour regagner la maison, sans mot dire. La brise nocturne rafraîchissait agréablement son visage échauffé. Leur silence ne la gênait guère. Elle se rendit compte que tous ses doutes avaient disparu et se demanda si ce n'était pas tout simplement dû à ce qu'elle n'avait plus la force de réfléchir. Elle se sentait incroyablement heureuse et aurait volontiers ri à la lune et aux étoiles.

Rafael s'arrêta, lui encadra le visage des deux mains et l'embrassa de nouveau. Puis, main dans la main, ils montèrent l'escalier.

Aleth sentit son cœur s'emballer. Dans un effort suprême, elle s'efforça de regarder l'endroit où elle se trouvait. Sidérée, elle enregistra la présence de meubles imposants, de tableaux de maîtres et d'un bon nombre d'objets d'art.

Lorsqu'ils arrivèrent sur le palier, Rafael ouvrit une porte et se mit en retrait pour la laisser passer.

Ils se trouvaient à présent dans une chambre à coucher et la jeune femme se demanda pourquoi ce développement pourtant attendu la plongeait dans un tel embarras.

— Tu es timide, ma belle, lui murmura Rafael d'une voix émerveillée. C'est une qualité rare, que je n'ai pas l'habitude de rencontrer chez une femme.

— Je ne suis pas timide du tout, objecta précipitamment Aleth. Je n'ai pas l'habitude de ce genre de situation, c'est tout ! Je veux dire, tu... je...

— Ne me dis pas que tu as peur de moi ! chuchota Rafael, avant de la prendre dans ses bras pour l'embrasser avec une passion renouvelée.

Il n'y avait pas à dire, sa capacité à l'enflammer par un simple baiser faisait de lui un être d'exception.

— Je t'ai désirée dès le moment où j'ai posé les yeux sur toi, lui avoua-t-il d'une voix rauque.

— Attention ! Tu risques de sombrer dans le romantisme, l'avertit-elle, à bout de souffle.

— Ça ne m'arrive jamais. Je préfère de loin la réalité. C'est bien plus excitant.

Il la fit pivoter sur elle-même et, avec une lenteur infinie, commença à descendre la fermeture Eclair de sa robe.

Aleth sentit l'air frais chatouiller son dos. Rafael écarta les pans de la robe et souleva ses cheveux cuivrés pour poser sa bouche experte à l'endroit le plus sensible de sa nuque. La jeune femme, le ventre noué par une attente délicieuse, inspira doucement. La robe glissa le long de ses jambes pour tomber à ses pieds en un bruissement soyeux. De nouveau, Rafael la fit tourner sur elle-même. Elle lui faisait face à présent, et il posa son regard intense sur la courbe pleine de ses seins crémeux qui émergeaient de leurs bonnets de dentelle. Son appréciation toute masculine ne faisait aucun doute.

— Tu es splendide...

— Je... Non ! Je n'ai rien de particulier, murmura Aleth d'une voix saccadée.

— Je te dis que tu es splendide, *a mhilis*... Tout simplement splendide.

Enhardie par le compliment, elle parvint à résister à l'envie de croiser ses bras sur ses formes pleines et retira ses chaussures du bout des pieds. Rafael la souleva dans ses bras pour la reposer sur un côté du lit. Il s'éloigna d'un pas, retira négligemment sa veste et sa cravate et les laissa tomber à ses pieds.

— Tu ne les poses même pas sur une chaise ? demanda-t-elle à mi-voix.

Son sens inné de l'ordre s'en trouvait bouleversé. Pour un peu, elle aurait ramassé elle-même les vêtements éparpillés au sol.

La bouche sensuelle de Rafael Flynn s'étira en un rictus irrévérencieux.

— J'ai été mal élevé, que veux-tu ?

— J'imagine, oui… Avec une horde de serviteurs pour passer derrière toi.

Le sourire franc qu'il lui décocha alors éveilla en elle un sentiment d'allégresse.

— Cela dit, il n'est jamais trop tard pour prendre de bonnes habitudes, poursuivit-elle.

— Il faudra que tu me montres… et ça risque de ne pas être facile !

Aleth sentit sa bouche s'assécher lorsque la chemise ouverte de Rafael laissa apparaître un torse bronzé et musclé à souhait. Elle était prise au piège. Rafael Cavaliere Flynn était, sans l'ombre d'un doute, l'homme le plus superbe qu'il lui avait été donné d'admirer. Jusque-là, elle n'avait jamais songé qu'un homme puisse être véritablement beau, et elle ne parvenait pas à s'arracher à ce spectacle. Elle était littéralement transportée par le sex-appeal qui émanait de lui. Elle se força à détourner la tête. Une femme digne ne restait pas ainsi bouche bée devant le corps de son amant d'un soir !

— Alors comme ça tu n'aimes pas le désordre ? Autre chose ? s'enquit Rafael en s'avançant nonchalamment vers elle.

— J'ai du mal à réfléchir, répondit-elle dans un moment de clairvoyance.

La langue de Rafael se mêla sensuellement à la sienne. Puis il laissa courir ses lèvres sur la joue d'Aleth, le long de sa gorge, jusqu'à l'endroit tendre où son pouls affolé palpitait.

— Tant mieux. Je ne veux pas que tu réfléchisses. Je veux que tu te laisses aller à tes sensations…

Aleth était à la fois alanguie et brûlante d'énergie incontrôlable. Le reste de ses effets disparut sans qu'elle prenne conscience du moment où Rafael les lui retirait. Il posa une main sur le renflement de ses seins, enfouit sa bouche avide dans leur sillon chaud et odorant avec une ardeur mâle qui la fit gémir de plaisir. Puis il joua avec leurs pointes, les faisant frissonner et durcir comme des perles. Aleth crut prendre feu. Le désir se resserrait autour d'elle comme une prison de soie. Jamais elle n'aurait pensé que le désir puisse être aussi intense — au point d'en devenir douloureux.

Il la laissa refaire surface et elle dut reprendre son souffle à grandes goulées. Son corps entier brûlait.

— Qu'y a-t-il ? s'enquit Rafael, sentant son trouble démesuré.

— Rien, rien...

A la vérité Aleth était sidérée par l'ampleur de ses sensations. Seul un vague sentiment de gêne devant sa propre ignorance lui permit de garder pour elle le fait qu'elle n'avait jamais rien éprouvé d'aussi excitant. A l'âge de vingt-huit ans et après une liaison de plusieurs années...

— Quand tu m'as dit, tout à l'heure, que tu avais envie de moi depuis le moment où tu m'avais vue... Tu plaisantais, non ? demanda-t-elle à brûle-pourpoint.

— Je n'ai pas l'habitude de plaisanter sur ce sujet, Aleth ! répondit-il avec amusement. Tu as les formes les plus divines qu'il m'ait été donné de voir.

— Je te rappelle que je portais mon pyjama à fleurs ! Le plus moche de toute ma garde-robe ! protesta-t-elle.

— Peut-être, seulement il te collait aux bons endroits et je t'ai trouvée terriblement sexy. Je suis tombé sous le charme illico.

Il fit courir son index le long du sillon creusé par ses seins voluptueux. Aleth se cambra sous la caresse, comme s'il l'avait marquée au fer rouge. Son corps était tendu comme un arc.

Elle croisa son regard mordoré sous ses cils sombres, et son cœur fit un bond. Rafael l'attira à lui avec une belle assurance. En cet instant, Aleth aurait juré qu'il n'avait jamais douté de son pouvoir de séduction, de toute son existence. Il savait exactement ce qu'il faisait, où il allait et ce qu'il voulait. Pire encore, il savait qu'elle allait lui céder.

En un mot, il la fascinait.

— Et Bianca ? demanda-t-elle soudain, alors qu'elle s'était promis de ne pas être indiscrète.

— Nous étions déjà au bout de notre aventure. Ça n'a rien à voir avec toi, précisa-t-il. Tu es trop vulnérable, Aleth.

— Détrompe-toi. Je suis beaucoup plus dure que j'en ai l'air !

— J'ai vu ! Et le petit cochon qui fait la loi dans ta cuisine aussi !

Aleth s'esclaffa et, cédant à la tentation, attira de nouveau Rafael à elle. Elle ne se lassait pas de sa bouche charnue. Du bout de l'index, il dessina un cœur sous son sein gauche, avec un érotisme qui acheva de la séduire. Elle ne riait plus, à présent, et elle ne parlait plus. Elle était submergée par un besoin plus primaire et, entre deux caresses affriolantes, parvenait à peine à reprendre son souffle.

— Viens, murmura-t-elle. Je t'en supplie.

Elle avait atteint le point où l'attente était presque insupportable. Rafael s'en aperçut et, la faisant glisser sous lui, s'enfonça en elle avec une puissance qui n'avait d'égale que son propre désir. Aleth sentit une vague de plaisir déferler dans tout son corps.

Rafael Flynn était l'érotisme fait homme. L'ayant amenée au point de non-retour, il s'immobilisa soudain, le temps de caresser ses lèvres gonflées, du bout de la langue, avec une sensualité infinie.

— Je suis si bien en toi, *a mhilis*, murmura-t-il. On dirait que tu es faite pour moi.

Il se révéla un amant merveilleux. Son rythme répondait aux attentes les plus profondes de la jeune femme, entièrement sous l'emprise de ses sens. Au bout de quelques minutes, elle ne se contrôlait plus et se perdit dans la tempête moite d'un plaisir interminable. Rafael la comblait, lui donnait ce qu'elle n'avait jamais connu. Lorsqu'elle jouit dans ses bras, un cri de bonheur monta des profondeurs de son être. Et de délicieuses ondes continuèrent de la parcourir tandis qu'elle sombrait enfin dans un abandon voluptueux.

C'était donc, cela, la passion charnelle... Elle comprenait enfin la raison pour laquelle le désir régissait le monde. L'amour, l'étreinte physique valaient tous les rêves. Dans les magazines comme dans les films, dans des conversations exaltées qui ne l'avaient jamais intéressée jusqu'alors, on en parlait — et pour cause... Quant à elle, elle n'avait jamais parlé de sexe. Elle avait dissimulé son ignorance du mieux qu'elle pouvait, sans jamais cesser d'être fascinée par les litres d'encre et les flots de paroles que faisait couler la question du désir, du plaisir.

A présent, grâce à Rafael, elle savait.

Grâce à lui, qui venait de l'initier aux délices de l'extase, elle venait de vivre cet extraordinaire sentiment de plénitude, cet instant parfait d'éternité qu'on pouvait vivre dans les bras d'un homme.

En même temps, sa toute nouvelle intuition de femme lui murmurait que la découverte ne faisait que commencer, et qu'il y avait encore mille et une caresses qu'elle ignorait.

Et qu'elle ne rêvait plus que de connaître.

Rafael l'examinait avec attention. Avec ses boucles cuivrées ainsi répandues sur l'oreiller et ses joues légèrement colorées, elle lui paraissait d'une beauté incroyable. Sa peau était si fine, ses yeux si bleus et si brillants…

Il aimait son silence, cette qualité si reposante dont elle avait toujours fait montre, comme si, au fond d'elle-même, était ancrée une forteresse de sérénité, quasiment inviolable. Le sourire de contentement qui étirait toujours ses lèvres fit vibrer une corde insoupçonnée en lui. Il se savait bon amant, certes, mais elle le considérait comme s'il avait été un dieu vivant.

Cette pensée était si absurde qu'il faillit éclater de rire. Et, au moment où il s'éloignait normalement de ses maîtresses en leur tapotant la cuisse avec indifférence, il se surprit à glisser un bras autour de la taille d'Aleth pour l'attirer à lui une seconde fois.

— Il me semble qu'une réédition s'impose, *a thaisce*, médita-t-il, d'un ton langoureux.

— Qu'est-ce que ça signifie ? murmura-t-elle, levant les yeux vers lui.

A cet instant, elle comprit qu'elle ne se lasserait jamais de ce visage aux traits si fins et si vifs. Rafael était doté d'une ossature remarquable, ses cils étaient nettement plus longs que ceux de la jeune femme qui s'en amusa intérieurement, et ses yeux tout simplement extraordinaires, par leur couleur autant que par leur merveilleuse expressivité. Et si à une époque il lui avait paru distant, elle se sentait proche de lui, à présent.

— Que tu es un trésor.

— Et *a mhilis*?

— Que tu es douce. Une vertu des plus rares, d'après mon expérience.

Aleth sentait la tête lui tourner de bonheur. Elle étira son corps en un abandon sensuel tout nouveau pour elle. Ses membres étaient encore engourdis et elle songea qu'il serait bon de rester là pour toujours. Jamais encore elle ne s'était sentie aussi détendue, en telle symbiose avec le monde.

Certaine de sa féminité, elle se délecta de sentir ses courbes épouser le corps élancé de son amant. L'odeur de sa peau bronzée l'enivrait. Elle posa la main sur son torse, murmura :

— Luke...

A l'instant même où le mot franchit ses lèvres, elle se rendit compte de son erreur et en fut si horrifiée qu'elle en resta sans voix.

Mon Dieu... Mais d'où lui était donc venu le nom de son ex-fiancé ! Comment avait-il pu lui échapper ? Consternée par sa propre maladresse, elle se sentit comme tétanisée. A côté d'elle, Rafael ne fit aucun commentaire — pourtant, elle devina qu'il venait de reprendre brusquement ses distances.

— Je vais prendre une douche, dit-il.

Rien dans son intonation ne trahissait vraiment sa contrariété, sinon une espèce de froideur qui glaça Aleth jusqu'aux os, une réserve qui, malheureusement, montrait que l'incident ne resterait pas sans conséquence.

Evidemment, songea-t-elle, furieuse d'avoir pensé un seul instant qu'il ne l'avait pas entendue. Il n'était pas sourd, et on ne pouvait pas attendre d'un amant qu'il s'entende sans broncher appeler par le nom d'un autre, surtout à un moment aussi crucial.

— Rafael... Je ne comprends pas ce qui s'est passé, s'exclama-t-elle, bégayant presque tant sa panique était grande. Tu dois croire que je pensais à Luke, et je peux te jurer que ce n'était pas le cas. Je n'ai pas pensé une seule fois à lui de la journée... Alors tu comprends bien que... Pourquoi penserais-je à lui quand je suis avec toi ?

Il haussa les épaules. Manifestement, la question était sans importance. Mais si son visage ne trahissait aucune expression ses yeux, en revanche, avaient pris une couleur de mauvais augure. Plus aucune trace d'or dans ses prunelles, subitement...

Aleth sentit une peur panique s'emparer d'elle. Rafael ne l'écoutait pas, n'avait que faire de ses piètres excuses.

— Ça n'a pas la moindre espèce d'importance ! déclara-t-il avec indifférence.

— Comment ça ? Bien sûr que si ! Une importance énorme, même ! Je veux bien admettre que j'ai été particulièrement maladroite, voire indélicate, mais par pitié crois-moi ! Ce n'est pas du tout ce que tu penses !

— Parce que tu prétends savoir ce que je pense, à présent ?

Aleth sentit le sang se retirer de son visage. Sa peau se fit moite, son estomac se noua.

Rafael avait déjà classé l'incident, était totalement insensible à ses excuses.

Il gagna la salle de bains avec sa grâce féline habituelle, et, quelques secondes plus tard, elle entendit le bruit de la douche. Elle se rendit compte qu'elle claquait des dents et contracta la mâchoire pour y mettre fin. Elle avait froid subitement, et se sentait au bord du désespoir.

Elle resta là, en état de choc, à se demander comment les choses avaient pu tourner aussi mal, aussi rapidement. De l'extase et l'exultation ils étaient passés à... rien.

A croire que leur étreinte n'avait été qu'un mirage, une illusion qui se transformerait bientôt en un souvenir entêtant.

Rafael s'appuya contre le mur de la douche — si spacieuse qu'on aurait pu y donner une soirée — et, avec une lenteur délibérée, desserra ses poings crispés. Il ne s'était contenu que par un effort suprême sur lui-même, car il était furieux, bien sûr.

On l'aurait été à moins ! Après tout, il n'avait encore jamais été confronté à un incident de ce genre. Certes, il avait entendu d'autres hommes relater des expériences similaires et il se souvint qu'à l'époque il les avait écoutés d'une oreille distraite, tant il était certain qu'aucune femme ne commettrait une telle erreur de goût en sa compagnie. A ses yeux, se faire appeler par le nom d'un autre dans son propre lit constituait l'ultime offense. Quant à la tentative maladroite d'Aleth pour se rattraper, elle n'avait fait qu'ajouter à son exaspération. Il n'était pas idiot. Evidemment qu'elle pensait à Luke ! Avec un peu de malchance, elle avait même fermé les yeux pendant l'étreinte, en s'imaginant qu'elle était entre les bras de son ex-fiancé !

Une rage froide mêlée d'un dégoût sans nom s'empara de lui.

Décidément, les femmes étaient toutes les mêmes et il n'y en avait pas une pour relever l'autre.

Lorsqu'il émergea de la salle de bains, le téléphone sonnait. Il s'avança à grands pas vers le combiné, écouta son interlocuteur la mine renfrognée, annonça qu'il prenait la situation en main et conclut par de vagues excuses.

— Tu peux être prête d'ici un quart d'heure ? demanda-t-il, se tournant vers Aleth. Je dois regagner Ballyflynn de toute urgence. Oona s'est encore enfuie de sa pension.

Aleth se leva du siège de la coiffeuse devant laquelle elle se brossait les cheveux.

— Oh non ! s'exclama-t-elle, consternée. Il faut que tu passes par son école ?

— Je ne vois pas l'intérêt d'aller jusqu'à Sainte-Marie, à cette heure tardive. Je connais ma sœur. Au moment où nous parlons, elle doit quasiment être rendue chez elle.

Rafael s'habilla en deux temps trois mouvements.

— Dans l'immédiat, je vais appeler sa sœur et sa mère, pour savoir si elles ont de ses nouvelles. Et comme d'habitude on va me mener en bateau et me faire perdre mon temps, parce qu'aucune n'a le courage de me dire la vérité ! A moins qu'elles se fichent éperdument d'Oona, bien sûr, ce qui est une autre possibilité, à ne pas exclure.

— Je suis désolée...

— Cette fois-ci, c'est Oona qui va être désolée, crois-moi !

Mais Aleth était trop inquiète pour se taire plus longtemps.

— Rafael...

— Tu te rends compte du danger qu'elle court ? Chaque fois qu'elle joue la fille de l'air, je dois me tourner vers la police pour m'assurer qu'elle n'a pas été enlevée. Cette gamine est complètement inconsciente. La dernière fois, elle a traversé l'Irlande en stop. Tu t'imagines ce qui se passerait si elle tombait sur un malade ?

— Je n'avais pas pensé à cela, murmura Aleth en pâlissant.

Samson fut tiré de sa sieste sans cérémonie et protesta vivement. Surprise, Aleth souleva le petit chien jusqu'à la hauteur de ses yeux pour l'examiner.

— Qu'est-ce que j'entends, Samson ?

Le chihuahua se tortilla entre ses mains, aussi penaud que peut l'être un chihuahua.

— Pas de mouvements d'humeur, s'il te plaît. Je ne le tolérerai pas !

Là-dessus, elle le coinça sous son bras et rejoignit Rafael dans l'entrée.

— Tu as des nouvelles ?

— Pas encore, non.

Ce fut tout juste si la jeune femme ne dut pas courir pour le suivre sur l'allée menant à l'hélistation.

— De toute évidence, Oona est très malheureuse à l'école, souligna-t-elle.

— Oona est très malheureuse dès qu'on lui impose quoi que ce soit, figure-toi. Avant que je m'occupe d'elle, elle était libre comme l'air. Il lui est arrivé de sécher les cours pendant des semaines d'affilée.

— Elle a des examens, la semaine prochaine, et je l'ai vraiment sentie sous pression, s'entêta Aleth. Pour moi, elle est complètement dépassée par le travail scolaire.

— Elle est comme Valente. Intelligente et manipulatrice en diable. En se faisant renvoyer une fois de plus, elle espérait me faire céder. Elle voudrait abandonner ses études cet été. Alors excuse-moi, mais tu ne sais pas de quoi tu parles, conclut-il froidement.

Aleth, toujours sous le coup de sa maladresse, fut terriblement blessée par cette rebuffade. Elle qui ne pleurait pas facilement d'ordinaire sentit les larmes lui monter aux yeux.

Sa belle complicité avec Rafael Flynn s'était évaporée comme si elle n'avait jamais existé. Elle se demanda vaguement si elle en voulait à son compagnon, essaya de s'imaginer la manière dont elle aurait réagi, s'il l'avait appelée par le prénom d'une autre. La réponse était simple : cela aurait miné son ego à un point indicible. Elle se serait demandé si elle n'était qu'un pis-aller, la remplaçante d'une femme dans les bras de laquelle il aurait préféré se trouver. Toutefois, avec son bon sens habituel et son absence de goût pour le mélodrame, elle se serait bien vite calmée.

Rafael avait été vexé, certes. Mais il était suffisamment intelligent pour comprendre que ce lapsus n'était qu'une erreur liée à l'habitude, rien de plus.

Soudain, Aleth fronça les sourcils. Une autre pensée, beaucoup moins flatteuse, commençait à s'immiscer dans son esprit. Peut-être sa bévue n'était-elle pas à l'origine de la froideur et du détachement de Rafael. Maintenant qu'il était parvenu à ses fins, il se pouvait bien qu'elle ne l'intéresse plus, tout simplement...

Sentant la colère monter en elle à cette pensée, elle se força à se concentrer sur la situation d'Oona.

Elle était sincèrement inquiète pour l'adolescente et craignait que Rafael se montre trop dur avec elle. Et, même si elle hésitait à se mêler de ce qui ne la regardait en rien, elle songea qu'elle se devait au moins de montrer à Rafael le mot si mal orthographié que sa sœur lui avait laissé. Aussi incroyable que cela puisse paraître, Rafael ne semblait pas conscient du quasi-illettrisme d'Oona et des difficultés scolaires que cela ne manquait pas d'entraîner. Il avait l'air convaincu que tous ses problèmes provenaient de son état de rébellion permanente. Cela dit, il avait peut-être raison... Après tout, Aleth ne connaissait que très peu Oona.

Ils atterrirent à Flynn Court et Rafael la guida directement jusqu'à la Lamborghini pour la ramener chez elle.

— Si tu as une minute, j'ai quelque chose à te montrer, annonça timidement Aleth, lorsqu'il se fut garé devant le cottage. C'est en rapport avec Oona. Tu m'attends ?

Elle fut étonnée de voir Peanuts à l'intérieur de la maison, plutôt que dans la grange où Fergal lui faisait généralement passer la nuit. Toutefois elle était pressée et, sans plus s'attarder sur la question, fouilla à la hâte le tiroir où elle avait rangé le mot.

Rafael était sorti de voiture et, les bras sur la portière, il la toisa froidement, de manière presque méfiante.

— Qu'est-ce que c'est ? demanda-t-il d'un ton sec, sans même regarder le papier qu'elle lui tendait.

Aleth se raidit. Elle commençait à se lasser sérieusement de son attitude hautaine. Qu'est-ce qu'il s'imaginait à présent ? Qu'il s'agissait d'une manœuvre plus ou moins finaude pour le retenir ?

— Un échantillon... Oona m'a laissé ce petit mot, il y a quelques semaines de cela. A mon avis, tu devrais y jeter un coup d'œil.

Rafael tendit la main vers la feuille qu'il parcourut rapidement avant de contourner la voiture, pour profiter de la lueur des phares.

— C'est une plaisanterie ? C'est Oona qui a écrit ça ?

— Elle a une orthographe plutôt rudimentaire et...

Rafael lui jeta un regard incrédule.

— Rudimentaire ? Enfin, Aleth ! C'est du niveau d'un enfant de cinq ans !

— A mon avis, elle essaie de cacher ce handicap. Et je me demande si ça n'explique pas son incapacité à s'investir dans ses études. Quand elle en a l'occasion, elle se sert de l'ordinateur, parce qu'il est équipé d'un correcteur orthographique et grammatical. Malheureusement pour elle, elle doit rédiger la plupart de ses travaux à la main, et c'est là que le bât blesse. Pour tout t'avouer, je me demande si cette nouvelle fugue n'est pas tout simplement due au stress des examens à venir.

Rafael avait blêmi sous son hâle. Il paraissait anéanti.

— Je n'ai jamais vu Oona lire ou écrire. J'ignorais totalement que cela constituait un tel problème, balbutia-t-il.

— Ne t'affole pas. Avec une bonne rééducation, nul doute qu'elle aura tôt fait de rattraper le retard. Seulement il faut que tu fasses attention à la manière dont tu vas aborder le sujet, l'avertit la jeune femme. Elle a honte de ne pas savoir écrire. Du coup, elle se déprécie complètement. En clair, elle se trouve stupide et...

— Elle ne l'est pas, loin de là ! l'interrompit Rafael en chiffonnant la feuille entre ses longs doigts fins. Elle est dyslexique, tout bêtement... et tout comme moi.

Aleth, choquée à son tour, ouvrit la bouche sans qu'aucun son n'en sorte. Au passage, elle grimaça devant son inaptitude à commenter une remarque aussi anodine.

— Comment ai-je pu m'aveugler à ce point ? demanda Rafael, la mine sombre et manifestement penaud. Merci, Aleth. Je te suis infiniment reconnaissant d'avoir attiré mon attention sur ce problème.

Ils se séparèrent et Aleth regagna le cottage, le cœur en berne. Elle l'avait eue, son aventure d'une nuit, et, comme prévu, elle s'y était brûlé les ailes. Cela dit, si elle avait pu rendre service à Oona, l'expérience n'avait pas été complètement négative.

— Il est parti ? murmura une petite voix derrière elle.

Aleth faillit tomber à la renverse. Oona se trouvait à quelques mètres d'elle, sur le seuil de la cuisine. Pour une fois, elle avait bien l'air de la gamine de quinze ans qu'elle était, avec en prime un air accablé, ses yeux et son nez rougis par les larmes.

— Oona ! J'ai failli avoir une crise cardiaque ! murmura Aleth d'une voix tremblante. Où étais-tu cachée quand je suis entrée, tout à l'heure ?

— J'essayais de dormir un peu, dans la chambre d'amis, avoua l'adolescente, la tête basse. Je sais où Fergal range la clé de rechange et...

— En tout cas, je suis bien contente que tu sois là, saine et sauve. Tu appelles ton frère ou tu préfères que je m'en charge ?

Aussitôt, Oona se remit à sangloter.

— Pas ça, Aleth ! Ne me demandez pas de faire ça !

Aleth s'empara d'une boîte de mouchoirs, prit la jeune fille par le cou et laissa passer l'orage.

— Pourquoi es-tu venue ici ? demanda-t-elle quand elle se fut un peu calmée.

— Parce que je pensais que vous seriez chez vous et que je pourrais vous expliquer... J'avais besoin de parler... Seulement vous étiez sortie et...

— Rafael est malade d'inquiétude, ma belle...

— Ça m'étonnerait ! Il se fiche de moi comme de sa première chemise !

— Je te dis qu'il se fait un sang d'encre.

— Ce n'est pas vrai. Vous savez comment il a appris mon existence ? Par le père Kearney. Maman allait mal, alors il est allé trouver Rafael pour lui annoncer que j'étais la fille de Valente. Du coup, il n'a pas eu le choix et a dû s'occuper de moi. Simple question de charité. Je suis un véritable boulet pour lui. Ni plus ni moins.

— Ecoute-moi bien, Oona. Moi aussi, j'ai été élevée par mon beau-père. Seul. Il n'a pas eu le choix lui non plus, mais je peux t'assurer que bien que nous ne soyons pas liés par le sang il m'aime de tout son cœur. Toi, tu es la sœur de Rafael. Vous avez eu le même père et c'est important pour lui. Tu comptes énormément à ses yeux.

Oona releva la tête et l'examina à travers ses paupières gonflées.

— Il vous l'a dit ?

— Non. Ce n'est pas le genre d'homme à livrer ses sentiments à la première venue. En revanche, j'ai bien vu son inquiétude et je peux te dire qu'il te comprend bien mieux que tu ne le penses. Il n'a pas eu une enfance très heureuse, tu sais...

— Vous rigolez ? demanda l'adolescente, incapable de dissimuler son étonnement.

— Pas du tout. C'est pourquoi je pense que tu as davantage en commun avec ton frère que tu ne l'imagines.

— C'est ça... Je suis riche et intelligente. Une véritable Cavaliere, en miniature !

— Question cynisme, tu n'as rien à lui envier non plus !

— Il doit être furieux après moi, non ?

— Dis plutôt qu'il se fait du souci ! Allez. Laisse-moi l'appeler, que je le rassure sur ton sort !

— Non... Je m'en occupe, murmura Oona d'une voix crispée. Vous sortez avec lui, à présent ?

— Non, répondit Aleth.

Autant ne pas se faire d'illusions...

— Toutefois, il m'a emmenée aux courses à Leopardstown, aujourd'hui.

— C'est bien ce que je disais : vous sortez avec lui !

Sur ces paroles lapidaires, Oona se mit à tourner autour du téléphone comme s'il s'agissait d'un animal sauvage, prêt à lui sauter à la gorge à n'importe quel moment.

Aleth se tourna vers la fenêtre pour dissimuler sa propre détresse.

Non, elle ne sortait pas avec Rafael Flynn. Pas lorsque leur aventure s'était terminée avant même d'avoir commencé, songea-t-elle avec accablement.

Bon sang, mais pourquoi avait-elle cédé à la tentation ? Et, surtout, comment un acte qui lui avait semblé si évident sur le moment pouvait-il lui apparaître comme une erreur monumentale au bout de quelques heures seulement ? Il fallait vraiment être idiote pour se connaître si mal et s'imaginer une seule seconde qu'on pouvait abandonner ses principes en toute impunité ! Car, même si elle avait cru pouvoir apprécier un moment de passion sans en désirer plus, elle se sentait malheureuse, minable et... stupide.

Le rêve n'avait duré que l'espace de quelques heures.

A cette pensée, Aleth avait envie de rentrer sous terre.

Oona avait fini par joindre Rafael sur son portable. Aleth ne voulant pas être indiscrète, elle resta à l'intérieur tandis que l'adolescente sortait attendre la voiture. Quelques secondes après son arrivée, Rafael frappa à la porte.

Seul.

Son regard mordoré lui parut exceptionnellement limpide et communicatif.

— Merci, Aleth, murmura-t-il. Pour la première fois ce soir, ma sœur ne m'a pas traité en ennemi. Je te suis redevable.

— Tu ne me dois rien, affirma la jeune femme, le menton relevé.

— Il faudra que tu apprennes à accepter les compliments, la gratitude et les cadeaux, ma belle. Le tout avec grâce, contra Rafael, recouvrant sa superbe. Parce que je n'ai pas l'intention de changer mes habitudes !

L'espace d'un instant, Aleth se reprit à espérer, pour se fustiger avec agacement presque aussitôt. Elle avait passé l'âge de se mettre à lire des messages subliminaux dans la moindre remarque que Rafael Cavaliere Flynn lui faisait en passant. Pas plus qu'elle ne voulait sursauter, le cœur battant, chaque fois que son téléphone sonnerait dans les semaines à venir.

— Moi non plus, figure-toi, renchérit-elle en étouffant un bâillement destiné à lui faire comprendre qu'elle souhaitait aller se coucher.

Elle se félicita. Elle s'était bien endurcie, depuis sa mésaventure avec Luke. Pour preuve : Rafael Cavaliere Flynn appartenait déjà à l'histoire ancienne. Depuis qu'il avait pris ses distances, elle avait souffert dans son orgueil, mais rien de plus.

Sans compter qu'il y avait du positif dans tout cela. Si on en croyait la sagesse proverbiale, à présent qu'elle s'était remise de son échec sentimental en passant la nuit avec un autre homme que Luke, elle était en condition pour se lancer dans une relation bien plus durable et profonde. Et si, en cet instant, elle avait le sentiment qu'elle ne pourrait jamais plus regarder un homme sans penser à Rafael Cavaliere Flynn… c'était sans doute parce qu'elle était fatiguée et mal remise des émotions de la journée.

— Rafael ? Tout le monde va être couché, chez ma frangine, si on ne se dépêche pas, gémit Oona, déjà installée dans la Lamborghini. Et si nous réveillons le bébé ça va être ma fête !

— Du calme. Je leur ai dit que tu passais la nuit à Flynn Court.

Rafael continua de dévisager Aleth, jusqu'à ce qu'elle se sente tellement tendue qu'elle parvenait à peine à croiser son regard lourd de sous-entendus.

Lorsqu'il se décida enfin à regagner sa voiture, la jeune femme referma précipitamment sa porte avant de se laisser glisser de l'autre côté.

Le téléphone retentit. Boyce, cette fois-ci.

— J'ai essayé de te joindre toute la journée, fit-il remarquer sur le ton du reproche. J'arrive demain après-midi, sœurette... A l'aéroport de Kerry.

— Fantastique ! s'écria Aleth, ravie d'avoir la compagnie de son frère, ne serait-ce que pour quelques jours.

10

Rafael fut brutalement tiré de son sommeil par un bruit proche du cri de l'animal blessé et du crissement de la craie sur le tableau.

Un coq blanc et noir plutôt déplumé et à la crête fanée avait élu domicile au sommet de la statue de Neptune ornant la terrasse, juste sous sa chambre.

Rafael bondit hors de son lit, se traîna jusqu'à la fenêtre à guillotine la plus proche et la souleva. Le volatile le gratifia d'un dernier cocorico à lui faire grincer les dents, avant de redescendre de son perchoir, de voleter par-dessus la clôture et de disparaître dans l'herbe touffue du pré.

— Vous n'allez pas me dire que vous n'avez pas entendu cette volaille de malheur, ce matin ! s'indigna Rafael à la table du déjeuner.

— J'ai un sommeil de plomb, répondit Oona, bien décidée à protéger l'anonymat d'Albert. Quand je dors, je dors.

— Quant à moi, à soixante-dix ans passés, je n'ai plus l'oreille d'un jeune homme, renchérit Tolly, les yeux pétillant de malice.

Aleth avait eu un réveil tout aussi mouvementé. Elle avait dormi plus tard que d'habitude et sa routine s'en était trouvée chamboulée. Elle avait dû se passer de petit déjeuner pour foncer jusqu'aux écuries aider à nourrir les chevaux, car elle n'avait recours aux services de Davis que lorsqu'elle n'était pas chez elle.

Elle attendait une importante livraison pour la sellerie et dut vérifier un à un tous les articles avant de les mettre en rayon. L'inauguration du magasin était prévue pour le samedi suivant et, avec l'aide de quelques parents volontaires, Aleth avait organisé une mini-kermesse dans la cour des vieilles écuries. Une part substantielle des bénéfices serait reversée à une œuvre caritative en faveur de l'enfance malheureuse. La chaîne de radio locale couvrirait l'événement, et Aleth était plutôt satisfaite de ces initiatives destinées à promouvoir la Pension pour chevaux de Flynn Court.

A midi, elle n'avait toujours pas rattrapé son retard et elle attendit le dernier moment pour rentrer se changer au cottage. Elle enfila les premiers effets qui lui tombaient sous la main et était presque arrivée à l'aéroport lorsqu'elle s'aperçut que la jupe rose qu'elle portait sous son T-shirt blanc était précisément celle qui faisait le plus ressortir ses formes généreuses. Depuis le temps qu'elle prévoyait de la jeter !

L'avion avait déjà atterri et Boyce l'attendait, assis sur un banc, d'immenses lunettes de soleil sur le nez, un chapeau texan rabaissé sur ses boucles blondes. S'il pensait passer inaperçu, c'était raté. Rien que par son accoutrement, il se distinguait du reste des voyageurs.

— Désolée, petit frère, souffla-t-elle, hors d'haleine. Je suis un peu en retard.

Boyce se leva et, avec la jovialité qui le rendait si populaire auprès de sa famille et de ses fans, prit sa sœur dans ses bras pour l'embrasser sur les deux joues.

— Qu'est-ce qui t'est arrivé ? demanda Aleth, lorsqu'elle remarqua le pansement qui lui barrait l'arête du nez. Tu as eu un accident ?

— Non. Je me suis fait redresser le nez, chuchota Boyce, en un murmure qui signifiait que ce genre d'intervention esthétique était du domaine de la plus haute confidentialité.

Aleth était sidérée, mais elle ravala tout commentaire désobligeant. Après tout, son frère évoluait dans un milieu obnubilé par l'apparence physique. Il était venu au monde avec un nez en trompette qui lui donnait l'air d'un lutin et on avait dû se moquer de lui… Dommage. C'était le seul trait qu'Aleth et lui avaient en commun, et la jeune femme dut résister à l'envie d'effleurer son propre nez en manière d'excuse.

Boyce ramassa son sac, détailla sa sœur attentivement et hocha la tête d'un air approbateur.

— Tu es resplendissante, sœurette ! Si tu veux mon avis, tu as bien fait de te débarrasser de Luke. Ça t'a fait le plus grand bien !

— Flatteur ! répondit Aleth, tournant la tête pour regarder derrière elle.

Elle avait la nette impression qu'on l'observait, et pourtant personne, dans les petits groupes de passagers qu'elle passa en revue, ne semblait regarder dans sa direction.

— Je ne te flatte pas, poursuivit Boyce. Je ne fais que dire la vérité… Si tu as si bonne mine, ça signifie que tu as recouvré ton énergie. La dernière fois que je t'ai vue, tu étais maigrelette et tu paraissais épuisée. Et puis tu t'es laissé pousser les cheveux ! Ça te va très bien ! Même ta jupe est rafraîchissante. J'en avais marre de voir Luke te faire porter du gris ou du beige, comme les vieilles…

Aleth cligna des yeux et laissa échapper un petit rire incrédule.

— Merci ! Ça fait plaisir à entendre ! Pour un peu, je m'y laisserais prendre !

— Pourquoi t'acharnes-tu à refuser les compliments ? C'est une véritable manie, chez toi !

— Ah bon ?

— Je t'assure ! C'en est même agaçant ! lui répondit Boyce avec toute la franchise qu'on peut attendre d'un frère.

— Tu es la deuxième personne à me dire cela en moins de vingt-quatre heures… Il faut croire que vous avez raison. Je n'ai jamais eu confiance en moi, question physique.

— Tu devrais, pourtant. La vie est plus simple, quand on est bien dans sa peau…

— Ça te va bien de me dire ça, alors que tu viens de te faire refaire le nez !

— Tu n'as pas changé ! Tu as toujours le chic pour me rabaisser mon caquet, toi !

Boyce secoua la tête avec un petit sourire finaud puis, glissant un bras autour de la taille de la jeune femme, désigna la sortie.

— Viens. Fichons le camp d'ici. Je ne veux pas courir le risque d'être reconnu.

— A mon avis, tu n'as pas trop de souci à te faire pour ça ! lui annonça Aleth en douceur. Mes voisins se sentent plus concernés par le prix de la terre et le coût de la nourriture du bétail que par les groupes de rock, tu sais !

Boyce adora le paysage semi-sauvage et si vert. Il loua à l'envi la tranquillité de l'endroit, s'extasia devant les routes sinueuses, bordées de forêts. Il était tellement subjugué qu'il se déclara ravi d'être coincé sur plusieurs kilomètres par un tracteur dont le conducteur, encore plus vieux que son engin, leur faisait signe de le dépasser à la moindre occasion.

Le cottage, avec son toit excentrique et ses murs de pierre, le frappa par son exiguïté et son charme désuet. Même la chambre d'amis, qu'Aleth avait aménagée avec ses propres meubles, parut lui convenir. Lorsqu'ils terminèrent leur visite, ses yeux s'illuminèrent à la vue de l'énorme poste de télévision qu'elle avait mis à la place du bureau.

— J'avais peur que tu n'en aies pas, lui avoua-t-il avec un frisson exagéré. S'il y a une chose dont je ne peux pas me passer, c'est bien du football.

Aleth lui tendit la télécommande en souriant. Inutile de lui dire qu'elle n'avait acheté cette télévision que quelques jours auparavant, en prévision de sa visite. Son vœu le plus cher était que son frère se sente comme chez lui et profite pleinement de son séjour.

Au moment où ils s'apprêtaient à passer à table, Fergal frappa à la porte. Boyce laissa échapper un juron.

— Tu crois qu'il m'a vu à travers les carreaux ? demanda-t-il, en bondissant de sa chaise.

— Evidemment ! Il n'est pas aveugle... Tu sais, Fergal vient tous les jours voir ses chevaux et...

— Ne lui dis pas qui je suis. Tu n'as qu'à lui expliquer que tu reçois un ami, souffla Boyce avant de courir se réfugier dans sa chambre.

Deux secondes plus tard, Fergal pénétrait dans la cuisine.

— Désolé, Aleth. Je ne savais pas que tu avais de la visite ! lança Fergal en regardant autour de lui d'un air perplexe.

Ses yeux se rivèrent sur la table, dressée pour deux et recouverte d'une nappe blanche, de deux verres de cristal et d'une bouteille de vin.

— Un ami de Londres... Il est là pour quelques jours, répondit Aleth, mal à l'aise.

— Il est du genre timide, non ?

— Il faut croire, oui, souffla la jeune femme en détournant les yeux.

— Bien ! Je ne vais pas vous déranger plus longtemps !

— Tu peux rester un moment, Fergal ! Je ne te chasse pas !

Le jeune homme la gratifia d'un regard amusé.

— Tu t'es faite belle, tu as sorti une bouteille de vin... Même moi, je peux dire qu'il s'agit d'une occasion particulière. Tu m'autorises à en parler à ma mère ?

Ce fut au tour d'Aleth de froncer les sourcils.

— A ta mère ? répéta-t-elle stupidement.

— Bah oui... Elle s'est mis en tête que tu ferais une épouse parfaite pour son petit garçon, figure-toi !

— Aïe ! fit Aleth, avec une grimace.

— Aïe, comme tu dis. Sauf que si je lui annonce que tu reçois un *ami* sous ton toit elle nous fichera la paix !

— Dans ce cas, ne te gêne pas !

Boyce réapparut à la minute même où Fergal refermait la porte derrière lui.

— Tu lui as dit qui je suis ?

— Non. Il te prend pour mon petit ami.

— S'il avait des vues sur toi, ça aiguillonnera ses ardeurs. Et s'il n'en a pas... ça n'a aucune d'importance, commenta Boyce, un sourire narquois aux lèvres. Tu comprends, tant que tu seras la seule à savoir qui je suis, je serai à l'abri des paparazzi.

— La côte ouest de l'Irlande regorge de célébrités en tout genre, Boyce. Je ne crois pas qu'il soit absolument nécessaire que tu te terres toute la durée de ton séjour.

— Je ne me terre pas, je suis discret, c'est tout. J'ai bien l'intention de sortir ! Pour preuve, j'ai décidé d'aller voir l'endroit où est née maman. Tu y es allée, toi ?

— Non. Quand tu m'as annoncé ta visite, je me suis dit que je t'attendrais. A propos, comment va-t-elle ?

Boyce grimaça.

— Maman ? Elle n'est pas très contente. Elle aurait préféré que j'aille la rejoindre à Paris plutôt que de venir *m'enterrer* ici, comme elle dit. Pour le reste... Elle est complètement absorbée par les préparatifs du mariage.

— Je m'en doutais un peu, figure-toi, ironisa Aleth. Et les tourtereaux ?

— Je peux être franc avec toi ?

— Tout ce qu'il y a de plus franc.

— Alice a bien du mal à tenir ton rôle.

— J'ignorais qu'elle s'y efforçait !

— Elle a fait quelques belles gaffes. Enfin... Je ne vais pas entrer dans les détails !

— D'autant que tu as promis de ne pas prendre parti, répliqua Aleth en le resservant en vin. D'un autre côté, je me suis remise de mes émotions. Luke est de l'histoire ancienne, et je suis curieuse d'entendre la suite.

— Oh, rien de bien méchant... Alice a sorti une ou deux blagues vaseuses lors d'un dîner d'affaires. Elle a réussi à offusquer certains collègues de Luke. Pour le reste, elle trouve les amis de son fiancé ennuyeux à mourir, et depuis qu'elle a passé un week-end chez ses parents elle refuse obstinément d'y remettre les pieds. A mon avis, ils n'étaient absolument pas préparés aux difficultés de la vie commune. Trop différents...

Boyce avait toujours été diplomate. Cette qualité lui avait d'ailleurs permis d'éviter les plus grosses embûches de la célébrité.

Néanmoins, Aleth fut frappée par la clairvoyance avec laquelle il appréhendait la relation de Luke et d'Alice. Elle fut également soulagée de constater qu'à présent la trahison de sa cadette lui pesait bien davantage que le souvenir de son ex-fiancé. Si elle avait bien vite compris que Luke ne valait pas les larmes qu'elle versait pour lui, les rapports affectueux qu'elle avait entretenus avec sa sœur continuaient de lui manquer de la manière la plus cruelle. Au diable Luke ! Il s'était interposé entre elles, dressant Alice contre sa propre sœur, devenue malgré elle une rivale qu'on méprisait et qu'on trompait de la manière la plus vile qui soit.

Enfin ! Il était temps d'oublier le passé, de le laisser reposer à sa place.

— Et tes amours à toi ? demanda-t-elle afin de changer de sujet.

Le visage de Boyce s'assombrit. Il eut une petite moue et fronça les sourcils.

— Je sors d'une aventure plutôt difficile avec une fille. La rupture a été une véritable épreuve de force et j'ai eu du mal à faire face à la situation, mais tout est bien qui finit bien, si je puis dire.

Aleth débattait intérieurement du bien-fondé de l'interroger plus avant lorsqu'on sonna à sa porte. Une livraison spéciale, pour laquelle elle dut signer un accusé de réception.

Il s'agissait d'un paquet minuscule, avec une carte signée de la main de Rafael Cavaliere Flynn.

Surprise et excitée à la fois, elle ouvrit l'emballage. Une poche en velours contenant un écrin... Elle ignorait encore ce qu'il recelait, mais décida aussitôt de le renvoyer à son expéditeur.

L'écrin s'ouvrit sur une broche en diamants et émeraudes, en forme de fer à cheval. Le bijou brillait de mille feux et elle en fut éblouie. C'était un objet délicieux. Ce serait un crève-cœur que de le rendre...

Aleth se secoua. Il était hors de question qu'elle accepte un objet de ce prix, de la part d'une simple connaissance.

Boyce se pencha au-dessus de son épaule pour observer l'objet à son tour.

— Eh bien ! s'exclama-t-il. Un fer à cheval et, qui plus est, du meilleur goût… On fait des merveilles, maintenant, dans le domaine des bijoux fantaisie. On dirait un vrai !

— Je ne te le fais pas dire, murmura Aleth en refermant l'écrin.

Elle ne jugeait pas utile de détromper son frère. D'autant qu'elle n'avait pas l'intention d'expliquer le pourquoi du comment de son comportement de la veille.

— Cela dit, c'est bien ton style, ce genre de broches, poursuivit Boyce. Au moins, le généreux donateur aura compris ton amour pour les chevaux !

Soudain, avec sa sensibilité habituelle, il se rendit compte de la tension d'Aleth.

— Désolé, sœurette. Je ne voulais pas être indélicat. Je suis vraiment content que tu aies trouvé un autre petit copain !

— Euh… Ce n'est pas le cas. Il s'agit simplement d'un cadeau amical, de la part d'un ami qui m'a emmenée aux courses de Leopardstown, marmonna-t-elle évasivement.

Boyce avait du sommeil à rattraper, de sorte qu'il passa la plus grande partie de la journée suivante au lit. Aleth avait entendu l'hélicoptère de Rafael décoller à 8 heures, le matin, et il était fort tard dans la soirée lorsqu'elle l'entendit rentrer.

Le lundi matin, la jeune femme se réveilla dans une chambre inondée par un soleil annonçant une chaude journée d'été. Elle résista à l'envie d'appeler Rafael à cette heure matinale pour lui expliquer que, bien que la broche lui plût beaucoup et sans vouloir l'offenser, elle ne pouvait l'accepter. Certes, ça aurait été bon d'entendre sa voix, mais une rencontre *de visu* serait à la fois plus chaleureuse et moins sujette à malentendu qu'un simple coup de fil.

Mais de quelle manière prendre contact avec lui sans lui donner l'impression qu'elle le poursuivait de ses assiduités ou l'encourageait ?

Rafael se dirigeait vers Ballyflynn où il avait rendez-vous avec sa demi-sœur.

Il aurait dû se trouver à Rome ce matin-là, mais, nécessité faisant loi, il avait annulé toutes ses réunions. Quand il avait annoncé à Oona qu'il avait pris rendez-vous pour elle avec un psychologue de Tralee, l'adolescente avait complètement paniqué. Il en avait conclu que s'il ne voulait pas qu'elle s'enfuie de nouveau il devait l'accompagner jusqu'à la petite ville et la soutenir dans cette épreuve.

Oona se hissa dans la Range Rover sous le regard ébahi de son frère. Elle avait une allure à faire peur, enveloppée ainsi dans ses fripes noires *gothiques*, avec ses énormes bottes à lacets totalement hors saison. Ses yeux étaient fardés de mauve et violet, ses lèvres presque noires juraient avec son teint pâle. Une doublure toute trouvée pour un film de vampires des années cinquante... Rafael aurait éclaté de rire si la sagesse ne lui avait pas dicté de faire comme s'il n'avait rien remarqué.

— Tu as entendu la nouvelle ? Aleth s'est rabibochée avec son ex ! lui annonça-t-elle sans préambule.

Rafael s'immobilisa, les mains crispées sur le volant.

— Son ex ?

— Luke. Un de mes voisins tient le comptoir de taxis à l'aéroport de Kerry. Il a vu Aleth accueillir un beau jeune homme blond, hier après-midi. Elle l'a serré dans ses bras... Il paraît même qu'ils se sont embrassés. Beurk !

L'adolescente paraissait sincèrement révoltée.

— J'ai appelé Fergal pour lui demander s'il était au courant, et figure-toi qu'hier il les a interrompus pendant un dîner fin, au cottage... Il n'y a pas de doute. Elle s'est remise avec lui... Je n'arrive pas à y croire. Je la croyais plus orgueilleuse que ça ! Ça ne te contrarie pas trop ?

— Pourquoi ça me contrarierait ? marmonna Rafael.

Oona se tut, s'absorbant dans ses propres pensées, et Rafael fit reculer le 4x4 pour regagner la route.

Il ne ressentait rien. Absolument rien. Ça n'était pas nouveau, d'ailleurs. Il ne ressentait jamais rien. Les réactions affectives étaient bonnes pour les autres, les faibles. Pas pour Rafael Cavaliere Flynn qui les avait bannies depuis bien longtemps. Il n'était encore qu'un enfant lorsqu'il avait pris le contrôle absolu de ses émotions. Devant la cruauté de Valente, confronté à sa propre incapacité à intervenir, Rafael s'était fermé à toute réaction humaine.

Question de survie, ni plus ni moins.

Aleth et Boyce prirent un petit déjeuner substantiel avant de se pencher sur le plan que Tolly leur avait dessiné et de se rendre jusqu'à la ferme où Eva, comme des générations de Gallagher avant elle, avait vu le jour.

La propriété s'appelait Slieveross, et Tolly n'avait pas menti : on faisait difficilement plus isolé. Bien que le terrain ne se situât qu'à quelques kilomètres de Ballyflynn, ils durent remonter une longue allée pentue traversant le pied d'une colline. Parmi les haies verdoyantes poussaient des fuchsias sauvages d'une beauté saisissante, avec leurs corolles rose vif.

Ils s'arrêtèrent à plusieurs reprises pour reprendre leur souffle et s'imprégner du spectacle étonnant de la côte sauvage, au-dessous d'eux. Au loin, les vagues de l'Atlantique battaient les falaises déchiquetées.

Ils aperçurent enfin la petite ferme des Gallagher, qui n'était plus qu'une ruine, protégée des vents par le flanc de la colline.

— C'est l'endroit idéal pour s'isoler de tout, murmura Boyce, sur un ton si nostalgique que sa sœur le dévisagea avec curiosité. Regarde-moi ce paysage ! On se croirait sur une autre planète. Pas un être humain à des kilomètres à la ronde. Je ne vois même plus la route. Et ce silence... Ça fait bien longtemps que je n'ai pas *entendu* le silence... Je donnerais une fortune pour pouvoir racheter cette maison et la faire rénover !

— Malheureusement, maman ne te le pardonnerait jamais ! fit remarquer Aleth, partagée entre l'espoir et l'appréhension.

Elle savait que si Boyce, le petit préféré d'Eva, décidait d'élire domicile en Irlande, c'est à elle que sa mère s'en prendrait. D'un autre côté, rien n'aurait pu lui faire davantage plaisir que de savoir son petit frère à une demi-heure de route du cottage.

— Il est temps qu'elle se remette de son aversion pour ses origines, tu ne crois pas? Je ne vois pas pourquoi je me laisserais influencer par ses angoisses existentielles! J'aimerais bien avoir un endroit où je pourrais composer tranquillement, me détendre... De plus, j'ai le sentiment qu'ici je pourrais être Monsieur Tout-le-monde.

Boyce était d'un naturel impulsif. Il ne lambinait jamais lorsqu'il s'agissait de mettre ses projets à exécution. Sur le chemin du retour, il lui demanda de téléphoner au commissaire-priseur de Ballyflynn pour essayer de savoir à qui appartenait Slieveross. Une fois le renseignement obtenu il se fit déposer chez McNally, le notaire, et ne rentra au cottage qu'une fois satisfait. Il ne lui restait plus qu'à appeler son avocat pour discuter avec lui des détails financiers.

— C'est toi qui as fait mon lit? lui cria-t-il de sa chambre, tandis qu'elle préparait un repas rapide.

— Non! Je suis ta sœur, pas ta bonniche, vieux!

— Eh bien, ce n'est pas moi non plus, et pourtant il est fait! Aleth vint le rejoindre sur le seuil de la chambre.

— Tu as dû le faire sans t'en apercevoir!

— Je t'assure que non! Ce n'est pas mon genre, répondit-il, levant les deux mains en l'air.

— Dans ce cas, il doit y avoir des fées... Et si elles veulent rester sous ce toit pour faire le ménage elles sont les bienvenues! conclut Aleth, facétieuse.

— Tu ne sais pas de quoi sont capables les paparazzi! reprit Boyce d'un air sombre. Si ça se trouve, l'un d'entre eux s'est introduit ici pour prendre quelques photos et fouiller un peu. Ils sont toujours à la recherche d'un bon papier, bien juteux!

— Parce que les paparazzi font le lit de leurs proies, maintenant?

Un sourire contrit éclaira momentanément le visage grave du jeune homme.

— Bon, bon... Je veux bien t'accorder que ça semble légèrement parano...

— Je ne te le fais pas dire. D'autant que je suis sincèrement convaincue que tant que tu seras à Ballyflynn, tu n'auras rien à craindre de la presse ou de qui que ce soit, d'ailleurs.

Les heures filaient et Aleth était toujours décidée à voir Rafael. Il devait penser qu'elle était bien mal élevée. Elle aurait dû le joindre immédiatement après avoir reçu son généreux présent et se sentait coupable. D'un autre côté, elle ne savait trop comment s'y prendre. Enfin... Elle ne pouvait remettre l'entrevue indéfiniment et, laissant son frère discuter de sa future acquisition au téléphone, elle gagna sa chambre pour y faire un brin de toilette.

Dès qu'elle passa la porte, elle eut la quasi-certitude que les bouteilles de parfum rangées sur sa coiffeuse avaient été déplacées. Plus étrange encore, la pièce lui semblait différente sans qu'elle puisse dire en quoi, car elle ne repéra aucun changement vraiment significatif. Etait-ce Samson qui avait dérangé son dessus-de-lit ? Possible. Après tout, même si elle ne l'autorisait pas à entrer dans sa chambre, il ne désespérait jamais d'y parvenir un jour !

Aleth s'admonesta. Qu'est-ce qui lui prenait, tout à coup ? Elle n'était pas sujette à ce genre de divagations, d'habitude. Bien sûr que personne ne s'était introduit dans le cottage pendant son expédition à Slieveross ! Les choses étaient probablement telles qu'elle les avait laissées ! Boyce la faisait angoisser inutilement et elle ne devait pas se laisser influencer ! Cela dit, elle ne devait pas négliger le fait que son frère était une star très connue dans le monde de la musique et qu'il valait peut-être mieux penser à verrouiller le cottage pendant son séjour.

Elle sortit immédiatement, afin de récupérer la clé de rechange, trop facile à trouver, sous sa pierre, près de la porte arrière.

Il était presque 16 heures lorsqu'elle pénétra dans Flynn Court. Tolly n'était pas là et elle fut accueillie par une jeune domestique qui la mena dans la bibliothèque.

Une fois de plus, Aleth fut sidérée par la force de son envie de revoir Rafael. Ce fut si violent et si soudain qu'elle s'en trouva confondue. Et lorsqu'il s'avança pour la saluer, sophistiqué en diable, dans son costume à rayures grises, elle était si nerveuse que les mots se bousculèrent sur ses lèvres.

— Je voulais t'appeler pour avoir des nouvelles d'Oona, mais je pensais attendre un jour ou deux, que vous ayez réglé un certain nombre de problèmes, tous les deux…

Elle fut momentanément distraite par sa beauté virile et sentit sa bouche s'assécher.

— Seulement tu m'as envoyé cette broche et…

— Elle te plaît ? coupa Rafael avec sa nonchalance habituelle.

Aleth crispa les poings, le temps de chercher ses mots.

— Beaucoup ! Je veux dire… Elle est magnifique, seulement…

— Tu m'en vois ravi. Nous avons passé un excellent moment ensemble et tu avais raison. Le mélange de sang irlandais et italien qui coule dans mes veines me fait parfois verser dans le sentimentalisme, en fin de compte…

Il parlait d'un ton détaché, avec un cynisme qui démentait ses paroles.

— J'aime dire adieu avec classe. Alors par pitié n'essaie pas de me rendre mon présent.

Sous le choc, Aleth cessa de respirer.

« Adieu avec classe » ?

Elle ne bougea pas un cil, ne prononça mot, de peur de se trahir, de laisser voir son abattement.

Lorsqu'ils avaient quitté son domaine de Kildare, elle ignorait totalement s'il souhaitait la revoir ou non. En revanche, lorsqu'elle avait reçu le fer à cheval en pierres précieuses, elle avait sincèrement cru que ses angoisses étaient infondées. Il ne lui était pas venu à l'esprit qu'un homme puisse choisir un cadeau avec un tel soin, dans le simple but de mettre un terme à une aventure.

Elle sentit le sang se retirer de son visage. Elle avait l'impression de se réveiller d'un rêve et de marcher sur une corde raide, elle qui était si sujette au vertige. Pire encore, elle n'était en rien préparée à la violence de sa propre réaction.

Soucieuse de rompre le silence pesant qui s'était installé entre eux, elle prononça un seul mot, sans pouvoir dissimuler une nuance de désespoir.

— Oona ?

Les yeux mordorés de Rafael se posèrent sur elle avec une impassibilité et une froideur qui achevèrent de la déstabiliser.

— Je l'ai autorisée à manquer les derniers jours de cours. De toute façon, la directrice de la pension ne veut plus entendre parler d'elle. Elle est très probablement dyslexique et elle a accepté de voir un spécialiste. Je lui ai dit que je chercherais une institution moins éloignée de Ballyflynn pour la rentrée. Je lui rendrai ma décision à la fin de l'été... Toutefois, je ne lui ai rien promis.

— Bien ! fit Aleth avec un sourire forcé. Vous vous êtes remis à dialoguer, c'est le principal ! Tout finit par s'arranger ! Tu m'en vois ravie, même si je suis un peu surprise qu'elle ne soit pas venue me voir depuis l'autre soir. Elle doit être occupée.

— C'est possible.

Rafael commençait à s'amuser de la situation qui n'avait pourtant rien de drôle. Ainsi, sa sœur avait pris parti pour lui... Car le doute n'était pas permis : elle était furieuse contre Aleth, déçue par sa reddition, et elle ne manquerait probablement pas de le lui faire savoir, une fois qu'elle aurait passé le stade de la révolte.

— Je t'ai dit que l'inauguration de la sellerie était prévue pour samedi ?

— Je ne savais même pas que tu comptais vendre des articles de sellerie.

— Tu m'as dit que les détails t'importaient peu. Cela dit, à l'avenir, je consignerai tout par écrit, de manière que tu sois informé, déclara Aleth d'un ton faussement léger.

Là-dessus, elle lui expliqua le déroulement de la journée,

avec force détails sur la kermesse et la vente de charité, le tout la tête haute et un sourire bravache aux lèvres.

— Parce que tu penses sincèrement que tu seras toujours à Ballyflynn dans un an ? s'enquit Rafael.

Aleth sentit le rouge lui monter aux joues devant le scepticisme de ce dernier commentaire. Rafael semblait convaincu que la pension ferait faillite dans les mois à venir, et cela constituait l'injure suprême. C'était bien simple, il mettait en doute sa capacité à faire prospérer la pension.

— J'ai parfaitement conscience de ce que la plupart des entreprises ferment au cours de la première année, mais je peux t'assurer que la pension échappera à la règle. Le magasin ne contient que les fournitures de base, cependant les bénéfices devraient suffire à couvrir les frais généraux de la pension, en plus d'attirer les clients. Et puis, au cas où tu l'ignorerais, en me proposant de m'installer dans cette superbe écurie géorgienne, tu m'as donné de bien meilleures chances de survie ! Sans parler des services du palefrenier... Il m'est d'une aide inestimable. Je ne...

Elle fut interrompue par la sonnerie du téléphone.

— Dis à Oona qu'elle peut venir me voir quand elle le souhaite ! conclut Aleth, avant de tourner les talons.

Elle se sentait vidée de toute son énergie. L'effort avait été trop rude. S'obliger ainsi à sourire lorsque tout s'effondrait en soi, c'était insoutenable...

Rafael passa devant le téléphone sans décrocher, et ouvrit la porte à Aleth.

Malgré lui, il conservait de meilleures manières avec cette femme qu'avec aucune autre avant elle, et cela ne laissait pas de le surprendre.

De même, il se demandait quelle serait la réaction d'Aleth s'il se servait du désir féroce qui l'avait animée seulement deux jours plus tôt, pour la récupérer. Manifestement, leur étreinte passionnée avait constitué une nouveauté pour la jeune femme. L'amour fou défié par la ferveur sexuelle...

Rafael n'aurait pas juré qu'elle était assez forte pour résister à la tentation.

Dans des circonstances similaires, Valente n'aurait pas hésité une seconde. Son fils, lui, fut étonné de constater que, contrairement à son géniteur, il avait des scrupules.

De nouveau, Aleth éprouva le besoin de combler le silence tandis qu'elle traversait le hall d'entrée d'un pas ferme, les épaules raidies par ce qui lui restait de dignité.

— Où est Tolly ?

— En Angleterre. Son frère est malade et il s'est rendu à son chevet hier soir.

Aleth remonta en voiture et s'éloigna sans se retourner. Elle se sentait vide, secouée. Rafael avait joué au yoyo avec ses émotions. Comme si elle avait été une collégienne. Bien fait pour elle, car à l'instar d'une gamine de quinze ans elle avait trouvé le moyen de s'amouracher de lui.

Tout lui plaisait, en lui. Son visage et son corps de dieu latin, son sourire charmeur... jusqu'à sa réputation de tombeur.

Inutile de s'attarder là-dessus, cependant. Ni sur ce sourire ni sur le reste. Il ne s'était agi que d'une aventure sans lendemain, d'un geste inconsidéré, d'une erreur pathétique et c'était terminé. Alors ?

Alors ?

Aleth fut obligée de s'arrêter sur le bas-côté de la route pour essuyer les larmes qui coulaient sans retenue sur ses joues. Elle prit une longue inspiration et se moucha rageusement, furieuse de s'être mise dans un état pareil.

Soucieuse de ne pas inquiéter son frère, elle roula une petite demi-heure, toutes vitres baissées, dans l'espoir que la brise ferait disparaître les derniers signes de sa détresse.

Ensuite, histoire de faire bonne mesure, elle se rendit au supermarché pour y faire quelques courses.

Sheila, la bru de Joseph Tolly, faisait la queue à la caisse voisine, les yeux rivés sur elle. Qu'est-ce qu'elle avait, à la dévisager ainsi ? Aleth sentit la moutarde lui monter au nez.

Elle allait monter au créneau et lui poser la question lorsqu'un homme qui ne pouvait être que Robert Tolly, tant il ressemblait à son père, apparut derrière elle. Manifestement contrarié, il entraîna sa femme dans son sillage.

Aleth sortait du village quand elle aperçut Oona. Elle lui fit signe et chercha une place de parking dans la rue principale. Malheureusement, le temps qu'elle en trouve une, l'adolescente avait disparu.

Aleth se renfrogna. Elle était certaine qu'Oona l'avait vue. Elle pouvait s'être trompée, bien sûr, cependant le silence de la jeune fille commençait à lui paraître suspect. Elle repensa au mot qu'elle avait montré à Rafael et pâlit. Ça devait être cela... Oona estimait qu'elle avait trahi sa confiance et lui en voulait à mort.

Le cœur en berne, elle regagna le cottage où, pour son plus grand étonnement, Boyce et Fergal étaient assis devant un match de football. Ils devisaient comme s'ils se connaissaient depuis toujours, une canette de bière à la main. Soudain, ils se mirent à hurler et à applaudir à l'unisson. Leur équipe venait de marquer un but.

— Je vois que vous avez fini par faire connaissance, fit remarquer Aleth, d'un ton léger.

— Ouais... Regarde-moi ce jeu de pied, Fergal ! s'écria Boyce, tout à son match.

La jeune femme sourit à part elle. Dire qu'elle avait craint que son frère ne remarque qu'elle avait pleuré ! Il en aurait fallu bien davantage pour qu'il s'émeuve, en ce moment précis... Qu'elle se mette entre lui et l'écran de télévision, par exemple.

— Vous venez à Ballyflynn pour le *ceilidh* de ce soir ? demanda Fergal, au moment de repartir, une heure plus tard. Le groupe annoncé est vraiment très bon !

— Je ne manquerais ça pour rien au monde, vieux ! répliqua Boyce.

— Je croyais que tu craignais d'être reconnu ? hasarda Aleth, une fois Fergal sorti.

Son frère la dévisagea un instant avec une satisfaction non déguisée.

— J'ai dit à Fergal comment je m'appelais. J'ai même précisé que je travaillais dans la musique. Aucune réaction... Mon nom ne lui dit rien. Alors tu penses bien que si un type de son âge ne me reconnaît pas je suis tranquille. A propos, pourquoi ne m'as-tu pas dit que le pub du village était un haut lieu de la musique traditionnelle ? J'adore le folklore irlandais, tu sais !

— Dooley's ? Un haut lieu du folklore irlandais ? Je l'ignorais totalement.

— Fergal me fait l'effet d'un brave type. Tu aurais pu trouver pire, déclara Boyce, tel un coach encourageant son nouveau protégé.

— Ne dis pas de bêtises. Nous sommes amis, rien de plus !

Les portes situées à l'arrière du bar ouvraient sur une immense cave, basse de plafond et agrémentée d'une cheminée dans laquelle brûlait un feu de tourbe. Le sol était couvert de dalles rougeâtres et les sièges, disposés en demi-cercles, appelaient à la convivialité.

Tout d'abord un peu tendu à l'idée de se trouver dans un endroit public, Boyce finit par se laisser gagner par la bonne humeur ambiante.

Le groupe de *ceilidh*, composé d'un violoniste, d'un accordéoniste et d'un musicien qui soufflait dans un pipeau, leur joua quelques morceaux au rythme effréné.

Deux heures plus tard, Aleth avait l'impression que son sourire forcé était figé à jamais sur son visage las.

Fergal vint les rejoindre à leur table pour présenter le violoniste à son nouvel ami et tous trois se mirent aussitôt à parler musique. Boyce avoua qu'il avait lui-même été un flûtiste accompli, quand il était gamin, et qu'il avait un moment envisagé de faire carrière dans la musique classique. Lorsqu'il se mit à jouer du violon, pour lequel il était tout aussi doué, l'assemblée entonna des chansons, marqua la cadence sur la table, fredonna de vieilles ballades...

Boyce était dans son élément.

Il était tard lorsqu'ils regagnèrent le cottage, et Aleth monta se coucher directement.

Elle dormit fort mal, cette nuit-là. Lorsqu'elle émergea, peu après 5 heures, elle décida d'aller faire une promenade à cheval avec Blanche-Neige. Elle contourna l'écurie pour gagner sa voiture et s'arrêta net. Un énorme graffiti barrait les portes principales. Sous le choc, la jeune femme sentit sa gorge se serrer et une sueur froide lui couler dans le cou.

FICHE-LUI LA PAIX !

Les mots avaient été inscrits à la peinture blanche, et si précipitamment que les lettres dégoulinaient.

Aleth était certaine que l'inscription n'était pas encore là lorsqu'elle était sortie avec Boyce, la veille au soir. A leur retour, en revanche, il faisait trop sombre pour qu'elle ait vu quoi que ce soit, d'autant qu'elle ne se souvenait pas avoir regardé dans cette direction.

Elle déglutit péniblement pour faire passer la boule d'angoisse qui lui obstruait la gorge.

« Fiche-lui la paix » ?

Comme elle était chez elle, le message ne pouvait que lui être destiné. Quant à savoir à qui il faisait référence... Rafael ? Possible, mais d'où provenait une injonction aussi violente ? La réponse semblait évidente : de la personne qui avait le plus besoin de Rafael Cavaliere Flynn en ce moment... C'est-à-dire Oona qui, traversant une mauvaise phase, voulait s'assurer toute l'attention de son frère...

Pourtant, Aleth ne parvenait pas à croire que l'adolescente soit à l'origine d'un acte aussi déplaisant. Un acte destiné à choquer et à faire peur... Parce qu'il était inutile de le nier... L'idée qu'on soit venu jusqu'ici dans l'intention de lui faire part de son hostilité lui donnait froid dans le dos...

Aleth essaya en vain de rejeter l'idée qu'Oona y soit pour quelque chose. Elle avait beau faire, elle ne pouvait oublier le tempérament colérique et la nature impulsive de la jeune fille.

Quoi qu'il en soit, les choses ne pouvant rester en l'état, elle se précipita dans la vieille remise où étaient entreposés les pots de peinture entamés. Elle en ouvrit un, versa d'une main tremblante un peu de liquide blanc dans un plateau et retourna vers l'écurie. Moins de deux minutes plus tard, l'inscription avait disparu sous le rouleau au point d'en être presque illisible. L'incident était clos, et Aleth décida de n'en parler à personne.

Néanmoins, l'idée que le graffiti soit probablement l'œuvre d'Oona l'attristait au plus haut point. Jusque-là, elle ne s'était pas vraiment rendu compte de l'affection qu'elle portait à l'adolescente. Cette dernière avait dû sentir qu'il se passait quelque chose entre son frère et elle... Une chose était certaine, si elle en concevait de la jalousie elle s'apercevrait bien vite de son erreur... Aleth n'était pas une rivale, ni pour elle ni pour les magnifiques créatures qui n'attendaient qu'un claquement des doigts impérieux de Rafael Cavaliere Flynn pour lui tomber dans les bras.

— J'ai bien réfléchi, sœurette, déclara Boyce en se renversant sur sa chaise à la fin du repas. Je vais appeler maman. Il est grand temps qu'elle te dise qui est ton géniteur, tu ne crois pas ?

Aleth écarquilla des yeux épouvantés.

— Non, Boyce. Ne fais pas ça, je t'en supplie. Eva ne me le pardonnerait jamais. Elle va penser que je t'ai harcelé et...

— Je la détromperai. Si ça se trouve, elle a simplement peur de ce qu'Alice et moi pourrions penser. Je veux qu'elle comprenne qu'en ce qui me concerne je me fiche de ce qu'elle a pu faire dans sa jeunesse comme de ma première guitare. Il faut l'encourager à parler, après toutes ces années. Elle aura sans doute besoin de notre soutien... Et tu n'as pas à t'excuser de vouloir savoir. C'est ton droit le plus strict ! Quand maman comprendra que tu n'es pas seule dans cette bataille, elle se rendra à la raison.

Aleth continuait à se mordiller la lèvre avec angoisse. Eva tenait à Boyce comme à la prunelle de ses yeux. En sa présence, elle devenait une autre femme. Comment aurait-il pu comprendre que, de son côté, elle risquait à tout moment d'endommager à jamais sa relation avec leur mère ?

Boyce lui tapota la main en un geste assuré.

— Fais-moi confiance, sœurette, murmura-t-il avec assurance. Je connais maman !

Ce soir-là, Aleth travailla tard. C'était le jour de congé du palefrenier et elle avait du pain sur la planche. Boyce lui avait proposé son aide, qu'elle avait refusée. Son petit frère n'avait jamais été très porté sur le travail physique.

Lorsqu'elle eut terminé de nourrir les chevaux, elle retourna au bureau pour s'attaquer aux comptes du mois.

Peanuts, particulièrement agitée, allait et venait jusqu'à la porte en grattant la pierre, le groin au sol. Samson jappa à une ou deux reprises avant de faire le tour du bureau, lui aussi. Si elle n'avait pas été aussi absorbée par sa tâche, leur agitation l'aurait agacée au plus haut point. Ce ne fut que lorsqu'elle entendit une portière claquer au-dehors qu'elle sortit voir ce qui se passait.

Rafael Cavaliere Flynn s'avançait à longs pas vers la remise, à l'autre bout de la cour.

— Rafael ? lança Aleth, pensant qu'il la cherchait.

Il pivota sur lui-même avec sa grâce habituelle, grand et autoritaire en diable, la mine sombre, ses yeux la transperçant comme un rayon laser.

— Le portail du bas est resté ouvert, annonça-t-il sans préambule. Tes chevaux sont dans la nature !

Aleth se sentit blêmir, mais se reprit aussitôt.

— J'appelle Fergal tout de suite !

— Dis-lui de vérifier qu'ils ne sont pas sur la route. De mon côté, je vais réveiller Davis… En espérant qu'il soit chez lui !

Elle appela Fergal sur son portable, et il lui promit d'arriver aussitôt.

— Je ne comprends pas ce qui a pu se passer ! s'exclama-t-elle, consternée.

— Un simple acte de négligence ! rétorqua Rafael d'un ton railleur.

— Pas de ma part en tout cas ! Je vérifie chaque soir que les portails sont cadenassés.

— Combien de chevaux as-tu en pension, en ce moment ? reprit Rafael, au moment où Davis descendait les marches de son appartement.

— Six.

— J'aperçois une vieille jument, devant l'enclos. Elle broute paisiblement. J'ai réussi à coincer un hongre gris dans le verger. Ça en fait deux… Surveille l'allée. Davis, venez avec moi. Nous allons prendre la voiture jusqu'à Flynn Court pour essayer de localiser les autres.

Il parlait d'un ton impersonnel, détaché de tout… et qui résonnait aux oreilles de la jeune femme comme une condamnation sans appel.

— Ce n'est pas ma faute, répéta Aleth d'une voix crispée. Je te jure que j'ai vérifié…

— J'ai failli renverser le hongre gris en chemin, coupa-t-il. Si je n'avais pas freiné à temps, il y aurait eu au moins une victime !

— Je suis désolée… Vraiment !

Rafael posa sur Aleth un regard sombre comme une nuit d'hiver. Son pantalon était maculé de boue de même que son sweat-shirt, et sa magnifique chevelure cuivrée était ramenée en une queue-de-cheval de gamine. Ses immenses yeux bleus étaient cernés — elle devait être épuisée — et, au hit-parade des vanités, elle n'aurait obtenu aucun point. Pourtant, l'attrait de son ossature délicate et de son teint de porcelaine semblait encore relevé par cette vulnérabilité toute nouvelle.

Rafael préférait ne pas songer aux activités qui avaient pu la priver à ce point de sommeil. Sans dire un mot, il remonta dans son 4x4.

Aleth déplaça la camionnette pour bloquer l'allée. Elle avait six chevaux en cavale. Un véritable désastre. Le portail ne s'était pas ouvert tout seul… Etait-ce l'œuvre d'un vagabond ? D'un promeneur ? Non. Ces derniers étaient généralement trop respectueux du bétail et des éleveurs pour oublier de refermer les portails.

Pour le reste… La pension serait tenue pour responsable en cas de dommages physiques, qu'ils soient humains ou animaux. Dans le cas inverse, les accidents étaient couverts par son assurance. Le seul véritable problème était la réputation que ce genre d'incident risquait de donner à son entreprise.

Fergal l'appela pour lui annoncer que Boyce et lui avaient retrouvé deux des poneys manquants en haut du chemin.

— Dieu soit loué !

— On n'a pas eu grand mérite à les rattraper, tu sais ! Ce sont eux qui sont venus vers nous.

— Je ne comprends pas comment ça a pu se produire, Fergal !

— C'est étrange en effet, convint-il sans hésitation. En tout cas, ils ont dû avoir une sacrée trouille pour partir aussi loin !

Aleth alla récupérer le hongre gris dans le verger et le ramena, ainsi que la vieille jument, douce comme une pouliche, qui continuait de brouter dans le champ comme si de rien n'était. Ni l'un ni l'autre n'était blessé.

La jeune femme alla examiner le loquet sans rien voir de suspect. Dorénavant, elle prendrait la précaution d'attacher les deux battants de la clôture avec une chaîne.

Boyce et Fergal arrivèrent sur ces entrefaites, le premier au volant de la voiture qu'il conduisait au ralenti, le deuxième à pied, menant les poneys.

— Tu as l'air à bout, sœurette, fit remarquer Boyce. Remets-toi. Apparemment, il n'y a pas de casse...

— Attends que les deux derniers chevaux soient rentrés, sains et saufs, soupira Aleth.

— Ils ont dû dévaler l'allée comme des fous, quand ils sont partis, observa Fergal avec une grimace. Ils ont coupé par l'allée de Flynn Court, et je suppose que les pelouses en ont pris un coup.

Aleth réprima à grand-peine un gémissement.

— Et Rafael qui était déjà furieux à l'idée que les chevaux se soient volatilisés !

— Qui est Rafael ? s'enquit Boyce.

Fergal jeta un coup d'œil à Aleth qui se sentit rougir jusqu'aux oreilles. Manifestement, le jeune homme en savait plus long qu'il ne le laissait paraître. Elle plongea ses mains dans ses poches et haussa les épaules avec une indifférence qu'elle était loin d'éprouver.

— Oh ! Un voisin.

— Jeune ? s'entêta Boyce.

— Pas très vieux.

Un bruit de sabots retentit dans l'allée, bientôt suivi du rugissement d'un moteur puissant. Aleth s'avança sous la voûte avant même que la lueur des phares ait percé le velours de la nuit qui commençait à les envelopper.

Davis fit pénétrer les deux derniers chevaux dans la cour.

— Ils n'ont rien ? lui demanda-t-elle avec inquiétude.

La portière de la Range Rover s'ouvrit sur Rafael qui en jaillit avec la grâce dangereuse d'un félin.

— Rien du tout, par pur miracle ! Tu ne mérites pas ta chance, Aleth. Ces chevaux sont dehors depuis une heure au moins.

Boyce émergea de derrière la haie et Rafael s'immobilisa, visiblement contrarié. Il toisa Boyce de sa haute taille.

— Je n'aime pas le ton sur lequel vous parlez à Aleth, lui lança néanmoins ce dernier, d'un ton glacial.

— Ce n'est rien, Boyce ! Honnêtement ! Un peu de franc-parler n'a jamais tué personne, tu sais ! intervint précipitamment Aleth, dans l'espoir d'empêcher Rafael de se montrer franchement désobligeant. Je n'ai pas encore eu le temps de t'en parler, mais il se trouve que Rafael et moi sommes associés.

— Depuis quand, sœurette ? demanda Boyce, abasourdi. Pourquoi ne m'as-tu rien dit ? Il n'y a pourtant pas de quoi en faire un secret d'Etat !

— Ça ne m'a pas paru important ! balbutia la jeune femme sans regarder son frère.

Si elle lui avait caché ses difficultés financières, c'était tout simplement parce qu'il aurait été froissé qu'elle ne se soit pas tournée vers lui pour se tirer d'affaire.

Rafael remercia Davis et s'appuya indolemment sur le capot de son véhicule. Il était parfaitement détaché et n'avait pas tenté une seule fois de se mêler à la conversation.

Ainsi, l'intrus qui séjournait chez Aleth n'était pas son ex... Dès qu'il l'avait vu, il avait compris que la rumeur mentait. L'invité de sa jolie voisine ne lui rappelait en rien les photos de Luke. En fait, il ressemblait tellement à Aleth qu'il ne pouvait être qu'un membre de sa famille.

Contre toute attente, ce fut Fergal qui vint à la rescousse d'Aleth en rappelant à Boyce que ses nouveaux amis l'attendaient dans l'arrière-salle du Dooley's.

— Seamus m'a dégoté une flûte et j'ai l'intention de jouer un peu avec le groupe, ce soir, expliqua Boyce. Tu seras rentrée ? J'aimerais que tu nous accompagnes.

Malgré son état de tension, Aleth fut touchée par l'invitation. Elle lui promit de venir et le regarda s'éloigner avec Fergal.

Toujours consciente de la présence exceptionnellement silencieuse de Rafael Cavaliere Flynn, elle releva la tête sans croiser son regard pour autant.

— Je n'ai rien à dire pour ma défense, déclara-t-elle. La dernière fois que j'ai regardé, le portail était fermé.

Rafael s'avança vers elle, ses pas crissant sur l'herbe haute, en ce début d'été.

— Je me fiche éperdument du portail.

Aleth écarquilla les yeux. Elle aurait pourtant cru que le sujet était d'importance !

— Encore une fois, je suis désolée. Je ne comprends pas...

Rafael prit son poing crispé entre ses mains, déplia ses doigts un à un, et la regarda dans les yeux.

— Ces dernières quarante-huit heures, j'ai été persuadé que tu fêtais tes retrouvailles avec ton ex, Aleth.

— Avec mon ex ? Luke, tu veux dire ? répéta-t-elle, abasourdie. Tu plaisantes ? Non ! Je n'ai qu'un visiteur, en ce moment, et il s'agit de mon demi-frère, Boyce. Qu'est-ce qui a pu te faire penser une seule minute qu'il s'agissait de Luke ?

Aleth éprouvait quelques difficultés à tenir tête à Rafael Flynn. Il se tenait là, devant elle, superbe comme d'habitude et dégageant un charisme hors du commun. Pire encore, il avait l'avantage. Il était capable de la maintenir en haleine tout en affirmant les choses les plus outrageantes.

— Ce n'est tout de même pas ma faute si tu as choisi d'écouter les ragots des villageois !

Elle profita de ce qu'il digérait cette pique pour se dégager la main.

Le regard mordoré de Rafael se rétrécit en une lueur féroce.

— Tu m'as tout de même appelé par son nom, l'autre jour, au lit. Ça, ce n'était pas un ragot ! Or, qu'est-ce que j'apprends le lendemain ? Que tu sautes au cou d'un bel inconnu à l'aéroport avant de le ramener chez toi… Alors tu ne peux pas me reprocher d'en avoir tiré certaines conclusions !

— Détrompe-toi, j'ai un bon nombre de reproches à te faire, rétorqua Aleth, d'un ton enflammé. D'abord, tu ne m'as pas fait confiance. Ensuite, tu ne t'es pas donné la peine de vérifier tes informations. Et pour finir tu ne m'as pas donné une seule chance de m'expliquer.

— Du calme ! Il n'y a pas de quoi en faire un drame !

L'espace d'un instant, elle fut tentée de lui répondre qu'elle n'avait pas apprécié le fait de se faire ainsi renvoyer dans ses cordes, la veille. Et, soudain, l'indifférence altière de Rafael à la blessure qu'il lui avait infligée la rendit furieuse. Au point qu'elle fut submergée par une colère froide, venue de nulle part et qui la mena à un niveau de rage qu'elle avait rarement atteint. Le détachement et le calme avec lesquels il appréhendait la situation ne firent qu'aggraver les choses.

— Ça a été un drame, pour moi ! Toutefois, à quelque chose malheur est bon. Je crois que je peux remercier ma bonne étoile qui m'a fait découvrir ta véritable nature aussi rapidement !

— Ce qui signifie ? demanda Rafael, soulevant un sourcil aristocratique.

Aleth rejeta la tête en arrière et le toisa un instant d'un air de défi.

— Tu m'as déçue ! Voilà !

Rafael en resta momentanément sans voix. L'instant d'après, il sentit son flegme habituel l'abandonner. Il était sous le coup de la colère, lui aussi. Aucune femme ne l'avait encore accusé de l'avoir déçue. Seuls les lâches, les faibles, les dégonflés décevaient leurs compagnes. Or Rafael se targuait ne pas faire partie de cette catégorie.

— D'où tires-tu une affirmation pareille ?

— Du fait que tu n'as même pas abordé le sujet de la prétendue présence de Luke chez moi. Je trouve que ça manque singulièrement de classe.

Elle avait beau s'efforcer d'être aussi calme que lui, elle ne parvenait pas à réprimer les trémolos de sa voix.

— C'est un malentendu, rien de plus ! reprit Rafael, les dents serrées.

— Je suis trop banale pour toi, c'est tout. Tu ne penses qu'en termes de sorties de rêve, de cadeaux coûteux, et tout ce qui t'importe est ce qui se passe plus tard, dans la chambre à coucher. Tu as raison d'ailleurs. Tout cela est excitant en diable. Seulement j'aurais été beaucoup plus touchée si tu t'étais donné la peine de me demander qui était mon invité. Le fait que tu as préféré me renvoyer à mes foyers en dit long sur ta manière d'appréhender le monde. Tout dans l'apparence... C'est bien plus important que moi ou que ce que je peux éprouver !

Rafael la contemplait sans sourciller. Seule la lueur dangereusement sombre qui brillait dans ses yeux indiquait que ce qu'il entendait lui déplaisait fortement.

— Je croyais que tu recherchais une aventure sans lendemain... Que tu admirais les gens qui ne s'attachent pas... Que t'est-il arrivé ?

— Toi ! Et tu m'as dégoûtée à vie de ce genre de passade, admit-elle sans hésiter une seconde.

— Tu oublies un détail, *a mhilis*. Je ne suis pas si porté sur les apparences que tu le dis... Et je souhaite que tu me reviennes !

Aleth n'était pas préparée à une telle déclaration et en fut infiniment troublée. Le doute et la confusion s'emparèrent d'elle. Lors des quelques moments qu'ils avaient passés ensemble, elle s'était sentie incroyablement proche de Rafael... Follement heureuse, même. Malheureusement, et presque aussitôt, elle avait eu le sentiment d'avoir affaire à un parfait étranger, muré dans une forteresse où personne ne pouvait l'atteindre. Il l'avait blessée et elle voyait en cette blessure un juste retour des choses. Elle s'était comportée comme une gamine enamourée, comme une véritable idiote. L'attitude de Rafael Cavaliere Flynn envers elle constituait sa punition.

— Je ne suis pas un jouet que tu peux jeter et récupérer lorsque tu en as envie, figure-toi.

Les lèvres de Rafael s'étirèrent en un rictus amer. Il s'agissait là d'une assez bonne description de la manière dont il se comportait habituellement avec ses maîtresses.

— Je n'ai pas l'intention de te traiter ainsi, Aleth.

— Je... Je suis désolée. Ça ne marchera jamais.

La jeune femme l'examina un instant avec regret. Ses yeux magnifiques étaient rivés sur elle, et il paraissait complètement éberlué à l'idée qu'elle ne lui retombe pas immédiatement dans les bras.

Aleth, de son côté, luttait contre le désir déplacé de se jeter à son cou. Elle serra les poings et baissa la tête. A son grand désarroi, elle sentait sa colère la déserter. Or, Rafael ne s'était même pas excusé. Tout simplement parce qu'il ne savait comment faire... Nul doute que ses courtisans lui avaient toujours épargné ce genre d'exercice.

« Demande-moi pardon, songea-t-elle avec ferveur. Dis-moi que tu es désolé... Dis-le-moi... »

— Tu me connais mal, *a mhilis*, reprit Rafael d'un ton résolu. Sache que je n'abandonne jamais la partie. En clair, je relève toujours le défi.

— Grand bien te fasse. Moi, il faut que j'y aille. Je dois me changer avant de descendre au pub, marmonna-t-elle en reculant vers sa voiture.

— Aleth...

Le souffle court, elle ralentit le pas, toute son attention concentrée sur Rafael.

— Quoi encore ?

— Tu n'es pas banale, loin de là... Je dirais même que tu es extraordinaire !

Pour le coup, elle se sentit rosir de plaisir. Toutes ses belles résolutions fondirent comme neige au soleil et son cœur se mit à cogner dans sa poitrine.

Cela lui fit si peur qu'elle parcourut en toute hâte les derniers mètres qui la séparaient de la camionnette. Il était encore temps pour elle de s'enfuir. Elle ne s'était pas attachée à Rafael...

Pas encore.

Et puis, elle n'avait que faire d'un milliardaire désabusé qui se fatiguerait de son extraordinaire banalité bien longtemps avant qu'elle se lasse de lui à son tour.

La soirée au Dooley's fut très animée. Boyce se leva pour jouer avec le groupe et son talent de flûtiste fut fort apprécié du public qui l'écouta religieusement avant d'applaudir à tout rompre.

Satisfait de sa performance, il revint s'asseoir auprès de sa sœur.

— Génial ! s'exclama-t-il. Quand je pense que je n'ai plus que deux jours à passer à Ballyflynn ! Je tiens à ce que tu saches que je me suis vraiment bien amusé. Sans compter que je me suis fait de nouveaux potes... Même si mon offre d'achat pour Slieveross est refusée, tu peux compter sur moi pour revenir dans la région !

— J'ai été ravie de te recevoir, petit frère !

Boyce s'apprêtait à répondre quand il posa son verre et, avec un cri étouffé, fit mine de se lever.

— Qu'est-ce qui t'arrive ?

Boyce se reprit et, secouant la tête, se rassit calmement.

— Rien, fit-il. J'ai cru voir une fille que je connais... L'effet de mon imagination, apparemment. La lumière n'est pas très vive, dans cette cave !

Aleth regarda à l'autre extrémité de la salle comble au moment même où une silhouette virile et élancée qui lui parut familière se dessinait sur le seuil.

Rafael Flynn.

Des habitués saluèrent son arrivée. Il leur sourit avec une amabilité quelque peu hautaine, s'avança vers le bar pour commander puis, une pinte à la main, pivota sur lui-même pour passer l'assemblée en revue.

Aleth sentit son cœur bondir. L'impression fut si forte qu'elle dut résister à l'envie de porter la main à sa gorge.

Rafael avait enfilé un pull-over bleu nuit sur un jean délavé.

Cela allié au fait qu'il n'était pas rasé lui donnait un sex-appeal irrésistible. Il jeta un coup d'œil dans sa direction et elle détourna la tête, les joues en feu.

Il traversa la cave d'un pas lent et la pria négligemment de lui présenter son frère. Puis, pour sa plus grande surprise, il s'installa à leur table afin de discuter un peu avec Boyce. L'espace de quelques minutes, tous les regards convergèrent vers eux.

Ses yeux mordorés brillant d'amusement devant l'étonnement de la jeune femme, Rafael se détendit sur son siège. Il continua de parler à Boyce avec toute l'aisance et l'indolence gracieuse dont il était capable. Aleth, habituée à davantage de réserve de sa part, fut fortement impressionnée par cet effort de socialisation.

— Tu as un sacré pouvoir d'attraction, ma belle ! lui murmura Fergal à l'oreille. On n'a pas souvent l'honneur de recevoir Rafael Flynn au Dooley's !

Boyce fut redemandé sur scène à grand renfort de sifflets et d'applaudissements, et Aleth fut surprise de l'entendre décliner l'invitation, sous prétexte qu'il était fatigué. Quelques secondes plus tard, avec un sourire contrit en direction de Rafael, il demanda à sa sœur de le ramener au cottage.

Une fois sur le parking, il ne se contint plus.

— Rafael Cavaliere... Rien que ça ! Tu avais l'intention de me le dire quand, au juste ?

— Te dire quoi ? demanda Aleth, qui n'avait pas entendu Rafael se présenter.

— Que le plus grand séducteur du monde occidental est ton voisin, ton associé et...

Boyce paraissait inquiet, mal à l'aise.

— J'ai failli tomber de ma chaise, quand j'ai compris de qui il s'agissait. Ecoute-moi bien, sœurette... Je ne serais pas un frère si je te laissais tomber entre les griffes d'un type comme lui sans broncher.

Aleth se glissa sereinement derrière le volant.

— Du calme, Boyce ! Je n'ai plus cinq ans !

— Tu vas y laisser des plumes. Il ne reste jamais avec une femme bien longtemps. Tu ne lis pas les journaux ? Il va te faire passer quelques semaines de rêve avant de te jeter comme un vulgaire jouet. Tu appartiendras à l'histoire ancienne. Crois-moi, frangine. S'il est après toi, c'est sans doute parce qu'il n'a pas de top-modèle ou d'actrice sous la main.

Aleth grimaça et Boyce, se rendant compte de son manque de tact, s'interrompit, une main sur la bouche.

— Aleth ? Ce n'est pas ce que je voulais dire…

— Ne t'inquiète pas pour ça, frérot.

Il avait raison. Elle n'avait aucune chance. Elle n'aurait jamais la classe d'un mannequin. D'ailleurs, ne s'était-elle pas demandé elle-même si l'attirance de Rafael n'était pas due au fait qu'elle n'avait aucune concurrente à cinquante kilomètres à la ronde ?

Boyce laissa échapper un soupir.

— Luke t'a vraiment fait du mal. Tu es trop vulnérable, en ce moment… Je ne crois pas qu'il soit judicieux de te livrer pieds et poings liés à un milliardaire hyperpuissant qui oubliera jusqu'à ton nom à la minute même où il se sera lassé de toi !

— Possible, seulement dans l'intervalle je prendrai un peu de bon temps… Luke n'était pas très marrant, tu sais, même si je ne m'en étais pas aperçue. Il a fallu qu'il me plaque pour que je comprenne enfin !

Aleth coupa le moteur et, la main sur la poignée de la portière, releva le menton.

— La vie est trop courte pour avoir des regrets. Il y a quelque chose en particulier qui t'a déplu, chez Rafael ?

Boyce la dévisagea un instant, les yeux ronds.

— Je n'ai pas dit ça ! Au contraire ! Il est intelligent, cool… Un peu intimidant, certes, cependant je n'ai rien contre lui !

— Sérieusement ? demanda Aleth, hilare.

— Sérieusement ! Mais je ne veux pas te voir souffrir une deuxième fois. Parce qu'il faut être réaliste… Tu es le genre de femme à te fixer et lui… il ne sait pas ce que c'est que de s'engager en amour !

11

Rafael gisait sur son lit, résigné à apprendre, par le biais du coq dégénéré de sa jolie voisine, que l'aube s'était levée sur Flynn Court. Le fait qu'il commence à s'accoutumer à ce genre de réveil ne diminuait en rien l'impact que le cri triomphal d'Albert avait sur ses nerfs. Par ailleurs, malgré les efforts désespérés de Tolly et d'Oona pour le lui cacher, il savait depuis le départ que l'infâme animal faisait partie de la ménagerie d'Aleth.

C'est Davis qui avait vendu la mèche. A ce qu'il semblait, Albert allait pousser son second cri de la matinée dans la cour de l'ancienne écurie, afin d'être bien sûr d'avoir prévenu son monde, et le palefrenier ne goûtait qu'à moitié la plaisanterie.

— Il paraît que vous êtes un chasseur émérite, monsieur Flynn, avait fait remarquer Davis, une nuance d'espoir dans la voix. Personne ne remarquerait vraiment la disparition de ce volatile de malheur, vous savez !

— Albert n'est pas un coq ordinaire, mais un animal de compagnie, avait répondu son maître. A ce titre, j'entends qu'il vive vieux et heureux !

Aleth se réveilla de bonne heure, ce matin-là. La kermesse d'inauguration aurait lieu le lendemain, et elle avait une journée chargée en perspective.

Le propriétaire de Slieveross, un fermier très âgé, avait consenti à rencontrer Boyce, tout en affirmant qu'il n'envisageait pas de vendre dans l'immédiat. Le commissaire-priseur avait déjà averti son frère que plusieurs semaines risquaient de s'écouler avant que le vieillard ait fini de réfléchir au bien-fondé d'une telle transaction.

— Etrange manière de faire des affaires ! commenta Boyce avant d'examiner la table du petit déjeuner d'un œil gourmand.

Les deux jeunes mamans qui avaient proposé leurs services pour l'organisation de la kermesse se présentèrent aux écuries vers 9 heures. Elles avaient amené du renfort pour les aider à installer les cordes et autres obstacles dans le champ. L'idée était de faire partir plusieurs courses en même temps.

Aleth venait de s'asseoir pour terminer ses comptes lorsqu'on frappa à la porte du bureau. Elle invita son visiteur à entrer d'un ton distrait et eut la surprise de voir apparaître Oona.

— Salut ! C'est moi... Vous avez dû vous demander où j'étais passée, murmura l'adolescente, mal à l'aise.

— Pour tout t'avouer... oui.

Oona baissa la tête d'un air penaud.

— J'ai cru que vous aviez repris votre ex-fiancé. Ça m'a énervée et...

— Qu'est-ce qui t'a fait supposer une chose pareille ? s'enquit calmement Aleth.

Oona lui expliqua la manière dont elle était parvenue à cette conclusion, avant d'ajouter :

— Vous devez penser que je suis nulle...

— Pour commencer, j'aimerais que tu me tutoies. On se connaît suffisamment, à présent, non ?

Le visage de l'adolescente s'éclaira momentanément.

— C'est vrai ?

— Tout ce qu'il y a de plus vrai. Pour le reste je peux t'affirmer que je ne pense rien de tel.

— C'est que je voulais tellement que vous... que tu sortes avec Rafael...

Aleth ne put dissimuler son étonnement.

— Je peux te demander pourquoi ?

— Parce que je vous... Je t'aime bien, c'est tout... Et que je pensais que tu lui ferais le plus grand bien... Surtout, ne va pas lui répéter ça, seulement je trouve que, la plupart du temps, il a vraiment mauvais goût en matière de femmes.

— Tiens donc ! fit Aleth, proche de l'hilarité.

— Tu n'as pas vu ? Tout ce qui les intéresse, c'est son fric, rien d'autre ! Elles sont artificielles, refaites de la tête aux pieds... Toi, tu aimes surtout les chevaux et tu n'es pas tout le temps en train de vérifier la tenue de ton rouge à lèvres... Je savais d'avance que ça lui plairait. Alors je m'étais dit que vous formeriez le couple idéal et...

— Et tu m'as donné tous les trucs susceptibles de m'aider à parvenir à mes fins ? Ou aux tiennes, d'ailleurs...

Oona hocha la tête puis se mit à genoux pour caresser Samson et grattouiller Peanuts derrière les oreilles, ce qui avait le don de mettre la petite truie en extase.

— Du coup, tu penses bien que j'étais furieuse quand j'ai appris que tu lui avais préféré un type qui t'a trahie, poursuivit-elle. Rafael m'a fait remarquer que ce n'était pas mes oignons et que cela ne devait pas influencer mon amitié envers toi. Il avait raison, je le sais... Seulement j'ai continué à t'en vouloir... Malgré moi.

— C'est tout à fait compréhensible, Oona. Ne t'inquiète pas pour ça.

Malgré tout, Aleth restait soucieuse. Elle croyait l'adolescente sur parole et elle l'imaginait encore moins qu'avant en train de peindre un graffiti de menaces sur la porte de l'écurie.

— Tu ne m'en veux pas ? demanda Oona.

— Bien sûr que non. Toutefois à l'avenir, intéresse-toi d'un peu moins près aux fréquentations de ton frère. A présent, l'incident est clos. A moins que tu ne fasses que passer, j'ai besoin d'un coup de main, si tu veux te faire un peu d'argent de poche. Il y a du pain sur la planche, aujourd'hui.

Tolly fit une apparition à l'heure du déjeuner.

— Bonjour, mesdemoiselles ! Je vous apporte quelques

victuailles, annonça-t-il en brandissant un grand panier d'osier recouvert d'une serviette.

— Comme c'est gentil ! s'exclama Aleth, ravie de voir le vieil homme. Vous êtes un amour. Pour un peu, je vous sauterais au cou. Vous déjeunez avec nous, j'espère !

Les yeux du vieil homme se mirent à briller. De toute évidence, il était ravi de la chaleur de l'accueil de sa jeune amie.

— Si vous insistez...

— Bien sûr que j'insiste ! Oona ? Viens avec nous. On va s'installer dans l'herbe, histoire de profiter un peu du soleil.

La prairie qui s'étirait derrière la cour était couverte de fleurs sauvages. Le jaune intense des coucous se mêlait harmonieusement au rose des campanules sauvages, et des marguerites avaient fleuri sur le sol au repos. De l'autre côté de l'allée, le champ était parsemé d'obstacles multicolores.

Aleth aida Tolly à étaler une couverture sur l'herbe. Puis, non sans une certaine fierté, le vieil homme ouvrit le panier qui contenait un assortiment de nourriture froide à leur mettre l'eau à la bouche.

— C'est délicieux, déclara Oona entre deux bouchées de viande. Elle s'empara d'un deuxième sandwich plus substantiel et se leva pour jouer avec Peanuts.

— Comment va votre frère ? s'enquit Aleth. Rafael m'a dit qu'il était souffrant.

— C'est exact. Eamon a eu quelques problèmes cardiaques. L'âge, vous savez... Cela dit, il récupère bien. M. Rafael m'a envoyé à Liverpool en jet privé et s'est débrouillé pour que nous puissions consulter un des plus grands cardiologues de la ville. Rafael est un homme de cœur, vous savez. Malheureusement, seules les rares personnes qui le connaissent bien sont à même d'apprécier cet aspect de sa personnalité. Il n'aime pas les remerciements et il a horreur qu'on parle des services qu'il rend à autrui. Pourtant, il est venu en aide à plus d'une famille dans le besoin, au village !

— Aleth ? cria Oona d'une voix si aiguë que son aînée ne put réprimer une grimace. Viens voir un peu ici...

Oona était tournée en direction de la voiture.

— Ne me dis pas que j'ai un pneu à plat ! geignit la jeune femme en traversant l'allée pour gagner le parking.

— Tu vois ce que je vois ? poursuivit Oona en frissonnant.

Une couronne mortuaire, faite de chrysanthèmes blancs et roses, était posée sur le pare-brise du véhicule.

Aleth sentit son estomac se nouer. La carte qui accompagnait les fleurs était tournée de manière que personne ne passe à côté du message. « *Repose en paix* », disait-il. Les mots avaient été inscrits à la main et au stylo à encre.

Aleth resta figée sur place. Elle n'en croyait pas ses yeux. Quelle abomination ! Le message était si clair qu'elle en eut la chair de poule.

— Que se passe-t-il ? demanda Tolly avant de s'immobiliser à côté d'elle, manifestement consterné.

— Vous croyez que c'est une blague de mauvais goût ? En tout cas, moi ça me fiche la trouille ! s'écria Oona qui avait reculé de plusieurs pas. A mon avis, tu devrais prévenir la police, Aleth !

— La police ? répéta la jeune femme comme dans un songe.

Comment une couronne de fleurs pouvait-elle à la fois être si jolie et si lourde de menaces ?

— Bah oui ! Enfin, redescends sur terre ! Quelqu'un est venu ici dans le simple but de poser cette horreur sur ta voiture pendant que tu étais occupée. A ta place, j'appellerais les dames qui sont venues placer les obstacles pour leur demander si elles n'ont rien remarqué de bizarre.

Tolly s'était déjà éloigné avec son portable.

— Ne prévenez pas la police ! lui lança Aleth. Attendez, tous les deux. Laissez-moi le temps de réfléchir.

— Trop tard. J'ai prévenu M. Flynn. Il saura quoi faire, répondit Tolly, d'un ton conciliant. Allons ! Ne laissons pas cet incident gâcher notre petit festin !

Malheureusement, Aleth avait été trop secouée pour avoir un regain d'appétit. De toute façon, Rafael arriva presque aussitôt. Il jeta un bref coup d'œil à la couronne, interdit à Tolly et à Oona d'y toucher et demanda à Aleth de rentrer avec lui dans le cottage pour faire le point.

— Assieds-toi, ordonna-t-il en désignant le fauteuil. Tu ne me sembles pas très en forme.

— Je... Ce n'est pas le premier incident du genre, tu comprends !

Rafael s'appuya sur le bureau et écouta Aleth lui relater l'épisode du graffiti avec son flegme habituel.

— Tu en as parlé autour de toi ?

— Non. Je n'ai pas pris ça très au sérieux... Oh, bon sang !

Elle le dévisagea un instant, une lueur de désespoir dans les yeux.

— Tu vas me détester, seulement quand j'ai vu ça sur la porte de mon écurie, j'ai craint que ce ne soit l'œuvre de ta sœur... Je savais qu'elle était en colère après moi, tu comprends... Et, avant que tu ne me poses la question, sache que je ne la suspecte plus du tout, à présent. Pas plus que je ne la soupçonne d'avoir quoi que ce soit à voir avec cet abominable arrangement floral posé sur le coffre de ma voiture. Elle n'est pas du genre à faire ses coups en douce !

— Sur ce point-là, je suis d'accord avec toi. Ma sœur est plus directe que ça. Si elle a quelque chose à te reprocher, elle te le dira en face. Pour le reste... Je ne pense pas qu'il soit nécessaire de faire tout un foin autour de cette couronne.

Rafael parlait avec un calme relatif, les yeux à moitié dissimulés par ses longs cils bruns.

— Ce qui n'empêche que nous nous devons d'informer la *garda*. Et de faire vérifier l'état de ta voiture, ce dont je me charge.

— Ce n'est pas mon habitude, mais je dois bien avouer que tout cela me rend un peu nerveuse, murmura Aleth d'un ton d'excuse. Tu n'as pas d'ex-petite amie susceptible d'être à l'origine de cette plaisanterie douteuse, par hasard ?

Rafael haussa les épaules avec une superbe nonchalance tendant à indiquer qu'il ne faisait pas grand cas de ce genre de vengeance.

— Tout est possible ! rétorqua-t-il.

Aleth n'en conçut qu'un soulagement modéré.

— Je n'aime pas l'idée qu'on m'en veuille au point d'avoir

le culot de me menacer aussi ouvertement et en plein jour ! insista-t-elle.

— A en croire Davis, la pension commence à attirer du monde. De sorte qu'à mon avis une voiture inconnue a très peu de risques d'attirer l'attention.

— Tu crois que je dois maintenir la kermesse de demain ?

— Bien entendu ! Tu te tracasses trop, Aleth. A mon avis, il ne s'agit que d'une blague. Un mauvais plaisantin, rien de plus...

Avant de regagner Flynn Court, néanmoins, Rafael passa voir Davis pour lui demander de ne pas quitter Aleth des yeux jusqu'à l'arrivée de ses gardes, un peu plus tard dans la soirée.

Rentré chez lui, il appela le chef de son équipe de sécurité, et lui relata les derniers événements en date en spécifiant qu'il soupçonnait les mêmes « plaisantins » d'avoir ouvert le portail des chevaux, quelques jours plus tôt. Il termina en insistant sur le fait qu'il comptait sur la discrétion des gardes. Inutile d'effrayer Aleth encore davantage.

Son coup de fil donné, il se rendit au cottage où il arriva juste à temps pour intercepter Boyce qui s'apprêtait à sortir.

Les deux hommes se séparèrent un quart d'heure plus tard, après s'être entendus sur la manière d'appréhender la situation.

Lorsqu'il repartit, Rafael Cavaliere Flynn avait monté d'un cran dans l'estime de Boyce.

Aleth eut sa première surprise de la journée en voyant son frère se lever à l'aube et insister pour l'accompagner aux écuries. Elle fut encore bien plus étonnée quand il lui prit le balai des mains pour remettre la cour en état.

Une magnifique composition florale l'attendait dans son bureau. La carte portait la signature de Rafael, reconnaissable entre mille, et malgré elle Aleth sourit jusqu'aux oreilles. Après la mauvaise surprise de la veille, ce bouquet constituait une attention des plus délicates, et elle ne cessa de penser à son expéditeur de toute la matinée.

Certes, il ne s'était toujours pas excusé. D'un autre côté, elle n'avait pas trouvé les mots pour se faire pardonner l'insulte qu'elle lui avait faite en l'appelant Luke. Par conséquent, ils étaient quittes. S'il l'avait appelée Bianca, elle aurait sûrement réagi, elle aussi. Pire encore, après sa mésaventure avec Luke, elle n'aurait sans doute pas cherché à en savoir davantage. En clair, elle se serait épargné l'humiliation d'une explication douloureuse.

Rafael l'appela sur son portable tandis qu'elle vérifiait la disposition des obstacles de la course.

— Merci pour les fleurs ! s'exclama-t-elle dès qu'elle reconnut le son de sa voix. Elles sont superbes...

Au passage, elle s'admonesta pour sa rigidité. Pourquoi ne parvenait-elle pas à égaler le détachement de son voisin ?

— Je suis ravi qu'elles te plaisent. Ecoute, je me suis arrangé pour que tu aies un peu d'aide, cet après-midi.

— Ce n'était pas nécessaire ! s'empressa-t-elle de répondre.

— Est-ce que, une fois de temps en temps, tu pourrais te souvenir que je suis ton associé ? C'est l'été et il fait un temps splendide. Tu as ratissé large, en faisant de la publicité pour ta kermesse. Tu risques d'avoir un monde fou !

— J'espère bien !

— L'arrivée d'une foule demande une certaine organisation. Tu dois pouvoir la canaliser et disposer des commodités suffisantes. J'ai fait poser quelques installations pour parer à toutes les éventualités. Tu n'as rien à faire d'autre qu'accepter l'assistance discrète des organisateurs que je t'ai envoyés. Ce sont des professionnels.

— Hou là ! J'ai l'impression de t'avoir induit en erreur... Il s'agit d'un tout petit rassemblement, tu sais ! J'aurai bien de la chance si je reçois la visite de cent cinquante ou deux cents personnes ! Tu as prévu de passer faire un tour ?

— Oui. Je ferai un saut dans l'après-midi. A plus tard !

Peu après l'appel de Rafael, deux jeunes femmes se présentèrent au bureau, bientôt suivies de quelques malabars en costume.

Les premiers parents des heureux concurrents arrivèrent avec leur marmaille et leur remorque.

Les chevaux continuèrent à se succéder dans leurs bétaillères, et Aleth ne fut que trop heureuse d'accepter l'offre d'un des malabars de s'occuper du parking et de s'assurer que les allées transversales restaient dégagées.

Comme l'avait prévu Rafael, elle avait sous-estimé le succès de cette journée en plein air, surtout par un temps pareil. Malgré l'heure relativement matinale, les voitures arrivaient par flots réguliers. Un véhicule de la *garda*, avec deux officiers en uniforme, prit bientôt position en retrait du parking.

Il y avait déjà la queue dans le magasin où Boyce tenait le comptoir, rendant la monnaie et enveloppant brosses, longes et sacs de graines comme s'il avait fait ça toute sa vie.

— Vous savez quoi ? lui demanda une adolescente. Vous devriez tenter votre chance comme sosie ! Vous auriez un succès fou ! Vous êtes le portrait craché de Boyce Taylor, le chanteur des 4Some... En plus petit, bien sûr.

— Ah ? On ne peut pas tout avoir, que voulez-vous ! lui répondit Boyce sans se démonter.

Aleth, qui arrivait à ce moment-là pour relever son frère, ne put résister à la tentation de le taquiner.

— Je ne trouve pas que tu ressembles au chanteur des 4Some du tout ! Il est bien plus mignon que toi ! affirma-t-elle avec le plus grand sérieux.

Le jeune homme se tourna vers elle, hilare. De toute évidence, l'échange le mettait en joie.

— Je te remercie ! C'est vraiment gentil ! Je te revaudrai ça, sœurette !

En milieu de matinée, Aleth assista à la compétition de brossage et de pansage, à l'intérieur du paddock. Elle adorait regarder les gamins bichonner avec soin leurs poneys à pompons. Fergal se joignit à elle pour l'aider à identifier les enfants du village, ainsi que leurs parents.

— Tu sais, Aleth, j'ai tout de suite compris que ton frère était Boyce Taylor en chair et en os, annonça-t-il soudain. Seulement j'ai préféré ne rien dire à Oona. Tu dois te demander pourquoi, non ?

Aleth le dévisagea attentivement.

Tout s'expliquait à présent...

— Attends... Qu'est-ce que tu me chantes, là ? Tu sais depuis le départ qui est Boyce ?

— Voyons, Aleth... Il est connu du monde entier ! J'ai simplement pensé qu'il avait droit à sa vie privée, comme tout le monde, et j'ai tenu à la respecter. Oona lui aurait demandé son autographe, elle lui aurait fait du plat... Normal, à son âge. Alors j'ai préféré la tenir à l'écart du cottage pendant le séjour de Boyce. Et ne te méprends pas... Je leur fais confiance, à l'un comme à l'autre, seulement...

Son visage était coloré par l'embarras et Aleth eut pitié de lui. A la vérité, elle était amusée de voir Fergal protéger ainsi l'adolescente.

— Seulement tu as préféré ne prendre aucun risque... Tu as sans doute bien fait. Dis-moi, qui d'autre que toi sait qui est Boyce ?

— Pas mal de monde, répliqua Fergal, un large sourire aux lèvres. C'est un flûtiste hors pair. Il a fait sensation au pub, l'autre soir. Il ne faut pas être sorcier pour comprendre qu'il est du métier... et que c'est une star !

Par-dessus son épaule, Aleth vit la Range Rover de Rafael s'arrêter sur le parking. Les nerfs à vif, elle abandonna Fergal pour se diriger vers lui... et s'immobilisa presque aussitôt.

Une femme magnifique venait d'émerger du 4x4 et Aleth eut l'impression qu'on l'avait frappée en plein milieu du plexus solaire.

Pire encore, comme un malheur n'arrivait jamais seul, Rafael l'avait vue. Il était donc trop tard pour faire marche arrière.

Toujours aussi élégant, dans ses vêtements de gentleman-farmer, il passa la foule en revue avant de se tourner négligemment vers la maîtresse des lieux.

— Félicitations ! Tu es la reine des relations publiques, à ce que je vois.

— Et toi, tu avais raison. Nous sommes envahis par la foule.

La brunette qui l'accompagnait cligna des yeux et repoussa en arrière ses cheveux avant de sourire à Aleth avec affabilité.

C'était une pure merveille. Ni plus ni moins.

— Bonjour ! Permettez-moi de me présenter, puisque Rafael n'en fait rien. Je m'appelle Frankie. Frankie Miller.

N'importe quel mâle à cent lieues à la ronde devait l'avoir reconnue. Frankie Miller... Un ancien mannequin, reconverti dans l'audiovisuel. Elle animait avec brio un talk-show fort prisé du public au cours duquel elle interviewait les puissants de ce monde.

Rafael avait sûrement passé la nuit avec elle, et Aleth avait beau faire, elle ne parvint pas à penser à autre chose. Cette idée la rendait malade... D'un autre côté, deux jours s'étaient écoulés depuis que Rafael lui avait fait part de son désir de la revoir, et elle l'avait éconduit... Elle ne pouvait décemment lui reprocher son inconstance ! Un homme aussi riche, aussi beau et aussi courtisé ne restait jamais seul bien longtemps !

— Il paraît que vous êtes la première associée de Rafael ? poursuivit Frankie. Quel effet cela vous fait-il ?

— C'est intéressant. Nous ne débattons que très peu sur les décisions à prendre et pour le reste... nous avons notre lot de surprises, comme toute entreprise qui se respecte.

Aleth évitait de regarder directement son interlocutrice qui, en plus d'être aimable et chaleureuse, avait sur elle l'avantage de la célébrité. Aussi se concentra-t-elle avec un sourire forcé sur les rosettes qu'on accrochait au col des gagnants de la course d'obstacles.

— Je dois néanmoins avouer qu'il a la fâcheuse habitude de mettre le doigt sur la moindre erreur de ma part... De sorte que je ne peux pas me plaindre. A présent, si vous voulez bien m'excuser... J'ai à faire. Ravie d'avoir fait votre connaissance, Frankie !

Elle s'éloigna d'un pas qu'elle aurait voulu moins précipité, tandis que Frankie Miller regardait Rafael suivre des yeux la jolie rousse aux formes engageantes, avec l'intensité qu'il réservait généralement à ses pur-sang.

— Tu as oublié de lui préciser que je suis la femme de ton meilleur ami ! lui fit-elle remarquer.

Rafael lui jeta un regard chargé de sous-entendus.

— Penses-tu ! Il s'agit d'une omission délibérée !

— Espèce de rat ! s'écria la brunette, comprenant qu'il s'était servi d'elle pour prendre la température ambiante. J'espère qu'elle te donnera du fil à retordre. Tu ne mérites pas mieux.

— Il y a des chances, rassure-toi. Aleth n'est pas une femme facile.

— Si tu ne lui dis pas que je suis une simple copine, je m'en charge ! l'avertit Frankie en conclusion.

En proie à une agitation sans pareille, Aleth s'avança lentement vers les voitures garées sur le parking.

Rafael lui avait déjà trouvé une remplaçante. Une femme plus jolie, plus séduisante qu'elle, et qui, de surcroît, effectuait une brillante carrière à la télévision.

Soudain, elle entendit un cri derrière elle, et crut reconnaître la voix de son frère.

Elle releva la tête juste à temps pour voir Boyce se précipiter dans l'allée, comme s'il était à la poursuite de quelqu'un.

Non... A bien y regarder, plusieurs personnes s'étaient mises à courir et la jeune femme pivota sur elle-même pour voir ce qui se passait.

Un accident ? Un vol ?

Des roues se mirent à crisser sur le gravier, provenant d'une voiture qui roulait à trop vive allure. Aleth n'eut qu'une fraction de seconde pour comprendre que le véhicule, conduit par une jeune femme en pleurs, fonçait droit sur elle.

Quelqu'un lui cria de s'écarter de l'allée. Il y eut une commotion, Aleth se sentit soulevée du sol et se retrouva sur le bas-côté, hors de danger. Son épaule heurta vivement l'avant d'une camionnette garée tout près de là, et elle se retrouva à terre, prise dans l'étau de deux bras puissants.

Soufflée, elle s'efforça en vain d'inspirer. Ses poumons la

brûlaient, mais l'air finit par retrouver sa voie naturelle dans sa trachée. Elle entendit le bruit horrible d'un choc métallique, au moment où la voiture qui l'avait manquée de si peu allait s'écraser contre un véhicule en stationnement.

Rafael se pencha au-dessus d'elle, les yeux fébriles, le visage chargé d'une angoisse dont elle ne l'aurait jamais cru capable.

— Tu es blessée ? lui demanda-t-il, pantelant. Aleth ! Dis-moi que tu n'as rien...

Son épaule meurtrie par la collision et les ecchymoses qu'elle avait dû se faire en tombant mises à part, la jeune femme ne se ressentait pas encore du choc. Tout ce qui comptait, en ce moment précis, c'était que Rafael avait risqué sa vie pour l'arracher à la trajectoire de la voiture.

— Frankie est la femme d'un de mes amis... Je me suis servi d'elle pour juger de l'effet que ça te faisait, de me voir en compagnie d'une autre femme, souffla-t-il d'une voix précipitée.

Il lui prit la main en un geste mal assuré et, posant sa bouche sensuelle sur sa paume, y déposa un baiser avant de relever la tête.

— Je suis le roi des idiots ! reprit-il, penaud. Tu aurais pu être tuée par ma faute.

— Ça tombe bien, murmura-t-elle, la gorge serrée par l'émotion. J'ai un faible pour les idiots !

L'espace d'un instant, elle crut qu'il allait l'embrasser, mais il fut interrompu dans son élan par des cris suivis de sanglots hystériques.

Rafael se redressa et lui tendit la main.

— Je crois que nous tenons ta désaxée. Il ne nous reste plus qu'à espérer qu'elle n'a blessé personne d'autre.

— Ma désaxée ? Qu'est-ce que...

Elle ne termina pas sa phrase. La scène consternante qui se jouait à quelques mètres d'eux la laissa sans voix.

Grâce au ciel, l'accident ne semblait pas avoir fait de victimes. En revanche, une jeune blonde sanglotait bruyamment sur le capot de la Porsche qui avait failli tuer Aleth.

Pour une raison ou pour une autre, elle était entourée par les hommes de main de Rafael, ainsi que des deux officiers de la *garda*. Toutefois, ce qui frappa le plus Aleth fut la vue de son frère, à quelques pas de là. Il dévisagea la fille d'un air sombre qui ne lui ressemblait guère puis, haussant les épaules, s'éloigna la tête basse.

— Boyce ! s'écria la fille, paniquée. Aide-moi ! Tu ne vas pas me laisser là comme ça !

Boyce ne se retourna pas. Manifestement atterré, il alla droit vers sa sœur qu'il serra dans ses bras.

— Je suis navré, Aleth. Tellement navré ! Tu n'as rien, dis ? Non ? Le ciel soit loué... Si Gemma t'avait renversée, je ne me le serais jamais pardonné.

— Qu'est-ce que... Qu'est-ce que tu viens faire là-dedans ? Pourquoi es-tu désolé ?

Elle s'interrompit et grimaça en entendant l'inconnue se laisser aller au désespoir le plus profond.

— Qui est Gemma ? Tu connais cette fille ?

— Je crois que nous devrions poursuivre cette conversation ailleurs. Les gens nous regardent, intervint Rafael en passant un bras autour de l'épaule d'Aleth pour la guider vers sa voiture.

— Ta désaxée... Il s'agit d'une certaine Gemma Barton, une ex de ton frère, lui expliqua-t-il sur le ton de la confidence. Elle a complètement craqué pour lui alors qu'il voulait la quitter. Elle ne lui a pas rendu les choses faciles et il n'a été que trop content lorsque sa dernière tournée a commencé. Bref... Elle l'a suivi partout, jusqu'ici, en Irlande, et elle a eu tôt fait de conclure que tu étais sa nouvelle conquête.

— Je vois, marmonna Aleth.

Elle jeta un coup d'œil en direction de Boyce qui semblait figé, le visage blême et crispé, et son sang ne fit qu'un tour dans ses veines.

Le pauvre, il s'en voudrait toute sa vie...

— Je me demande pourquoi il ne m'est pas venu à l'idée que c'était lui, la cible du graffiti...

— Et moi, de mon côté, j'ai l'impression que c'est à moi que cette mésaventure aurait dû arriver, pas à ton frère ! grommela Rafael.

Pour sa plus grande surprise, Aleth sentit sa lèvre inférieure s'agiter. C'était trop d'émotions, tout à coup.

— Comment se fait-il que tu en saches plus long que moi sur la vie sentimentale de Boyce ? Et puis, qu'est-ce que je fabrique dans ta voiture ?

— C'est moi qui t'y ai fait entrer.

— Je ne peux pas partir comme ça ! s'écria Aleth, au moment même où Boyce se glissait à l'arrière.

— Bien sûr que si. Mes hommes sont formés pour ce genre d'imprévus. Crois-moi, ils sont tout à fait capables de mener la suite des réjouissances. Pour ta part, il faut que tu voies un médecin et...

— C'est inutile...

— Et que tu fasses une déclaration à la *garda*... Tu dois porter plainte contre cette fille.

— Gemma, murmura Aleth, portant une main à sa bouche.

— Et ne commence pas à appeler par son prénom une hystérique qui a manqué te renverser, coupa sèchement Rafael. Elle aurait pu te tuer !

— C'était un accident ! Elle ne m'a pas vue. J'ai littéralement traversé le chemin devant ses roues. J'ai eu le temps d'apercevoir son visage, elle était bouleversée et ne regardait pas où elle allait.

— Si tu dis ça pour me rassurer, c'est raté, ma belle ! Excuse-moi un instant. Je reviens tout de suite. Boyce ? Veille à ce que ta sœur ne bouge pas d'ici, tu veux bien ?

— Entendu, murmura ce dernier.

Aleth le dévisagea, les yeux ronds. Il se montrait aussi docile qu'un écolier modèle, ce qui ne lui ressemblait guère.

— Tu te laisses dicter ta conduite par un inconnu, à présent ?

— C'est ton voisin, pas un inconnu. De plus, je n'ai pas envie que les médias s'emparent de cette histoire, admit Boyce, manifestement soucieux. On ne sait jamais comment ça peut tourner. Flynn a la situation en main. Depuis hier, tu es sous la surveillance de ses gardes du corps.

— Quoi ? Qu'est-ce que tu racontes ?

— Les organisateurs de ce genre de manifestations ne sont pas si musclés, d'habitude. La plupart des hommes qu'il t'a envoyés pour te donner un coup de main sont ses agents de sécurité.

— Tu m'en diras tant ! Bien ! Avant qu'il ne revienne, je voudrais que tu me parles un peu de Gemma et toi. Que s'est-il passé entre vous ? Et pour commencer qui est cette jeune femme, au juste ?

— La fille d'un riche propriétaire foncier. Au début de notre relation, elle était vraiment marrante et je l'aimais beaucoup. Ça n'a pas duré longtemps, hélas... Elle s'est mise à surveiller mes coups de fil et à me faire des scènes de jalousie terribles. Elle avait réussi à me chiper une clé de mon appartement et se pointait toutes les cinq minutes, sans que je l'y aie invitée.

Les mots sortaient comme une délivrance. Boyce paraissait accablé.

— Elle a fini par devenir complètement incontrôlable et j'ai décidé de mettre fin à notre aventure, poursuivit-il. Seulement elle ne l'entendait pas de cette oreille et elle m'a fait un chantage au suicide. J'en ai parlé avec ses parents... Ils se sont montrés très compréhensifs. De toute évidence, ils connaissent leur fille et la savent fragile... Ce qui ne m'empêche pas de me sentir terriblement coupable.

Aleth était impressionnée. Même après qu'elle était devenue un véritable fardeau pour lui, son frère avait essayé de venir en aide à Gemma Barton...

— Tu n'as rien à te reprocher, frérot. Tranquillise-toi... A propos, comment a-t-elle su que tu étais en Irlande ?

— C'est ma faute, là encore. Elle m'a appelé pour m'inviter à la soirée donnée en l'honneur de son vingt et unième anniversaire et j'ai décliné en lui expliquant que je serais ici. Elle a dû obtenir des précisions sur l'endroit et la durée de mon séjour par un ami commun, qui n'a pas pensé à mal... Qui pouvait s'imaginer qu'elle réagirait aussi violemment ? Bref... Hier soir, quand Rafael m'a raconté l'incident de la couronne mortuaire, j'étais effondré... Et puis, tu aurais dû me parler de ce graffiti sur la porte de la grange... Tu sais, l'autre soir, au Dooley's, c'est Gemma que j'ai cru reconnaître. Seulement j'ai pensé que je m'étais trompé !

— Tu as vu Rafael hier soir ? répéta Aleth, les sourcils froncés.

Elle commençait à comprendre à quel point l'indifférence apparente de Rafael Flynn était trompeuse. Dès que son frère lui avait confié que son ex-petite amie pouvait très bien être à l'origine de tous ces incidents, il s'était appliqué à prendre les mesures adéquates.

— S'il n'avait tenu qu'à lui, il aurait volontiers annulé la kermesse. Il avait un mauvais pressentiment. Pour lui, tu courais un risque. D'un autre côté, il savait que tu serais définitivement tranquille si Gemma sortait de l'ombre et se faisait prendre la main dans le sac… Je lui ai confié une photo d'elle, et ses agents de sécurité l'ont fait circuler. De mon côté, j'ai appelé ses parents dès hier soir. Ils m'ont confirmé la présence de Gemma dans la région et m'ont promis de venir la chercher en avion, dès aujourd'hui.

Rafael ouvrit le coffre de la Range Rover et déposa Peanuts dans le compartiment à bagages. En entendant son grognement familier, Aleth se retourna, ravie.

— Tu as trouvé Peanuts ?

— Oui. Et Samson. Je me doutais que tu n'étais pas sortie sans eux ! répondit Rafael en tirant le chien miniature de la poche de sa parka. Un homme digne de ce nom ne se montre pas en public avec un chihuahua, *a thaisce* ! ajouta-t-il, lui posant le petit animal sur les genoux. Bien ! La truie et le chien sont à bord… Tu ne veux pas ton coq, pendant qu'on y est !

— Albert ? s'esclaffa la jeune femme. Comment sais-tu qu'il m'appartient ?

— Sa renommée n'est plus à faire… Elle a franchi les frontières de Flynn Court, que veux-tu…

— Albert n'est pas venu. Il a ses habitudes de vieux garçon. Il passe ses journées à rôder autour du cottage et il n'apprécierait pas la voiture !

Le téléphone portable de Boyce sonna. Il s'éloigna de quelques pas pour prendre l'appel et, revenant vers la voiture, murmura une vague excuse avant d'annoncer au couple qu'il le rejoindrait plus tard.

Rafael le considéra un instant d'un air sombre.

— Aleth ? Boyce est ton petit frère. Conseille-lui de ne pas s'impliquer davantage avec les parents de Gemma Barton. Il ne peut pas être juge et partie.

— Comment sais-tu que c'est avec eux qu'il est en ligne ?

— Mon sixième sens. Il est temps qu'il se mette en retrait. On va arrêter Gemma Barton pour...

— Pas pour m'avoir harcelée, en tout cas. Je n'ai pas l'intention de porter plainte pour un simple graffiti ou une couronne mortuaire de mauvais goût !

— Ton frère pense qu'elle a profité de votre absence pour s'introduire chez toi, l'autre jour. Quant à moi, je la soupçonne fort d'avoir ouvert le portail des chevaux.

— Non ! s'exclama Aleth, atterrée. Tu penses vraiment qu'elle a pu aller aussi loin ?

— J'en suis convaincu. J'ajoute que tu as eu une chance folle, sur ce coup-là. Un des étalons aurait pu provoquer un accident... Tu imagines, s'il y avait eu des blessés ?

Aleth porta une main à sa bouche.

— Tu as raison, ça aurait été épouvantable. Cette fille a un sérieux problème... Cependant, je maintiens qu'elle a davantage besoin d'aide que d'autre chose !

— C'est ça ! Et quand elle s'en prendra à la prochaine copine de ton frère tu te reprocheras d'avoir été trop lâche pour la traduire en justice !

Aleth se recroquevilla sous la remarque. Cinq minutes plus tard, Rafael s'arrêtait devant Flynn Court.

— Que faisons-nous ici ? Je croyais que tu me ramenais chez moi ! s'exclama-t-elle en clignant des yeux.

12

Rafael la dévisagea un instant, d'un air presque tendre malgré sa tension du moment.

— Tu viens d'échapper à un accident de la route, *a mhilis*. Or, il se trouve que je souffre d'un vieux complexe machiste, qui me pousse à veiller sur toi. Sans compter que, comme je te l'ai dit tout à l'heure, je tiens à ce que tu voies un médecin. Je l'ai déjà appelé. Il devrait arriver d'une minute à l'autre.

A son grand désarroi, la jeune femme s'aperçut que ses mains tremblaient violemment.

— Qu'est-ce... Qu'est-ce qui m'arrive ?

— C'est le contrecoup... Et ta nature généreuse. Tu as tellement peur de causer le moindre souci à quiconque que tu essaies d'agir comme s'il ne s'était rien passé. Malheureusement pour toi, tu as eu une belle peur, tu as été blessée, et tu es secouée. En somme, tu réagis de manière tout à fait normale.

Sidérée de le voir ainsi aux petits soins pour elle, Aleth ne discuta pas davantage. Elle se concentra sur ces fichus tremblements et tenta d'empêcher ses dents de claquer les unes contre les autres.

En silence, et sans lui demander son avis, Rafael la prit dans ses bras pour la porter jusqu'à un salon au décor bleu lavande. Après l'avoir délicatement déposée sur le canapé, il s'empara d'une couverture en mohair dont il la recouvrit avec soin.

Aussitôt, Samson grimpa à côté de sa maîtresse et se blottit contre elle. Peanuts, qui ne voulait pas être en reste, s'étendit sous une chaise proche pour étudier, les yeux ronds, son nouvel environnement.

Rafael descendit à l'office demander qu'on prépare un thé. Au moment où il remontait, le chef de la sécurité l'appela pour le tenir informé des derniers développements de la situation, et la communication s'éternisa. Lorsqu'il regagna enfin le petit salon, Aleth s'était assoupie. Il en profita pour passer quelques coups de fil avant de se pencher sur la jeune femme et de l'examiner attentivement.

Il était perplexe. Qu'est-ce qui la rendait si différente des autres, à ses yeux ?

Physiquement parlant, elle touchait une corde sensible en lui, il devait bien le reconnaître. Son visage à l'ovale parfait, ses longues boucles rousses, sa silhouette, ses proportions… Tout en elle lui plaisait, et bien qu'il n'eût encore jamais été attiré par ce genre de femme elle lui apparaissait comme la maîtresse idéale. Il ne se lassait pas de la regarder. Elle était tellement naturelle, tellement spontanée… Jamais elle n'essayait d'impressionner son monde, ni par son apparence ni par des déclarations fracassantes. Il y avait en elle une certaine dose d'innocence que Rafael trouvait rafraîchissante. Et, si sa compassion pour la folle qui avait failli la tuer l'avait exaspéré au plus haut point, il n'en admirait pas moins sa capacité à ne jamais se départir de sa générosité naturelle.

Soudain, il se renfrogna. Il se laissait emporter par son enthousiasme, là. Certes, il aimait beaucoup Aleth et il était rare qu'il apprécie vraiment une de ses maîtresses.

Mais ça n'allait pas plus loin !

Le médecin avait des manières bougonnes et une bonne dose de franchise. Aleth était couverte d'ecchymoses sur tout le corps et elle s'en ressentirait pendant un jour ou deux, sans plus. Ce qui l'inquiétait davantage en revanche, c'est qu'elle présentait tous les symptômes du surmenage. Il lui conseilla donc de se ménager.

Rafael, qui était sorti le temps que le médecin l'examine, revint dans la pièce à ce point de leur entretien.

— Dire que tu es venue en Irlande dans l'espoir d'y vivre à un rythme moins échevelé ! Tu as raté ton coup, ma belle ! fit-il remarquer, une fois le médecin reparti.

— C'est possible, seulement j'adore ce que je fais et je me plais énormément dans mon cottage. J'ai peut-être un peu sous-estimé la charge de travail que constituait le démarrage d'une entreprise...

— Quel tact, Aleth ! Dis plutôt que tu es obligée de mettre les bouchées doubles parce que je possède la moitié de la pension !

— Ça n'a aucune importance ! s'exclama-t-elle en souriant. Je suis très heureuse comme ça ! Oh, et... Désolée de m'être endormie ainsi !

— Comme tu étais sur mon canapé et pas dans mon lit, tu es tout excusée !

Les joues de la jeune femme s'embrasèrent. Rafael la dévisageait avec des yeux de braise.

— J'ai envie de partir avec toi dans un endroit calme où nous pourrons être tranquilles, tous les deux. J'ai une maison de campagne en Italie... A l'écart d'un village et très retirée. J'aimerais t'y emmener. Qu'en penses-tu ?

— Je... Je ne sais pas quoi dire ! Je suis très flattée !

— Ne dis rien. Tout ce que tu as à faire, c'est préparer ta valise. Et encore... Tu pourrais t'en passer. Je ne serai que trop ravi de t'acheter tout ce dont tu auras besoin. Allez ! Nous partons dans deux heures !

Aleth mit une bonne minute à absorber cette extraordinaire déclaration.

— Attends... Moi ? Aller me balader en Italie, comme ça, sans prévenir ? C'est une idée merveilleuse, Rafael ! Seulement réfléchis... Je ne peux pas abandonner la pension ! Ce ne serait pas raisonnable ! Elle vient à peine d'ouvrir !

— Oh que si ! Je suis ton associé et, à ce titre, j'ai les mêmes responsabilités que toi dans cette affaire. Tu as travaillé jusqu'à l'épuisement pendant que je me tournais les pouces. Cette période est terminée, je te le promets. J'ai déjà trouvé quelqu'un pour te remplacer pendant ton absence. Davis est chargé de recruter de la main-d'œuvre au village, et Tolly s'est proposé pour garder ta ménagerie !

Aleth le regardait avec un mélange d'incrédulité et d'exaspération.

— Enfin, Rafael…

— Tu verras… Tu vas adorer l'Italie, poursuivit-il d'un ton rauque. Comme tu l'as dit toi-même, c'est une idée merveilleuse. Quant à savoir ce qui est raisonnable ou ce qui ne l'est pas… Tu tiens vraiment à te refuser les plaisirs de la vie ? Tu aurais pu mourir, tout à l'heure. Tu te rends compte ? Nous aurions été séparés à jamais !

Il avait lancé ces deux dernières phrases vaguement mélodramatiques avec une lueur si malicieuse dans les yeux que la jeune femme ne put s'empêcher de rire.

Pourtant, en son for intérieur, elle savait qu'il avait raison. Ces quelques ecchymoses mises à part, elle était saine et sauve… En vie. Alors peut-être était-il judicieux de profiter au maximum de cette seconde chance…

En fait, plus elle y réfléchissait, plus il lui apparaissait qu'elle aurait vraiment tort de se priver d'une escapade en Italie avec Rafael Cavaliere Flynn sous prétexte qu'elle devait être raisonnable.

— La question est simple, reprit Rafael d'un ton égal. Est-ce que tu as envie de passer quelques jours avec moi, ou non ?

Il avait raison. C'était aussi simple que ça.

Moins d'une seconde plus tard, Aleth avait pris sa décision.

— A quoi ressemble la maison ?

Les lèvres de Rafael s'étirèrent en un sourire indolent.

— Tu te forgeras ton opinion par toi-même, *a mhilis*.

L'avion avait atterri à l'aéroport Galileo Galilei peu après l'aube, et ils avaient aussitôt pris la route pour Pise dans le 4x4 noir qui les attendait sur le tarmac. Aleth ayant passé la plus grande partie du trajet à dormir, elle se sentait parfaitement détendue et encore un peu engourdie. Elle tourna la tête vers Rafael et l'examina avec une intense satisfaction.

— Je parie qu'il s'agit d'une construction ancienne, immense et luxueuse en diable.

— Tu verras bien !

La jeune femme eut une pensée émue pour Gemma Barton. Après s'être entretenue avec Boyce, elle avait décidé de ne pas porter plainte. De toute manière, Gemma avait reconnu tous les faits. Mieux encore, elle avait accepté de se faire traiter par un psychiatre. A domicile, certes, mais c'était un début. Et puis, comme promis, ses parents étaient venus la chercher pour la ramener chez eux, en Angleterre.

Et si cette mansuétude avait fortement déplu à Rafael il s'était abstenu d'intervenir.

Une fois sorti de l'autoroute, le couple emprunta une route de campagne qui grimpait en épingle à cheveu sur le flanc d'une montagne au sommet éternellement enneigé.

A leur gauche, le terrain descendait en pente abrupte vers un ravin couvert d'immenses arbres. Lorsqu'elle regardait de ce côté, Aleth avait le vertige, mais Rafael était un véritable Italien. Il conduisait avec aisance et dextérité, et surtout à la même allure que s'ils s'étaient trouvés sur une route nationale.

Au-dessus d'eux, le ciel d'un bleu tout continental s'étirait, si clair qu'Aleth en était éblouie.

— Ça fait un bon moment que tu ne m'as pas embrassée ! s'entendit-elle soudain dire.

Rafael lui décocha un regard étonné avant de partir d'un grand rire.

— J'ai voulu faire preuve de tact, c'est tout. Tu étais si fatiguée, hier soir, et puis tu as mal partout, alors...

— Je n'ai pas mal à ce point-là ! se récria-t-elle, non sans une pointe de coquetterie.

Elle n'eut pas besoin d'en dire davantage. Rafael s'arrêta devant le premier panorama surplombant la vallée, détacha sa ceinture et se tourna vers elle. Le tout en un mouvement continu et lisse comme un caillou. Il la dévisagea un instant, les yeux luisant de désir, et elle sentit ses joues se colorer.

— Tu viens enfin vers moi… Ça me plaît, *a mhilis*. Ça me plaît beaucoup…

— Vraiment ?

Elle avait tellement hâte de sentir ses lèvres sur les siennes qu'elle frémissait de tout son être.

— Oui. Vois-tu, il y avait une autre raison à ma réserve, murmura-t-il. Je ne t'ai pas embrassée parce que je craignais de ne pas pouvoir m'arrêter là.

Aleth sentit son corps s'embraser et se rapprocha encore de Rafael.

Celui-ci repoussa d'un doigt léger la mèche folle qui s'était égarée sur son front.

— On ne te la fait pas, n'est-ce pas, ma belle ?

— Non, en effet.

Elle contempla le visage de son amant, et sentit son cœur battre plus vite. Il y avait tant de désir, dans les yeux de Rafael… C'était grisant.

Il l'embrassa, de ses belles lèvres viriles, et elle éprouva aussitôt un désir si ardent qu'elle ne put réprimer un frisson. Les baisers de Rafael étaient d'une volupté et d'une tendresse infinies…

Le souffle court, il releva son visage altier.

— Je pense que nous devrions poursuivre dans le confort de mon lit.

— Et si nous retardions un peu ce moment ? susurra-t-elle.

— Libertine ! rétorqua-t-il avec un sourire éclatant.

Aleth se délectait de la complicité toute nouvelle dont elle jouait avec Rafael. Cependant, pour rien au monde elle ne le lui aurait avoué. Après tout, il avait peut-être oublié ce qu'il lui avait déclaré sous le coup de l'émotion, juste après l'avoir tirée des griffes de Gemma Barton. Or, elle n'avait aucune intention de lui rappeler qu'il avait admis s'être servi de Frankie Miller pour voir si elle était jalouse. Un aveu qui l'avait blessée.

Rafael emprunta un chemin de terre étroit qui continuait de

sinuer à travers la montagne, avant de bifurquer pour s'engager sur ce qui semblait être un chemin de ferme.

L'allée était bordée de marronniers prodiguant leur lot d'ombre et de fraîcheur. Des coquelicots rouge vif, des genêts jaune d'or et des bleuets indigo avaient fleuri dans l'herbe haute.

Un vieux toit de tuiles couvert de lichen leur apparut bientôt, et Aleth se redressa pour mieux voir ce qui l'attendait. Sous le toit s'étirait une longue bâtisse en pierre avec des fenêtres dépareillées et perchées à des niveaux différents. Une demeure au charme à la fois désuet et intemporel.

— On y est ? s'enquit Aleth.

— On y est. Voici la *fattoria* Cavaliere... La ferme ancestrale de ma famille paternelle. Qu'en penses-tu ?

Aleth sortait déjà de la voiture.

— J'ai l'impression d'avoir remonté le temps !

— C'est ici qu'est né Valente.

— Dans une ferme ? s'exclama-t-elle, éberluée. Ton père ? L'homme d'affaires international ? Tu me fais marcher !

— Pas du tout. Valente était le cadet d'une famille nombreuse. Il détestait la campagne. Il est parti à la suite d'un scandale et n'est jamais revenu.

— D'après ce que tu m'en as dit, il avait l'art de causer le scandale ! Qu'est-ce qu'il avait fait, cette fois ?

Rafael ouvrit une vieille porte en chêne battue par les vents et Aleth regarda à l'intérieur avec une curiosité non dissimulée. Quelques vieux meubles d'origine avaient été conservés, sans que l'endroit paraisse encombré pour autant. Les murs et les plafonds, débarrassés de leur plâtre, avaient retrouvé leur état brut de vieilles pierres et de poutres apparentes.

— Valente a commencé à faire fortune à coups d'abus de confiance et d'arnaques en tous genres. Il a été assez futé pour ne jamais finir en prison, précisa Rafael d'un ton railleur. Par la suite, il a épousé la fille d'un voisin — pour sa dot, bien entendu — avant de l'abandonner à Rome, enceinte de huit mois. La malheureuse a été trop orgueilleuse pour retourner chez ses parents dans cet état de disgrâce. Elle est morte en couches ainsi que son bébé, seule et sans le sou. Mes grands-parents ont eu tellement honte de leur fils qu'ils l'ont renié et déshérité.

— De sorte que cette maison t'appartient, à présent, acheva Aleth. Tu as fini par rencontrer des membres de ta famille ?

— J'ai fait la connaissance de ma grand-mère très peu de temps avant sa mort, il y a cinq ans de cela. Deux de ses sœurs lui ont survécu, ainsi que toute une clique de cousins plus ou moins éloignés. Nous en verrons peut-être quelques-uns, dans les jours à venir.

Il marqua une pause dans la pièce principale et se tourna vers Aleth.

— Bien ! Passons aux choses sérieuses... Comme tu le vois, les lieux sont plutôt rudimentaires, aussi tu as le choix. Nous ne sommes pas obligés de séjourner ici. Ça dépend de toi. Ça te dirait, de vivre un peu à la dure avec moi, ou bien tu préfères descendre dans un des hôtels d'Umbria ?

— Ça dépend. Tu disposes d'une salle de bains avec l'eau courante ?

— Bien sûr !

— Dans ce cas, cesse de faire des manières, dit-elle d'un ton pressant. Je suis sûre que ce ne sera pas si dur que ça. De manière générale, quand on emmène une femme dans une vallée ensoleillée, qu'on lui montre une ferme tout droit tirée d'un livre de contes et qu'on lui annonce que la ferme en question est raisonnablement aménagée, cette femme a tendance à considérer qu'elle est gâtée.

— Tu es la première que j'amène ici, *a mhilis* !

A ces mots, Aleth éprouva un plaisir fou.

Aussitôt gâché, hélas, par une autre révélation : en fait, ce qu'elle voulait vraiment, c'était être la première et... la dernière qu'il amènerait jamais en ce lieu. La seule.

A cette pensée, elle se tendit. C'en était trop. Elle ne devait pas tomber amoureuse.

Sous aucun prétexte...

Comme s'il avait perçu son trouble, Rafael déposa un baiser

sur ses lèvres entrouvertes et Aleth s'accrocha à son cou, brûlante de l'envie qu'elle avait de lui.

Alors, Rafael la prit par la main et l'entraîna dans l'escalier. Une brise douce rafraîchissait agréablement le palier. Les volets étaient grands ouverts, dans la chambre principale. Le lit de bois était orné de panneaux peints à la main, et couvert d'oreillers d'apparence moelleuse et de draps blancs tout frais.

— J'ai l'impression de ne pas t'avoir touchée depuis des siècles. J'avais l'intention de faire durer notre désir, mais j'ai trop envie de toi, ma belle. Je ne peux plus attendre.

Sur cet aveu brutal, Rafael l'attira à lui de ses mains puissantes avant de reprendre sa bouche avec ferveur.

Il n'en fallut pas plus pour qu'Aleth s'embrase. A croire qu'il avait trouvé la caresse secrète qui la faisait chavirer. Il glissa une main sous son T-shirt, chercha ses seins, en cajola les pointes. Elle gémit à ce contact, frissonna et enfonça les doigts dans la masse des cheveux de Rafael.

Le corps en feu, elle oubliait toute retenue.

— Tu comprends à présent ? murmura-t-elle. Voilà pourquoi je voulais attendre : maintenant, entre tes bras, je suis incontrôlable…

— Si on était restés dans la voiture, et qu'on se soit fait pincer, on nous aurait arrêtés pour outrage à la morale publique, répondit Rafael sur le même ton.

Il continua de la déshabiller avant de retirer ses propres vêtements avec une impatience des plus excitantes. A mesure qu'il se dénudait, Aleth retenait son souffle et il s'interrompait pour l'embrasser et la caresser avec tout l'art dont il était capable.

— Viens, vite, maintenant, supplia-t-elle. Sinon, je vais mourir…

Elle était à bout de souffle et s'étendit lascivement sur le drap blanc. Le désir qu'il avait éveillé en elle était presque insupportable, à présent.

Il la contempla, la caressa du regard.

— Mais je *veux* que tu meures, dit-il. De plaisir…

Mais, contre toute attente, il s'allongea sur elle, et la prit d'un seul assaut qui lui arracha un gémissement de surprise et de pure volupté.

Aleth se sentit submergée par le plaisir. Elle n'était pas sitôt remise que Rafael se retirait — puis la possédait de nouveau, toujours par surprise, et avec la même ferveur. Mon Dieu, il la menait déjà vers l'extase... Encore un puissant mouvement de reins, et elle sentit la jouissance l'emporter. Un plaisir tumultueux qu'elle n'avait jamais connu et auquel succéda l'allégresse. Entre les bras de cet homme, elle se sentait femme, sûre d'elle... et tellement heureuse qu'elle en eut les larmes aux yeux.

Rafael était toujours étendu sur elle. Il caressa doucement son corps moite. Repue de plaisir, à ce qu'il semblait, Aleth le gratifia d'un sourire langoureux. Alors, il posa doucement sa bouche sur son front et l'odeur toute naturelle de sa peau d'ivoire l'enivra.

Il était sidéré par sa douceur, par la manière dont son corps voluptueux épousait le sien. Et il se reprit à la désirer, avec la même ferveur que précédemment. Aussi, lui emprisonnant les deux mains, se remit-il à l'embrasser.

— Encore ? demanda-t-elle lorsqu'il lui laissa reprendre son souffle.

— Encore, répondit-il dans un soupir rauque.

Bien plus tard, Aleth se délecta du spectacle de son amant endormi. Ses cils sombres étaient si longs qu'ils atteignaient presque ses pommettes. Il était d'une beauté indicible, quel que soit l'angle sous lequel on le regardait. Le drap blanc faisait ressortir son teint mat et couvrait son corps élancé, tout en muscles virils.

Elle resta longtemps ainsi, à le contempler avec une satisfaction toute nouvelle. Elle venait de découvrir l'amour, ni plus ni moins.

Posant les lèvres sur le creux de son épaule, elle lui murmura quelques mots doux à l'oreille.

Jamais elle ne se lasserait du contact de cet homme.

Surprise par sa propre pensée, elle se redressa.

Quand s'était-elle éprise de Rafael Flynn, au juste ?

Parce que le doute n'était plus permis... Et la situation était catastrophique.

Elle le voulait rien que pour elle, corps et âme...

Or, cette ambition ne pouvait que la mener à la désillusion lorsqu'elle redescendrait sur terre, dans un futur qu'elle prévoyait proche.

Pourtant, en cet instant, il n'y avait aucune raison de laisser cette réalité lui gâcher sa nuit.

Elle s'endormit sur la décision ferme de vivre pleinement le moindre instant qu'elle passerait à Umbria.

13

Aleth croqua à pleines dents dans le pain délicieusement aromatisé tout juste sorti du four, mâcha lentement et, se rallongeant dans son fauteuil, absorba une gorgée de vin rouge.

Où étaient passés son besoin constant de s'activer et son terrible sentiment de culpabilité lorsqu'elle se distrayait ? Envolés... Disparus, comme par enchantement, sous l'éclatant soleil italien !

Au-dessus d'elle, un vieux cèdre dispensait une ombre salutaire qui la protégeait des derniers rayons du soleil. De la terrasse, au-delà de la rivière qui luisait comme un miroir, elle voyait les champs de maïs et de tabac s'étirer à perte de vue sur le flanc de la vallée. Un peu plus près, les vergers et les vignes se disputaient le terrain avec les oliviers.

L'instant était parfait et elle en avait pleinement conscience. Son bonheur n'avait pas de limites et, tout comme le chaud soleil d'été, l'emplissait tout entière. Son corps était encore engourdi par les plaisirs de la nuit. Un sourire constant étirait ses lèvres pleines.

La première semaine écoulée, le jeune couple avait décidé de prolonger son séjour d'autant.

Deux semaines... Le temps avait passé comme dans un songe idyllique, comme un mirage baigné de lumière chaude et d'étreintes inoubliables.

Car Rafael était véritablement un amant hors pair.

Chaque matin, un magnifique assortiment de plats cuisinés accompagnés de pain encore chaud apparaissait, comme par magie, dans la cuisine de la ferme. La maison était entretenue par deux sœurs jumelles, Donata et Benedetta, qui respectaient si scrupuleusement leur intimité que c'est à peine si le couple s'apercevait de leur présence. Leurs frères, qui cultivaient la terre environnante, se montraient tout aussi discrets.

Rafael et Aleth n'avaient quitté la *fattoria* qu'à de rares occasions, au cours de cette quinzaine. Un soir, à la fraîche, Rafael l'avait emmenée visiter les villages médiévaux des alentours. Après avoir erré dans les étroites ruelles escarpées de l'un d'entre eux, ils avaient dîné dans un restaurant fin, à la réputation confidentielle.

Rafael connaissait les meilleurs endroits de la région, que ce soit pour manger ou pour faire des achats. Si d'aventure Aleth s'attardait devant une vitrine, il insistait pour lui offrir un cadeau. Comme elle n'était pas vénale et tenait à ce que son compagnon le sache, elle lui avait fait remarquer qu'il la mettait dans une position délicate.

— *A mhilis!* Ne me prive pas du plaisir de te gâter.

C'est ainsi qu'elle avait accepté une chaîne en or avec son adorable pendentif. Rafael les lui avait offerts en souvenir de leur visite — la seule à laquelle elle avait vraiment tenu — à la basilique d'Assise. Quelques jours plus tard, une montre tout aussi précieuse s'était littéralement échappée d'une bijouterie pour se retrouver dans la poche de Rafael. Il avait « tout de suite vu qu'elle était faite pour elle » et n'avait pu résister à la tentation d'en faire l'acquisition.

Lorsque Aleth avait définitivement mis le holà à ces cadeaux somptueux, il lui avait offert un foulard de soie, peint à la main et si fin qu'il en était transparent, un sac à main particulièrement raffiné, véritable travail d'artiste, bien trop chic pour qu'elle s'en serve au quotidien.

— Ça suffit comme ça ! avait-elle alors prévenu. Réserve ta folie des grandeurs à ta petite sœur !

Le lendemain était leur dernière journée de farniente. Rafael était aussi peu désireux de repartir qu'Aleth elle-même. Mais, comme ils ne pouvaient décemment quitter l'Italie sans avoir passé un peu de temps dans la famille de Rafael, ce dernier avait accepté une invitation au mariage d'une de ses cousines.

Depuis son arrivée, la seule personne de la famille Cavaliere avec laquelle Aleth avait été en contact était Oona. L'adolescente l'appelait un jour sur deux, mais mettait un point d'honneur à ne jamais poser de question indiscrète ni à faire allusion à leur séjour dans la petite ferme d'Umbria.

Ce soir-là, Rafael et Aleth firent une longue promenade dans la chênaie longeant la propriété.

— J'ai un service à te demander, Aleth, déclara soudain Rafael. Comme tu le sais, je suis en train de faire rénover Flynn Court. Avec l'aide de professionnels, bien entendu, seulement je dois t'avouer que je suis quelque peu déçu par la manière dont ils ont décoré ma propriété de Kildare.

— Et pourquoi donc ? D'après ce que j'en ai vu, je dirais plutôt que c'est une véritable réussite !

— Une réussite… Une restauration à l'identique, au point qu'on se croirait dans un musée. Je veux que Flynn Court reste l'endroit vivant et chaleureux qu'il a toujours été. C'est une habitation, pas un mausolée, et je n'y recevrai jamais que mes plus proches amis. Aussi, voici ma question. Accepterais-tu de me servir de conseillère pour tout ce qui concerne les papiers peints, les tentures, etc. ?

Quelque peu décontenancée par la question, Aleth jeta à son compagnon un regard en coin.

— Je n'ai pas les qualifications requises pour donner des conseils à un décorateur d'intérieur, Rafael… De plus…

Rafael ne la laissa pas terminer. Il la fit pivoter sur elle-même, lui emprisonnant les mains pour l'attirer à lui.

— Je suis convaincu du contraire. J'aime les couleurs que tu portes… J'ai confiance en tes goûts. Tu m'as impressionné, le jour où tu as déclaré à ma décoratrice qu'un ton de bleu serait trop sombre pour l'entrée… Et j'espère que tu ne t'es pas vexée quand je t'ai dit que la folie ne ressemblait plus à rien lorsque ta cousine y habitait. Tu l'as transformée en un endroit à la fois douillet et accueillant.

Malgré elle, la jeune femme se mit à rire.

— Rafael... On ne peut pas rendre douillet et accueillant un manoir géorgien de quinze pièces ! C'est tout simplement impossible !

— Pourquoi ça ? Je n'ai peut-être pas employé le mot qui convient quand je t'ai parlé de conseils. Je veux que tu sois l'autorité à qui se référer pour le choix des couleurs et le reste. Je ne suis pas très doué dans ce domaine.

— Dis plutôt que ça ne t'intéresse pas...

Le visage de Rafael s'illumina d'un sourire malicieux.

— Tu commences à me connaître, hein, ma belle ! Qu'est-ce qui t'inquiète ? Tu crains de ne pas avoir le temps de t'en occuper ?

— Oh ! Je n'en étais pas encore là, tu sais !

— Parce que ça ne constitue pas un problème non plus. Je pourrais garder l'employé qui gère la pension en ce moment, de manière que tu aies tout le temps de t'occuper de Flynn Court !

— Arrête, Raf ! Tu me forces la main ! Pourquoi moi ? Tu dois avoir l'embarras du choix !

— Je ne fais confiance qu'à un nombre très restreint de personnes, *a mhilis*, déclara-t-il, la regardant droit dans les yeux. C'est un service personnel que je te demande, et ce n'est pas mon habitude, crois-moi. J'irais même jusqu'à dire que j'aurais hésité à demander la même chose à une autre femme...

— Et pourquoi donc ? demanda Aleth, les sourcils froncés.

— Parce que je sais que si tu acceptes ce sera dans l'esprit où je te l'ai proposé... C'est-à-dire sans t'imaginer qu'il s'agit d'une demande en mariage déguisée, par exemple, ajouta-t-il sèchement.

Aleth dut à sa seule volonté de garder le sourire.

— Je ne me marierai jamais, *a mhilis*, poursuivit Rafael, histoire de se faire bien comprendre.

L'espace d'un instant, Aleth balança entre la prostration et l'envie de le gifler. Pourquoi disait-il des choses pareilles ? S'était-elle montrée trop empressée ? Trop affectueuse ? Trop heureuse et trop impliquée ? La nuit précédente, cédant à la tentation, elle avait ramassé la chemise dont il venait de se débarrasser avant de s'endormir roulée dedans. Et alors ? L'amour lui semblait-il donc si dangereux, si menaçant pour sa précieuse vie de célibataire ? Elle lui avait donc fait peur au point qu'il éprouve le besoin de lui faire un tel affront ?

— C'est une sage décision, venant de toi ! assura-t-elle en donnant le change de la bonne humeur. Tu n'es pas fait pour le mariage !

Bien qu'il en eût toujours été convaincu lui-même, Rafael encaissa durement le verdict d'Aleth. Au point de lui accorder bien plus d'importance qu'il n'en avait en réalité.

— Qu'est-ce qui te permet d'affirmer une chose pareille ? Je suis donc si différent des autres hommes ?

— Disons que tu es très… indépendant. Et dur.

— Tu préfères les pleurnichards ? J'aimerais bien te voir confrontée à un faible, à un indécis qui aurait constamment besoin de ton soutien !

— Dieu merci, ça n'a jamais été le cas !

Aleth n'avait rien à ajouter. Elle avait accusé le coup et s'était défendue. A présent, l'incident était clos. Il n'était pas question pour elle de se laisser aller à l'aigreur ni même de poursuivre la discussion.

Malheureusement Rafael n'entendait pas en rester là.

— Tu me trouves encore beaucoup d'autres défauts, comme ça ? demanda-t-il froidement.

— Ai-je dit cela ? C'est toi qui insistes sur le fait que tu refuses de t'engager ou de t'attacher. Alors, assume.

Cette nuit-là, Rafael éprouva quelques difficultés à trouver le sommeil. Il resta longtemps étendu, à écouter la respiration régulière de sa compagne, près de lui. Pour sa plus grande irritation, elle dormait paisiblement. Sa conscience ne lui posait pas de problèmes, apparemment.

La lune éclairait la chambre de sa lumière pâle et, pour la énième fois, Rafael changea de position. Il mourait d'envie de réveiller Aleth pour lui demander comment elle envisageait désormais leur relation. Car, s'il ne faisait effectivement ni dans l'engagement ni dans l'attachement, il ne versait pas non plus dans les liaisons minables, destinées à assouvir de purs besoins sexuels. Il avait des sentiments, lui aussi, même s'il n'était pas démonstratif. Et puis, il se sentait capable de faire preuve de sensibilité et de considération si les circonstances s'y prêtaient.

Ainsi, il avait éprouvé une grande joie à faire plaisir à Aleth...

De toute façon, admit-il, lorsqu'il lui faisait plaisir, il se faisait invariablement plaisir à lui-même. Elle était la compagne rêvée. Belle. Capable de parler de chevaux, comme lui, sans jamais se lasser. Qui aimait lire, rêver, parcourir la campagne environnante.

Une fille simple et délicieuse...

Totalement sincère et vraie...

« Et qui vient de réussir l'exploit de te mettre dans un état de rage et de frustration tel que tu en passes une nuit blanche ! », ajouta-t-il en se retournant encore une fois.

Le lendemain matin, Aleth trouva un message sur son portable. Il provenait d'Alice, et c'était le premier depuis leur entrevue houleuse chez Luke.

Dois te parler. Urgent. Quand ?

Soulagée d'avoir enfin des nouvelles de sa sœur, Aleth lui répondit aussitôt qu'elle serait à Londres dans les jours à venir.

Rafael s'abstint de tout commentaire, même s'il réprouvait à la fois la réponse enthousiaste d'Aleth et sa promptitude à pardonner à sa sœur. A ses yeux, Alice constituait le dernier lien d'Aleth avec Luke, et à ce titre elle était susceptible de faire bien des dégâts.

Le mariage de sa cousine Teresina avec un jeune fermier du coin, Alfredo, commença de bonne heure par un somptueux brunch, donné chez ses parents, à l'intention des proches de la mariée.

Teresina, une petite femme brune plutôt timide, émergea de la minuscule église d'Umbria au bras de son mari, et tous deux présidèrent le banquet dressé à l'ombre des marronniers, sur la place principale du village. Les plats se succédèrent, chacun paraissant encore plus élaboré que le précédent. Un véritable festin !

Un des invités se leva pour pousser sa chansonnette. D'autres convives avaient apporté leurs instruments de musique et, bientôt, les enfants formèrent une chorale improvisée pour chanter une sérénade à la mariée, très émue. L'ambiance était chaleureuse, détendue, et Aleth s'amusait beaucoup.

— Dommage qu'Oona ne soit pas là, murmura-t-elle à l'oreille de Rafael. Cette partie de ta famille sait que tu as une demi-sœur ?

— Oui. J'ai même proposé à la petite de m'accompagner jusqu'ici, l'an dernier. Et je dois bien dire que l'idée ne l'a guère emballée !

— Elle a dû croire que tu ne l'invitais que par politesse. Elle craignait sûrement de ne pas être acceptée. Elle se ressent beaucoup du fait d'être une enfant illégitime, tu sais !

— Et toi, tu te rends compte que tu es en train de te transformer en oracle, en matière de comportement des adolescentes ?

— Allons, j'ai beaucoup trop mangé pour cela. Je me demande même si tu ne vas pas être obligé de me porter jusqu'à la voiture.

Rafael baissa des yeux luisants sur son sourire mutin et, avant que la jeune femme ait le temps de comprendre ce qui lui arrivait, se pencha sur elle pour lui voler un baiser, suscitant ainsi un tonnerre d'applaudissements, de rires et de commentaires amusés en italien.

— Que disent-ils ?

Rafael haussa les épaules et Aleth se sentit rougir.

Elle devinait sans peine le genre de blagues qu'on pouvait échanger dans ce genre de cas-là, surtout à l'occasion d'un mariage.

Ils s'apprêtaient à embarquer dans l'avion, à Pise, lorsque Eva, qui, de toute évidence, avait eu Alice au téléphone, appela sa fille. Elle s'était organisée pour être à Londres la semaine suivante, elle aussi, et demandait à voir Aleth de toute urgence. Elle ne s'attardait jamais bien longtemps, au bout du fil, et la conversation fut encore plus brève que d'ordinaire. Au point que la jeune femme n'eut même pas le temps de lui dire qu'elle arriverait d'Italie.

Une fois à Londres, Rafael commanda un dîner fin dans son appartement de la City, avant de s'absorber dans ses propres préparatifs.

— Passe la nuit ici, avec moi, *a mhilis*, déclara-t-il. Tu rentreras en Irlande demain matin.

Ce fut sur ces simples mots que Rafael Cavaliere Flynn mit fin à leur séjour idyllique.

Il était attendu à New York pour affaires dès le lendemain soir.

Les vacances étaient bel et bien finies.

14

Alice ouvrit à toute volée la porte de son appartement.

— Entre ! marmonna-t-elle à sa sœur, en guise de bonjour.

Aleth ne tarda pas à remarquer les effets néfastes que ces derniers mois avaient eus sur sa cadette. Elle avait beaucoup maigri et, comme elle avait toujours été mince, l'effet produit n'était pas des plus flatteurs. Son visage, si avenant d'ordinaire, était pincé, et le tailleur vieillot dont elle s'était affublée détonnait totalement avec son style habituel.

En un éclair, Aleth réentendit Boyce lui dire que Luke s'était complu à lui faire porter des couleurs de vieille, et elle réprima à grand-peine une grimace.

Alice la surprit à examiner le salon avec curiosité.

— Luke est à Manchester pour affaires, déclara-t-elle non sans une certaine agressivité. Il ignore totalement que je t'ai invitée à venir me voir, et si tu le lui dis ce sera ta parole contre la mienne !

L'accusation prit Aleth par surprise.

— Pourquoi veux-tu que je lui dise quoi que ce soit ? Je ne savais même pas que vous viviez ici. J'étais convaincue que vous habitiez dans son appartement... De plus, je n'ai pas vu Luke depuis notre rupture.

— Ah vraiment ? demanda Alice, ses yeux las rivés sur elle. Tu en es bien sûre ou tu essaies de jouer au plus fin avec moi ? Parce que pour ce que j'en sais tu pourrais très bien discuter avec lui au téléphone tous les matins !

Manifestement, Alice était à bout de nerfs. Malgré son agacement, Aleth ne put que la prendre en pitié.

— Je te répète que je n'ai eu aucun contact avec Luke.

L'espace d'une fraction de seconde, Alice fut incapable de dissimuler son soulagement. Presque aussitôt toutefois, son regard se voila de nouveau.

— Eh bien... Si tu n'as pas encore eu de nouvelles, tu ferais peut-être bien de t'asseoir... Luke m'a interdit d'envoyer les invitations au mariage. Pour tout t'avouer, il a décidé d'en remettre la date à plus tard... Sans me dire quand, évidemment.

— Ah !

— C'est tout ce que tu trouves à dire ?

Aleth réfléchit quelques secondes avant de hocher la tête. Les circonstances étaient telles qu'elle ne voyait pas ce qu'elle aurait pu ajouter sans exacerber encore l'humiliation de sa sœur.

Certes, ce mariage lui avait semblé quelque peu prématuré. Toutefois, elle avait pensé que Luke s'était enfin départi de sa prudence légendaire... par amour. A présent, il lui apparaissait clairement que sa relation avec Alice n'allait pas sans heurts, et elle n'était pas plus étonnée que cela d'entendre qu'il se faisait tirer l'oreille pour se faire passer la bague au doigt.

— Nous avons eu une dispute effroyable, le week-end dernier et...

Aleth l'interrompit précipitamment.

— Ecoute, Alice... Je n'ai aucune envie d'être impliquée dans vos problèmes de couple. Même si je suis sincèrement désolée que vous ayez des difficultés.

Les larmes s'étaient mises à couler sur les joues de sa demi-sœur.

— Arrête avec ça ! Pourquoi serais-tu désolée ? Tu la tiens, ta revanche, et tu dois être aux anges ! On le serait à moins, non ?

— Je t'assure que je ne me réjouis en rien de la situation. Luke et moi avons rompu il y a des mois de cela !

— Il m'a dit que tout était ma faute... Que je l'avais détourné de toi... Il a ajouté que... que j'étais trop idiote pour lui ! acheva Alice, dans un sanglot de désespoir. Je l'aime ! Je l'aime vraiment, Aleth. Et je suis en train de le perdre !

— Il n'a aucun droit de te parler ainsi, murmura Aleth, désemparée. Ne le laisse pas faire. Je sais à quel point il peut se montrer acerbe, seulement tu dois lui tenir tête.

— Je ne suis pas aussi intelligente que toi ! sanglota Alice. Loin de là ! Je n'ai pas fait d'études, je n'y connais rien en politique... Pire, je m'en fiche éperdument. Or, c'est la seule chose dont Luke et ses amis guindés savent discuter...

— Ah ? Je croyais qu'ils discutaient surtout de leurs dernières vacances au ski, ou bien de la mauvaise opinion qu'ils ont des tribunaux, des juges et des accusés ! De vraies langues de vipère.

A ces mots Alice, qui s'essuyait les joues, écarquilla les yeux. Et, soudain, elle partit d'un grand rire libérateur avant de se remettre à sangloter de plus belle, sous les yeux d'Aleth, impuissante.

Consternée, elle prit sa sœur par les épaules et la guida vers le canapé. Alice s'y laissa tomber à côté d'elle et continua de verser toutes les larmes de son corps.

— Je l'aime... Je l'aime à mourir, répétait-elle inlassablement. Oh... Je ne sais pas quoi faire !

Jamais Aleth n'avait aimé Luke au point de le laisser la traiter d'idiote. Elle ne l'aurait tout simplement pas toléré. Son ressentiment envers Alice avait fondu comme neige au soleil tant elle était outrée.

— Au début, il était fou de moi, je t'assure ! poursuivit Alice d'une voix plaintive. Il n'arrêtait pas de m'envoyer des messages coquins. Je croyais qu'il m'aimait. J'étais convaincue qu'il s'ennuyait avec toi... Vous étiez ensemble depuis si longtemps que j'ai réussi à me convaincre qu'il ne t'aurait jamais épousée, de toute manière !

— Sur ce point, tu avais sans doute raison !

— Non. J'avais envie de le croire. A présent, je suis fixée... Luke ne cesse de me comparer à toi. Vous vous connaissez depuis l'université alors que moi je suis complètement ignare. Je n'avais aucune chance !

— Et Eva ? Que pense-t-elle de tout ça ?

Alice laissa échapper un ricanement amer.

— Maman ? A ton avis ? Elle fait mine de ne rien voir...

Comme d'habitude, quand tout va mal. Elle est furieuse que le mariage soit reporté *sine die*. A l'entendre, il n'aura jamais lieu, tout simplement. Le mois dernier, lors d'une soirée donnée en notre honneur à Paris, elle a présenté Luke comme mon fiancé à des gens très importants. A présent, tout ce qu'elle trouve à dire, c'est que le report du mariage est des plus gênants pour elle, et que je suis incapable de garder un homme !

Alice, qui avait prononcé cette dernière phrase en geignant, se remit à pleurer à chaudes larmes. Sa sœur ne fut pas dupe toutefois : cette nouvelle crise était beaucoup moins intense que les précédentes. Aussi, après lui avoir tendu la boîte de mouchoirs, se rendit-elle dans la cuisine pour y préparer un thé bien chaud.

Elle avait eu l'intention de parler de Rafael à sa sœur, mais de toute évidence ce n'était pas le moment. Elle connaissait suffisamment Alice pour savoir qu'en lui faisant part de son bonheur du moment elle ne ferait que la rendre encore plus malheureuse.

Au bout de quelques gorgées de thé, Alice l'examina à travers ses paupières mi-closes. Elle paraissait vaguement mal à l'aise.

— Mine de rien, tu m'as manqué, tu sais. Nos petits coups de fil… Nos dîners entre filles… Les confidences qu'on a pu échanger… Je ne voulais pas te faire de mal, Aleth. Ça s'est trouvé comme ça, tout simplement. J'ai toujours été folle de Luke, tu comprends… Je te jalousais depuis si longtemps…

— Depuis combien de temps, au juste ?

Alice grimaça, d'un air gêné.

— Ça a commencé l'année de mes dix-sept ans… Tu te souviens? Luke n'arrêtait pas de me taquiner… Il savait pertinemment qu'il me faisait fantasmer, et ça lui plaisait. Il y a toujours eu ce jeu entre nous… Un brin de coquetterie de ma part, beaucoup d'encouragements de la sienne… Seulement au bout d'un moment j'ai changé d'attitude… Je l'ai snobé et ça ne lui a pas plu. Moi, je trouvais ça plutôt excitant…

Aleth n'en revenait pas. Sa sœur était si jeune quand elle avait commencé à s'intéresser à Luke ! Pour sa part, elle se rappelait à peine la nature de leurs relations, sinon que son fiancé s'appliquait, en effet, à faire tourner Alice en bourrique. A l'époque, Aleth n'avait pas imaginé une seconde que ces jeux puissent être dangereux pour son couple : elle était tellement préoccupée à l'idée que les deux êtres qu'elle chérissait le plus au monde ne s'entendent pas...

A présent, il lui apparaissait nettement que Luke avait joué avec les sentiments d'Alice.

— Quant au moment où nous avons commencé à sortir ensemble... Ça devait être six mois environ avant que tu nous surprennes. Je suis passée te voir un soir, et tu étais en déplacement, comme souvent. Luke m'a proposé un verre, puis un deuxième, et il m'a embrassée. J'étais un peu ivre, je pense... La suite, tu la connais...

— Inutile d'aller plus loin, coupa Aleth, peu désireuse d'entendre les détails de leur relation. L'important c'est que, malgré ce qui s'est passé entre Luke et toi, nous serons toujours sœurs, toi et moi. Et nous serons toujours proches l'une de l'autre !

— Pas si Luke me plaque pour toi !

— Alice, Alice ! Qu'est-ce qui te fait penser une seule minute que je le reprendrais ? Je n'en ai aucune intention, figure-toi. Alors ôte-toi cette idée de l'esprit, s'il te plaît !

— Pardonne-moi, murmura Alice, tête baissée et menton tremblant.

Quel dommage, songea Aleth, elle n'était pas en position de convaincre Alice que celle-ci n'était pas taillée pour un homme comme Luke... C'était pourtant évident ! Ce goujat avait abusé de sa confiance, l'avait poussée à bout en insufflant en elle toutes sortes de doutes. Jusqu'alors, Alice avait mené la vie d'une enfant gâtée, à qui tout souriait. Et voilà qu'elle perdait toute confiance en elle...

— Tu peux m'appeler à n'importe quel moment. Même la nuit, lui dit doucement Aleth, au moment de prendre congé d'elle. Et si tu veux venir passer quelques jours à Ballyflynn, tu y seras la bienvenue.

— Je n'aime pas beaucoup la campagne, tu sais ! Ni les chevaux. Et encore moins la gadoue...

De chez sa sœur, Aleth se rendit directement à l'hôtel où sa mère résidait, dans sa suite habituelle. A sa grande surprise, la porte lui fut ouverte par Gustav, le dernier époux en date d'Eva. C'était un homme de haute taille, plutôt sec et qui commençait à perdre ses cheveux blond filasse. Comme il accompagnait rarement sa femme en Angleterre, Aleth le connaissait à peine.

— Eva se repose, lui annonça-t-il avec une certaine raideur. Elle est terriblement contrariée par cette affaire.

Aleth aurait pensé que la possible annulation du mariage de Luke et Alice était bien plus traumatisante pour sa sœur que pour sa mère. En même temps, elle connaissait Eva et cette dernière était tout à fait à même de convaincre son monde qu'en tant qu'être fragile et sensible elle devait être protégée du moindre désagrément.

— Promettez-moi de ne rien lui dire qui puisse la bouleverser davantage, ajouta Gustav, manifestement angoissé. Je sais à quel point tout cela vous est pénible à vous aussi, seulement...

— A moi ? Pas du tout... A moins que vous ne parliez du fait que Luke et moi avons été fiancés, nous aussi, à une époque lointaine ? railla Aleth. Rassurez-vous, je m'en suis remise. Pour tout vous avouer, je commence même à me dire qu'Alice m'a évité de faire la plus grosse bêtise de ma vie !

Gustav la dévisagea un instant, les yeux écarquillés.

— Pardonnez-moi... Je ne comprends pas très bien ce que viennent faire Luke et Alice dans cette histoire. C'est Boyce et son indiscrétion sur une question tout à fait confidentielle qui ont mis votre mère dans cet état !

— Boyce ?

Et soudain elle comprit ce que Gustav essayait de lui dire. Son sang se glaça. De toute évidence, son demi-frère, fidèle à sa promesse, avait abordé avec Eva le sujet épineux de l'identité de son père. C'était d'autant plus étonnant qu'ils n'en avaient que peu discuté. Jamais elle n'aurait pensé que Boyce monterait ainsi au filet...

— Oui, Boyce ! répéta Gustav. Par chance, j'ai surpris leur

conversation et j'ai compris ce qui se passait. Eva est dans tous ses états. On le serait à moins !

Sur ces paroles lourdes de reproche, il lui ouvrit enfin la porte pour la faire pénétrer dans le boudoir.

Les rideaux baissés protégeaient la pièce des rayons du soleil et Aleth mit quelques secondes à s'accoutumer à la pénombre. Eva était étendue sur le canapé, l'air extrêmement vulnérable, dans sa petite robe noire dernier cri.

— Maman... Comment te sens-tu ? murmura Aleth.

Vu la situation, elle doutait fort que sa mère eût la moindre intention de lui livrer le secret de sa paternité.

— Je suis navrée que Boyce t'ait bousculée ainsi...

— Parce que tu t'imagines que j'ignore qui lui a mis ces questions en tête, peut-être ? coupa Eva d'un ton accusateur.

— Nous avons longuement discuté de tout ça, ma chère, intervint Gustav d'une voix suave. Et je te rappelle que nous en sommes venus à la conclusion que la curiosité de ta fille est tout à fait légitime et que tu devrais la satisfaire. Une fois que ce sera fait, nul doute qu'Aleth acceptera de ne plus jamais faire allusion à ce douloureux sujet.

Jusque-là, la jeune femme avait espéré que son beau-père ferait preuve d'un minimum de discrétion et la laisserait en tête à tête avec sa mère. En entendant ces derniers mots, toutefois, elle se demanda si ce n'était pas lui qui avait convaincu Eva de parler.

— Pourquoi restes-tu debout ? lança Eva à sa fille, sans aménité.

— Pardon, murmura Aleth, qui s'assit sur le bras d'un fauteuil.

— Avant tout, je veux que tu me promettes que rien de ce que je vais te dire ne sortira d'ici.

— Enfin, maman... Pourquoi ?

— La requête de votre mère me paraît justifiée, commenta Gustav.

Aleth était si tendue qu'elle aurait accepté n'importe quelle condition. Toutefois, l'exigence lui semblait exagérée. Ainsi, elle n'aurait pas le droit de disposer de l'information qui la concernait pourtant de si près ?

— C'est simple. Si tu ne me donnes pas ta parole d'honneur, je ne te dirai rien, déclara solennellement Eva.

Aleth prit une longue inspiration avant de jurer. Aussitôt, Eva se détendit si visiblement qu'Aleth se demanda avec anxiété ce qu'on allait lui annoncer de si confidentiel.

Gustav posa une main protectrice sur l'épaule de sa femme. Eva sortit un fin mouchoir de dentelle et le porta à ses joues qu'elle tamponna délicatement.

— Tout d'abord, n'oublie pas à quel point j'étais jeune, quand je suis tombée enceinte de toi, murmura-t-elle.

— Votre mère n'avait que dix-sept ans..., renchérit Gustav, comme si Aleth ignorait ce fait.

De son côté, elle sentait son habituel sang-froid la déserter. Elle répondit vivement :

— Je le sais très bien. Et je n'ai pas l'intention de juger !

— Pour commencer, tu dois savoir que l'homme qui m'a mise dans l'embarras — Eva avait prononcé cette expression désuète avec une petite moue de dégoût — n'est plus de ce monde.

A ces mots, Aleth déglutit péniblement. La déception était rude. Il ne lui était jamais venu à l'esprit que son père puisse être mort. Pourtant, ça n'avait rien d'étonnant. Après tout, elle avait été conçue près de trente années auparavant.

— Il était beaucoup plus âgé que moi... Pour tout te dire, il avait presque deux fois mon âge, poursuivit Eva. C'était un homme raffiné, très beau, capable de faire très forte impression sur la jeune fille naïve que j'étais à l'époque.

S'ensuivit un silence qui parut durer une éternité.

— Que s'est-il passé ? demanda enfin Aleth.

— Je travaillais à mi-temps à l'épicerie du village. Il arrivait à cet homme de passer acheter ses cigarettes, et nous échangions quelques plaisanteries d'usage. Un jour de pluie, il s'est arrêté dans la rue pour me proposer de me ramener chez moi. J'étais flattée, tu t'en doutes...

Eva buta sur les mots. Elle chiffonna nerveusement son mouchoir et chercha du regard l'appui de son mari.

— Bref, reprit-elle. Quand il a demandé à me voir en secret...

Ça devait rester secret, tu comprends... A cause de mon père qui était très strict... J'aurais dû me méfier, seulement...

Eva étouffa un sanglot et Gustav lui prit la main.

— C'était le genre à s'en prendre aux jeunes filles, Eva, mon petit, murmura-t-il avec bienveillance. Tu ne pouvais pas savoir ! Tu étais bien trop innocente.

— Gustav ! Merci... merci infiniment de te montrer aussi compréhensif, répondit Eva qui le couvait du regard comme s'ils avaient été seuls dans la pièce. J'avais entendu parler de la manière dont il traitait sa femme, mais, bien sûr, je n'ai pas prêté attention aux ragots. Et puis, bien que l'Eglise n'eût jamais avalisé son divorce, je le considérais comme un homme libre.

— C'est tout à fait normal, maman.

Eva s'accrocha à la main de son époux et, soudain, considéra sa fille avec une dureté tout à fait inattendue. Son beau visage se tordit.

— Il n'y a rien de bien nouveau ou d'excitant dans ma triste histoire, j'en ai peur, ma fille... Ton père m'a affirmé qu'il m'aimait... Il m'a dit qu'il voulait m'épouser et je l'ai cru. J'étais tout simplement folle de lui. Quand j'ai découvert que j'étais enceinte, c'est sans la moindre arrière-pensée que je suis allée vers lui. Ma naïveté était telle que j'étais convaincue qu'il accueillerait la nouvelle avec plaisir... Tu sais ce qu'il a osé me dire ?

Une lueur de défi illumina les yeux d'Eva.

— Je n'en ai pas la moindre idée, murmura Aleth.

— C'est pourtant la plus vieille histoire du monde ! Il a déclaré que le bébé que je portais n'était pas de lui. Que j'avais dû coucher avec d'autres hommes !

Eva s'interrompit, le temps de bien faire passer le message.

— Peut-être comprenez-vous mieux à présent pourquoi votre mère s'efforce à ce point d'oublier ce qui lui est arrivé il y a près de trente années de cela, fit remarquer Gustav avec, dans la voix, la désapprobation propre aux hommes sûrs de leur bon droit. Au risque de nous répéter, il s'agit, comme Eva vient de le souligner, d'une histoire vieille comme le monde. En clair, cet homme a séduit votre mère pour l'abandonner ensuite.

— C'est terrible en effet, murmura Aleth.

— Je ne l'ai jamais revu, je n'ai plus jamais entendu parler de lui, après ça. Je me suis enfuie de chez moi et j'ai attrapé le premier ferry pour l'Angleterre.

— Quand est-il mort ? s'enquit Aleth.

Eva eut une petite moue boudeuse, puis haussa les épaules.

— Très récemment. Il y a quelques mois à peine. Et je t'en supplie, ne te mets pas en tête que je t'ai privée de ta chance de le rencontrer ! De toute manière, il ne t'aurait jamais reconnue. Jusqu'au bout, il aurait nié que tu aies quoi que ce soit à voir avec lui !

— Votre mère a simplement eu à cœur de vous protéger, Aleth, insista Gustav. Vous auriez été blessée par ce rejet cruel. Je crains bien que votre géniteur n'ait pas été un personnage bien recommandable.

Aleth le contempla un instant avec un sentiment de malaise qu'elle s'efforça, vainement, de dissimuler.

— Vous me semblez très au fait de mon histoire personnelle, Gustav ! fit-elle remarquer.

— Je n'ai aucun secret pour mon époux ! déclara Eva.

Sa fille s'abstint de lui faire remarquer qu'il avait bien de la chance.

— Je peux savoir à présent ? Je peux te demander le nom de mon père ?

Eva releva le menton en un geste de défi.

— Cavaliere... Valente Cavaliere... A présent, tu comprends peut-être mieux pourquoi j'exige que cela reste entre nous !

Aleth se figea et resta bouche bée, les yeux rivés sur sa mère. Elle n'en croyait pas ses oreilles. Elle avait dû mal comprendre... Eva ne pouvait pas avoir prononcé ce nom qui avait une signification si personnelle pour elle...

— Valente Cavaliere ? s'entendit-elle dire. *Le* Valente Cavaliere ?

— Tout à fait ! répondit Eva, d'un ton presque enjoué. Tu n'en as sans doute jamais entendu parler, mais de son temps il était célèbre. C'était un milliardaire. Marié à une des descendantes d'un gros propriétaire terrien. Il a divorcé lorsqu'il a appris qu'elle l'avait trompé… Elle avait une petite santé, la pauvre. Elle passait la plupart de son temps allongée. Lui, il venait la voir avec leur fils.

Gustav avait froncé les sourcils pour mieux exprimer sa désapprobation.

— Cavaliere était un cavaleur, si vous voulez me passer ce mauvais jeu de mots. Il a été à l'origine de bien des scandales !

Aleth était tendue comme un arc. Eva parlait de Valente Cavaliere d'un ton léger, presque vantard et des plus déplacés. Pendant ce temps-là, elle sentait le sang battre dans ses tempes. Les idées s'embrouillaient dans son esprit et elle ne parvenait pas à réfléchir.

Cavaliere… Cavaliere…

Le patronyme résonnait inlassablement à ses oreilles bourdonnantes. Elle se sentait prise dans une tornade, balancée comme une coque de noix sur les flots déchaînés. Une sueur glacée perla à sa nuque.

— Tu me fais beaucoup penser à ton père. Ça a toujours été le cas, ajouta Eva. Ne serait-ce qu'au niveau de votre corpulence.

— Valente Cavaliere ? répéta Aleth, détachant chaque syllabe de la précédente. Tu as bien dit que l'homme qui t'a mise enceinte… mon père est Valente Cavaliere ?

— Oui. En quoi cela te trouble-t-il tant !

— Laisse à ta fille le temps de s'habituer à cette idée, ma chérie, intervint Gustav. C'est un moment crucial dans sa vie, tu sais.

La jeune femme battit des paupières comme au sortir d'un mauvais rêve.

— C'est… C'est le moins qu'on puisse dire… Maman, es-tu absolument certaine que mon père ne puisse pas être un autre homme que Valente Cavaliere ?

— Tu es insultante ! Comment oses-tu mettre ma parole en doute ?

Dans son indignation, Eva se leva et, tête haute, sortit de la pièce à grands pas.

Gustav et Aleth la suivirent du regard, les yeux ronds.

— Vous êtes sous le choc, mon petit, soupira Gustav. Et Eva

ne mesure pas l'ampleur de votre désarroi. Enfin... J'ose espérer que vous comprenez à présent la raison pour laquelle ma femme insiste sur votre discrétion absolue. Cavaliere n'était pas un personnage très recommandable et il est tout naturel qu'Eva veuille éviter tout recoupement...

Aleth ne prononça mot. Elle ne faisait confiance ni à sa voix ni à son humeur du moment. Et puis, il lui semblait qu'aucun de ses deux interlocuteurs ne prenait ses sentiments en compte. Dans ces conditions, mieux valait qu'elle quitte ce boudoir...

Elle se leva à son tour, raide et mortifiée.

Gustav protesta poliment et lui proposa de prendre le thé avec eux, quand Eva serait revenue. Il était terriblement mal à l'aise et n'avait qu'une hâte : que l'incident soit clos. Aleth le sentit et prit congé sans réussir à se ressaisir.

Elle sortait de l'hôtel lorsque son téléphone sonna, la faisant sursauter. C'était Boyce.

— Salut, sœurette. J'ai abordé avec maman le sujet qui fâche, figure-toi ! annonça-t-il sans autre préambule. Et je peux te dire que ça ne s'est pas bien passé !

— Tu m'en diras tant...

— Gustav travaillait dans son bureau, c'est-à-dire juste à côté du salon. Il a tout entendu et j'ai cru que j'allais me faire écharper ! Maman s'est mise à pleurer, Gustav est arrivé à la rescousse et j'ai dû battre en retraite !

— Je comprends.

— Tant mieux. Parce que je dois bien t'avouer que l'idée d'aborder de nouveau le sujet ne me sourit guère. Gustav est aux petits soins pour maman et je n'ai pas envie de l'affronter. Désolé, sœurette.

— Ne t'inquiète pas. Ça n'a absolument aucune importance.

— Tu en es sûre ?

— Absolument sûre... Maman ne t'a rien dit du tout ? demanda-t-elle dans un souffle.

— Rien du tout.

— Tu ne lui as pas parlé de Rafael ?

— Non... Tu sais comment elle est. Elle était furieuse quand je lui ai annoncé que j'allais te rendre visite en Irlande. Du coup, elle n'a pas voulu entendre parler de mon voyage.

— Ecoute, rends-moi un service, Boyce. Si jamais tu vois Rafael, ne lui raconte rien. Lui et moi... Tout est fini entre nous, conclut-elle d'une voix brisée.

— Ah bon ? Et moi qui croyais que tu filais le parfait amour avec lui... Ces deux semaines d'escapade... Je dois t'avouer que je suis un peu étonné ! Enfin, c'est la vie, je suppose... Au fait, mon offre d'achat sur Slieveross a été acceptée, finalement.

— C'est fantastique ! parvint-elle à articuler.

Mais le cœur n'y était pas.

Une fois la conversation terminée, Aleth rangea son portable dans son sac d'un geste machinal. Ce ne fut qu'en voyant le regard d'un passant s'attarder sur elle qu'elle s'aperçut qu'elle était en pleurs.

Elle devait se reprendre. A tout prix.

Hélas, comment ne pas devenir folle, avec ce qu'elle venait d'apprendre ? C'était un épouvantable coup du destin. Une coïncidence cruelle, tragique.

La relation à laquelle elle tenait le plus au monde, dont elle avait le plus besoin, risquait tout simplement de la détruire.

Complètement désemparée, elle se concentra comme elle put sur des choses très concrètes. Il n'y avait même pas lieu de réfléchir à la manière de réagir. C'était l'évidence même, non ? Rafael devait l'attendre à l'appartement. Elle allait rentrer et mettre un terme définitif à leur relation.

Tout de suite.

Evidemment, elle ne lui dirait pas ce qui l'avait poussée à prendre cette décision. C'était totalement inutile. Il s'agissait du genre de nouvelle dont on se passait... D'autant qu'il n'y avait pas de remède possible. De tout temps, Valente Cavaliere s'était mis en travers de la vie de son fils. Autant épargner à Rafael ce dernier coup de poignard paternel, plus grave encore que les autres, et qui venait tristement couronner une liste déjà trop longue.

Aleth le protégerait. Jamais il ne saurait l'inavouable vérité. De son côté, elle allait faire en sorte de survivre. C'était le moins qu'elle puisse faire pour Rafael.

La façon la plus généreuse qu'elle voyait de lui prouver son amour.

Aleth fut accueillie par un domestique qu'elle n'avait jamais rencontré. L'appartement high-tech contrastait en tout point avec les propriétés irlandaise et italienne de Rafael.

Ce dernier, qui était au téléphone avec un client français, ne l'aperçut pas immédiatement. Appuyé contre la table de verre de son bureau, il semblait parfaitement détendu. Son superbe profil se découpait sur le rectangle de la fenêtre. Il laissa échapper un petit rire et annonça à son interlocuteur qu'il devait prendre congé.

Puis il regarda intensément Aleth.

Alors, l'espace d'une seconde, elle crut que son cœur allait éclater. Sa souffrance avait atteint un tel paroxysme qu'elle craignit de s'effondrer.

— Chérie ! s'exclama-t-il en lui ouvrant les bras, avec l'assurance d'un amant certain d'être bien reçu.

La jeune femme sentit le sang se retirer de son visage et les larmes monter. Poings serrés, elle secoua la tête et se détourna, lui indiquant d'un geste qu'elle attendrait qu'il ait fini de téléphoner…

Rafael se rembrunit. Aleth revenait d'une journée passée en compagnie de sa sœur et sa mère, et cela ne semblait pas lui avoir réussi. Elle était même complètement défaite. Jusque-là, Aleth n'avait jamais eu devant lui la moindre parole acerbe à l'égard des membres de sa famille. Comme elle n'avait pas enjolivé le tableau non plus, Rafael en était rapidement venu à ses propres conclusions : une mère superficielle et exigeante, une demi-sœur trop gâtée. En clair, ni l'une ni l'autre ne méritait l'estime d'Aleth. Mais que s'était-il exactement passé aujourd'hui ?

En tout cas, c'était la dernière fois qu'il laissait Aleth aller seule voir sa famille, sans lui. Ce serait encore la meilleure façon pour lui de s'assurer qu'elle était traitée avec respect.

Aleth tituba jusqu'aux toilettes où elle fut prise de violentes nausées.

Lorsqu'elle se sentit un peu mieux, elle s'appuya contre le mur et posa son front moite contre le carrelage frais. Elle tremblait de tous ses membres. Elle avait le sentiment d'être empêtrée dans un cauchemar dont elle ne parvenait plus à se réveiller.

Pour la première fois de sa vie, Aleth ne voyait rien de positif dans la situation qu'elle vivait, et ce sentiment de désespoir menaçait de l'engloutir totalement.

« Je vais me réveiller, songea-t-elle. Je vais me réveiller... »

En un effort surhumain, elle entreprit de se rafraîchir le visage. Ses yeux étaient hagards. Le miroir lui renvoyait l'image d'un masque de désespoir, et elle détourna vivement la tête.

Elle devait regagner le salon. Un pas à la fois... Un pas qui lui paraissait si grand, si terrifiant subitement, qu'elle avait du mal à envisager le suivant.

— J'ai à te parler...

Rafael la gratifia du sourire charismatique qu'elle aimait tant. Mais, raide comme un piquet, la jeune femme le regarda à peine.

— Je... J'ai adoré notre séjour en Italie. Vraiment. Ça a été fabuleux. Seulement, maintenant, je voudrais que nous redevenions de simples associés... Rien d'autre.

— Comme tu voudras, murmura Rafael, soudain indéchiffrable.

— Surtout, ne crois pas que je n'ai pas pleinement goûté ce moment... ou ta compagnie, poursuivit Aleth, cherchant désespérément les mots.

— Pourquoi penserais-je une chose pareille ?

— Je crains que tu te mettes des idées en tête et je ne pourrais pas le supporter, murmura-t-elle, une boule dans la gorge. J'ai été tellement heureuse avec toi...

— Même si tu ne l'es plus, coupa-t-il.

Aleth ferma les yeux. Son accablement était tel que ses jambes la portaient à peine.

— Il me paraît évident que tu es malheureuse par ma faute, en ce moment, *a mhilis*, affirma Rafael sèchement.

Aleth leva des yeux éplorés vers lui.

— Tu n'y es pour rien, Rafael, je te le jure. Surtout ne te mets pas en tête que tu es la cause de mon état. Et dis-moi que nous resterons amis !

— Pas question ! répliqua-t-il sans l'ombre d'une hésitation.

Aleth sentit sa lèvre inférieure trembler et se concentra, le temps de recouvrer sa maîtrise d'elle-même.

— Ce serait vraiment important, pour moi, insista-t-elle.

— Ça ne marche pas comme ça, ma belle. Soit tu fais partie de ma vie, soit tu en sors complètement.

— Dans ce cas... je sors, murmura-t-elle d'une voix sourde.

— Tu retournes en Irlande ? l'interrogea Rafael, sans se départir de son impassibilité.

— Oui.

— J'appelle mon chauffeur pour qu'il te conduise à l'aéroport, déclara-t-il en décrochant son téléphone.

Aleth attendit en vain qu'il ajoute quelque chose... N'importe quoi... Hélas, le silence s'éternisa au point qu'elle eut peur de se surprendre à tout avouer, à faire éclater la vérité pour que, au moins, Rafael la comprenne. Aussi, et pour être bien sûre de se retenir, Aleth tourna tout de suite les talons et s'éloigna dans le hall.

Quelques secondes plus tard, le domestique qui lui avait ouvert la porte surgit, sa valise à la main. Aucun autre son que celui de l'Interphone annonçant l'arrivée de la limousine ne vint troubler son départ.

Elle aurait voulu courir vers le salon et s'expliquer...

Mais que dire ?

Folle de désespoir, la jeune femme s'engouffra dans l'ascenseur qui l'amènerait au parking du sous-sol.

15

Son impatience de parler à Aleth était telle qu'Oona faillit en tomber de son vélo.

— Je crois que Fergal sort avec une touriste anglaise qui a pris une chambre au Dooley's ! annonça-t-elle tout de go.

Aleth jeta un bref coup d'œil à la mine angoissée de l'adolescente et détourna la tête.

— Tu sais que je suis amoureuse de lui ! poursuivit Oona, d'une voix larmoyante. Et je viens de les voir traverser le village, bras dessus bras dessous !

Aleth se fit violence pour oublier ses propres soucis et, posant un bras sur les épaules de sa jeune amie, la réconforta de son mieux.

— Je suis désolée que tu aies du chagrin, ma belle, murmura-t-elle.

— C'est bien plus que du chagrin ! Je l'aime, Aleth ! Je ne peux pas supporter de le voir avec une autre fille !

Aleth prit une longue inspiration, sans rien ajouter toutefois.

— Vas-y ! Dis ce que tu as sur le cœur ! la pressa l'adolescente avec une fureur à peine contenue.

— Je pense que tu es trop jeune pour Fergal, Oona... Il a sa vie, lui aussi, et il doit la mener comme il l'entend, répondit-elle avec toute la douceur dont elle était capable.

— Tu ne comprends vraiment rien à rien ! s'indigna l'adolescente. Je te dis que je l'aime ! J'en ai même parlé à Rafael. Il me comprend, lui. La preuve, il m'a écoutée !

Aleth prit comme repère un trou dans le sac de grains qu'elle était en train d'ouvrir et se concentra dessus.

Elle était loin d'être aussi naïve qu'Oona qui ne semblait pas se douter une seule seconde de la jalousie féroce avec laquelle son frère veillait sur elle.

Oh, pour ça, elle n'avait aucune difficulté à imaginer Rafael Flynn écoutant les jérémiades de sa sœur ! Sans broncher, bien sûr… Il était bien trop intelligent et trop maître de lui pour révéler ses intentions au premier coup de semonce !

Dix jours s'étaient écoulés depuis leur dernière entrevue à Londres. Et, depuis lors, Rafael se tenait à une distance exemplaire. Il ne montrait rien, sans doute parce qu'il ne ressentait rien.

Tout simplement.

D'ailleurs, à quoi s'était-elle attendue au juste ? C'était bien mieux ainsi, non ? Pour Rafael Cavaliere Flynn, il ne s'était agi que d'une liaison parmi d'autres, une aventure sans lendemain et qu'il aurait tôt fait d'oublier, le chanceux… Une certitude qui, là encore, était insupportable à Aleth.

La jeune femme avait les paupières si lourdes qu'elle s'émerveillait de tenir debout. Hélas, quel que fût son niveau de fatigue, elle savait d'avance que la nuit prochaine serait, comme les précédentes, peuplée de cauchemars. Et, quand ce n'était pas ses rêves qui la réveillaient, c'était l'angoisse, sur le coup de 2 heures du matin. Elle passait alors le restant de la nuit à attendre, les yeux rivés sur le plafond, que le jour se lève.

— Et ne crois surtout pas que je n'ai pas remarqué votre comportement bizarre, à Rafael et à toi ! ajouta Oona entre ses dents. Si je n'ai rien dit, c'est uniquement parce que Tolly m'a conseillé de me mêler de mes affaires !

Là-dessus, elle tourna les talons pour aller garer sa bicyclette avant de pénétrer dans les écuries pour nourrir les chevaux, leur faire prendre un peu d'exercice et nettoyer leur litière.

Aleth aurait donné cher pour l'arrêter dans sa course et lui demander comment Rafael se comportait exactement. Elle se posait tant de questions à son sujet… Des questions qu'elle ne poserait jamais, à quiconque, cependant. Simple question d'amour-propre et de survie… De tout son être, elle s'efforçait de refouler son désespoir, de tout son cœur elle tentait de bannir Rafael Cavaliere Flynn de ses pensées.

Malheureusement, un vocable maudit lui trottait dans la tête sans qu'elle parvienne à s'en débarrasser.

Inceste…

Elle avait commis un inceste et était hantée par ce que ces simples syllabes recouvraient. Elle avait beau tenter de passer outre, le mot se faufilait dans les méandres de son cerveau à la moindre occasion.

L'inceste… Un délit contre l'ordre moral. Un délit tout court, répréhensible, selon toutes les lois de tous les pays.

Pire encore, le mal était fait et elle ne pouvait revenir en arrière.

Pourtant, au fond d'elle-même, Aleth peinait toujours à croire qu'elle avait commis un faux pas de cette importance, même en toute innocence… Comment avait-elle fait pour s'éprendre du seul homme, dans ce vaste monde, qui lui soit inaccessible ?

D'un autre côté, sa réaction n'avait rien d'anormal, attendu les circonstances… Elle ne pouvait pas nier l'évidence et n'avait aucun refuge où se décharger de son péché… Au diable Eva et ses révélations fracassantes !

A la pensée de sa mère, Aleth eut un sourire amer. Malgré son désarroi, elle avait, non sans une pointe de cynisme, noté que, même à dix-sept ans, Eva n'avait pas choisi de fréquenter Monsieur Tout-le-monde ! Non ! Dans le village isolé et quasiment désert de Ballyflynn, Eva Gallagher avait réussi à attirer l'attention d'un homme à la fois fortuné et charismatique. Cela dit, Eva avait toujours été une belle femme…

Et puis pourquoi lui mentirait-elle sur un sujet aussi épineux ?

Valente Cavaliere avait fécondé la mère d'Oona. Il n'y avait donc aucune raison pour qu'il n'ait pas fait de même avec celle d'Aleth, treize années plus tôt ! A en croire Rafael, son père était un séducteur sans scrupules et dépourvu de tout sens des responsabilités.

Aleth avait recherché sa photo sur internet, et s'était vainement efforcée de trouver une ressemblance quelconque entre elle et son père présumé. Si Rafael et Oona avaient hérité de sa haute taille, de son ossature et de son teint mat, Aleth, pour sa part, ne se trouvait aucun point commun avec le milliardaire défunt.

Là encore, ça ne signifiait rien. Elle devait tenir ses cheveux roux et sa peau laiteuse du côté maternel de sa famille, voilà tout.

Dès lors, une autre question se posait : se pouvait-il qu'Aleth ait immédiatement été attirée par Rafael et par Oona parce que tous trois étaient liés par le sang ?

C'était une possibilité presque plus dérangeante que tout le reste.

Ce soir-là, elle se faisait couler un bain lorsqu'elle entendit l'hélicoptère, au-dessus du cottage. Sans réfléchir, elle courut à l'arrière de sa chambre pour regarder l'appareil plonger entre les arbres et disparaître derrière Flynn Court.

Elle prit son bain, enfila un pantalon propre et une chemise vert pâle, avant de sortir pour donner à manger à Samson et à Peanuts.

Des sons de voix lui firent relever la tête et elle se figea. Au beau milieu du paddock, derrière les étables, Rafael regardait Fergal faire parader Vent-Arrière.

Incapable de détourner les yeux, la jeune femme se régala du spectacle. Le profil et la silhouette élancée de Rafael lui étaient devenus si familiers qu'elle en aurait pleuré. Dès qu'elle se rendit compte de la persistance de son attirance pour lui, elle eut honte d'elle-même et se força à regarder ailleurs.

La triste vérité était qu'elle ne savait plus comment se comporter, face à lui. Trois semaines auparavant, elle serait allée rejoindre les deux hommes sans aucune arrière-pensée. A présent, elle était gênée dans sa spontanéité et se sentait complètement coincée. Les aveux de sa mère avaient fait des ravages en elle.

En désespoir de cause, elle rentra dans sa cuisine.

Au bout d'une demi-heure qui lui parut une éternité, elle entendit enfin le moteur d'une voiture démarrer puis s'éloigner.

Aleth eut à peine le temps de pousser un soupir de soulagement qu'on frappa à la porte de devant.

Elle alla ouvrir comme un automate.

Rafael se tenait sur le seuil, et l'examinait avec des yeux sombres pleins de curiosité.

— Comment vas-tu ?

— Je... Très bien ! murmura-t-elle d'un ton à peine audible.

Elle mentait, c'était l'évidence même. A en juger par sa mine battue, elle manquait de sommeil et ne s'alimentait pas correctement. Et s'il n'avait aucune idée de ce qui se passait Rafael avait la ferme intention d'avoir la clé du mystère.

Dès ce soir.

— Je peux entrer ?

Aleth hésita une seconde avant de reculer d'un pas pour le laisser passer.

— Tu aurais pu me dire que ma sœur s'était entichée de Fergal Gibson !

Aleth n'était manifestement pas préparée à une telle entrée en matière, car elle fronça les sourcils avec angoisse.

— Il ne t'est pas venu à l'idée qu'elle pourrait être en danger ?

— Non. Pas avec Fergal. C'est un garçon aussi intelligent que scrupuleux. De plus, il est tout à fait conscient de l'extrême jeunesse d'Oona et il ne fait rien pour encourager ses ardeurs. En fait, ajouta-t-elle d'une voix tendue, ce serait plutôt l'inverse... Je veux dire que c'est lui qui devrait se méfier.

Tout d'abord pris de court par son franc-parler, Rafael se mit à rire.

— Je vois... Eh bien ! Je te remercie de ta franchise.

— Ne te méprends pas, Rafael. Je veux simplement dire que ta sœur peut se montrer têtue, quand elle veut. Cela dit, je ne crois pas qu'il y ait lieu de s'inquiéter outre mesure. J'ai entendu dire que Fergal sortait avec une touriste, en ce moment.

— Histoire de brouiller les pistes... Car pour ma part je suis certain que Gibson n'est pas aussi indifférent aux charmes d'Oona qu'il veut bien le laisser paraître. Et ça m'ennuie.

— Allons, Rafael ! Il l'aime bien, certes...

— Il l'aime bien ? Il en est complètement dingue, tu veux dire. Et si ça se trouve il ne le sait pas lui-même, l'animal ! Non ! La situation me paraît dangereuse. Je vais prendre les mesures qui s'imposent.

» A présent, passons au deuxième objet de ma visite, poursuivit-il en s'appuyant sur la table en chêne. C'est-à-dire nous...

Aleth se raidit.

— C'est fini, je te l'ai dit.

— C'est possible, toutefois j'aimerais comprendre pourquoi...

Un silence tendu s'ensuivit. Aleth ne parvenait pas à réfléchir. La question était pourtant simple, elle aurait dû s'attendre à ce qu'il la lui pose à un moment ou à un autre, mais elle ne trouvait rien à répondre.

— Il n'y a personne d'autre, si ?

— Non ! répliqua-t-elle aussitôt.

— Dans ce cas, il n'y a plus qu'une solution. Et j'entends bien que tu m'expliques, Aleth. Explique-moi ce qui s'est passé avec ta sœur et ta mère, l'autre jour, à Londres.

— Que... Que veux-tu dire ? balbutia-t-elle.

— Quand nous sommes rentrés d'Italie, tout allait pour le mieux. Tu pars voir ta famille et tu rentres trois heures plus tard, décomposée, pour m'annoncer que tout est fini entre nous.

— Ce n'est pas ainsi que ça s'est passé ! se récria-t-elle. Je...

— Comment ça ? Bien sûr que ça s'est passé ainsi ! Alors je veux savoir ce qui a changé, ce jour-là. On t'a dit du mal de moi ? On t'a raconté des histoires à te glacer le sang ?

Ses yeux mordorés étaient rivés sur elle comme deux rayons laser. Néanmoins, un rictus amusé traînait toujours sur son visage de dieu latin.

— J'essaie de comprendre d'où vient le problème, Aleth, ajouta-t-il dans un souffle.

— Je n'ai jamais dit qu'il y avait un problème...

— Pourtant, il y en a un ! Et de taille ! Je viens de passer dix jours sans toi, le voilà le problème !

Aleth fut dûment secouée par cette déclaration.

— Vraiment ?

Il baissa les paupières et, une fois encore, elle ne put qu'admirer ses longs cils noirs.

— Oui. Et je ne te parle pas de ces dix nuits solitaires… Un véritable supplice !

C'en fut trop pour la jeune femme qui blêmit et laissa échapper un sanglot.

— Arrête ! s'exclama-t-elle en se détournant.

— Arrête quoi, *a mhilis* ? Ceci est tout nouveau pour moi, tu sais. Je ne m'étais encore jamais trouvé dans une position similaire. D'ordinaire, c'est moi qui mets fin à mes aventures. Alors chapeau ! Tu m'as complètement bluffé et, crois-moi, peu de gens y sont parvenus, à ce jour.

— Attends un peu. Tu es en train de me dire que tu ne t'es encore jamais fait plaquer dans ta vie ? demanda Aleth.

Soudain, contre toute logique, elle avait envie de passer ses deux bras autour de sa nuque pour laisser libre cours à son chagrin.

— Tout ce que je te demande, c'est une explication. Que s'est-il passé ? Je suis un mâle dominant, de renommée internationale. J'ai besoin de savoir. Une fois que tu m'auras exposé tes raisons, je ne ferai plus jamais allusion à ce qui s'est passé entre nous.

Les poings serrés, la jeune femme continuait de lutter contre les larmes qui lui brûlaient les paupières.

— Ce n'est pas si simple que ça…

— Bien sûr que si ! Pourquoi compliquez-vous toujours les choses, vous autres, les femmes ?

— Il y a des choses que tu ignores, balbutia-t-elle, de plus en plus anéantie par le poids de son secret. Et à mon avis il vaut mieux que tu continues à ne pas savoir…

Rafael rebondit sans tarder.

— Qu'est-ce qu'il vaut mieux que je continue à ignorer ? Parle, Aleth ! Tu en as trop dit à présent !

Effectivement… Et il était trop tard pour faire marche arrière.

— C'était une façon de parler, rien de plus !

Elle sentit les mains de Rafael se poser sur ses épaules tendues à l'extrême. Puis, avec une lenteur infinie, il la fit pivoter sur elle-même, l'obligeant ainsi à le regarder.

— Tu mens, Aleth... Et tu mens bigrement mal. Cette situation n'a que trop duré. Je veux bien croire que tu as été sincère avec moi. Toutefois, à la seconde où tu es entrée dans mon appartement, à Londres, j'ai compris que tu me cachais quelque chose.

Bien qu'il eût pris la précaution de laisser retomber ses mains le long de ses flancs, Aleth avait le sentiment d'être prise au piège.

— Non ! s'écria-t-elle. Non, non et non !

Les yeux mordorés de Rafael Flynn se rivèrent aux siens.

— J'ai besoin de savoir. L'ignorance me rend fou.

Aleth se précipita vers la porte et l'ouvrit à toute volée.

— Il vaut mieux que tu partes...

— Je croyais que tu souhaitais que nous restions amis...

— Oui, dit-elle dans un souffle. Suffisamment pour parler de ta sœur, de la pension ou des chevaux. Rien de plus personnel.

Rafael prit le chemin de la sortie d'un pas lent.

— Je ne lâcherai pas le morceau, Aleth. Tant que tu ne m'auras pas dit la vérité, tu m'auras sur le dos.

— Oublie toute cette histoire, murmura-t-elle en une supplique fiévreuse. Ne me force pas la main.

Elle ne s'était pas attendue à ce que Rafael l'affronte ainsi. Pas plus qu'elle n'avait été préparée à ce qu'il se départe de son flegme légendaire pour amorcer une discussion aussi ouverte.

Elle était la seule femme à l'avoir laissé tomber...

Soudain, elle fut incapable de retenir ses larmes plus longtemps. Elle se roula en boule contre la porte, dans l'espoir vain de contenir son chagrin, et posa entre ses bras croisés ses joues ruisselantes.

A l'époque où elle pensait encore lui être plus ou moins indifférente, elle avait eu beau jeu de se dire qu'elle ne faisait qu'accélérer un processus de rupture inévitable. Elle s'était même consolée en se répétant que leur liaison avait toujours été sans avenir, de sorte que, du moins dans les faits, elle n'avait rien perdu. Quoi qu'il arrive, l'intérêt que Rafael Flynn lui portait se serait évanoui avant peu.

A présent, la situation était différente. Rafael était venu vers elle, dix jours après qu'elle fut sortie de sa vie. Il l'avait sommée de s'expliquer sur ce qui avait provoqué sa décision...

Rafael Cavaliere Flynn ne faisait pas étalage de son indifférence aux événements. Il était d'un naturel réservé et n'accordait sa confiance qu'à quelques rares élus. Il était orgueilleux. Terriblement orgueilleux...

Et pourtant il s'était abaissé à faire cette démarche.

Ce qui, ironie du sort, rendait Aleth encore plus malheureuse.

Rafael écouta Albert lui annoncer le lever du jour, aussi prématurément que d'habitude. Pour la première fois cependant, il n'eut pas envie d'étrangler l'odieux volatile, ce qui l'inquiéta au plus haut point. Tout comme le fait qu'il n'avait pas fermé l'œil de la nuit et qu'il était allé se coucher sans dîner, la veille au soir.

Il était perturbé dans sa routine naguère si bien rodée, et cela le troublait énormément.

Rafael se targuait d'être un homme logique. Les comportements irrationnels l'avaient toujours déstabilisé. Et si d'aucuns s'accordaient à dire que les femmes manquent de constance, dès le début de sa relation avec Aleth, ce qu'il avait le plus apprécié chez elle était justement son égalité d'humeur et son bon sens. Elle n'était pas du genre à faire une montagne d'un événement insignifiant. La semaine précédente encore, à la *fattoria*, elle irradiait de bonheur. Même dans son sommeil, il lui arrivait d'avoir le sourire. Grâce à sa diplomatie naturelle, elle avait su arrondir les angles et passer l'éponge sur les petits agacements du quotidien.

Bref, elle était devenue pour lui une oasis de paix dans un monde de brutes.

Alors pourquoi ? Pourquoi ce brusque revirement ? Cela ne lui ressemblait en rien. On ne met pas fin à une liaison satisfaisante ! Surtout quand ça vous plonge dans un désarroi aussi évident !

Plus Rafael réfléchissait à ce mystère, plus il avait hâte de connaître la vérité. Il ne serait apaisé qu'une fois cette mission accomplie.

Il en était certain.

Oui. Une fois qu'Aleth lui aurait donné une explication valable, il serait en mesure d'oublier l'incident et pourrait passer à autre chose.

Comme presque tous les matins, peu après 6 heures, Aleth alla faire un tour dans la vieille chênaie.

D'ordinaire, elle la parcourait à cheval, mais Blanche-Neige souffrait d'une légère infection depuis quelques jours et le vétérinaire l'avait mise au repos complet. Elle aurait pu monter Missy à la place, car elle aimait bien sortir la jeune jument encore extravagante de fraîcheur. Toutefois, Oona la montait presque quotidiennement, ces derniers temps, et Aleth répugnait à la lui emprunter plus souvent que nécessaire.

Elle ne manquait jamais de faire une halte au cœur de la forêt, à l'endroit précis où le frêne, le cèdre et l'aubépine croissaient au même rythme. Elle s'y remémorait sa première incursion dans ce havre de paix luxuriant, en compagnie de Rafael. Et, avant de poursuivre sa route jusqu'à la plage, elle fermait les yeux et faisait le vœu de vivre heureuse, comme une enfant qui croit toujours en la magie des contes de fées.

Le sable doré s'étirait en un arc parfait des rochers jusqu'à la rade du cap distant.

Ce jour-là, le temps était changeant, le ciel presque mauve et la brise quelque peu fraîche. Les épaules basses, elle traversa les dunes d'un pas pesant.

— Aleth ?

La jeune femme releva vivement la tête.

— Tu ne m'as pas vu arriver ? C'est incroyable ! fit remarquer Rafael, du haut de son hongre noir. Et où est Missy ?

— Oona s'en est amourachée et…

Il souleva les sourcils d'un air interrogateur, et elle n'eut aucune difficulté à interpréter sa mimique.

— Ne te méprends pas, Rafael ! s'empressa-t-elle d'ajouter. Oona ne verrait rien à redire, même si je montais Missy toute la journée. C'est moi qui me suis souvenue de la manière dont je me comportais, avec mon premier cheval. Je trouve que c'est mieux, pour ta sœur, d'en avoir l'exclusivité.

Rafael ne put réprimer une grimace.

— Quel idiot je fais ! Je n'ai même pas pensé une seule seconde à lui acheter sa propre monture.

Aleth commençait à se sentir en confiance. La conversation avait pris un tour neutre, et la tension qui s'était emparée d'elle à l'approche de Rafael la désertait tout doucement.

— Pourquoi y aurais-tu pensé ? Si ma mémoire est bonne, il y a deux mois, tu ignorais encore tout de la passion de ta sœur pour les chevaux !

Rafael descendit de son hongre en un geste fluide. Il regarda la jeune femme dans les yeux et celle-ci sentit sa bouche s'assécher.

— J'aime beaucoup les fleurs qui poussent dans ce coin, confia-t-elle. Elles sont belles, tu ne trouves pas ?

— C'est du liseron, il me semble...

Aussitôt, Aleth fut captivée par son timbre de voix et son accent si familier, dorénavant. Elle fit quelques pas sur les touffes mousseuses alentour, avant de s'avancer sur le sable qui portait encore les empreintes des sabots du hongre.

— Quand ma mère en avait la force, elle descendait sur cette plage avec moi et elle me donnait le nom de chaque fleur et de chaque coquillage. « Criste-marine et houx de mer, coquilles Saint-Jacques et bigorneaux »... Tu vois... Je m'en souviens encore...

Aleth avait la gorge nouée.

— Alors ? Nous sommes amis ? murmura-t-elle d'une voix presque inaudible.

— Sûrement pas, contra Rafael. J'essaie simplement de te montrer que tu n'es pas obligée de faire un bond de dix mètres chaque fois que je m'approche de toi. Dans ces périodes troublées où tout s'apparente au harcèlement, il faudrait être idiot, dans ma position, pour se risquer à un contact physique sans y avoir été clairement invité !

Malgré elle, Aleth leva les yeux vers lui. Il la considérait avec un regard de braise et elle dut se sentir défiée, car ses joues pâles se colorèrent vivement.

— Toutefois, je dois avouer que j'ai du mal à interpréter les signaux que tu m'envoies, poursuivit Rafael d'un ton suave. Ils sont légèrement contradictoires, du moins à ce qu'il me semble.

Aleth rompit le charme en secouant brutalement la tête.

— Ne dis pas ça, Rafael. Tu te trompes complètement.

— Si j'étais poli, très poli même, je tomberais d'accord avec toi. Je te dirais que oui, je me trompe, et que tu as raison. Seulement je ne mens pas, moi. Tu mens suffisamment pour nous deux. Allez ! Sois franche avec moi !

— Arrête tout de suite. Oublie ça, je t'ai dit ! s'emporta la jeune femme, pivotant sur elle-même pour marcher sur la plage. Je ne comprends pas pourquoi tu t'acharnes ainsi !

Rafael lui emboîta le pas.

— Vraiment ? Ce n'est pourtant pas compliqué ! Tu n'as qu'à penser à Umbria, à ces soirées tranquilles où nous commencions à discuter pendant le repas pour ne nous arrêter qu'à l'aurore... Ou au simple fait que nous ne nous sommes pas disputés une seule fois...

— Comment ça ? Bien sûr que si ! Nous nous sommes querellés au moins...

— Au moins à deux reprises, et sur des broutilles. Tu as oublié le jour où je t'ai rapporté des cerises du verger et où tu m'as remercié avec effusion avant d'ajouter que tu n'avais jamais été aussi heureuse ?

C'en était trop pour la jeune femme. Elle était assaillie par les souvenirs... Ces mêmes souvenirs qu'elle s'était tant acharnée à enterrer, tout simplement parce qu'il lui paraissait indécent de raviver une liaison que Rafael et elle-même n'auraient jamais dû avoir.

— Je dois avouer que pour moi qui ai passé les trois quarts de ma vie au régime ta propension à me faire manger était plutôt bienvenue... Et puis le vin a joué son rôle dans tout ça, acheva-t-elle piteusement.

— Ça n'avait rien à voir avec le vin, *a mhilis*. C'était le fait d'être ensemble, et tu le sais aussi bien que moi. Je ne me suis jamais ennuyé, en ta compagnie. A aucun moment !

Aleth partit d'un rire nerveux. Elle s'était mise à marcher si vite qu'elle en avait mal. Soudain, elle s'aperçut qu'elle avait atteint le bout de la rade et qu'elle ne pouvait aller plus loin. Elle virevolta sur elle-même pour faire face à son adversaire, furieuse de la pression qu'il exerçait sur elle, et déchirée par l'injustice profonde qui lui était faite.

— Que veux-tu que je te dise, au juste ?

— Ce qui s'est passé le jour de notre retour à Londres. Rien de plus.

— Rien de plus, répéta-t-elle avec lassitude. Rien de plus...

Rafael baissa les yeux vers elle. Toute son énergie était concentrée sur elle. Il devait la convaincre de parler. A tout prix.

— J'ai le droit de connaître la vérité, Aleth.

— Tu te trompes. Personne ne mérite la vérité qu'on m'a jetée à la figure !

Elle avait presque hurlé tant sa frustration était grande. Le manque de sommeil et le stress du moment étaient venus à bout de son sang-froid.

Rafael ne relâcha pas la pression pour autant.

— Pourquoi ? De quelle vérité s'agit-il ?

— Je... J'ai appris que ton père était aussi le mien ! Voilà !

Presque immédiatement, la jeune femme s'effondra. Ses jambes se firent lourdes et ses yeux s'agrandirent sous le choc de sa propre révélation. Sans s'en rendre compte, elle était arrivée au point de non-retour. Et les paroles qu'elle s'était si longtemps refusée à prononcer lui avaient échappé malgré elle.

Rafael continua de la dévisager d'un air sombre. Seule l'immobilité totale de ses traits fins indiquait qu'il avait bien entendu ce qu'elle venait de lui annoncer.

— Qu'est-ce que tu me chantes, là ? Qu'est-ce que c'est que ces sornettes, Aleth ?

— Si seulement ce n'était que ça... Des sornettes, murmura-t-elle dans un souffle.

Il referma fébrilement ses deux mains autour des siennes.

— Bien sûr que ce sont des sornettes. Des sornettes révoltantes !

Aleth avait perdu toute énergie. Trop d'émotion. Elle se laissa aller à serrer fort la main de l'homme qu'elle aimait désormais contre toute raison.

— C'est ce que j'ai appris ce jour maudit, à Londres. Ma mère m'a annoncé que mon père était Valente Cavaliere.

— Ta mère ?

— Elle ignore totalement que tu vis ici, à Ballyflynn, et elle ne sait pas que je te connais. En clair, elle ignore tout de notre relation. Je ne suis même pas certaine qu'elle soit au courant de ton existence. Ça faisait des années que je la suppliais de me révéler l'identité de mon père. Elle s'est décidée... La suite... Tu la connais...

— C'est une allégation parfaitement scandaleuse ! se récria Rafael.

Dans son emportement, il lui serra si fort les doigts que, craignant de les briser, il relâcha son emprise en murmurant une vague excuse.

— C'est... C'est impossible ! conclut-il enfin.

Aleth s'accrochait à ses paroles, à la moindre expression qui traversait son beau visage.

— Tu crois ? Tu crois vraiment que c'est impossible ?

— Il le faut ! Il faut que ce soit impossible, sinon je risque de devenir fou. Ecoute, sans préjuger de ce qu'ont pu faire mes parents, je peux te dire que c'est une possibilité... hautement improbable. Ma mère était encore en vie lorsque tu as été conçue. Je ne suis même pas certain que Valente ait mis les pieds en Irlande à cette période-là. Après le divorce, il n'a plus jamais été en contact avec maman. Il m'envoyait jusqu'ici avec une nourrice quelconque et...

— Peut-être, seulement je ne vois pas pourquoi ma mère me mentirait sur ce point, surtout après avoir si jalousement gardé son secret pendant près de trente ans !

Rafael était maintenant d'une pâleur mortelle, mais ses yeux luisaient de colère.

— Et toi, si je n'avais pas insisté, tu ne m'aurais rien dit !

— Non. Et j'aurais dû continuer à me taire, si tu veux mon avis...

— Je peux te demander pourquoi ? J'ai passé l'âge d'être protégé de tout, tu ne crois pas ? répliqua-t-il d'un ton dur.

Aleth fut d'autant plus secouée par la réponse de Rafael qu'elle ne l'avait encore jamais vu donner ainsi libre cours à sa fureur.

— Si, bien sûr... Seulement je ne voyais pas d'intérêt à ce que nous endurions tous les deux ce que nous sommes en train d'endurer maintenant, murmura-t-elle. Nous ne pouvons rien changer, Rafael. Ni à ce qui s'est passé ni à ce qui est...

Il la foudroya du regard puis, sans prévenir, détourna la tête pour prendre une inspiration saccadée. Sa mâchoire se serra et sa bouche d'ordinaire si sensuelle se tendit en une ligne sombre.

Il accusait le coup, lui aussi. Elle s'en rendait compte. Elle le vit se fermer à elle, à ce qui l'entourait, et se retenir de dire ce qu'il avait sur le cœur.

Elle aurait voulu tendre la main vers lui ou le serrer dans ses bras, mais elle savait qu'elle n'en pouvait rien faire. De tout son être, de tout son cœur, elle se méprisait d'avoir été si faible. Elle lui avait causé une telle douleur en parlant...

Rien n'avait préparé Rafael à entendre cette annonce dévastatrice. Et à présent il était tout aussi consterné qu'elle-même.

— J'ai... J'ai besoin de réfléchir, souffla-t-il d'un ton rauque.

Aleth hocha vaguement la tête, les yeux brouillés par les larmes. Ses poings étaient si serrés que ses doigts commençaient à s'engourdir.

Pourquoi lui avait-elle fait cet aveu alors qu'elle savait qu'elle ne pouvait ni y remédier ni lui épargner une source de chagrin et de révolte supplémentaires ?

— Ça va, toi ? reprit-il à mi-voix.

De nouveau, elle hocha la tête.

— Parce que tu espères que je vais te croire, peut-être ?

Sur ces paroles incendiaires, Rafael remonta à cheval.

Aleth préféra se tourner vers les vagues qui se fracassaient sur les rochers, au-dessous d'elle.

Elle n'était pas certaine de pouvoir supporter de voir Rafael s'éloigner à jamais sur la plage déserte.

Sa demi-sœur…

Rafael se demandait comment il allait faire pour affronter l'inimaginable.

Jusque-là, il ne s'était jamais laissé aller à haïr son père. La haine, comme toutes les émotions incontrôlables, lui apparaissait comme la pire des faiblesses. Aussi s'était-il contenté de mépriser Valente et, dès l'âge adulte, de lui tenir la dragée haute. Il se sentait supérieur à son père en bien des points, tout particulièrement sur le plan de l'intellect et de la maîtrise de soi.

Malheureusement, il semblait que le vieux briscard fût sur le point d'avoir le dernier mot. Il était mort et par conséquent intouchable. Comme l'avait souligné Aleth, on ne pouvait rien changer au passé.

Rafael ne pouvait perdre de vue une autre vérité première : il y avait fort peu de chances pour que la mère d'Aleth lui ait menti de cette manière, après tant d'années.

Les choses étaient donc claires, hélas. Il ne pourrait jamais avoir Aleth Carmichael. Pire, il n'aurait jamais dû avoir aucun lien charnel avec elle. Et, pire encore, jamais plus il ne pourrait être auprès d'elle.

Aleth était devenue le fruit défendu.

Sauf qu'ils étaient en affaires… Ce qui amena d'autres questions. Seraient-ils souvent amenés à se voir ? Pourrait-il la fréquenter comme simple associée ? En était-il seulement capable ?

Il se sentait dans un tel état qu'il descendit à la cave, se chercher une bouteille de cognac. Avec un peu de chance, quand il aurait suffisamment bu, il irait un peu moins mal…

16

Tolly passa voir Aleth le soir même. Il ne perdit pas de temps en préambules inutiles, pas plus qu'il n'essaya de dissimuler à son hôtesse la ride soucieuse qui lui barrait le front.

— Ça va mal. M. Rafael s'est enfermé dans sa chambre avec une bouteille d'alcool, or il ne boit pas d'ordinaire. Il s'est passé quelque chose ?

Aleth pâlit et baissa la tête.

— Non.

— Si ce n'est que tout est fini entre vous deux ?

— Oui.

— Et à l'évidence ça vous met autant en joie l'un que l'autre ! ironisa le vieil homme.

— Nous n'avons pas le choix, murmura-t-elle d'une voix étouffée.

— On a toujours le choix...

— C'est faux ! Parfois, c'est une tierce personne qui choisit à votre place et ça fait mal, croyez-moi ! A présent, si vous voulez bien m'excuser...

Aleth courut se réfugier dans son bureau pour dissimuler sa détresse. L'idée que Rafael soit seul et malheureux dans sa chambre lui était insupportable.

Rafael ouvrit les paupières en grinçant des dents.

Des dernières quarante-huit heures, il ne lui restait qu'un souvenir vague, un brouillard de désolation mêlée de cauchemars.

Ça suffisait comme ça. Il se leva péniblement et se traîna jusqu'à la cabine de douche.

Aleth...

L'évocation du nom de la jeune femme le frappa aussi brutalement qu'un direct à l'estomac.

Lorsqu'il regagna sa chambre, il fut accueilli par l'odeur réconfortante du café noir. Décidément, Tolly avait toujours une longueur d'avance... Rafael secoua la tête d'un air contrit et le regretta aussitôt. Ses excès des jours précédents avaient un prix eux aussi, et son crâne endolori venait de le lui rappeler.

— Je vous ai apporté votre petit déjeuner. Avec vos mets préférés ! lui lança le vieil homme, entrant à petits pas discrets, comme s'il avait deviné que seule une volonté farouche empêchait son maître de se réfugier de nouveau dans l'oubli passager qu'offre l'alcool.

Rafael se planta devant la fenêtre, pour admirer la vue qui, dorénavant, était dominée par le cottage d'Aleth.

Il se demanda ce qu'elle faisait en ce moment et considéra son assiette sans aucun appétit.

— Dites-moi, Tolly ? Une fois mes parents divorcés, mon père venait souvent à Flynn Court ?

Le vieil homme n'hésita pas une seconde.

— Jamais ! répondit-il, considérant son maître d'un air intrigué. Du moins pas pendant des années !

— Je n'ai, en effet, aucun souvenir d'une telle visite. Néanmoins, il pourrait être venu à Ballyflynn en s'installant ailleurs, non ? Au Dooley's, par exemple...

— Pourquoi aurait-il fait une chose pareille ? Non ! Pour moi, votre père n'a remis les pieds en Irlande que bien longtemps après le décès de madame votre mère. Je m'en souviens d'autant mieux que ça a mis le village en ébullition, poursuivit Tolly d'un ton assuré. Il a fait donner une messe à la mémoire de votre mère en l'église Saint-Patrick. Il a même fait bénir Flynn Court... C'était un homme extrêmement superstitieux, et sa conscience devait lui donner du fil à retordre. Lors de son passage, cette fois-là, il n'a même pas eu le courage de dormir sous ce toit. Il est reparti le jour même !

— Puis-je vous demander si votre mémoire est aussi fiable qu'avant, Tolly ?

— Vous pouvez. Et je vous répondrai qu'elle est excellente. Peut-être même meilleure que la vôtre.

Une énergie toute nouvelle se mit à briller dans les yeux de Rafael qui prit place devant son assiette et se mit à manger.

Les souvenirs de son domestique ne faisaient que confirmer ce qu'il avait toujours pensé. De plus, il pouvait facilement vérifier ces faits, poser des questions dans le village. Toutefois, la première chose à faire était de procéder à un test ADN. La mère d'Aleth avait peut-être été sincère dans ses aveux, mais elle n'était pas à l'abri d'une erreur. Elle n'aurait pas été la première, dans ce genre d'affaires.

— Vous avez entendu la moindre rumeur associant Valente à une autre femme que la mère d'Oona ? demanda-t-il. Dans la contrée, j'entends...

Tolly plissa les yeux, de plus en plus intrigué.

— Pas à ma connaissance, non.

Une heure plus tard, Rafael se rendit jusqu'à la petite église en bordure de Ballyflynn. Bien qu'il eût généreusement contribué à sa restauration, il n'y était pas retourné depuis les obsèques de sa mère, près de vingt années auparavant.

Il pénétra à l'intérieur, inspira longuement et s'avança dans l'allée. Au passage, il s'empara d'une bougie qu'il alluma avant de prononcer une prière à saint Jude, le patron des causes perdues.

Il lui fallait bien ça, vu le défi qui l'attendait.

— Rafael ! murmura le père Kearney, se figeant devant les candélabres.

Le petit prêtre avait bien du mal à dissimuler sa surprise. Il avait devant lui le plus infidèle des membres de sa paroisse. Un membre qu'il ne se souvenait pas avoir vu en ces lieux.

Aleth discutait des méthodes de l'école privée avec une de ses clientes lorsque Rafael pénétra dans la cour de la pension. Il hocha poliment la tête et alla attendre la jeune femme dans son bureau.

La cliente, mère de trois adorables fillettes, poussa un soupir extasié avant de gratifier Aleth d'un sourire contrit presque comique.

— Il est tellement beau, cet homme ! Une vraie vedette de cinéma… Je sais qu'il est impoli de dévisager les gens de cette manière, mais quand je le vois je ne peux pas m'en empêcher.

Aleth sourit d'un air entendu et, après avoir pris congé de la dame, passa lentement devant les box entrouverts.

Elle aussi était fascinée par Rafael. En Italie, elle ne s'était pas réveillée une seule fois sans s'émerveiller de sa présence à ses côtés. A l'époque, elle avait songé qu'elle ne se lasserait jamais de ses traits fins, de sa bouche sensuelle…

Et voilà que même ce plaisir lui était interdit. A cette pensée, elle sentit le désespoir l'envahir.

Peanuts sortit en trombe du bureau pour galoper sur les pavés, à la poursuite de sa balle. Aleth fut tellement touchée de voir que Rafael avait enfin cédé aux instances de la petite truie qu'elle en eut les larmes aux yeux.

Rafael se redressa en l'entendant entrer.

— O.K. J'ai un plan et je veux que tu m'écoutes, déclara-t-il d'emblée. Je ne suis pas vraiment convaincu que nous soyons liés par le sang, Aleth. Les faits ne concordent pas et je ne suis pas satisfait…

— Mais…

— Que t'a dit ta mère, exactement ?

Aleth lui relata leur conversation par le menu.

— Pour commencer, Valente ne fumait pas. Il avait tous les vices sauf celui-là, fit remarquer Rafael d'un ton sec. Mieux encore, je peux t'affirmer sans crainte de me tromper que s'il avait été fumeur il aurait envoyé son chauffeur au ravitaillement. Il n'avait pas pour habitude de faire lui-même ce qu'il pouvait faire faire par ses domestiques !

— Tu te raccroches à des détails ! murmura Aleth, les sourcils froncés.

Rafael baissa vers elle ses yeux mordorés. Il avait recouvré toute sa superbe.

— Je veux bien te l'accorder. Toutefois, il faut que nous sachions s'il était vraiment ton père, de manière sûre. Pour ce faire, la seule solution est que nous passions un test ADN.

— Pas question, répondit Aleth, tout de go. Je viens de passer deux semaines infernales, à essayer d'accepter ce coup du sort, et il me paraît totalement inutile de nous bercer d'illusions à ce stade. Même si ce que m'a dit ma mère ne me plaît guère je n'ai aucune intention de me battre. Je dois me faire à cette idée, c'est tout.

— Parle pour toi. Pour ma part, je ne suis pas du style à accepter les mauvaises nouvelles sans broncher. Seul un test ADN me convaincra.

Sans lui laisser le temps de deviner ses intentions, il lui passa un bras autour des épaules et la fit pivoter vers le miroir qui surplombait la cheminée.

— Question ressemblance, nous pourrions difficilement faire pire... Je sais bien qu'un frère et une sœur peuvent être différents sur bien des points, mais tu conviendras avec moi qu'il est rare que la dissemblance soit aussi prononcée. Par ailleurs, c'est un test scientifique que je te propose. Pas une chimère.

Aleth s'arracha péniblement à sa contemplation.

— Je... Je préfère refermer le livre sur ce que nous avons appris, et apprendre à vivre avec ça.

— Ça ne change rien au fait qu'il nous faut une confirmation. J'insiste, Aleth. Valente a laissé derrière lui un échantillon de son ADN. Ne ris pas... Il espérait sincèrement qu'on pourrait le cloner, un jour futur. Je vais passer ce test, moi aussi. Ce n'est qu'un échantillon de salive, tu sais. Quant à toi, même si tu y répugnes, tu dois le faire, pour moi. Sans compter que ton identité serait proprement établie. Après tout, si tu es une descendante de Valente Cavaliere, tu n'as plus à t'inquiéter pour ton avenir !

Piquée au vif, Aleth se dégagea d'un geste brusque.

— Comment oses-tu dire une chose pareille ? se récria-t-elle. Je ne veux rien… Rien du tout ! Encore moins de l'argent. C'est la dernière chose qui m'intéresse. Si j'avais su ce que mes stupides questions allaient entraîner comme bouleversements dans mon existence, j'aurais choisi de rester dans l'ignorance, crois-moi !

— Parce que tu t'imagines qu'il en va différemment pour moi ?

La lueur qui brillait dans ses yeux était si sombre à présent qu'oubliant sa colère Aleth blêmit.

— Je suis navrée, Rafael. Je n'aurais jamais dû te dire la vérité, murmura-t-elle, rongée par la culpabilité.

— Tu es la seule personne de ma connaissance à penser que j'ai besoin d'être protégé, fit remarquer Rafael avec un ricanement amer. Je ne suis pourtant pas réputé pour ma vulnérabilité ! Tu es bien plus fragile que moi !

Aleth s'abstint de lui faire remarquer que, contrairement à lui, elle n'avait pas passé trois jours à noyer son chagrin… Tolly s'était un peu fait prier, mais il l'avait finalement tenue au courant et elle s'était fait un sang d'encre pour Rafael. Elle aurait tant voulu pouvoir lui apporter un peu de réconfort… Malheureusement, dans ces circonstances, elle était la dernière personne à pouvoir tenir ce rôle.

Enfin… Il était sur pied, c'était l'essentiel.

— Alors ? Tu acceptes de le passer, ce test ?

— Si tu insistes vraiment…

— Parfait ! J'ai pris rendez-vous au tribunal, à 16 heures.

— Quoi ? Aujourd'hui ? s'exclama-t-elle, les yeux écarquillés.

— Je veux que ce soit fait le plus vite possible et en toute discrétion. De plus, les résultats mettront quelques jours à nous parvenir. Autant en finir le plus rapidement possible, tu ne crois pas ?

Le test en lui-même fut effectué quelques minutes seulement après l'arrivée d'Aleth au palais de justice. Le chimiste assermenté qui préleva leurs échantillons de salive se comporta comme si leur requête était parfaitement naturelle.

— Tu portes toujours la broche que je t'ai offerte ? demanda Rafael, au moment de raccompagner Aleth à sa voiture.

La jeune femme déglutit péniblement.

— Je... Je la regarde chaque soir.

— Quels que soient les résultats des tests, j'aimerais la voir sur toi.

Aleth baissa la tête pour lui dissimuler les larmes qui lui étaient montées aux yeux.

— Entendu, murmura-t-elle.

Elle était convaincue que le laboratoire ne ferait que confirmer les dires d'Eva. Que se passerait-il ensuite, lorsque Rafael serait forcé d'accepter l'inévitable ? Est-ce qu'il s'efforcerait de la considérer comme sa sœur ? Ou bien, au contraire, prendrait-il ses distances ?

Lorsqu'elle se surprit à penser qu'elle avait de la chance d'être son associée, elle comprit qu'elle était tombée bien bas.

Le lendemain matin, Fergal passa la voir à l'heure du petit déjeuner. Il accepta la tasse de thé qu'elle lui proposait avec un sourire radieux.

— Tu ne sais pas quoi ? Rafael Flynn m'a proposé un travail dans son élevage d'étalons à Kildare. Comme dresseur, s'il vous plaît ! Rien que ça ! C'est une chance inespérée, pour moi !

— J'ignorais que tu cherchais un emploi ! fit remarquer Aleth, sidérée.

— Je n'en cherchais pas, c'est ça le plus beau !

Il s'esclaffa, et sa joie sans mélange réussit à tirer Aleth de sa morosité.

— Tu comprends, reprit-il, j'ai toujours rêvé de travailler avec les chevaux. La semaine dernière, quand M. Flynn est venu me voir entraîner Vent-Arrière, j'ai cru qu'il était intéressé par les capacités de mon cheval. En fait, il pensait déjà à moi pour un poste qui vient de se libérer.

— De sorte que tu vas partir t'installer à l'autre bout du pays... Ta mère doit être catastrophée, non ?

— Elle sait que je ne travaille au Dooley's que par obligation. Elle va continuer à s'occuper du bureau de poste et mon oncle engagera un barman pour le pub. Et puis, le salaire est intéressant… Je pourrai envoyer un peu d'argent à maman pour l'aider !

— Je suis vraiment contente pour toi, Fergal.

— Le seul inconvénient, c'est que je dois partir tout de suite. Je me suis déjà organisé pour vendre mes chevaux. Ce serait idiot d'essayer de les conserver à une telle distance !

— Tu pars quand, au juste ?

— Après-demain… Du coup, je n'aurai même pas l'occasion de dire au revoir à Oona. Tu peux t'en charger de ma part ? grommela Fergal, les yeux rivés sur ses baskets. Dis-lui que j'espère pouvoir revenir une fois par mois, environ…

— J'espère bien. Je tiens à savoir comment tu t'adaptes à ta nouvelle situation !

Aleth le regarda sortir d'un air songeur. Elle était effarée par l'efficacité redoutable avec laquelle Rafael était parvenu à ses fins. Il lui avait annoncé qu'il allait prendre des mesures et il n'avait pas menti. Oona et sa sœur étaient parties à Dublin pour trois jours, sur son initiative. A leur retour Fergal serait à l'autre bout de l'île.

La jeune femme ne put réprimer une grimace. L'adolescente allait être anéantie. Ni plus ni moins.

Le lendemain, Aleth invita Tolly à déjeuner. Elle tenait à le remercier des légumes et des fruits, des gâteaux ou des fleurs qu'il ne cessait de lui apporter et, de toute manière, elle appréciait beaucoup sa compagnie. Au point que, si la révélation d'Eva n'avait pas constitué un sujet aussi sensible, elle se serait volontiers confiée à lui.

La sonnette retentit au moment où ils finissaient de manger tout en discutant du meilleur emplacement pour le potager qu'elle comptait démarrer à l'automne.

— Je vais commencer par des choses simples… Des laitues,

des petits pois, dit-elle en allant ouvrir la porte. Je ne suis pas encore certaine d'avoir la main v...

Elle s'interrompit brutalement.

Luke se tenait sur le seuil de sa maisonnette.

— J'aurais téléphoné, seulement je craignais que tu me raccroches au nez. Or, il faut absolument que je te parle, lui annonça-t-il posément.

Aleth était si surprise de voir son ex-fiancé qu'elle en resta sans voix.

Tolly apparut sur le seuil de la cuisine.

— Puisque vous avez de la visite, je vais en profiter pour aller au jardin, annonça-t-il. J'ai encore le temps d'arracher quelques mauvaises herbes, avant le coucher du soleil.

Il s'avança vers le nouveau venu, la main tendue.

— Joseph Tolly, un voisin d'Aleth.

— Luke Jarvis. Ravi de vous rencontrer.

Le sourire du vieil homme s'évanouit et il ne prit congé qu'avec une réticence manifeste.

— Que diable viens-tu faire ici ? demanda Aleth lorsqu'elle eut recouvré l'usage de la parole.

— Alice et moi avons rompu, répondit-il, comme si cela expliquait tout.

Aleth l'étudia attentivement, essayant en vain de comprendre ce qu'elle avait tant aimé chez cet homme. Il était beaucoup moins grand que dans son souvenir et commençait à s'empâter au niveau de la mâchoire. Bref, elle ne lui trouvait plus rien d'attirant.

Cinq années... Elle avait perdu cinq ans de sa vie avec un homme qu'elle n'avait jamais aimé autant qu'elle aimait Rafael Flynn. Et, bien qu'elle se sentît étrangement coupable à cette pensée, les faits étaient là, indéniables.

Du coup, elle était moins encline à condamner Luke pour son infidélité. Une erreur de parcours, qu'elle aurait sans doute beaucoup mieux supportée si elle n'avait pas impliqué sa propre sœur...

— Tu peux te vanter d'avoir fichu une belle pagaille dans ma famille ! lui dit-elle simplement.

— Je te dois des explications.

— Depuis quand ? Ce n'était pas le cas, il y a quelques mois, quand ça aurait été vraiment important pour moi... Alors je t'en prie, économise ta salive !

Mais Luke semblait déterminé à ne pas se laisser détourner du but de sa visite.

— J'éprouve toujours des sentiments pour toi, Aleth. En fait, je n'ai jamais cessé de t'aimer. Alice a été la plus grande erreur de ma vie. Je... Je suis venu te demander de me donner une deuxième chance.

La jeune femme le dévisagea un instant, les yeux ronds.

— Même un type comme toi ne peut pas penser une seule seconde que je vais te reprendre alors que tu as couché avec ma sœur ! Ni que je vais avaler ta belle déclaration d'amour, alors que tu étais sur le point de l'épouser !

— Toi et moi, nous étions faits pour rester ensemble toute notre vie. C'est devenu trop routinier, je crois. Rien de plus. Je ne souhaitais pas épouser Alice, seulement je t'avais déjà perdue et pendant quelques mois je n'ai pu accepter l'idée que ta sœur et moi allions droit au désastre... Je sais, Aleth. Nous aurions dû nous marier il y a longtemps. C'est ma faute si nous en sommes arrivés là.

— Pas du tout ! De toute façon, notre histoire manquait de passion.

— Je préfère de loin avoir une épouse intelligente et droite qu'une hystérique passionnée ! argua Luke. Alice et moi avons eu une aventure. Ça n'aurait jamais dû aller plus loin. Je n'éprouvais rien de tangible pour elle... Elle appartenait au domaine du fantasme.

— C'est bien possible, seulement ça ne change rien pour moi. J'ai trouvé mon fantasme, moi aussi... Auprès d'un autre homme. La différence, c'est que mes sentiments étaient tangibles, eux. Très tangibles, même. Je peux te l'assurer !

Elle fit cette dernière déclaration la gorge serrée, mais sans honte. Même si elle ne pouvait jamais plus être avec Rafael, elle avait connu le véritable amour. Et personne ne pourrait jamais lui enlever le souvenir de la plénitude qu'elle avait éprouvée alors.

Luke se renfrogna visiblement.

— Tu m'as toujours aimé, Aleth. Je manque peut-être un peu d'imagination, toutefois nous formions une bonne équipe, tous les deux ! Je...

C'en fut trop pour Aleth qui l'interrompit brutalement.

— Comment peux-tu t'imaginer que je t'aime encore ? explosa-t-elle. Ote-toi ça de la tête, Luke. Parce que ce n'est pas le cas !

— Ma boîte ouvre une succursale à New York. Je me suis proposé pour la diriger, afin de prendre un nouveau départ. Nous pourrions nous installer là-bas ensemble... Nous pourrions même nous marier avant de partir, si tu y tiens, ajouta-t-il sombrement.

Aleth faillit éclater de rire en l'entendant lui proposer ce qui, de toute évidence, constituait pour lui l'ultime sacrifice. Elle rouvrit grand la porte, laissant le chaud soleil d'été s'engouffrer dans la cuisine.

— Rentre chez toi, Luke, ordonna-t-elle, gênée pour lui. Je vais finir par croire que tu es trop fainéant pour te chercher une autre femme !

— Ce n'est pas ça ! Tu faisais tellement partie de ma vie... Rien n'est plus comme avant, sans toi ! protesta-t-il, d'un ton vaguement accusateur.

La jeune femme comprit alors que Luke était sincère et qu'il l'aimait toujours. Malheureusement, il lui avait fait trop de peine et avait causé trop de dégâts autour d'elle pour qu'elle éprouve la moindre compassion envers lui.

Lorsqu'il fut reparti, elle se rendit dans la grange pour y faire le tri dans les cartons remplis d'objets divers, entreposés dans les anciennes écuries avant leur démolition.

Elle alluma la radio pour avoir un peu de compagnie et s'attela à la tâche.

La musique s'arrêta brusquement, la faisant sursauter.

— Aleth ?

Elle pivota sur elle-même. Rafael avait toujours la main posée sur le poste de radio. Son élégant costume de soie grise jurait étonnamment avec l'intérieur poussiéreux de la grange.

— Je suis toute sale, marmonna-t-elle, honteuse de sa mise négligée.

Les yeux mordorés de Rafael se portèrent un instant sur elle, avant de se voiler.

— Alors comme ça, tu as eu la visite de ton ex ?

— Je... Tolly te rapporte systématiquement ce qui se passe chez moi ?

— Pas toujours, non. Aujourd'hui cependant il a jugé bon de le faire. Lorsqu'il m'a téléphoné, j'étais presque arrivé à l'aéroport et...

— Presque arrivé à l'aéroport ? répéta Aleth, éberluée.

— Oui. Il m'a annoncé la nouvelle et je n'ai pas eu d'autre choix que de faire demi-tour. Que te voulait Luke, au juste ?

— Tu ne vas pas me croire, dit-elle en frottant ses mains maculées sur les jambes de son pantalon. Il... Il voulait que nous nous remettions ensemble.

— Au contraire ! Ça ne m'étonne pas du tout, murmura Rafael d'un ton étonnamment calme.

— Pauvre Alice ! soupira Aleth.

Soudain, Rafael s'avança d'un pas, avant de se figer sur place, comme foudroyé.

— Tu as l'intention de le reprendre ?

Elle le dévisagea un instant avec incrédulité.

— Tu me prends pour une idiote ? J'ai vraiment l'air si désespérée ?

Il leva ses deux mains fines en un geste d'apaisement moins exubérant que d'ordinaire. Il était tout en demi-teintes, aujourd'hui, songea la jeune femme, non sans une certaine perplexité. Elle vit sa poitrine se soulever et s'abaisser à plusieurs reprises. De toute évidence, il cherchait à se calmer.

— Il ne faut pas que je manque mon avion sous peine de perdre mon affaire, lui confia-t-il d'une voix mal assurée.

— Tu étais quasiment arrivé à l'aéroport et tu es revenu dans l'unique but de me demander ce que Luke me voulait ?

Il hocha piteusement la tête.

— Mais enfin Rafael... Pourquoi ?

Toujours muet, il haussa les épaules. Apparemment, il se le demandait lui-même.

— Il faut vraiment que j'y aille, murmura-t-il finalement.

Trente secondes plus tard, il avait disparu. Aleth resta là, à se demander si elle n'avait pas rêvé.

Elle vérifiait la solidité d'une haie, à l'extrémité du champ, trois jours plus tard, lorsqu'elle vit Tolly, devant le portail, agiter les bras pour attirer son attention. Sa voiture était garée à la va-vite, devant lui, le moteur toujours en marche. Craignant qu'il ne soit arrivé malheur, Aleth se précipita vers lui.

Tolly lui tendit un téléphone.

— C'est M. Rafael. C'est urgent, semble-t-il, déclara le vieil homme, manifestement angoissé.

— Tu sors sans ton portable à présent ? lança Rafael, en guise de bonjour.

— Je l'ai oublié en partant. Que se passe-t-il ?

— J'ai les résultats, Aleth. Tu n'es pas ma demi-sœur.

— Je... Je ne suis pas ta...

Elle fut incapable de poursuivre. Sa bouche s'était asséchée et elle sentit le sang se retirer de son visage. Au-delà du choc lié à ce nouveau rebondissement, elle était tiraillée entre un espoir fou et la peur tout aussi irraisonnée de voir une nouvelle fois ses espoirs déçus.

— Tu m'as bien entendu, reprit Rafael. Nous n'avons rien en commun... Si ce n'est que nous appartenons tous deux à l'espèce humaine, bien sûr.

— Rien en commun..., répéta-t-elle stupidement. Tu en es certain ? Le labo peut avoir fait une erreur...

— Calme-toi, Aleth, et écoute-moi, lui ordonna Rafael, passablement excité, lui aussi, à en juger par son intonation.

Le labo est formel. Tu n'es pas ma sœur... Nous n'avons pas le même père. Je suis même allé jusqu'à faire vérifier que mon ADN correspondait avec celui de Valente pour m'assurer que j'étais bien son fils. Tu comprends ? Tu comprends ce que ça signifie ? Il n'y a aucune marge d'erreur, dans ce genre de tests.

Aleth se tourna vers le champ, derrière elle. Ses jambes flageolaient, la tête lui tournait, et l'espace d'un instant elle crut qu'elle allait se trouver mal.

— Compris. Je ne suis pas ta sœur, murmura-t-elle en un souffle à peine audible.

— Reste à confronter ta mère avec ces résultats.

La jeune femme ouvrit de grands yeux. Elle n'avait pas encore songé à cela.

— Eva ? Elle est rentrée à Paris !

— Ce n'est pas un problème. Je te fais réserver un billet d'avion. Nous nous retrouverons à Paris dès demain matin. Tout ce que tu as à faire, c'est appeler ta mère pour la prévenir de ton arrivée. N'oublie pas de lui préciser que tu ne seras pas seule.

— Je n'arrive toujours pas à y croire, murmura-t-elle, au bord des larmes.

— Ça viendra, ne t'en fais pas, ma belle. C'est fini. Ce cauchemar est derrière nous, à présent.

Lorsqu'il eut raccroché, Aleth se répéta plusieurs fois cette dernière phrase. *C'est fini. Ce cauchemar est derrière nous, à présent.* Elle ferma les paupières, oubliant momentanément Tolly, qui était resté figé de l'autre côté du portail, comme s'il avait pris racine.

Rafael avait-il essayé de lui dire que leur relation ne reprendrait pas pour autant ? Si c'était le cas, elle ne pourrait pas lui en vouloir. Après tout, quelle liaison passagère aurait résisté à une pression pareille ?

— Aleth ? demanda Tolly, le visage creusé par l'inquiétude. Je... Je ne voulais pas être indiscret, néanmoins j'ai entendu votre conversation... C'est donc ça, qui vous a mis dans cet état, Rafael et vous ? Je ne parviens pas à croire que vous vous soyez mis en tête que vous puissiez être frère et sœur ! D'où vous est venue cette idée farfelue ?

La jeune femme rougit violemment. Elle avait vraiment fait preuve d'une indiscrétion sans pareille, sur ce coup-là. Fort heureusement, on pouvait faire confiance au vieux Joseph Tolly pour garder cette malencontreuse affaire pour lui.

— Nous... Nous avions de bonnes raisons, croyez-moi. Au point que nous avons passé un test ADN et, Dieu merci... Oui. Ce n'était qu'une idée farfelue, comme vous venez de le dire.

— Mais enfin ! Qui vous a mis ça dans le crâne ?

— Ma mère, fit Aleth en grimaçant.

— Venez avec moi, mon petit. Je vais vous préparer un thé. Il est grand temps que nous ayons une petite conversation, tous les deux. En fait, je n'ai que trop tardé.

Aleth l'observa à la dérobée et fut troublée par son expression. Dès leur première rencontre, elle lui avait confié qu'elle souhaitait découvrir l'identité de son père. Or, à l'époque, le vieil homme lui avait nettement donné l'impression qu'il en savait plus long sur le sujet qu'il ne voulait bien le dire.

Elle le suivit jusqu'à son pavillon dans un état d'extrême agitation.

Tolly la fit asseoir à la table et se lança presque aussitôt.

— Je crois savoir qui est votre père, mon petit. Le problème, c'est que si je suis convaincu qu'il est temps pour moi de parler je ne m'en sens pas vraiment le droit.

— Quoi que vous puissiez me dire, je vous en serai infiniment reconnaissante.

— Eh bien, voici. Agnès — Eva, je devrais plutôt dire — travaillait à l'épicerie du village, le week-end. Le couple à qui appartenait l'affaire était le plus riche de la contrée. Ils avaient une fille, Sheila, à peine plus âgée que votre mère... Bref, les deux filles s'entendaient plutôt bien. Sheila s'est fiancée à mon fils Robert à dix-sept ans. Elle l'a épousé un an plus tard. Eva était l'une de leurs demoiselles d'honneur.

Aleth était suspendue aux lèvres du vieil homme.

Sheila et Robert Tolly...

L'hostilité marquée de Sheila envers Eva et Aleth elle-même...

Tolly ouvrit un tiroir dont il tira un vieil album de photos en cuir.

— Tenez... Les voilà tous les trois, le jour des noces.

Tendue comme un arc, Aleth se pencha sur la photo du mariage. Eva ressemblait à un ange blond, même dans son abominable robe rose. Ce qui frappa le plus sa fille cependant fut son sourire. Il sonnait faux. Sheila paraissait nerveuse mais heureuse et, un peu en retrait, Robert était étonnamment pimpant, dans son costume d'apparat.

— Ils étaient jeunes... Bien trop jeunes, que voulez-vous, mon petit, soupira Tolly. Robert n'avait que vingt et un ans lui-même. Il a toujours nié avoir trompé sa femme avec votre mère et je doute qu'il revienne jamais là-dessus. Il s'est toujours catégoriquement refusé à aborder le sujet. Je n'ai que des présomptions, Aleth. Aucune preuve concrète.

— Continuez, je vous en supplie...

— Sheila a perdu un bébé quelques mois après le mariage. A la même période, Eva a soudain cessé de travailler au magasin, sans que personne sache pourquoi et Sheila s'est mise à répandre des rumeurs déplaisantes sur la moralité de votre mère. Il y a toujours des oreilles complaisantes, dans ces cas-là, vous savez. Surtout dans une petite communauté comme la nôtre... Quoi qu'il en soit, j'ai appris bien plus tard que Robert avait été vu avec Eva dans sa voiture, et cela à plusieurs reprises...

Il la considéra un instant de son regard clair, avant d'ajouter avec emphase :

— Encore une fois, il ne s'agit que de rumeurs, Aleth ! Un dernier détail toutefois : votre mère a quitté Ballyflynn très peu de temps après ces incidents.

— Ce qui vous fait supposer que votre fils pourrait être mon père...

Tolly feuilleta l'album, à la recherche d'un autre cliché.

— Voici ma femme, Muriel. Elle est décédée il y a bien longtemps, comme vous le savez. Cela dit, regardez-la bien. Vous vous ressemblez comme deux gouttes d'eau. Même vos cheveux sont de la même couleur que les siens... C'est peut-être maigre, comme point de départ, cependant il me semble que...

Il n'acheva pas sa phrase. Aleth se pencha pour examiner la photo. La ressemblance était en effet frappante et, souriant à travers ses larmes, elle tendit la main vers son hôte.

— A défaut de père, je serai ravie d'avoir un grand-père, murmura-t-elle. Surtout s'il s'agit de vous, Tolly !

— Si j'avais su que vous passiez ces tests, Rafael et vous... Nous aurions pu en profiter pour aller au fond des choses. Certes, Robert n'aurait jamais accepté de nous donner un échantillon de sa salive, mais pour ma part je n'aurais pas hésité un instant !

— Pourquoi avez-vous gardé le secret aussi longtemps ?

— Votre propre mère refusait de vous dire la vérité. Mon fils était tout aussi déterminé qu'elle à garder le silence. Je n'ai pas jugé bon d'intervenir, mon petit... Essayez de ne pas en vouloir trop à Robert. Ni à Sheila, d'ailleurs. Ils ont eu leur dose de soucis et de déceptions, eux aussi. Sheila n'a jamais eu d'autre enfant, ce qui a été une source d'angoisse et de chagrin supplémentaire pour son couple. Et si vous êtes vraiment la fille de Robert, on peut comprendre que ma bru ait été aussi désagréable avec vous, le jour où vous êtes passée à la boutique.

Aleth ne put dissimuler son étonnement.

— Le père Kearney m'a rapporté l'incident. Tout finit toujours par se savoir, dans des villages comme le nôtre, vous savez !

— Tout de même, quel imbroglio ! Et quand avez-vous appris mon existence, au juste ?

— Kathleen a commencé à me parler de vous, deux ans environ après votre naissance. Tout comme moi, elle était convaincue que Robert était à l'origine de la grossesse d'Eva... Et, tout comme moi, elle n'avait aucun moyen d'en être absolument certaine. Votre mère a toujours été claire sur un point : elle ne voulait plus rien avoir à faire avec Ballyflynn ou ses habitants. Quand j'ai appris que vous veniez vous installer parmi nous, j'ai été aux anges... J'allais enfin avoir la chance de faire votre connaissance, vous comprenez...

Le visage d'Aleth s'illumina d'un large sourire.

— Le jour de mon arrivée... C'est vous qui avez allumé le feu au cottage... Et ce bouquet de fleurs, sur la table, c'est aussi à vous que je le dois, non ?

— Je tenais à ce que vous vous sentiez bien accueillie. J'espérais sincèrement que vous resteriez parmi nous.

La jeune femme se leva et s'avança vers lui pour le prendre dans ses bras.

— Merci, Joseph, murmura-t-elle, émue. C'est vraiment gentil à vous. Depuis le premier jour, vous êtes là pour moi. C'est très touchant !

Aleth envisagea un instant d'appeler Rafael pour lui relater la conversation qu'elle venait d'avoir avec Tolly, mais elle se ravisa. Elle n'était toujours pas certaine de ses intentions, et jugea préférable de lui expliquer tout cela de vive voix, à son arrivée à Paris.

Elle prit une douche, essaya en vain de domestiquer ses boucles rousses et regagna sa chambre. Elle préparait sa valise en se tourmentant l'esprit pour savoir ce qu'elle porterait le lendemain lorsque Oona déboula, la mine défaite.

— Fergal est parti ! gémit-elle.

Aleth la fit asseoir, lui prépara une tasse de thé et lui parla doucement. Fergal n'était pas perdu à jamais, il était toujours en Irlande et il reviendrait à Ballyflynn régulièrement.

— Pas assez souvent, insista l'adolescente, laissant libre cours à son désespoir. Je déteste mon frère ! Je le déteste, je le déteste, je le déteste, je le déteste !

— Pourquoi ? Il a donné une chance inestimable à Fergal !

— Comment ça ?

— Fergal est un type bien. Tout le monde l'estime ici, et je suis prête à parier qu'il jouira de la même popularité à Kildare. Surtout s'il fait bien son travail, ce qui, à mon avis, ne fait aucun doute. Ici, il travaillait comme simple barman. D'une part, ça ne lui plaisait qu'à moitié et d'autre part, je ne suis pas certaine que ton frère se serait longtemps attardé sur le tenancier du pub local...

Oona parut impressionnée par l'approche plus optimiste qu'avait son aînée de la situation.

— Tu as raison, convint-elle, étouffant un dernier sanglot avant de fouiller dans sa poche à la recherche d'un mouchoir. Ce n'est pas le style de carrière que mon frère est du genre à reconnaître.

— De sorte que Fergal a enfin une chance de montrer ses qualités de dresseur tout en faisant le métier qu'il adore et...

— Et, par la même occasion, de rencontrer toutes les filles qu'il voudra !

— Pas plus qu'ici, lui fit remarquer Aleth.

— Là encore, tu as sans doute raison ! se lamenta Oona.

— Ne t'emballe pas, fillette ! Fergal a tout juste vingt-deux ans... Je doute qu'il se précipite dans les bras d'une belle avant un petit moment !

L'adolescente sembla reprendre espoir.

— Je l'aime tellement, murmura-t-elle en séchant ses dernières larmes. Je l'enfermerais à clé dans une tour, si je le pouvais !

Aleth, qui était déjà passée par ce genre de délire, jugea préférable de ne pas insister.

— Si je veux voir Fergal, je vais devoir me débrouiller pour que Rafael m'emmène plus souvent aux courses ou dans ses écuries de Kildare ! conclut l'adolescente, d'un air songeur.

Ça serait une sacrée paire de manches ! songea Aleth à part elle.

Oona laissa échapper un soupir accablé.

— Ce qui signifie que je dois me mettre à potasser sérieusement.

— Pardon ? demanda Aleth, un peu perdue.

— Rafael fonctionne de manière relativement simple, si on y regarde de près. Il n'arrête pas de parler des vertus du travail et des récompenses qu'on peut en tirer. Alors si je me mets à bûcher comme une malade il sera bien obligé de m'emmener aux courses avec lui... Surtout si c'est la récompense que je lui demande !

Lorsqu'elle vit sur le visage d'Aleth que cette dernière avait compris où elle voulait en venir, elle laissa échapper un second soupir, légèrement condescendant cette fois-ci.

— Si tu as besoin de conseils pour lui mettre la bague au

doigt et que tu te sens prête à endurer le fameux sermon du père Kearney sur les vertus et les obligations du mariage, fais-moi signe ! Je te donnerai des tuyaux !

Pour sa plus grande honte, Aleth fut légèrement tentée.

Oui, décidément, elle était tombée bien bas.

— Ce que je veux dire, fit l'adolescente, histoire d'enfoncer le clou, c'est qu'en ce moment mon frère est une proie facile... Ce serait bête de ne pas en profiter !

17

Comme convenu, Rafael attendait Aleth à l'aéroport Roissy-Charles-de-Gaulle, devant une voiture de maître.

Aleth avait revêtu une robe couleur myrtille qui enveloppait ses hanches pleines. Et, si elle avait pris quelques kilos en Italie, le bleu de sa tenue avait pour avantage de mettre en valeur ses cheveux roux et sa peau laiteuse.

Dès qu'elle croisa le regard de braise de Rafael, elle sentit son cœur s'emballer. Son beau ténébreux ne bougea pas, cependant, se contentant de l'attendre avec son flegme coutumier.

Tandis qu'ils roulaient sur le boulevard périphérique, elle lui jeta de discrets coups d'œil. Il semblait préoccupé. Toutefois, il n'en écouta pas moins attentivement le récit qu'elle lui fit de son entretien, la veille, avec Tolly, et sourit même une ou deux fois.

— J'aurais dû me douter que tu avais un lien ou un autre avec ce bon vieux Joseph.

Aleth attendit en vain qu'il poursuive. Mais non. Peut-être cela ne l'intéressait-il plus beaucoup, finalement. Du moment qu'elle n'était pas sa sœur, il se fichait éperdument de ses origines, irlandaises ou autres, et de ce qu'elle pouvait vivre.

Et, comme ils arrivaient à l'appartement parisien d'Eva, Aleth jugea bon d'avertir Rafael et de prendre quelques précautions :

— Il faut que tu saches que ma mère ne sera pas commode. Par ailleurs, son mari est excessivement protecteur !

— Ne t'inquiète pas. Laisse-moi parler, c'est tout ce que je te demande.

Ils sonnèrent à la porte. Contrairement à ce que s'était imaginé Aleth, la mine éternellement contrariée d'Eva se transforma en un sourire affable à la vue du magnifique jeune homme qui accompagnait sa fille.

— Bonjour ! lança ce dernier d'une voix assurée. Permettez-moi de me présenter : Rafael Flynn... Rafael *Cavaliere* Flynn, pour être précis.

L'expression d'Eva changea de nouveau du tout au tout. Elle ouvrit la bouche de la manière la moins élégante qui soit et ne put dire que :

— P... Pardon ?

Gustav, de son côté, intervint aussitôt.

— Cavaliere ? Comme Valente Cavaliere ? Vous... Vous êtes le fils de Valente Cavaliere ?

— C'est impossible ! protesta Eva.

Afin d'entrer au plus vite dans le vif du sujet, Rafael s'avança jusque dans le salon et déposa un document sur la table en marbre.

— Comme le prouve ce dossier, Aleth n'est pas la fille de mon père.

— Vous mettez en doute la parole de ma femme ? s'écria Gustav.

— Valente Cavaliere n'était pas mon père, affirma à son tour Aleth, le plus fermement qu'elle put.

— Vous ne croyez pas qu'il est grand temps que votre fille entende la vérité vraie ? renchérit Rafael.

— Je... Je ne me sens pas bien, balbutia Eva.

— Ne comptez pas sur un malaise passager pour m'apitoyer ! déclara alors Rafael, d'un ton plus dur.

— Comment osez-vous parler à ma femme sur ce ton ? s'insurgea Gustav.

— Votre femme a laissé sa fille dans l'ignorance la plus totale pendant des années, pour lui annoncer ensuite une chose aussi fausse qu'odieuse et inconséquente. Pour votre gouverne, à l'époque de l'aveu de votre chère épouse, Aleth et moi étions amants !

Gustav fut tellement atterré par cette déclaration qu'il en demeura muet. En désespoir de cause, il se tourna vers sa femme.

— Eva ! Tu... Tu crois que tu as pu te tromper ?

— La question ne fait aucun doute, trancha Rafael. Mon père n'avait pas mis les pieds en Irlande depuis cinq ans, à l'époque où Aleth a été conçue. Je doute même qu'il ait jamais rencontré votre épouse !

C'en fut trop pour Eva qui éclata en sanglots.

— Tu as menti ? s'enquit Gustav d'une voix sourde.

Eva se détourna de lui pour sangloter de plus belle. Furieux, Gustav tourna les talons et quitta la pièce.

Aleth était désemparée, à présent. Voir sa mère ainsi exposée dans toute sa vulnérabilité lui était à peine supportable. Surtout en présence de Rafael Flynn.

— Maman ? Dis-moi la vérité... Dis-moi si mon père est, comme je le soupçonne à présent, Robert Tolly.

Eva releva vivement la tête et considéra sa fille d'un air ébahi.

— Co... Comment as-tu...

— Alors... C'est lui ? Mais pourquoi m'as-tu menti ainsi ?

— Parce que je devais m'en tenir à la version que j'ai donnée à Gustav avant notre mariage. Je ne pouvais pas revenir en arrière ! Tu... Vous avez raison, tous les deux. Je n'ai jamais vu Valente Cavaliere de ma vie. En revanche, j'avais eu vent de sa réputation, à Ballyflynn. Vous imaginez sans peine qu'il a fait sensation, dans ce pauvre village où il ne se passait jamais rien ! J'ai profité de sa réputation de coureur pour lui attribuer la paternité d'Aleth.

Eva les défiait, à présent. Ce fut sur un ton presque accusateur qu'elle conclut sa tirade.

— Si j'ai déclaré qu'il était le père de ma fille, c'est simplement parce qu'il était riche et puissant et que je savais que ça impressionnerait Gustav.

— Ça n'aurait pas été plus simple de lui dire la vérité, à lui aussi ?

— Parce que vous vous imaginez que j'allais avouer à mon futur époux que j'étais tombée enceinte du mari de ma meilleure amie, peut-être ?

— J'imagine que cela lui aurait donné à réfléchir, c'est sûr ! commenta Rafael, toujours aussi méprisant.

A leur grand étonnement, Eva se mit à rire.

— Je vois que ma fille s'est mieux débrouillée que moi, en tout cas, lança-t-elle d'une voix aigre. Si vous êtes aussi riche qu'on le dit dans les journaux, jeune homme, alors, mon estime pour elle remonte en flèche !

— Maman ! intervint Aleth, gênée par le regard vénal qu'Eva posait sur Rafael. Tiens-toi ! Et dis-moi plutôt ce qui s'est passé entre Robert Tolly et toi...

— Pas grand-chose. Si ce n'est que je pensais l'aimer, à l'époque. Seulement il m'a roulée, lui aussi, poursuivit Eva, avec un rictus amer. Il n'a jamais eu l'intention de quitter sa femme. Elle avait bien trop de fortune pour ça. Tandis que moi, je n'avais rien à lui offrir. Quand je suis tombée enceinte, il a pris peur. A ton avis, qui a financé mon départ pour l'Angleterre ? Tolly, bien sûr ! Il m'a même donné de quoi payer un avortement. C'est là que j'ai rencontré Will Carmichael et que j'ai compris que j'avais tout intérêt à me marier.

Aleth avait blêmi. Un tel cynisme la révulsait. Elle sentit Rafael lui glisser un bras autour de la taille et se sentit soutenue. Dans la foulée, ils prétextèrent un rendez-vous urgent pour prendre congé. D'ailleurs, n'en savaient-ils pas assez ? Il était plus que temps de mettre fin à cet entretien pénible.

— Tu crois que Gustav arrivera à lui pardonner son mensonge ? demanda Aleth, plus tard, au moment de reprendre son avion.

— Si tu veux mon avis sincère, ta mère est suffisamment retorse pour l'en convaincre. J'ai rarement vu femme plus rouée ! Et maintenant dis-moi : tu as l'intention d'aller voir Robert Tolly ?

— *A priori*, non. D'autant que je suis prête à parier que son père se chargera de lui dire que je sais tout... Joseph voulait passer un test ADN, lui aussi, la dernière fois que je l'ai vu. Histoire d'être sûr, tu comprends... Ce n'est pas bien grave, que mon père se désintéresse de moi, en fin de compte. Et puis, Sheila doit être prise en considération, elle aussi. Qui sait ? Peut-être qu'avec le temps elle finira par m'accepter ?

Aleth s'interrompit un instant puis reprit :

— Pardonne-moi, Rafael, tout cela m'a épuisée.

C'était tellement vrai que Rafael dut la réveiller à leur arrivée à l'aéroport de Kerry. La pluie s'était mise à tomber, en fines gouttelettes, et une brume grisâtre recouvrait les collines avoisinantes.

— Je te ramène à Flynn Court, déclara-t-il simplement. Il nous reste un ou deux détails à régler.

A régler ? Aussitôt, la jeune femme se tendit. Par nervosité, elle se crut obligée de remplir le silence en bavardant de tout et de rien.

Elle était à court d'imagination lorsque leur Range Rover s'arrêta enfin devant le manoir.

— Je t'ai cassé les pieds avec mon babillage, murmura-t-elle, un peu confuse.

— C'est à mon tour de prendre la parole. Nous avons des choses importantes à nous dire. Il me semble...

Rafael la dévisageait d'un air anxieux.

— Je veux te rendre, par contrat, ma part de la pension.

— Non ! Ne sois pas ridicule, Rafael ! Et puis, ajouta-t-elle avec un demi-sourire, si nous ne sommes plus associés, je n'aurai plus de prétextes pour te voir ! Je...

Aleth s'interrompit, une main sur la bouche.

— Depuis quand as-tu besoin de prétextes, *a mhilis* ?

— Depuis que je... Je ne sais plus où j'en suis avec toi, Rafael, avoua-t-elle avec franchise.

— Tu es toujours amoureuse de Luke ?

— Comment peux-tu me poser une question pareille ? Bien sûr que non. Je l'ai quitté.

— Cela ne veut pas dire que tu ne l'aimes plus. L'ombre de Luke me hante, figure-toi.

— Comment ça ?

— Quand je t'ai rencontrée, tu étais encore amoureuse de lui. Tout ce que tu attendais de moi, c'était une sorte de revanche. Une passade sans lendemain... C'est bien ce que tu m'as dit, non ?

Aleth sentit ses joues s'empourprer.

— Je veux bien t'accorder que c'est ce que j'avais en tête.

Pour le reste, c'était plutôt du domaine du fantasme et je n'ai rien fait pour...

— Sauf que tu as refusé d'être photographiée en ma compagnie à Leopardstown ! lui rappela Rafael.

— J'ai essayé de t'expliquer que...

— Tes explications ne m'ont pas convaincu, figure-toi. D'autant moins que, quelques heures plus tard, tu m'as appelé Luke alors que je te tenais dans mes bras.

Aleth ne savait plus où se mettre.

— Je... Je ne comprends toujours pas comment ça a pu se produire...

— N'empêche que ça s'est bel et bien produit et que j'en ai conclu que tu avais rechuté. Quelque temps plus tard, en Italie, tu m'as annoncé que je n'étais pas du bois dont on fait les maris, m'obligeant ainsi à certaines comparaisons désagréables et...

— Ça, c'est bien fait pour toi ! rétorqua-t-elle, le sourire aux lèvres. Tu as toujours dit que tu étais contre le mariage et, ce jour-là, tu t'es surpassé.

Rafael laissa échapper un rire.

— Admettons. Et maintenant où en es-tu vraiment avec Luke ? demanda-t-il, la gorge nouée.

— Je n'aime plus Luke depuis... depuis que je me suis éprise de toi. C'est tellement plus fort que ce que j'ai jamais éprouvé pour lui !

— Tu parles sérieusement ? murmura Rafael.

— Très sérieusement. Tout a commencé, ce fameux soir, dans la prairie... Peut-être même avant... Tout de suite...

— Alors... tu m'aimes ?

Il lui sourit enfin sans arrière-pensée aucune, et l'attira à lui pour la serrer follement dans ses bras.

— Je voulais te demander de m'épouser dans l'avion du retour. J'avais tout prévu. Le champagne, la bague... Et tu t'es endormie. Comment as-tu pu me faire ça ?

— M'épouser ? Rafael ! C'est vrai ? Tu aurais dû me réveiller !

Il partit d'un grand rire heureux.

— Je suis fou de toi, *a mhilis*. Complètement fou !

— Toi qui prétends n'avoir jamais aimé ?

— Oui, moi. Tout a changé le jour où tu as traversé ma pelouse dans ton adorable pyjama à fleurs. Tu as mis le feu à mes reins, ce matin-là. Je n'avais jamais rien éprouvé de semblable de toute mon existence. Subitement, le monde entier a pris des couleurs nouvelles. En Italie, j'ai été plus heureux que jamais… Je ne voulais plus rentrer.

Il la contempla avec une tendresse infinie.

— Mais je dois t'avouer que je n'ai compris combien je t'aimais que lorsque j'ai cru t'avoir perdue à jamais.

— A cause du mensonge d'Eva…

— J'ai cru devenir fou, ma belle. Il n'y avait plus rien en moi. Le vide sidéral… Au début, je n'osais même plus t'approcher de peur de m'effondrer. C'est là que j'ai compris.

— Et que tu t'es enfermé dans ta chambre avec une bouteille de cognac. Ne recommence jamais une chose pareille.

— Bon sang, Aleth… Tu connais vraiment tous mes défauts !

— Oui. Et je sais surtout que tu m'aimes autant que je t'aime.

A cet instant, Rafael enfouit la main dans sa poche, dont il tira un écrin qui abritait dans du velours un magnifique diamant.

— Si on se mariait à Flynn Court ? suggéra Rafael.

— Avant la fin de la saison de steeple-chase ? Excellente idée ! s'exclama Aleth. Oona sera ravie. A propos, si elle fréquente une école du coin, ça risque d'être un peu difficile, pour sa sœur, de l'avoir chez elle au quotidien, tu ne crois pas ? Sa maison n'est pas bien grande !

— Je dois avouer que cet aspect de la question m'inquiète, en effet.

— Tu ne crois pas qu'il serait plus agréable pour tout le monde qu'elle vive ici, avec nous ?

Le visage de Rafael s'illumina.

— Ça ne te dérangerait pas ?

— Bien sûr que non… Je me suis attachée à ta petite sœur, figure-toi.

— Tout de même… Ça m'ennuie de t'infliger une adolescente aussi impétueuse qu'Oona, alors que nous serons à peine mariés.

— C'est moi qui l'ai proposé, non ?

— J'ai fait le bon choix, déclara Rafael, un sourire radieux aux lèvres. Un choix excellent, même... Dois-je comprendre que tu vas aussi repasser mes chemises chaque soir, dorénavant ?

Aleth lui tendit les bras et, la mine facétieuse, chuchota :

— A ta place, je ne compterais pas trop là-dessus !

Aleth virevolta devant la psyché. Elle se faisait l'effet d'une princesse, dans sa robe de mariée.

Le bustier sans bretelles l'amincissait au niveau de la taille, et la soie de la jupe, recouverte de tulle brodé de minuscules perles, scintillait à la lumière.

Elle avait accroché sa broche de diamants au bandeau fin qui retenait son voile, et le bijou y était du plus bel effet.

— Je suis tellement fier de toi, mon petit... J'ai l'impression de m'envoler, lui confia Joseph en la menant jusqu'à l'église dont le parvis était couvert de fleurs.

Deux de ses demoiselles d'honneur, Oona et Emily, la fillette de Will et Nicole, se précipitèrent vers elle. Aleth chercha Alice à la dérobée et alla vers elle pour l'embrasser. Elle appréciait sincèrement le courage de sa sœur. Ça n'avait pas dû être facile, pour elle, de venir jusqu'ici — d'autant qu'à en juger par sa mine battue elle n'était pas remise de sa déception sentimentale.

— Tu m'as vraiment sciée, cette fois ! lui avait-elle confié, entre le rire et les larmes, lors des préparatifs du mariage. Un multimillionnaire, pas moins... Pas étonnant que tu n'aies pas voulu reprendre Luke !

Oona, particulièrement souriante, s'avança vers la mariée pour retirer un brin de paille qui s'était pris dans sa traîne. La petite Emily s'approcha à son tour, le pouce dans la bouche, pour s'accrocher à la main d'Aleth.

Celle-ci remonta l'allée centrale de la petite église au bras de Joseph Tolly. Will et Nicole lui sourirent avec bienveillance tandis que Boyce la gratifiait d'un clin d'œil.

Au bras de son mari, Eva regarda passer sa fille d'un air satisfait. L'événement était d'importance : sa fille épousait un homme d'affaires de renommée internationale et, par conséquent, elle avait daigné revenir à Ballyflynn pour l'occasion.

Aleth, elle, n'avait d'yeux que pour l'homme qui l'attendait déjà devant l'autel.

— Tu es plus belle que dans mes rêves les plus fous, lui souffla-t-il à l'oreille.

Un moment plus tard, ils montaient dans la carriole attelée de deux chevaux blancs qui devait les ramener à Flynn Court. La réception prévue là-bas serait certainement la plus brillante que la petite bourgade de Ballyflynn avait jamais connue.

Mais, soudain, Aleth s'aperçut que la carriole déviait de sa route.

— Où allons-nous ?

— Tu verras bien...

Le cocher immobilisa les chevaux à l'endroit où le chemin s'étrécissait pour devenir un sentier, et s'enfonçait dans la chênaie. Rafael descendit alors de voiture et tendit la main à Aleth. Aussi étonnée qu'éblouie, elle découvrit alors qu'un tapis de velours rouge se déployait devant elle.

— Je suis en train de rêver ? murmura-t-elle.

Rafael, tout sourire, la mena jusqu'au cœur de la forêt, là où le frêne, le cèdre et l'aubépine poussaient ensemble.

Elle lui tenait la main, pleinement confiante. Le moment était tellement parfait, l'endroit tellement magique... Elle sentit des larmes lui monter aux yeux.

— Voici l'endroit où je pense le mieux à toi, lui confia Rafael. C'est un endroit spécial...

— Oui, convint-elle. Très, très spécial.

Il la dévisagea d'un air si grave qu'elle en frissonna de tout son être.

— Je t'ai amenée ici pour te dire que je t'aime comme je n'aurais jamais pensé pouvoir aimer, *a mhilis*. Je te promets solennellement de te rendre heureuse...

Aleth leva vers lui des yeux lumineux. La joie la submergeait. Rafael soupira d'émotion et l'attira plus près de lui.

— Les fées irlandaises ont eu le dernier mot. Tu es venue à bout de toutes mes défenses, mon amour...

— Je t'aime, chuchota Aleth. Et je t'aimerai toujours.